AMANDA BROOKE

Wo ich dich finde

GOLDMANN
Lesen erleben

Buch

Maggie Carter kennt den Victoria Park in ihrem Heimatstädtchen wie ihre Westentasche, sie weiß, wo einen der wunderbarste Blumenduft umhüllt, und in welchem verschwiegenen Winkel die schönste Parkbank steht. Diese Bank ist Maggies Lieblingsort, hier verbringt sie fast jede Mittagspause, und hierhin zieht sie sich zurück, wenn die Welt außerhalb des Parks zu laut und chaotisch für sie wird. Denn Maggie ist blind. Bisher stellte dieses Handicap kein Problem für sie dar, da sie sich immer auf ihre Intuition verlassen konnte. Doch seit sie weiß, dass sie ein Kind erwartet, nagen Zweifel an der eigentlich so selbstbewussten Frau. Eines Tages lernt sie Elsa kennen, die behauptet, ebenfalls schwanger zu sein. Aber Elsa ist eine alte Frau! Maggie beschließt herauszufinden, welches Geheimnis hinter Elsas Geschichte steckt. Und tritt damit eine Reise in die Vergangenheit an, an deren Ende ein kleines Wunder steht. Ein Wunder, das nicht nur Elsa ihren Frieden geben, sondern auch Maggie den Glauben an eine glückliche Zukunft schenken wird.

Weitere Informationen zu Amanda Brooke
sowie zu lieferbaren Titeln der Autorin
finden Sie am Ende des Buches.

Amanda Brooke

Wo ich dich finde

Roman

Aus dem Englischen
von Karin Diemerling

GOLDMANN

Die Originalausgabe erschien 2014 unter dem Titel
»Where I Found You« bei HarperCollins, London

Dieses Buch ist auch als E-Book erhältlich.

MIX
Papier aus verantwortungsvollen Quellen
FSC® C014496

Verlagsgruppe Random House FSC® N001967

1. Auflage
Taschenbuchausgabe April 2016

Umschlaggestaltung: UNO Werbeagentur, München
Umschlagillustration: Copyright © plainpicture/Anna Quinn;
FinePic®, München
Redaktion: Annette Wetzel
An · Herstellung: Str.
Satz: DTP Service Apel, Hannover
Druck und Bindung: GGP Media GmbH, Pößneck
Printed in Germany
ISBN: 978-3-442-48375-4
www.goldmann-verlag.de

Besuchen Sie den Goldmann Verlag im Netz

Zur Erinnerung an
Ted und Betty McCulloch

Mit einer befreundeten Seele im Dunkeln zu wandern
ist besser als allein im Licht.

Helen Keller

ERSTES KAPITEL

In seiner über hundertjährigen Geschichte hatte sich der Victoria Park erstaunlich wenig verändert. Die ursprüngliche Anlage mit ihrem gepflegten englischen Rasen, dem geometrischen Wegenetz und den ornamentalen Blumenbeeten war originalgetreu erhalten geblieben. Auch wenn der Park es nicht mit der weitläufigen Landschaft Cheshires aufnehmen konnte, die das Städtchen Sedgefield umgab, bot er doch eine die Generationen verbindende Beständigkeit.

Natürlich hatte sich im Laufe der Jahre trotzdem einiges gewandelt. Die Bäume entlang der Hauptallee hatten ihre volle Höhe erreicht, die ungepflasterten Wege waren geteert, Kopfsteinpflaster durch Asphalt ersetzt worden, und der Bowlingrasen, der Musikpavillon und der Kinderspielplatz hatten sämtlich diverse Perioden von Verfall und Verjüngung durchgemacht. Diese sanfte Entwicklung war jedoch größtenteils unbeachtet vonstattengegangen.

In einer bestimmten Ecke, am Nordufer des angelegten Sees, hatte die Zeit am wenigsten Spuren hinterlassen. Hier fand man eine allein stehende schmiedeeiserne Bank, eingebettet zwischen einer steilen Böschung und dem Wasser. Sie war noch eines von den ursprünglichen Exemplaren, aber man konnte wohl davon ausgehen, dass die Parkbesucher sich eher an die Aussicht, die Unterhaltungen, die sie dort geführt, oder die Gedanken, denen sie nachgehangen hatten, erinnerten als an diese unscheinbare Sitzgelegenheit.

Eine Besucherin allerdings gab es, die der Bank mehr Beachtung schenkte. Sie kannte jeden Schnörkel ihres gusseisernen Gestells und jeden Astknoten unter den Schichten von abblätternder Farbe. Aber Maggie Carter kannte den Victoria Park ohnehin besser als die meisten Leute. Sie war nicht nur in Sedgefield aufgewachsen, sondern wohnte mittlerweile auch so nahe am Park, dass sie das Quietschen des Eingangstors von ihrer Türschwelle aus hörte. Es lockte sie, und sie widerstand dem Lockruf selten, selbst mitten im Winter, wenn der Wind über die Sportplätze fegte, dass es ihr den Atem verschlug.

Der Hauptweg, der den Park in zwei Hälften teilte, führte direkt zur Sedgefield High Street, wo Maggie arbeitete, aber meistens gab sie den verschlungenen Nebenpfaden den Vorzug. Nur gelegentlich, wenn das Wetter zu schlecht war, sah sie sich gezwungen, auf ihren gewohnten Abstecher zum See zu verzichten. Zum Glück war das heute nicht der Fall.

Harvey reckte schnuppernd die Nase, als sie durch ein kleines Waldstück gingen, wo die Zweige hoch oben sich im frischen Wind aneinander rieben. Der April zeigte sich von seiner freundlichen Seite, und die Sonne schien, aber ihre zaghafte Wärme wurde von den Schatten der noch kahlen Bäume abgehalten. Maggie zog fröstelnd die Schultern hoch. Ihre kurzen dunklen Haare passten gut zu ihrer zierlichen Gestalt und verliehen ihrem Gesicht etwas Elfenhaftes, boten aber wenig Schutz gegen die Kälte.

Sie beschleunigten ihre Schritte, wobei die Hundepfoten schmatzende Geräusche auf dem schlüpfrigen Erdboden machten, der vom frühmorgendlichen Nieselregen aufgeweicht war. Der Labrador war stark genug, um sein Frauchen einfach mit sich reißen zu können, aber er passte sich perfekt an ihr Tempo an. Schnelle Trittgeräusche aus der

Gegenrichtung ließen vermuten, dass sie nicht die Einzigen waren, die es eilig hatten, den schmalen Schatten zu entkommen.

»Hallo, Maggie!«, rief Alice. »Gehst du zufällig zum See?«

Maggie blieb stehen, um einer der Stammkundinnen des Schönheitssalons, in dem sie arbeitete, hallo zu sagen. »Du kannst mit mir zu Mittag essen, wenn du möchtest«, bot sie ihr an und hielt einen Beutel in die Höhe. Köstliche Aromen von Knoblauch und getrockneten Tomaten stiegen daraus auf, bevor der Wind sie davontrug.

»Danke, aber ich muss später noch zu einem feudalen Essen, deshalb spare ich mir meinen Appetit lieber auf.«

»Ach ja, wie konnte ich das vergessen! Alles Gute zum Geburtstag, Alice!«

»Danke, Maggie. Viel Theater um nichts mal wieder, aber meine Familie feiert eben gern.«

»Mir kannst du nichts vormachen. Ich weiß genau, dass *du* die Partyqueen bist.«

»Tja, sechzig ist das neue vierzig, wusstest du das nicht?«, erwiderte Alice mit einem leisen Lachen, das rasch in einen Hustenanfall ausartete. Ein verräterischer Qualmgeruch deutete daraufhin, dass sie gerade erst eine Zigarette ausgemacht hatte.

»Ich dachte, du hättest aufgehört«, sagte Maggie, wenn auch kaum überrascht. Vierzig Jahre Sucht waren eben schwer abzulegen.

»Ich bin dabei zu reduzieren«, murmelte Alice schuldbewusst.

»Wenn du das nächste Mal zum Frisör gehst, solltest du dir auch gleich einen Termin bei mir geben lassen. Ich habe bestimmt etwas, das deine Brust freier macht.«

Maggie war Aromatherapeutin von Beruf und betrieb ihr Geschäft in den Räumen des Schönheitssalons. Sedgefield war nicht groß, und obwohl auf der High Street stets reger Betrieb herrschte, war es ein ziemliches Risiko gewesen, sich selbstständig zu machen, zumal sie nur Teilzeit arbeitete. Doch sie hatte sich in den vergangenen acht Jahren eine treue Stammkundschaft aufgebaut, die sie in ihrer Arbeit bestätigte, selbst wenn Alice noch nicht dazugehörte.

»Das Problem ist, dass ich nur an eins denken kann, sobald ich den Salon betrete«, sagte Alice. »Es gibt jedes Mal eine neue Haarfarbe, die ich unbedingt ausprobieren will, und das wird jetzt noch verlockender, wenn ich den Rentnerinnenrabatt bekomme. Meine Enkelin will, dass ich mir das nächste Mal blaue Strähnen machen lasse!«

»Der Rabatt gilt auch für meine Behandlungen«, rief Maggie ihr in Erinnerung. »Und ich bin den ganzen Nachmittag da, falls du am Salon vorbeikommst.«

»Danke, Maggie, vielleicht schaue ich wirklich nachher herein«, sagte Alice ausweichend.

Sie verabschiedeten sich voneinander, und Maggie steuerte schnell auf die warme Umarmung der Sonne zu. Da sie ein bekanntes Gesicht im Park war, gab es noch eine Reihe von Hallos auf dem Weg zum See, aber aufgehalten wurden sie nicht mehr.

Wochentags war es um die Mittagszeit herum immer ruhig in dieser Ecke. Maggie mochte zwar auch den Trubel am Wochenende, aber heute war sie froh, allein dort sitzen und die Stille genießen zu können, die nur hin und wieder vom missmutigen Quaken einer Ente auf Futtersuche gestört wurde. Erinnerungen stellten sich ein, wie jedes Mal. Ihre Lieblingsbank und sie hatten schon viel zusammen erlebt. Ihre Mutter hatte sie oft mit hierher genommen, und eine ihrer frühesten Kindheitserinnerungen bestand darin, wie sie versuchte, eigenständig auf die Bank zu klettern, indem sie sich an den grüngestrichenen Holzlatten hochzog und so tat, als merke sie es nicht, wenn ihre Mum ihr den letzten nötigen Schubs gab.

Harvey war derweil mehr an der Gegenwart interessiert und stupste ihre Hand mit dem Kopf an. Als sie seinen Hals kraulte und ihre Finger tief in sein vanillefarbenes Fell grub, gab der Hund ein tiefes, wohliges Brummen von sich, bald gefolgt von einem frustrierten Winseln.

»Okay, ich hab's kapiert«, sagte sie und packte ihr gemeinsames Picknick aus. Sie füllte zwei Näpfe für Harvey, von denen er den mit Wasser tunlichst ignorierte, um sich sofort auf das Trockenfutter zu stürzen, während sie sich an ihren eigenen Mittagsimbiss machte.

Sie hatte ihr zweites Sandwich halb gegessen, als der Hund anfing, mit dem Schwanz gegen ihr Bein zu schlagen. Kleine Füße galoppierten auf dem Weg heran, die Ursache von Harveys zunehmender Erregung.

»Harvey, Harvey!«, rief Josh und umschlang den Hund mit beiden Ärmchen, wobei er beinahe Maggies Lunchbox von ihren Knien schubste.

Die Mutter des Dreijährigen traf schnaufend einen Augenblick später ein. »Wie oft habe ich dir schon gesagt, dass du nicht einfach weglaufen sollst«, schimpfte sie, bevor sie halblaut »Verflixte Bälger!« vor sich hin murmelte.

»Wie ich sehe, hält er dich immer noch ganz schön auf Trab«, bemerkte Maggie, bewusst einen leichten Ton anschlagend. Lorna war ebenfalls eine Stammkundin im Salon, und obwohl sie nicht direkt miteinander befreundet waren, kannte Maggie die junge Frau doch gut genug, um zu wissen, dass sie sich in endlosen Klagen über das Mutterdasein ergehen würde, sobald man ihr die Gelegenheit dazu gab. Auf so etwas konnte sie im Moment gut verzichten.

»Darf ich die Enten füttern?«, fragte der kleine Junge.

Lorna stöhnte. »O nein, ich habe das Brot vergessen. Wir füttern sie morgen, ja?«

Maggie spürte, wie alle Augen sich auf ihr halb gegessenes Sandwich richteten, und brach die Kruste ab. »Hier, das kannst du ihnen geben, Josh.«

»Sag danke«, schalt Lorna ihn, als er Maggie das Brot aus der Hand riss.

»Danke, Maggie.«

Das Gequake wurde lauter, während der kleine Junge sich dem Wasser näherte, und Lorna ließ sich mit einem lauten Seufzer auf die Bank fallen. »Wir stören dich doch nicht, oder?«

Maggie schluckte den Rest ihres Sandwichs in einem Happen herunter. »Nein, kein Problem. Ich muss jetzt sowieso zur Arbeit.«

»Ach, schade«, sagte Lorna. »Eine Erwachsenenunterhaltung würde mir zur Abwechslung mal guttun.«

Maggie überhörte den versteckten Wink und packte ihre Sachen zusammen. »Vielleicht beim nächsten Mal.«

»Aber ich bin froh, dich getroffen zu haben. Ich wollte dich nämlich schon die ganze Zeit etwas fragen.« Lorna legte eine Kunstpause ein und senkte ihre Stimme zu einem verschwörerischen Flüstern. »Du bist doch nicht schwanger, oder?«

Maggie erstarrte, zu bestürzt, um zu antworten. Joshs Lachen durchschnitt die Stille.

»Ich frage das nur, weil ich dich neulich mit Mel zusammen gesehen habe, weißt du …«

»Oh.«

»Und, bist du's?«

Bisher war nur eine Handvoll enger Freunde eingeweiht worden, aber am nächsten Tag sollte die Dreimonats-Ultraschalluntersuchung sein, und Maggie hatte James versprochen, es danach allgemein bekannt zu machen. Folglich hatte es keinen Sinn mehr, es abzustreiten, zumal Lorna sie schon mit der Hebamme gesehen hatte. »Es soll im Oktober kommen«, gestand sie.

»Ehrlich? Na, das wundert mich. Ich meine, ich hätte nicht gedacht, dass das überhaupt geht.«

»Ich weiß, James und ich sind noch nicht mal ein Jahr verheiratet, aber ich bin jetzt zweiunddreißig und will nicht länger warten«, sagte Maggie, Lorna absichtlich missverstehend.

»Nein, das habe ich nicht gemeint«, sagte Lorna ohne eine Erklärung hinzuzufügen. Stattdessen klopfte sie Harvey plump auf den Rücken, der seinen Kopf auf Maggies Schoß gelegt hatte, als wüsste er, dass sein Frauchen moralische Unterstützung brauchte.

»Ach so, du meinst, weil ich sehbehindert bin?« Maggie wunderte sich selbst, dass sie so gelassen blieb, doch Lornas taktlose Reaktion entsprach ungefähr dem, was sie von weniger informierten Bekannten erwartete. Genau aus diesem Grund hatte sie ihre Schwangerschaft so lange wie möglich geheim halten wollen.

»Du musst doch zugeben, dass das schwierig wird. Ich wette, das Sozialamt wird dich die ganze Zeit mit Argusaugen beobachten.«

Maggie streichelte Harvey, folgte den ausgeprägten Konturen seiner Schnauze und seines Kopfs und spürte das Flattern seiner Wimpern an ihrer Handfläche. Er wachte über sie. »Mel ist eine großartige Unterstützung, und klar, es wird eine Herausforderung werden, aber nichts, was ich nicht bewältigen könnte. Ich muss eben nur andere Lösungen für die gleichen Probleme finden, mit denen sich auch andere junge Mütter konfrontiert sehen«, erklärte sie mit einer Zuversicht, die sie nicht empfand. Nur Joshs fröhliches Quietschen, während er die Enten neckte, hielt sie bei Laune und erinnerte sie an die schönen Seiten des Mutterseins.

Obwohl sie von jeher vorgehabt hatte, eine Familie zu gründen, war Maggie zuerst wie vor den Kopf geschlagen gewesen, als sie feststellte, dass sie schwanger war. Zu dem Zeitpunkt, als sie James kennenlernte, war sie schon stark auf die dreißig zugegangen, und ihre Hoffnungen, einmal Mutter zu werden, hatten sich beinahe genauso getrübt wie ihr Augenlicht, nachdem sie als Sechsjährige schwer an Masern erkrankt war. Seitdem konnte sie nur noch grob hell und dunkel unterscheiden und nicht einmal mehr Farben sehen. James hatte eine neue Art von Licht in ihre Welt gebracht, und sie hatten beide bald festgestellt, dass sie gemeinsam durchs Leben gehen wollten. Vor etwas über einem Jahr waren sie dann in das Haus am Victoria Park gezogen und hatten da bereits nicht nur ihre Hochzeit, sondern auch ein Kind geplant. Doch dann war ein anderes wegweisendes Licht in Maggies Leben erloschen – ihre Mutter war gestorben.

Als sie ihre Sehfähigkeit verlor, hatte Joan sie dazu ermutigt, ihre anderen Sinne in einem Maße auszubilden, dass sie ihr restliches Sehvermögen geradezu als störend empfand und oft eine Sonnenbrille trug, um es auszublenden. Gemeinsam hatten sie neue und ungewöhnliche Methoden gefunden, die es ihr ermöglichten, die Schönheit der Welt zu erfahren. Mit ihrem Gehör konnte sie ihren Standort meistens ziemlich genau bestimmen, ob durch den Widerhall ihrer Stimme von einer Wand, das Brausen des Verkehrs auf der Straße oder einen im Wind rauschenden Baum. Mit ihrem Tastsinn, der von ihren Fingerspitzen bis zu den Zehenspitzen reichte, machte sie sich ein Bild von ihrer greifbaren Umgebung und dem Boden unter ihren Füßen. Ihr Geschmackssinn fügte dem Essen, das sie aß, oder der Haut, die sie küsste, Eigenart und Struktur hinzu, aber es war ihr Geruchssinn, dem sie die aufregendsten Entdeckungsreisen verdankte. Joan hatte sich einer Auswahl an Gewürzen, Früchten und Blüten bedient, um Maggies Leben wieder Farbe zu geben, und natürliche Düfte auf Gebrauchsgegenstände getupft, damit ihre Tochter sich eine Vorstellung von ihrer Umgebung machen konnte. So war es beinahe unvermeidlich gewesen, dass Maggie ihre Vorliebe für Aromen irgendwann zu ihrem Beruf machte.

Doch Joan hatte ihr nicht nur bei den praktischen Dingen des Alltags geholfen, sondern ihr vor allem ein starkes Selbstwertgefühl vermittelt und das Zutrauen, es mit allem aufnehmen zu können, was das Schicksal ihr bescherte. Deshalb waren James und sie gar nicht auf die Idee gekommen, ihren Plan, Eltern zu werden, noch einmal zu überdenken, nachdem ihre Mum gestorben war, und hatten der Natur ihren Lauf gelassen.

Erst jetzt, als die Neuigkeit von ihrer Schwangerschaft von der Frühlingsluft in die Welt hinausgetragen wurde, empfand Maggie die Einsamkeit und Isolation, die sie in letzter Zeit gespürt hatte, mit voller Macht. Natürlich hatte sie James, und sie hatte gute Freunde und Freundinnen, von denen die beste Jenny war, ihre Schwester ehrenhalber und selbst gerade zum ersten Mal Mutter geworden. Jedoch … sie hatte diesen einen Menschen nicht mehr, der jederzeit für sie da gewesen wäre, nicht nur, um sie darin zu bestärken, dass sie es schaffen konnte, ein Kind großzuziehen, sondern auch, um allen die Stirn zu bieten, die etwas anderes behaupteten.

Maggies Vater lebte noch, war aber vor einer Weile nach

Spanien gezogen, um sich dort von seiner Schwester verhätscheln zu lassen. Alle stimmten darin überein, dass dieser Schritt nach dem Verlust seiner Frau das Beste für Stan war, allerdings hatte seine Tochter jetzt das Problem, den richtigen Zeitpunkt abzupassen, um ihm ihre Neuigkeit mitzuteilen. Die Versuchung war groß, einfach damit herauszuplatzen, aber sie wollte nicht, dass er sofort den nächsten Flug nach Hause nahm. Selbst er würde die klaffende Lücke in ihrem Leben nicht schließen können, eine Lücke, die es den Selbstzweifeln erlaubt hatte, sich einzuschleichen.

»Na, James wird bald alle Hände voll zu tun haben, schätze ich«, bemerkte Lorna, die entschlossen schien, ihr Selbstvertrauen weiter zu untergraben. »Freut er sich denn?«

Maggie wollte gerade antworten, als sie von einem Geräusch abgelenkt wurde. Besorgt drehte sie sich zum See um, noch ehe ihr bewusst wurde, dass es das Geräusch von im Wasser plantschenden Füßen war. »Ist mit Josh alles in Ordnung?«, fragte sie, aber der Hilfeschrei des kleinen Jungen war Antwort genug, und aus dem Plantschen wurde ein lautes Gespritze und Gegurgel.

Lorna sprang auf, während Maggie schnell Harvey von der Leine ließ. Sie hörte seine Klauen auf dem Bootsanleger aus Beton, als er dem Jungen zu Hilfe eilte. Joshs Geheul wurde noch lauter, nachdem Lorna ihn aus dem Wasser gezerrt hatte und ihm kräftig die Leviten las.

»Hauptsache, er ist in Sicherheit«, sagte Maggie, als sie mit dem triefenden und schluchzenden Kind auf den Armen zurückkam. Der Geruch von stehendem Gewässer und Vogelkot stieg ihr scharf in die Nase, und Harvey, der an ihre Seite zurückgekehrt war, fasste seine Meinung in Form eines feuchten Niesens zusammen.

Lorna murmelte eine Mischung aus Entschuldigungen

und Abschiedsworten, stellte ihren schniefenden Sohn unsanft auf die Beine und zog ihn davon. Sobald wieder Ruhe eingekehrt war, legte Harvey seinen Kopf auf Maggies Schoß und nahm seinen Wachdienst wieder auf. Er leckte ihr die Hand, die sie schützend über ihren Bauch gelegt hatte. Sie hatte es nun nicht mehr eilig, zur Arbeit zu kommen, und überlegte, was wohl passiert wäre, wenn es ihr Kind gewesen wäre, das unbemerkt ins Wasser lief. Was, wenn sie allein gewesen wäre und niemand da, um es herauszuziehen? Wie hätte sie mit der Situation fertigwerden sollen? Was hatte sie sich nur dabei gedacht, schwanger zu werden?

»Ich habe Angst, Mum«, sagte sie, so laut sie es wagte. »Solche Angst.«

Die einzige Antwort war das sanfte Wellengeplätscher am Ufer. Sie fragte sich unwillkürlich, wie tief der See war, und stellte sich flüchtig vor, auf seinen dunklen Grund hinabzusinken. Ihr Magen zog sich zusammen, und sie streckte die Hand zur Seite aus, wohl in der Hoffnung auf irgendeinen himmlischen Beistand, aber ihre Mum war nicht da. Es gab niemanden mehr, der verstehen würde, wie sie sich fühlte, und wie denn auch? Diese Unsicherheit war ihr ja selbst neu. War sie etwa einem übersteigerten Selbstbewusstsein zum Opfer gefallen?

Harvey übernahm es schließlich, sie vom See fortzuführen, aber als sie den steilen Weg zur Hauptallee hinaufstieg, konnte sie ihre Bedenken nicht so leicht hinter sich lassen wie den noch in der Luft hängenden Geruch von Joshs unglücklichem Bad. Oben angekommen, schöpfte sie Atem und nahm plötzlich einen schwachen Fliederduft wahr. Es war ein synthetischer Duft, und sie blieb wie angewurzelt stehen. Kein Geräusch deutete darauf hin, dass jemand in der Nähe war, und doch fühlte sie sich beobachtet.

»Hallo? Ist da jemand?«

Harvey wedelte sacht mit dem Schwanz, doch ihr beider Gruß blieb unbeantwortet.

Elsa beobachtete, wie eine Entenfamilie die spiegelglatte Seeoberfläche zerteilte und ein Dreieck aus kleinen, in der Sonne glitzernden Wellen hinter sich herzog. Trotz dieser unbedrohlichen Annäherung wurde sie auf einmal ängstlich und rieb sich die Stirn, suchte das Gewässer nach den eleganteren Konturen der Schwäne ab. Sie hielt immer noch nach ihnen Ausschau, als eine junge Frau plötzlich wie ein Geist vor ihr auftauchte, aber sie ließ sich nicht vom See und der jetzt freien Bank ablenken.

Halb verborgen im umarmenden Bogen der Uferböschung, war die Bank zusätzlich von hohen Rhododendronbüschen umgeben, die nach den Härten des Winters etwas abgehärmt wirkten, trotz der aus dem immergrünen Laub hervorlugenden Knospen. Im Gegensatz dazu erfreuten sich die Blumenbeete schon ihrer ersten Frühlingsblüte und erstrahlten im Glanz zahlloser lila und gelber Krokusse.

Erst als Elsa vorsichtig den Hang hinunterging, merkte sie, wie erschöpft sie war. Fast jeden Tag stand sie im Gemüseladen, und die Knochenarbeit wurde noch durch die Last, die sie trug, erschwert. Sie versuchte, nicht an das Baby zu denken. Ihre schmerzenden Beine waren schon schlimm genug – sie brauchte nicht noch an ihr wundes Herz erinnert zu werden.

Ihr Unbehagen wuchs, je mehr sie sich der Bank näherte. Die Farbe war anders, weshalb sie damit rechnete, dass der dunkelbraune Anstrich sich feucht anfühlte, doch er war ganz trocken und blätterte bereits ab. Elsa setzte sich, schloss die Augen und atmete tief durch. Ihr Körper schmiegte sich an die vertraute geschwungene Form der Latten an, und ihre Anspannung ließ nach. Sie streckte ihren Bauch vor und dehnte ihr Kreuz.

Als sie die Augen wieder aufschlug, war sie ruhiger und konnte klarer denken. Sie hob ihre Beine an, um nach ihren Füßen zu sehen. Sie waren noch stärker geschwollen, als sie befürchtet hatte, und sie ließ sie mit einem Plumps wieder fallen. Sie war erst zweiundzwanzig, fühlte sich aber viel älter, ihre Jugend aufgezehrt von der harten Lebenswirklichkeit. Beim Spreizen der Finger merkte sie, dass die Gelenke schmerzten und sie nichts beim Anblick des schlichten goldenen Eherings am Ringfinger ihrer linken Hand empfand. Aber wie sollte sie auch? Er gehörte nicht ihr. Sie hatte ihn sich von Mrs Jackson geborgt, die meinte, dass sie eine bessere Verwendung dafür habe als eine alte, einsame Witwe.

Elsa hatte keine Menschenseele gekannt, als sie vor einem Monat in Sedgefield angekommen war, aber Mrs Jackson war ihr zu einer guten Freundin und Vertrauten geworden. Sie war von ihrer Schwester Celia nach langem Zureden davon überzeugt worden, dass es das Beste sei, sich nach Sedgefield zu flüchten. Dort könne sie so lange bleiben, wie es nötig sei, um ihre Schande zu verbergen, und hinterher würde sie – allein – nach Hause, nach Liverpool, zurückkehren und ihr altes Leben wieder aufnehmen, als sei nichts geschehen. Celia war vier Jahre älter und gab sich damit zufrieden, in Manchester mit einem langweiligen Beamten verheiratet zu sein und alle zwei Jahre ein Kind in die Welt zu setzen. Das war nicht das, was Elsa sich erträumt hatte – sie hatte ein reiches, erfülltes Leben leben wollen, bis sie erkennen musste, dass es einen hohen Preis für ihre Kühnheit zu bezahlen galt. Celia, die ihr viertes Kind erwartete, hatte das Heft in die Hand genommen, als Elsa ihr gestand, möglicherweise ebenfalls schwanger zu sein, und kurz darauf hatte der Hausarzt ihrer Schwester den Verdacht bestätigt. Zusammen mit der Frau des Arztes, deren Tante eine Pension in Sedgefield führte, hatte Celia einen Plan entworfen, wie es mit Elsa und ihrem Kind weitergehen sollte.

So war sie hier gelandet, angeblich eine entfernte Verwandte von Mrs Jackson, die jung verwitwet und schwanger war. Alles gelogen, doch sie hatte sich inzwischen ans Lügen gewöhnt. Ihre Mutter glaubte, sie sei bei Celia, um ihr bei den Vorbereitungen für ihr nächstes Kind zu helfen, und wäre entsetzt, wenn sie herausfände, wo sie wirklich war und warum.

Elsa blickte auf den See hinaus. Das Wasser kam ihr dunkler vor als von oben auf der Anhöhe und spiegelte vor allem kahle Baumwipfel wider statt blauen Himmel. »Was in Gottes Namen mache ich hier ganz allein?«, fragte sie sich laut. Ihre verzweifelten Worte versickerten am Ufer. »Ich brauche dich, Freddie. Ich brauche dich, du musst kommen und mich retten.«

Wie zur Antwort auf ihre Frage blitzte die nahe Zukunft, die bereits für sie abgesteckt worden war, vor ihr auf, und sie schlang die Arme um ihren Körper, als wollte sie das Baby, das ihr genommen werden sollte, festhalten, aber es gab keine Hoffnung. Sie war nicht stark genug, nicht allein. Ihre Brust hob und senkte sich schwer, und es zerriss ihr das Herz, eine unerträgliche Qual. Langsam und mit Bedacht stemmte sie beide Hände auf die Bank und machte sich bereit, sich abzustoßen und in den See zu stürzen. Sie zitterte am ganzen Leib vor dem überwältigenden Bedürfnis, sich mitsamt ihrem Elend vom Wasser in die Tiefe ziehen zu lassen, doch sie blieb, wo sie war. Sie war nicht mutig genug.

Noch nicht.

ZWEITES KAPITEL

Hätten Sie etwas dagegen, wenn meine Tochter ihn streichelt?«, fragte eine andere Patientin, während Maggie darauf wartete, zu ihrer Ultraschalluntersuchung aufgerufen zu werden.

»Das fragen Sie besser meine Frau«, antwortete James freundlich, aber mit einem scharfen Unterton, den möglicherweise nur Maggie hörte. Es kam häufiger vor, dass Fremde ihre Begleitung ansprachen statt sie selbst, und sie hatte gelernt, darauf mit Geduld und Gelassenheit zu reagieren. James dagegen fiel es schwer, seinen Ärger zu zügeln. Sie musste ihn ab und zu daran erinnern, dass er sich vor noch nicht allzu langer Zeit ebenso ignorant verhalten hatte, und dass das Interesse der Leute, mit wenigen Ausnahmen, gut gemeint war.

»Nein, er lässt sich gern ein bisschen verwöhnen«, antwortete sie. »Und danke, dass Sie zuerst gefragt haben. Sie glauben nicht, was es für ein Chaos anrichten kann, wenn jemand einfach auf ihn zuläuft und ihn ablenkt, während er mich führt.«

Maggie stellte Harvey dem kleinen Mädchen vor, das zwei Jahre alt war und offenbar große Ehrfurcht vor ihm hatte, ebenso wie seine Mutter. Meist kam sie den Fragen zuvor, die sie aus langer Erfahrung kannte, aber es machte ihr nie etwas aus, ein Loblied auf Harvey zu singen, denn er hatte es schließlich verdient. Sie lächelte in sich hinein, als sie der

Frau erzählte, wie diszipliniert ihr Blindenhund war, und dass er eine strenge Diät einhielt, wobei sie genau wusste, wie sehr Harvey gerade beim Anblick des Kekses geiferte, den das Kind mit ihm teilen wollte. Sie war selbst versucht, das Angebot der Kleinen anzunehmen, denn sie war am Morgen zu aufgeregt gewesen, um etwas zu essen, und jetzt knurrte ihr der Magen.

Es dauerte nicht lange, bis sich das Gespräch auf Schwangeren-Themen verlegte, und eine Weile plauderte Maggie frei von der Leber weg wie jede andere werdende Mutter. Beinahe konnte sie ihre Beklemmungen vergessen, die sie beim Betreten des Krankenhauses überkommen hatten. Seine einschüchternden, nüchternen Flure waren Teil des Systems, das über ihre Eignung als Mutter entscheiden würde – so dachte sie jedenfalls.

»Maggie, bist du so weit?«

»Mel, was machst du denn hier?«

»Ich habe oben Stationsdienst, und es ist gerade ungewöhnlich ruhig. Da dachte ich, Maggies Untersuchung ist doch heute – und hier bin ich. Hallo, James«, fügte sie hinzu und beugte sich zu einem Küsschen auf die Wange vor.

»Schön, dich zu sehen, Mel, was für ein Zufall, dass du gerade Zeit hast«, sagte James.

Maggie durchschaute die beiden, beschloss aber, sie nicht auffliegen zu lassen. Sie war ihnen dankbar, dass sie diese zusätzliche Schützenhilfe arrangiert hatten, um die sie nie offen gebeten hätte. Als sie aufstand, zitterten ihr die Knie, und sie hielt James' Hand ganz fest, während sie darauf wartete, dass Harvey sich aus den pummeligen Ärmchen seiner neuen Freundin befreite. Das Geheul des kleinen Mädchens war noch lange zu hören, nachdem er sein Frauchen ins Untersuchungszimmer geführt hatte.

Mel stellte sie dem Ultraschall-Spezialisten vor, einem jungen, förmlich klingenden Mann namens Joel, während James ihr auf die Untersuchungsliege half. Mit einigem dezenten Zurechtschieben ihres Tops und ihrer Leggings legte sie genug von ihrem Unterleib frei, damit der Mann seine Arbeit tun konnte. In der vierzehnten Woche war ihr Bauch immer noch relativ flach, sodass sie sich beinahe einreden konnte, gar nicht schwanger zu sein.

»Ich werde zuerst ein Gel auftragen, das könnte ein bisschen kalt sein«, sagte Joel, und damit hatte er recht. Maggie zuckte zusammen, als er es auf ihren Bauch spritzte.

»Es wäre besser gewesen, wenn Sie ihr zuerst einen Finger auf den Bauch gelegt hätten und es vorher angekündigt hätten, dass Sie das Gel auftragen«, zischte Mel ihm zu.

Joel entschuldigte sich mit einem verlegenen Hüsteln, bevor er die weitere Prozedur erklärte. Etwas bedachter diesmal, forderte er Maggie auf, die Sonde zu ertasten, mit der er die Untersuchung durchführen würde. Sie war etwa so groß wie ein elektrischer Rasierer und ähnlich geformt. Dann wurde es still im Raum, als er begann, das Gerät mit festen Streichbewegungen über ihren Bauch zu führen. Seine Erforschung konzentrierte sich immer mehr auf einen kleinen Bereich nur wenige Zentimeter über ihrem Schambein und direkt über ihrer Blase, die unangenehm voll war. Sie hatte im Wartezimmer wie angewiesen ziemlich viel Wasser getrunken und würde sofort die Toilette aufsuchen müssen, sobald sie hier fertig waren. »Ich werde jetzt einige Vermessungen vornehmen«, sagte Joel.

»Dann will ich mal erklären, was wir sehen«, flüsterte Mel so laut, dass der junge Arzt ihre Ungehaltenheit nicht überhören konnte. »Der Monitor zeigt ein grobkörniges Schwarz-Weiß-Bild mit vielen mehr oder weniger undefinierbaren Flecken, aber man erkennt einen regelmäßigen Herzschlag. Joel hat jetzt bei einem bestimmten Bildausschnitt angehalten, damit er den Fötus vermessen kann. Da ist ein ganz schwacher Umriss vom Gesicht, eine deutlichere weiße Linie, die Wirbelsäule, und ich kann sogar die Arme und Beine erkennen.«

»Sonst noch was?«, fragte James.

»Es ist eigentlich noch ein bisschen zu früh, um das Geschlecht festzustellen, aber wenn ihr wollt, dass unser Freund hier etwas für sein Geld tut, können wir es versuchen.«

»Ich möchte es noch nicht wissen«, sagte Maggie schnell. Sie tat sich nach wie vor schwer mit dem Gedanken, dass da ein lebendiges Wesen in ihr heranwuchs. »Du, James?«

»Nein, ich auch nicht.«

»Habt ihr es euch bei den Jungs sagen lassen?«, fragte sie.

Die Jungs waren James' Söhne aus erster Ehe, Liam, neun, und Sam, sieben. Das Vatersein hatte sich bisher nicht leicht für ihn gestaltet. Seine Scheidung war zwar einigermaßen einvernehmlich verlaufen, aber die Belastungen, die damit verbunden waren, dass seine Exfrau nach ihrer Wiederverheiratung nach Portsmouth gezogen war, hatten ihn an seine Grenzen gebracht. Die Hin- und Rückfahrt von fast achthundert Kilometern, um seine Kinder zu sehen oder sie in den Ferien zu sich in den Norden zu holen, war für alle Beteiligten anstrengend, aber glücklicherweise fanden Liam und Sam immer noch, dass es sich lohnte.

»Bei Sam, ja«, sagte James. »Aber nur, damit wir wussten, ob wir Liams Babyausstattung wiederverwenden konnten oder für Kleidchen sparen mussten.«

»Okay, das sieht alles gut aus«, verkündete der Arzt. »Ihr errechneter Geburtstermin ist der 24. Oktober, und das stimmt mit meinen Messungen überein, es läuft also alles nach Plan.«

»Tja, jetzt gibt es wohl kein Zurück mehr«, scherzte Maggie und hoffte, dass niemand den ernsten Beiklang bemerkte, der sich in die Bemerkung eingeschlichen hatte.

»So, und da wir jetzt wissen, dass alles ist, wie es sein soll … Ich habe meinen Doppler mitgebracht, mit dem man den Herzschlag des Babys übertragen kann«, sagte Mel. »Eventuell ist es noch zu früh, um ihn aufzufangen, aber ich kann es versuchen, wenn ihr wollt.«

Maggie fühlte sich verpflichtet, ja zu sagen, doch als Mel das Gerät auf ihren Bauch legte und ein Rauschen den Raum erfüllte, musste sie sich beherrschen, um es nicht wegzustoßen. Die Beschreibung eines Bilds auf einem Monitor war eine Sache, das hier dagegen etwas ganz anderes. Ihr Herzschlag beschleunigte sich, und der Doppler machte ihre Aufregung für alle hörbar, aber dann war da noch ein anderes Klopfen. Schwächer, viel schneller und ebenfalls unüberhörbar. Maggie wappnete sich gegen einen Anfall von Panik, doch stattdessen durchflutete sie eine so unbeschreibliche Wärme, dass ihr der Atem stockte. Ein zittriges Lächeln erschien auf ihren Lippen, noch bevor ihr klar wurde, dass das ein erster Vorgeschmack von Mutterglück war, und sie betete um die Kraft, sich dieses Gefühl erhalten zu können.

Als sie das Krankenhaus verließen, sprachen Maggie und James zunächst kein Wort. Maggie hielt Harveys Geschirr in der einen Hand und James' Hand in der anderen. Sie lauschte immer noch auf ein Echo des kleinen Herzschlags, der all die Wochen der Ängste und Selbstzweifel hinweggefegt hatte. Sie wollte lachen. Stattdessen fing sie an zu weinen.

Die Tränen liefen ihr stumm übers Gesicht, und erst als sie beim Auto angekommen waren, bemerkte James es. »Ist alles in Ordnung?«

Er klang nicht besorgt, Maggie hörte sogar ein Lächeln in seiner Stimme. Harvey war ein bisschen schwerer zu beruhigen und winselte nervös, als er sich in seiner vergitterten Transportbox im Kofferraum niederließ. Sie kraulte ihn hinter den Ohren. »Alles okay, Harvey. Mummy ist nur ... glücklich.«

James nahm ihr Gesicht in seine Hände und wischte die Tränen mit den Daumen ab. »Bist du's wirklich?«

»Ja«, antwortete sie. »Natürlich.«

»Ich meine nur, weil du das da drin eben gesagt hast, von wegen, dass es kein Zurück mehr gibt. Ich hatte das Gefühl, dass du dir nicht ganz sicher bist. Ehrlich gesagt denke ich das schon länger. Du bist nicht ganz das Buch mit sieben Siegeln, für das du dich gern hältst.«

Maggie nahm seine Hand und küsste sie zärtlich. Die Euphorie von eben durchströmte sie immer noch und gab ihr den Mut, ihm zumindest einen Teil ihrer Ängste zu gestehen. »Es hat eher damit zu tun, dass ich mich noch nicht bereit fühle. Ich muss so viel Neues lernen. Aber als ich gerade diesen Herzschlag gehört habe, war da plötzlich so viel Liebe in mir, das hat mich völlig überrascht. Also ja, ganz ehrlich, ich bin glücklich.«

Als James sie in die Arme nahm, vergrub Maggie ihren Kopf an seiner Schulter. Mit seinen ein Meter fünfundachtzig überragte er sie um einiges, und obwohl er stämmig gebaut war, bestand seine Körpermasse, dank eines aktiven Arbeitslebens, weit mehr aus Muskeln als aus Fett. Er war Baufachmann von Beruf, ein sanftmütiger Riese, der sie beschützen und ihr Geborgenheit geben würde, aber er hatte auch eine verletzliche Seite, und die war es, die sie vor allem an ihm angezogen hatte.

Maggies erster Eindruck von James hatte nicht von seiner

Erscheinung, sondern vom Klang seiner Stimme hergerührt, und er hatte verloren geklungen. Seine geschiedene Frau hatte ihm gerade eröffnet, dass sie mit den Kindern nach Südengland ziehen würde, und er hatte an einem stressbedingten Hautausschlag gelitten. Es war Kathy, die Inhaberin des Schönheitssalons, in dem Maggie arbeitete, und eine gute Freundin von James' Mutter, die ihm vorgeschlagen hatte, es doch einmal mit Aromatherapie zu versuchen. Kathys kaum verhohlene Kuppelei hatte seine Beschwerden letztendlich gründlicher geheilt als das Myrrhe- und Sandelholzöl, das Maggie in seine Hände einmassiert hatte.

Sie hob den Kopf, um ihren Mann anzusehen. »Und du, bist du auch glücklich?« Zum ersten Mal sprach sie ihn darauf an, dass seine Reaktion auf ihre Schwangerschaft genauso verhalten ausgefallen war wie ihre eigene.

»Ja.«

»Wirklich?«, hakte sie nach.

»Ich liebe dich, Maggie, und dich zu heiraten und dieses Kind zu bekommen, war mein sehnlichster Wunsch. Aber wenn ich ganz ehrlich bin, jagt mir die Aussicht, wieder Vater zu werden, auch eine Heidenangst ein. Ich will nicht wieder alles falsch machen.«

»Du hast auch beim letzten Mal nichts falsch gemacht. Du bist ein guter Vater«, erwiderte Maggie.

»Und du wirst eine großartige Mutter sein. Ich weiß, wie sehr du deine eigene Mum gerade vermisst, aber ich bin sicher, dass sie noch in der Nähe ist und dir beisteht.«

Maggie dachte an den leeren Platz neben sich auf der Parkbank. »Vielleicht«, sagte sie.

»Und da deine Mutter es jetzt bestimmt weiß, meinst du nicht, dass es an der Zeit ist, es auch unseren übrigen Elternteilen zu sagen?«, fragte James, während er ihr ins Auto half.

Das war zwar nicht nötig, aber sie wusste, dass er genauso fürsorglich wäre, wenn seine schwangere Frau sehen könnte wie ein Adler.

»Wir können es wohl nicht ewig hinausschieben, schätze ich.«

James sagte nichts darauf. Er schloss die Beifahrertür und ging zu seiner Seite herum, ließ ihnen beiden Zeit, ihre Gedanken zu sammeln. Maggie hatte ihm am Abend zuvor von ihrem Zusammentreffen mit Lorna erzählt, sich dabei allerdings mit den Einzelheiten zurückgehalten und nur erwähnt, dass die Neuigkeit jetzt im Umlauf war. James hätte seine Eltern daraufhin auf der Stelle angerufen, wenn Judith und Ken nicht gerade in Portsmouth gewesen wären, um ihre Enkelkinder zu besuchen. Er wollte es Liam und Sam lieber selbst beibringen, dass sie ein Geschwisterchen bekamen, und ihnen zugleich versichern, dass das Baby nichts an ihrer Beziehung zueinander ändern würde. Warum es keine gute Idee wäre, das zu versuchen, solange Judith bei den Jungen war und Einfluss auf sie hatte, brauchte er Maggie nicht zu erklären.

James klemmte sich hinters Steuer, und als er sein Jackett zurechtzog, hörte sie Papier rascheln. Die Ultraschallaufnahmen brannte ihm ein Loch in die Tasche. »Wir haben schließlich eine gute Nachricht zu verkünden«, betonte er.

»Ich weiß, das sage ich mir auch immer wieder, aber lass uns realistisch sein, James. Manchen Leuten fällt es eben schwer anzuerkennen, dass blinde Menschen auch gute Väter und fähige Mütter sein können.«

»Es wird nicht so schlimm, wie du denkst, es Mum und Dad zu erzählen«, erwiderte er und sprach direkt an, von wem die Rede war.

»Glaubst du das wirklich?«

Sein Schweigen bestätigte ihr, dass auch er es für nicht

ganz einfach hielt. Seine Eltern hatten von Anfang an Probleme damit gehabt zu verstehen, warum ihr Sohn sich mit einer blinden Frau belastete, und trotz aller Bemühungen vonseiten der Neuvermählten war Maggie praktisch immer noch eine Fremde für ihre Schwiegereltern.

Sie waren schon fast ein Jahr lang zusammen gewesen, ehe James endlich den Mut fand, sie seiner Familie vorzustellen. Liam und Sam hatten die Sommerferien bei ihm verbracht, und er hatte ein Grillfest organisiert, damit sie sich alle kennenlernen konnten. Die Jungen hatten neugierig auf Maggie reagiert und offen darüber gestaunt, dass sie alltägliche Verrichtungen ganz ohne Hilfe ausführte, was sie dann mit geschlossenen Augen nachzuahmen versuchten. Ihre Fragen waren unverblümt, aber arglos gewesen, und hatten Maggie eher amüsiert als beleidigt. Judiths Befragung dagegen hatte eher einem Kreuzverhör geglichen.

»Okay, wir wissen beide, dass meine Mutter ihre eigenen Vorstellungen davon hat, was für ihre Familie das Beste ist, aber wenn sie das mit dem Baby erfährt, wird sie dich vielleicht …«

James wagte es nicht, den Satz zu beenden, also tat Maggie es für ihn. »Endlich akzeptieren?«

»Sie ist eine gute Mutter, Maggie. Etwas überbehütend vielleicht, aber nur, weil sie nicht will, dass ich wieder verletzt werde. Vielleicht würde es helfen, wenn wir mehr Zeit mit meinen Eltern verbringen würden.«

»Die Reise nach Portsmouth scheint ihnen aber leichter zu fallen als die kurze Fahrt von Nantwich hierher. Deine Mum mag mich nicht, James. Sie findet, dass ich mich nicht richtig um dich kümmere, und denkt, ich kann es gar nicht«, sagte Maggie. Sie merkte, dass James drauf und dran war, ihr zu widersprechen, und fügte schnell hinzu: »Denk nur daran, wie sie reagiert hat, als sie mitbekam, dass du dir jeden Morgen ein Lunchpaket machst. Ich wollte ihr erklären, dass dich das davon abhalten soll, dich mit Fastfood vollzustopfen, aber das hat sie gar nicht interessiert, sie war viel zu entsetzt darüber, dass du dir deinen Imbiss selbst machst, statt dass deine Frau das tut.« Maggie schüttelte den Kopf, wie um sich von einem Gespinst negativer Gedanken zu befreien. »Selbst wenn mein Sehvermögen vollkommen wäre, könnte ich ihren Erwartungen nie entsprechen. Ich kann mich noch so sehr anstrengen, ich werde nie gut genug sein, einfach, weil ich nicht Carolyn bin.«

»Wofür ich Gott danke«, sagte James inbrünstig. »Und um das ein für alle Mal klarzustellen, ich bin mehr als gern bereit, mir meinen Mittagsimbiss selbst zu machen, vielen Dank. Du würdest mich nur zwingen, noch gesünder zu essen.« Er unterbrach sich in der Hoffnung auf ein Lächeln, das aber nicht kam. »Hör mal, sie sind ja bald wieder zu Hause. Wie wär's, wenn wir sie für Samstagabend zum Essen einladen?«

Maggie sackte in sich zusammen, und als der Motor des Wagens ansprang, übertönte er den kleinen Herzschlag, der noch in ihrem Kopf nachgehallt hatte. »Puh, mit ein bisschen Glück erteilen sie dir wie üblich eine Abfuhr.«

James ging nicht auf ihre Verdrießlichkeit ein. »Es wird schon gut gehen, wart's ab.«

»Meinetwegen, lade sie ein, aber nur unter der Bedingung, dass ich auch Jenny einladen darf. Sie sucht schon die ganze Zeit nach einem Vorwand, um Mark mal abends das Baby zu überlassen, und außerdem brauche ich Verstärkung.«

»Ich will nicht, dass du dir Sorgen machst deswegen. Es spielt keine Rolle, was andere denken. Was zählt, sind wir, wir drei.«

»Und die Jungs«, erinnerte sie ihn, als hätte er das nötig.

»Und unsere wunderbaren Jungs«, stimmte er zu. »Wenigstens kann ich dir garantieren, dass *sie* ganz begeistert sein werden.«

Maggie schloss die Augen. Selbstmitleid war ihr eigentlich fremd, aber als sie sich nun an die Kopfstütze zurücklehnte, musste sie einen bitteren Gallegeschmack herunterschlucken. Sie wollte keinen Keil zwischen James und seine Mutter treiben, weil sie wusste, wie viel ihm seine Familie bedeutete, doch sie konnte sich einfach nicht vorstellen, dass die Nachricht von ihrer Schwangerschaft sie ihr näherbringen würde. Als James' zweite Frau würde sie in Judiths Augen immer nur die zweite Wahl sein, und dass sie nun Mutter wurde, würde ihrer Schwiegermutter bloß noch mehr Anlass geben, sie mit ihrer Vorgängerin zu vergleichen. Lornas Reaktion, befürchtete Maggie, würde sich als geradezu harmlos erweisen verglichen mit Judiths – die sich weigern würde, etwas anderes als ihre Behinderung und ihre Einschränkungen zu sehen. Und in manchen Dingen trog ihr Gefühl sie nie.

DRITTES KAPITEL

Maggie spreizte gedankenverloren ihre Finger. Es war Samstagmorgen, und sie nahm sich eine kleine Auszeit, da es ein anstrengender Tag zu werden versprach. Sie hatte alles, was sie für das Abendessen brauchte, versuchte aber, nicht daran zu denken. Ihre schwere Einkaufstasche lag unbeachtet neben der Bank, während sie sich auf die Geräusche des Parks konzentrierte, in dem mehr los war als seit Wochen. Das Wetter war strahlend schön, und sie reckte ihr Gesicht dem veilchenfarbenen Himmel entgegen, um die zitronengelben Sonnenstrahlen aufzusaugen und eine Andeutung von Licht in die grauen Schatten zu bringen, die vor ihrem Gesichtsfeld tanzten.

Harvey schlabberte unaufhörlich Wasser aus seinem Napf, ein beruhigendes Geräusch, das vorübergehend vom Geplapper einiger Kinder auf dem Weg zum See übertönt wurde. Als Nächstes hörte sie den schweren, rhythmischen Laufschritt eines Joggers. Er holte tief Luft, bevor er ihr ein Hallo zurief, wartete ihre Antwort aber nicht ab, sondern trabte weiter den Hang hinauf, wobei sein Schnaufen vor Anstrengung immer lauter wurde.

Harvey hörte auf zu trinken und stupste auf der Suche nach einem Leckerli ihre Hand an. Ein vergeblicher Versuch, wie er eigentlich wusste. Seine Ernährungsregeln einzuhalten erforderte von beiden viel Willensstärke, doch es gab hin und wieder kleine Entgleisungen, und auf die hoffte Harvey.

»Wie wär's mit ein paar Möhrenschnitzen, wenn wir nach Hause kommen?«, bot Maggie ihm zum Trost an.

Der Hund schnaubte missbilligend, bevor er sich, ihre Körpersprache richtig deutend, zu ihren Füßen niederließ. Maggie hielt mit einer Hand seine Leine und strich mit der anderen über die vertrauten Konturen der Bank und den leeren Platz neben sich.

Sie setzte ein tapferes Lächeln auf, als sie den fröhlichen Rufen der Kinder zuhörte, die die Enten herbeiriefen, woraufhin das friedliche Gequake bald von wildem Flügelschlagen und Wasserspritzen abgelöst wurde. Um unwillkommene Gedanken abzuwehren, die sie ins Trübe hinabziehen könnten, versenkte Maggie sich in Erinnerungen. Sie dachte daran, wie sie Brotstückchen hoch in die Luft geworfen und ihre Mutter einen laufenden Kommentar zu dem Geschehen auf dem See dazu geliefert hatte, dachte an ihre kindliche Begeisterung, wenn sie hörte, wie die Enten sich um die Überreste des Picknicks stritten, das ihre Mum und sie gerade auf ihrer Lieblingsbank verzehrt hatten.

Es war eine bittersüße Erinnerung, die zeigte, was sie einmal gehabt und was sie verloren hatte. Sie hatte immer optimistisch und selbstsicher auf andere gewirkt, aber dieses Selbstbewusstsein war ihr von ihrer Mutter eingeflößt worden, und ohne deren Stütze fühlte sie sich auf einmal hilflos. Von all den Herausforderungen, vor die das Leben sie schon gestellt hatte, würde ein Kind die größte sein und eine, bei der sie nicht versagen durfte. Sie war jetzt nicht mehr nur für sich selbst verantwortlich.

Da die Zukunft ihr Angst machte, zog Maggie sich noch weiter in die Vergangenheit zurück und koppelte sich von der realen Umgebung ab. Es gab so viele Erinnerungen, in die sie eintauchen konnte … In diesem Park hatte ihre Mutter ihr beigebracht, die Welt durch Fühlen und Riechen zu erkunden, und sie entsann sich nacheinander der Gerüche dieser lang verflossenen Jahreszeiten.

Die Sonne verschwand hinter einer Wolke, und ein kühler Windstoß traf sie, der die charakteristische Note eines Fliederparfüms mit sich brachte. Der Duft kam ihr irgendwie bekannt vor, doch sie weigerte sich, in die Gegenwart zurückgeholt zu werden. In dem verzweifelten Versuch, die schwache Verbindung zu ihrer Mutter aufrechtzuerhalten, streckte sie die Hand auf der Bank aus. Ihre Finger stießen auf den groben Stoff eines Wollmantels, und sie zuckte zusammen und wurde abrupt aus ihrem Tagtraum geweckt.

»Verzeihung, ich wollte Sie nicht erschrecken«, sagte die Frau neben ihr.

Elsa konnte der Gelegenheit nicht widerstehen, in der Sonne zu sitzen und die Kälte zu vertreiben, die ihr in die Knochen gekrochen war. Sie würde sich weder vom lärmenden Lachen der Kinder noch von der Frau und ihrem Hund abschrecken lassen, die die Parkbank anscheinend für sich beanspruchten. Es war schließlich auch ihre Bank.

Sie hatte beim Näherkommen ein freundliches Lächeln aufgesetzt, doch die Frau, deren Augen hinter einer dunklen Brille verborgen waren, schien ganz in Gedanken versunken zu sein, also hatte sie sich wortlos neben sie gesetzt. Der Fliedergeruch von der Seife in Mrs Jacksons Haus stieg ihr in die Nase. Sie mochte ihn nicht besonders, aber sie wollte Tante Flo, wie sie ihre Gastgeberin auf deren Drängen hin nennen sollte, nicht beleidigen. Die alte Dame hatte sie unter ihre Fittiche genommen und schien ihren neuen Schützling aufrichtig gern zu haben.

Trotz Tante Flos Fürsorge fühlte Elsa sich verlorener und

einsamer denn je, und gerade, als dieser Zustand ihr wieder einmal quälend bewusst wurde, hatte die Fremde neben ihr die Hand ausgestreckt. Sie waren beide zusammengezuckt.

»Verzeihung, ich wollte Sie nicht erschrecken«, sagte Elsa.

Die Frau, die nur wenig älter wirkte als sie selbst, lächelte entschuldigend. »Nein, mir tut es leid, ich war gerade meilenweit weg.«

»Das ist ein schönes Fleckchen hier, finden Sie nicht? Eine gute Stelle, um sich zurückzulehnen und …«, begann sie, fand aber nicht die richtigen Worte.

»Die Welt an sich vorbeiziehen zu lassen?«

»Ja, und die Beine ein wenig zu entlasten«, ergänzte Elsa, die sah, dass die Frau schützend eine Hand über ihren Bauch gelegt hatte. Sie streckte sich stöhnend und ließ ihre eigene Wölbung deutlich hervortreten in der Hoffnung, dass die andere den Wink verstand, doch die lächelte nur.

»Ich heiße übrigens Maggie. Wir sind uns noch nicht begegnet, glaube ich, oder?«

»Ich bin noch nicht lange in Sedgefield. Ich heiße Elsa.« Ihre Stimme klang heiser, und sie räusperte sich, bevor sie fragte: »Und wer ist der Hübsche hier?«

Harvey tapste auf Elsas ausgestreckte Hand zu, während Maggie antwortete: »Das ist Harvey, mein ständiger Begleiter.«

Der Hund schüttelte sich, als seine neue Freundin ihm den Rücken kraulte. »Mir gefällt dein schicker Anzug, Harvey.«

»Harvey ist ein Blindenhund. Ich bin sehbehindert«, erklärte Maggie.

Elsa schnappte beeindruckt nach Luft. »Sie sind blind?«

Maggie lachte leise. »Ja, und ohne ihn wäre ich verloren. Buchstäblich.«

»Ich habe mal von Hunden gehört, die dazu abgerichtet

wurden, kriegsblinden Soldaten zu helfen, aber ich habe bisher noch nie einen gesehen.«

»Tatsächlich?«

»Also, ich glaube es eigentlich nicht«, sagte Elsa, plötzlich unsicher. »Ich komme aus Liverpool, und da muss es wohl auch einige geben.«

»Sind Sie dauerhaft hierhergezogen oder nur zu Besuch?«

Elsa überlief es kalt bei dem Gedanken, nach Hause zurückzukehren, obwohl sie wusste, dass es eines Tages sein musste. »Ich bleibe nicht für immer hier«, antwortete sie und begann, sich im gleichen Rhythmus wie ihre neue Bekannte den Bauch zu reiben. »Ich bin übrigens auch schwanger.«

Ein verwirrter Ausdruck zuckte über das Gesicht der anderen Frau, und ihre Hand hielt inne.

»Sie sind doch schwanger, oder?«, fragte Elsa, peinlich berührt bei dem Gedanken, dass sie sich geirrt haben könnte.

Maggies Antwort kam stockend. »Ja, doch, das bin ich. Sie fragen sich jetzt wahrscheinlich, wie um alles in der Welt eine Blinde ein Kind bekommen kann.« Sie sagte es leichthin, aber auch ein bisschen herausfordernd.

»Warum denn nicht? Man braucht keine Augen, um den Weg in das Herz eines Mannes zu finden«, flüsterte Elsa verschmitzt.

Maggie lachte. »Nein, wohl nicht. Tut mir leid, wenn ich mich ein bisschen aggressiv angehört habe. Ich sollte mir abgewöhnen, davon auszugehen, dass die Leute gleich den Stab über mich brechen.«

Elsa warf einen Blick auf den Ehering an ihrer Hand. »Ich bin wirklich die Letzte, die sich ein Urteil über andere erlauben darf«, sagte sie bedrückt.

»Ist etwas nicht in Ordnung?«

Elsa wagte nicht zu antworten.

»Das ist schon alles ein bisschen beängstigend, oder?«, fragte Maggie in die sich ausbreitende Stille hinein.

Elsa blickte über die spiegelglatte Wasseroberfläche. »Zu beängstigend, manchmal«, pflichtete sie bei.

»Möchten Sie darüber reden?«

Elsa schüttelte energisch den Kopf. Die Geschichte von ihrer frühen Witwenschaft war inzwischen zwar gut einstudiert, aber sie konnte es nicht mehr ertragen, anderen vom Verlust ihrer großen Liebe zu erzählen. »Ich soll allen sagen, dass mein Mann gestorben ist und ich bei Tante Flo wohne, bis ich das Kind zur Welt gebracht habe.«

»Aber?«

»Ich kann nicht darüber sprechen.« Elsa hielt sich den Mund zu, um das Geständnis zurückzudrängen, das ihr schon auf den Lippen lag.

»Meine Mutter hat immer gesagt, dass diese Bank etwas Besonderes an sich hat«, bemerkte Maggie nach einer Weile. »Sie brauchen es mir natürlich nicht zu erzählen, wenn Sie nicht wollen, aber diese alte Bank und ich sind gute Zuhörerinnen, und keine von uns beiden wird etwas verraten.«

»Ich möchte es schon so lange jemandem anvertrauen«, gestand Elsa. »Versprechen Sie mir, dass Sie es niemandem weitersagen?«

»Ich verspreche es.«

Elsa ließ ihre Hand an die Seite sinken und legte sie Halt suchend um die sanfte Wölbung der Holzlatten. »Tante Flo ist gar nicht meine Tante, sie ist noch nicht einmal mit mir verwandt, und es gibt auch keinen Ehemann, weder einen toten noch sonst einen. Der wahre Kern der Geschichte ist, dass ich schwanger bin, im fünften Monat nach meiner Berechnung.«

»So etwas kommt vor, daran ist kaum etwas Ungewöhnliches. Darf ich fragen, wie alt Sie sind, Elsa?«

»Zweiundzwanzig.«

Maggie runzelte die Stirn. »Das ist noch sehr jung«, sagte sie zögerlich. »Haben Sie Familienangehörige, die Sie unterstützen?«

»Oh, meine Eltern würden mich umbringen, wenn sie es herausfänden. Mein Vater hat immer zu mir gesagt, wenn ich mein Temperament nicht zügele, gibt's am Ende Tränen, und meine Mum hat mir zu verstehen gegeben, dass sie mich lieber auf der Straße sehen würde, wenn ich mir Scherereien einhandele, als dass ich Schande über die Familie bringe. Sie wären am Boden zerstört. Nur meine Schwester Celia weiß Bescheid.«

»Was wollen Sie tun, wenn das Baby da ist? Ihre Eltern werden bestimmt einlenken, wenn sie ihr Enkelkind sehen.«

Elsa hätte beinahe gelacht, wäre dieser Hoffnungsschimmer, der ihr da aufgezeigt wurde, kein unerreichbares Trugbild. »Werden sie nicht«, sagte sie stoisch. »Und da ich es unmöglich allein großziehen kann, werde ich zurück nach Liverpool gehen, und das Kind kommt zu einer achtbaren Familie.«

»Wollen Sie das denn?«

Elsa zog ihren Mantel schützend um sich. »Was ich will, ist Freddie. Ich will, dass er auf seinem Motorrad nach Sedgefield braust und uns beide rettet«, sagte sie. »Aber das ist nur ein alberner Traum, stimmt's? Freddie weiß noch nicht einmal, dass ich hier bin. Oder warum.«

»Haben Sie denn nicht vor, es ihm zu sagen?«

»Er ist ein amerikanischer Soldat. Wir haben uns auf einer Tanzveranstaltung kennengelernt, als er auf dem Luftwaffenstützpunkt Burtonwood stationiert war.«

»Burtonwood? Ich dachte, der wäre schon vor vielen Jahren geschlossen worden?«

»Nein, ich kenne ein paar Leute, die noch dort sind, nur nicht mein Freddie. Er hat mir das Herz gebrochen.«

»Sie haben sich verliebt«, stellte Maggie schlicht fest.

»Ein Mann in Uniform, wie konnte ich da widerstehen? Als ich hörte, dass er nach Deutschland versetzt werden sollte, war es, als würde man mir das Herz aus dem Leib reißen. Aber wir haben unsere letzten gemeinsamen Wochen in vollen Zügen genossen, und deshalb ist es so weit mit mir gekommen. Wenn ich gewusst hätte, in was für Schwierigkeiten ich stecke, hätte ich wohl nicht so sehr darauf gedrungen, Schluss zu machen, als er fortging. Ich fand das sehr erwachsen von mir. Ich wollte nicht den Rest meines Lebens auf ihn warten, wenn er doch irgendwann zurück nach Amerika gehen und mich vergessen würde.«

Beim Erzählen streichelte Elsa Harvey weiter, der es sich gern gefallen ließ und sogar ein- oder zweimal winselte, um seine Anteilnahme an ihrem Liebeskummer zum Ausdruck zu bringen.

»Und warum nehmen Sie jetzt nicht Kontakt zu ihm auf und sagen es ihm?«

»Weil ich will, dass er meinetwegen zurückkommt und nicht nur aus Pflichtgefühl, weil ich schwanger bin. Tief drinnen habe ich immer darauf gehofft – selbst an unserem letzten Abend, als wir uns voneinander verabschiedet haben.« Elsa holte tief Luft. Sie spürte Tränen in ihren Augen brennen, ließ sie aber nicht laufen, sondern hielt den Blick starr auf den See gerichtet. »Ich bin eine dumme, romantische Gans.«

»Es ist nichts verkehrt an ein bisschen Romantik.«

»O doch! Und das ist jetzt meine Strafe dafür. Ich hätte

auf meine Mutter hören sollen. Ich habe Freddie nicht verdient, und ich verdiene es erst recht nicht, sein Kind zu behalten.«

»Ich kenne Sie ja nicht gut, Elsa, aber Sie verdienen es sicher nicht, sich von ihrem Kind trennen zu müssen, nicht gegen Ihren Willen.«

»An manchen Tagen möchte ich nur in diesen verdammten See springen und mich von ihm verschlingen lassen, damit mir niemand mein Baby wegnehmen kann. Aber was für eine Mutter würde so etwas auch nur denken?«

»Eine sehr verzweifelte«, sagte Maggie voller Mitgefühl.

Die junge Frau neben ihr auf der Bank war völlig verstummt, sodass Maggie nicht wusste, ob sie überhaupt noch da war. Vielleicht hatte sie sich in Luft aufgelöst, war so lautlos verschwunden, wie sie gekommen war. Maggie überlief es kalt bei dem Gedanken, und sie spitzte die Ohren, um sich der körperlichen Existenz ihrer Gesprächspartnerin durch irgendein Geräusch zu vergewissern, hörte aber nichts als das Hämmern ihres eigenen Herzens.

Sie verließ sich auf ihr Gespür, und das sagte ihr, dass hier etwas nicht stimmte. Elsas Erscheinen war von zu vielen Widersprüchlichkeiten begleitet gewesen. Ihre Stimme deckte sich nicht mit ihrem Alter, und ihr altmodisches Parfüm stammte aus einer anderen Zeit, ebenso wie manches von dem, was sie gesagt hatte. Trotzdem fühlte sie sich ihr unmittelbar verbunden, vielleicht, weil sie beide solche Angst vor dem Mutterwerden hatten, wenn auch aus ganz unterschiedlichen Gründen. Nichts passte zusammen, und doch ergab alles einen Sinn, denn Elsa brauchte eine Freundin, und Maggie brauchte jemanden, dem sie helfen konnte. Mehr als alles andere wünschte sie sich, unter Beweis stellen zu können, dass sie nicht der hoffnungslose Fall war, für den sie sich selbst hielt.

»Ich will sie nicht hergeben. Ich kann es nicht.«

Die Stimme kam aus dem Nichts und ließ Maggie zusammenfahren.

»Elsa? Was ist mit Ihnen?«

»Ich ertrage es nicht, mein Kind zu verlieren«, sagte Elsa mit tränenerstickter Stimme. »Das überlebe ich nicht.«

Als die andere unruhig herumrutschte, legte Maggie ihre flache Hand auf die Sitzstreben der Bank und war froh, die Schwingungen zu spüren, die ihr bestätigten, dass sie stofflich vorhanden war. Aber sie spürte auch wieder diese Verbundenheit mit ihr, eine Verbundenheit, die bis unter die zahlreichen Farbschichten der Bank reichte, weit in der Zeit zurückzureichte … Sie machte sich bewusst, wie absurd das war und schob den Gedanken beiseite, um auf Elsa einzugehen. »Dann kämpfen Sie um Ihr Kind. Schlucken Sie Ihren Stolz herunter und sagen Sie es Freddie. Wenigstens wissen Sie dann, dass Sie alle Möglichkeiten ausgeschöpft haben. Können Sie ihn noch irgendwie kontaktieren? Ihn anrufen oder ihm eine E-Mail schreiben?«

»Eine was?«

»Können Sie ihm schreiben?«, fragte Maggie, die nicht darüber nachdenken wollte, warum Elsa keine E-Mail kannte.

»Ich könnte vielleicht jemanden in Burtonwood bitten, einen Brief weiterzuleiten«, überlegte Elsa. Es lag jetzt ein Funken von Hoffnung in ihrem Ton, den sie jedoch gleich wieder erstickte. »Aber selbst wenn er hier auftauchen würde, würde ich wohl nicht mehr auf sein Motorrad passen. Und ich werde den Gedanken nicht los, dass er aus meinem Leben verschwunden ist, so wie die Schwäne vom See verschwunden sind.«

Maggie wandte sich dem See zu, als wollte sie das Wasser absuchen, das sie nicht sehen konnte. »Was für Schwäne? Ich glaube nicht, dass es im Victoria Park je Schwäne gegeben hat.«

»Aber ich habe sie doch gesehen«, beharrte Elsa, und der spezielle Zauber, der die beiden werdenden Mütter in seinem Bann gehalten hatte, zerbrach. »Ich muss jetzt gehen«, fügte sie brüsk hinzu. »Sonst komme ich zu spät zur Arbeit.«

»Laufen Sie nicht weg, Elsa. Bitte, ich möchte Ihnen helfen«, sagte Maggie und streckte die Hand nach ihr aus, aber sie war nicht schnell genug und griff durch Luft. Elsa war fort und ließ nur einen Hauch von Flieder und ein Stück von ihrer Seele zurück, das die Bank für immer zu behalten gedachte.

VIERTES KAPITEL

Die Erfahrung hatte Maggie gelehrt, sich von niemandem helfen zu lassen, wenn sie eine Mahlzeit zubereitete. Kochen stellte keine unlösbare Aufgabe für sie dar, im Gegenteil, es machte ihr Spaß, aber es gab ein paar Hürden, die ihre volle Konzentration erforderten. Vor allem musste sie sich merken, was sie wohin gestellt hatte, und solange keine wohlmeinenden Helfer hereinkamen und alles herumschoben, konnte sie ein ganz anständiges Currygericht auf den Tisch bringen. Sie liebte es, mit Gewürzen zu experimentieren, deren vielfältige Aromen freigesetzt wurden, wenn man sie zerstieß, mahlte, röstete oder einfach im Topf mitköcheln ließ.

An diesem Abend kam es ihr sehr gelegen, auf ihrer Regel, dass niemand die Küche betreten durfte, zu bestehen, da ihr das einen kleinen Aufschub vor unangenehmeren Pflichten verschaffte. Judith und Ken waren bereits da, und es blieb James überlassen – nur mit Harvey als Verstärkung –, den Gastgeber für seine Eltern zu spielen. Jenny kam wie üblich zu spät, aber wenigstens hatte sie angerufen, um Bescheid zu sagen, dass sie sich gleich auf den Weg machen würde. Maggie hatte ihr angedroht, sie persönlich aus dem Haus zu zerren, wenn sie sich nicht beeilte. Jenny wohnte in einer großen Doppelhaushälfte aus den Dreißigerjahren, ganz ähnlich der von Maggie und James, was Wohnfläche und Baustil anging, und nur zwei Straßen weiter, weshalb sie wusste, dass es sich nicht um eine leere Drohung handelte.

Als Maggie das Lammcurry umrührte, stieg eine Dampfwolke auf, und sie atmete den köstlichen Duft ein. Erde und Feuer ergänzten sich perfekt in der Gewürzmischung, bei der ihr das Wasser im Mund zusammenlief. Mit einem Holzlöffel schabte sie über den Boden des Topfs und merkte, dass das Ganze noch ein bisschen brauchte, damit die Soße andickte und das Gemüse gar wurde. Ein kurzes Abschmecken sagte ihr, dass sie das Verhältnis von Eigengeschmack der Zutaten und Würzung genau richtig hinbekommen hatte. Alles andere war fertig, sodass es nun keinen Grund mehr gab, ihren Gästen fernzubleiben – das eilige Hallo bei der Begrüßung verlangte nach mehr, wie sie sehr wohl wusste.

Sie öffnete die Küchentür und verließ ihren Zufluchtsort. Die Diele war lang und breit und hatte einen soliden Holzfußboden und eine Decke, die bis zur vollen Höhe des Hauses reichte. Sie hörte den Regen auf das Oberlicht über der Treppe prasseln.

Ihre achtsamen Schritte verursachten nur ein leises Wispern, aber als sie rechts an der Wohnzimmertür vorbeikam, knarrte eine Bodendiele. Maggie blieb sofort stehen und erkundete den Boden mit ihrem bestrumpften Fuß. Dieser Teil des Hauses hatte seit dem Einzug die meisten Veränderungen erfahren, und die Dielen waren erst vor einem halben Jahr gelegt worden, sodass sie sich noch setzen mussten. Sie machte einen behutsamen Schritt nach links, bis sie mit ihrer ausgestreckten Hand die Tür gegenüber streifte, die unter der Treppe eingelassen war und früher zu einer großen Garage geführt hatte. Die Garage war zu zwei voneinander getrennten Arbeitsräumen umgebaut worden, und diese Tür bildete nun den Zugang zu ihrem Büro, während der Eingang zu James' Werkstatt an der Vorderseite des Hauses lag.

Maggie wurde zusehends nervöser und versuchte, gleichmäßig zu atmen, während sie auf die Esszimmertür zuging. Plötzlich stieß sie mit dem Bein an einen Gegenstand, der scheppernd umfiel. Fluchend tastete sie auf dem Boden herum, um festzustellen, was es war, während rhythmisches Knarren das Herannahen von jemandem auf der anderen Seite der Tür ankündigte. Als diese aufging, roch sie das Aftershave ihres Mannes.

»Ich habe nur einen Schirm umgestoßen, alles okay«, flüsterte sie.

»Zeit für ein starkes Getränk?«

»Wenn ich nur dürfte«, murmelte sie düster, bevor sie hineinging.

Das Esszimmer war erst vor Kurzem renoviert worden, und sie war froh über das Gefühl von Geborgenheit, das es ihr gab. Das hier war ihr Reich. Die frisch verputzten Wände waren in einem hellen Grünton gestrichen worden, der ins Bläuliche hineinspielte und die Art-déco-Strukturtapete in Silber- und Grautönen an der Stirnseite gut zur Geltung brachte. Vorhänge, Kissen und andere Wohnaccessoires nahmen die hellen Glanztöne der Tapete wieder auf. Bevor die hereinwehende Wolke von Currygewürzen das Zimmer erfüllte, konnte Maggie noch das Rosmarin- und Pfefferminzöl riechen, das sie in einer Duftschale erwärmt hatte, um ihre Gäste willkommen zu heißen.

»Nun, kann man dir jetzt helfen?«, erkundigte sich Judith.

»Nein, alles unter Kontrolle«, antwortete Maggie in dem gleichen aufgesetzt-munteren Ton wie ihre Schwiegermutter.

»Hier, Kindchen, das hast du dir verdient«, sagte Ken.

Maggie hörte das Gluckern beim Einschenken von Wein. Ein kräftiges Bouquet von Trockenpflaumen mit einer Note von Eichenholz mischte sich in die schon duftgeschwängerte Luft. Ob es an ihrer Nervosität lag oder an einer verspäteten

Morgenübelkeit, jedenfalls drehte sich ihr der Magen um, als sie sich zu den anderen an den Esstisch setzte.

»Für mich nicht, Ken, danke. Ich halte mich vorläufig an Mineralwasser.«

Das wäre eigentlich der optimale Aufhänger für ihre große Neuigkeit gewesen, doch von James kam nur Gläserklirren, als er sich daranmachte, ihr das Wasser einzuschenken. Also blieb ihr nichts anderes übrig, als selbst eine Erklärung hinzuzufügen. »Ich muss einen klaren Kopf bewahren, solange ich für das Abendessen zuständig bin.«

»Mum hat gerade erzählt, dass Liam Carolyn neuerdings damit in den Ohren liegt, dass er einen Hund will.«

»Na, wo hat er die Idee bloß her?«, sagte Maggie und klopfte auf ihren Oberschenkel, woraufhin Harvey im Nu bei ihr war und ihre Hand mit seiner feuchten Nase beschnüffelte, um herauszufinden, was sie gekocht hatte. Ein leises Niesen gab ihr zu verstehen, dass er von ihrer Menüwahl nicht besonders angetan war.

»Und, denkst du, sie wird nachgeben?«, fragte James seine Mutter.

»Ich hoffe es. Ein Hund könnte ihr Gesellschaft leisten, sie ist nämlich manchmal ein bisschen einsam, weil Tony beruflich so viel unterwegs ist. Ehrlich gesagt mache ich mir ein bisschen Sorgen um sie.«

»Bei unserer Abreise haben sie sich schon über Rassen unterhalten, die infrage kommen«, berichtete Ken, als niemand etwas darauf sagte. Weder James noch Maggie waren geneigt, sich auf ein Gespräch über den Zustand von Carolyns Ehe einzulassen. »Es war gut, dass wir nicht länger geblieben sind, sonst hätte deine Mutter sie noch alle zu irgendeinem Züchter geschleppt und eine Anzahlung auf den erstbesten Welpen geleistet.«

»Ich hoffe nur, sie schaffen sich keinen Labrador an«, sagte James. »Die Jungen sind sonst vielleicht nicht mehr so wild darauf hierherzukommen.«

»Du weißt genau, dass sie nicht in erster Linie wegen Harvey kommen«, sagte Maggie, die die Unsicherheit aus seinem scherzenden Ton herausgehört hatte. »So verrückt sie nach ihm sind, ihren Vater lieben sie noch mehr.«

»Und wir wollen auch ihre böse Stiefmutter nicht vergessen«, flachste James.

Maggie musste lachen und entspannte sich ein bisschen. Der erste Vorgeschmack auf das Muttersein hatte anfangs ziemlich abschreckend auf sie gewirkt, doch im Nachhinein betrachtet war das alles ein Klacks gewesen im Vergleich zu der Aussicht, sich um ein Neugeborenes kümmern zu müssen. Mit den Jungen hatte sie sich nach und nach vertraut machen können, und mit ihrer Mum an ihrer Seite hatte sie sich leicht in ihre neue Rolle und die damit verbundenen Aufgaben hineingefunden. »Die Hexe, die durch Wände hindurchsehen kann, meinst du?«

Liam und Sam hatten bald erfahren müssen, dass sie ihr nicht so auf der Nase herumtanzen konnten, wie sie geglaubt hatten. Mit ihrem scharfen Gehör sah Maggie um Ecken herum und durch geschlossene Türen hindurch, und manchmal erkannte sie sogar das Geräusch von feuchten Zungen, die ihr herausgestreckt wurden. Doch das Widerstreben der beiden, eine Rivalin um die Zuneigung ihres Vaters zu dulden, war bald von Maggies gewinnendem Charme besiegt worden – einem Charme mit vier Pfoten und wedelndem Schwanz.

»Wie geht es denn Kathy?«, erkundigte sich Judith, offensichtlich nicht gewillt, bei den Vorzügen ihrer neuen Schwiegertochter zu verweilen. »Arbeitet sie immer noch rund um die Uhr in ihrem Salon? Es wird höchste Zeit, dass diese Frau mal ein wenig kürzer tritt.«

»Das macht sie nie, und ich kann mir den Laden auch nicht ohne sie vorstellen«, sagte Maggie über die Person, die vor acht Jahren ausschlaggebend für ihre eigene Geschäftsgründung gewesen war. Ihre Beschäftigung mit Aromatherapie war bis dahin kaum über ein Hobby hinausgegangen, und das Angebot, einen alten Lagerraum in Kathys Salon anzumieten, war einfach zu gut gewesen, um es abzulehnen.

»Wir haben sie alle für verrückt gehalten, als sie damals von Nantwich wegzog und sich ausgerechnet in Sedgefield niederließ. Ihre Mum war absolut dagegen, aber Kathy hatte schon immer einen Dickkopf«, bemerkte Judith.

»*Sie* hat einen Dickkopf?«, grinste Ken, bevor er sich an Maggie wandte. »Ich muss jedes Mal in Deckung gehen, wenn die zwei im selben Zimmer sind. Wie sie es geschafft haben, seit fast fünfzig Jahren miteinander befreundet zu sein, ist mir ein Rätsel.«

»Ich bin jedenfalls sehr froh darüber«, warf James ein. »Dank Kathy habe ich Maggie gefunden.«

Judith hatte schon Luft geholt, um ihrem Mann die Meinung zu sagen, aber James' Bemerkung nahm ihr den Wind aus den Segeln, und sie atmete seufzend aus.

»Du hast dieses Zimmer wirklich toll hingekriegt, mein Sohn«, bemerkte Ken in das Schweigen hinein, während Maggie immer noch darauf wartete, dass James sich einen Ruck gab. »Überhaupt, das ganze Haus macht sich langsam richtig gut.«

»Ja, es war eine ziemliche Plackerei, das ganze alte Zeug herunterzuholen. Hier waren etwa sechs Schichten Tapete drunter«, erzählte James. »Aber das Endresultat ist allein Maggies Verdienst.«

»Ach, James, du hast dein Licht schon immer gern unter den Scheffel gestellt. Als Kind war er genauso«, sagte Judith.

Als Maggie antwortete, klang sie wie eine frustrierte Lehrerin, die es satthatte, sich ständig wiederholen zu müssen, dabei aber eine freundliche Fassade aufrechterhielt. »Ich habe Rosmarin und Pfefferminze als Grundthema gewählt, weil beide verdauungsfördernde Eigenschaften haben, also bestens geeignet für ein Esszimmer sind, und natürlich ergänzt sich das Blaugrün der Pfefferminze sehr schön mit dem Silbrigen der Rosmarinblätter. Auch wenn ich keine Farben mehr sehen kann, kann ich sie doch mit meinem Geruchssinn visualisieren. Meine Mutter hat mir die Grundlagen dieser Technik beigebracht, und in meiner Ausbildung zur zugelassenen Aromatherapeutin konnte ich diese Visualisierungsfähigkeit noch vertiefen«, erklärte sie etwas steif, um Judith daran zu erinnern, dass sie eine qualifizierte Fachfrau war. »Die Gestaltung jedes Zimmers ist genau durchdacht, und mein nächstes Projekt wird das dritte Schlafzimmer sein.«

Maggie wandte sich mit grimmiger Erwartung James zu.

»Der Raum hat wenigstens eine anständige Grundfläche«, sagte Ken, »nicht so eine bessere Besenkammer wie viele Gästezimmer, aber die Jungs werden sich trotzdem darum streiten, wer das größere bekommt.«

James ging nicht sofort darauf ein, und die Spannung am Tisch wurde unerträglich. Maggie musste sich auf die Zunge beißen, um ihm nicht zuvorzukommen. Als er sich räusperte, war ihm sein Unbehagen deutlich anzumerken, ein Widerspruch zu all seinen Beteuerungen, wie gut seine Eltern die Neuigkeit aufnehmen würden.

»Eigentlich«, sagte er endlich, »wird es ein Kinderzimmer. Wir bekommen nämlich ein Baby. Maggies Termin ist im Oktober.«

Zu ihrem Bedauern konnte Maggie nicht sehen, wie Judith die Kinnlade herunterklappte, aber sie stellte sich vor, dass sie gerade auf der Tischplatte auftraf. Herausfordernd blickte sie in ihre Richtung.

»Junge, das ist ja groß…«, hob Ken an, doch seine spontane Freude wurde von seiner Frau zunichtegemacht, die vollkommen erwartungsgemäß reagierte.

»Oh, James, was hast du dir nur dabei gedacht?«

»Was soll das heißen?«, entgegnete James, beinahe scharf für seine Verhältnisse.

»Hast du dir das auch wirklich gut überlegt? Was ist mit deinen Plänen für die Zukunft?«

»Das *ist* meine Zukunft, Mum!«

Judith ließ sich nicht zum Schweigen bringen. »Ich weiß, dass ihr beiden ganz gut zurechtkommt, aber wäre ein Kind nicht eine allzu große Belastung? Als du mit Maggie zusammengezogen bist, hatte ich schon Bedenken, dass dein Geschäft darunter leiden könnte, aber da hast du mich widerlegt, da habt ihr mich beide widerlegt, das muss ich euch lassen … Nur, Junge, mal im Ernst – wie willst du dich auch noch um ein Baby kümmern?«

»Ich werde natürlich meinen Teil dazu beitragen«, sagte James, »aber Maggie ist sehr gut in der Lage, sich um das Kind zu kümmern, genauso, wie sie sich um sich selbst und um ihren Mann kümmern kann.« Er nahm Maggies Hand, und als ihre Fingerspitzen sein Handgelenk streiften, spürte sie seinen hämmernden Puls.

Sosehr sie auch selbst mit Zweifeln rang, dachte sie nicht daran, sich etwas davon anmerken zu lassen. »Sicher, es wird sich einiges verändern, es wird eine Herausforderung werden«, sagte sie, »aber die werden wir meistern. Wir werden unser Bestes als Eltern geben.«

»Trotzdem …« Das Wort des Widerspruchs kam herausgeschossen wie ein Torpedo, ein Warnschuss vor der nächsten Salve, doch mit einer seltenen Demonstration von Durchsetzungsvermögen entwaffnete Ken seine Frau.

»Wir sind einfach nur überrascht, das ist alles. Herzlichen Glückwunsch euch beiden! Ihr könnt auf unsere Unterstützung zählen.«

»Ich bin froh, dass du das sagst, Dad«, sprang James gleich darauf an. »Maggie möchte nämlich weiter in ihrem Beruf arbeiten, stimmt's?«

Maggie fühlte sich überrumpelt und konnte nur nicken, als sie merkte, wohin er das Gespräch lenkte. Ursprünglich war es so gedacht gewesen, dass Joan bei der Betreuung des Kindes helfen würde, damit Maggie möglichst bald in den Salon zurückkehren konnte. Da sie keine qualifizierte Vertretung hatte, lief sie Gefahr, Kundschaft zu verlieren, wenn sie zu lange wegblieb. Sie behandelte nur zwei bis drei Stunden pro Tag, und ihre Mum war liebend gern bereit gewesen, in dieser Zeit das Kind zu nehmen, aber diese Überlegungen waren vor unglaublich langer Zeit angestellt worden. Seitdem hatte sich die Lage verändert, und sie war davon ausgegangen, dass James das klar war. Doch der fuhr unbeirrt fort.

»Also, was haltet ihr davon, bei eurem nächsten Enkelkind ein bisschen mehr mit anzupacken?«, fragte er munter.

Judith schnappte hörbar nach Luft, und das zu Recht. Sie war achtundfünfzig, und im Gegensatz zu Kathy freute sie sich bereits auf ihren Ruhestand. Sie hatte ihre Arbeitszeit als ehrenamtliche Helferin im Laden einer Wohltätigkeitsorganisation bereits reduziert und wollte ganz aufhören, wenn Ken sich im kommenden Jahr aus seinem Beruf als Architekt zurückzog. Ein Baby zu versorgen gehörte nicht zu ihren Plänen, wofür Maggie vollstes Verständnis hatte – der

Gedanke erschreckte sie schließlich selbst. Zum Glück blieb Judith die Antwort erspart, weil es an der Tür klopfte. Jenny war da.

Jenny einzuladen war ein genialer Einfall gewesen. Sie war nicht nur eine dringend benötigte Verbündete, sondern konnte auch mit allen über alles reden und hielt die Unterhaltung während des Essens in Gang, sodass kaum verlegene Pausen entstanden.

Maggie und sie kannten sich schon, seit sie fünfzehn waren. Jenny war damals gerade frisch mit ihren Eltern nach Sedgefield gezogen, und das Auftauchen einer schweigsamen, mürrischen Neuen in der Schule hatte sich für Maggie als Segen erwiesen. Sie war in dieser Regelschule bis dahin einigermaßen gut zurechtgekommen, aber als in der Pubertät die Hormone außer Rand und Band gerieten, entwickelten ihre Mitschüler sich in einem anderen Tempo, sodass sie langsam, aber sicher an den Rand gedrängt wurde. Die beiden Außenseiterinnen hatten sich gegen die übrige Welt zusammengeschlossen, und irgendwann war dann Jennys wahre Persönlichkeit zu Tage getreten, und seitdem hatte sie nicht mehr den Schnabel gehalten.

»So, Maggie«, sagte sie nun, »wann hattest du denn vor, uns von deinem Geist zu erzählen?«

»Wir haben einen Geist?«, fragte James.

»Nein, wir haben *keinen* Geist«, erwiderte Maggie zähneknirschend und bereute es bitter, Jenny von ihrer morgendlichen Begegnung am See erzählt zu haben, zumal sie sich selbst immer noch keinen Reim darauf machen konnte. Trotz ihres Leugnens wurde sie den Eindruck nicht los, dass Elsa mehr der Vergangenheit als der Gegenwart angehörte. Dahin zog sie sich selbst schließlich auch oft genug zurück, und wäre es wirklich so abwegig zu glauben, dass ihre Lieblingsbank Menschen wieder zum Leben erwecken konnte, die sich einst auf ihr ausgeruht hatten?

Jenny hatte sogleich die übernatürlichen Aspekte der Geschichte herausgepickt, und obwohl Maggie ihr nur sehr wenig von Elsa und überhaupt nichts von deren Geheimnis erzählt hatte, war die Neugier ihrer Freundin offenkundig angestachelt. Doch sie würde sich nicht hier am Esstisch in eine Diskussion darüber verwickeln lassen. »Ich habe eine andere werdende Mutter im Park getroffen, die ein bisschen exzentrisch war, das ist alles. So, und wie läuft's im Job, Jenny?«

Jenny bemerkte ihren Fehler und sträubte sich nicht gegen den abrupten Themenwechsel. »Also, ich dachte ja, es würde mir schwerfallen, wieder zu arbeiten, aber ich muss sagen, es ist eine Wohltat, zur Abwechslung mal Gespräche führen zu können, die sich nicht um die Schlaf-, Ess- und Verdauungsgewohnheiten eines Babys drehen.«

»Und wenn man sich auf eins verlassen kann bei einem Besuch in Jennys Bank, dann auf ein gutes Gespräch«, warf James augenzwinkernd ein.

»Ich nehme mir eben die Zeit, meine Kunden persönlich kennenzulernen. Und ob du's glaubst oder nicht, diese Form von individuellem Service ist zu einer begehrten Seltenheit geworden.«

»Es würde mich nicht wundern, wenn das bald zu den Geschäftsprinzipien der Bank erhoben würde«, fügte Maggie mit einem schelmischen Lächeln hinzu. »Ich finde, alle Angestellten sollten ihre Kundschaft darüber informieren können, welcher VIP mit wem schläft und was in den aktuellen Soaps passiert, ganz zu schweigen von den neuesten Modetrends von der Straße.«

»Ich sorge dafür, dass du immer up to date bist, oder?«

»Ja, das tust du«, räumte Maggie ein. Jenny war ihre persönliche Stilberaterin, während Kathy sie in puncto Pflege und Kosmetik auf dem neuesten Stand hielt. Bei ihren ersten Dates mit James war es den beiden zu verdanken gewesen, dass sie aussah wie die junge Frau, die sie war, und nicht wie die alte Jungfer, als die sie sich allmählich zu fühlen begann.

»Außerdem leiste ich einen Dienst an der Gemeinschaft, nur damit ihr's wisst. Ich unterhalte eine Art lokale Infobörse, gebe Auskunft über die Öffnungszeiten des Ärztezentrums und wo man die besten Schnäppchen machen kann. Ich bin ein wandelndes Schwarzes Brett, und die Leute lassen sich gern von mir bedienen. Und bevor ihr zwei noch mehr süffisante Bemerkungen vom Stapel lasst – auch unser Filialleiter hat endlich meine Vorzüge erkannt und mir nahegelegt, mich um den Posten der stellvertretenden Filialleiterin zu bewerben, der im Herbst neu ausgeschrieben wird!«

James ließ sich nicht den Mund verbieten. »Na, wenn jemand sich eine Beförderung erquasseln kann, dann du.«

Sie lachten, aber Judith und Ken liefen Gefahr, vom Tischgespräch ausgeschlossen zu werden. Maggie war mit einem Ohr bei dem Geplänkel und mit dem anderen bei dem unbehaglichen Schweigen ihrer Schwiegereltern, die ihren Kaffee nach dem Essen in großen Schlucken tranken. »Möchtest du noch einen?«, fragte sie Judith, als sie hörte, wie diese ihre leere Tasse auf dem Unterteller absetzte.

»Nein danke.«

»Lust auf was Stärkeres, Dad?«

»Hätte nichts dagegen, mein Junge.«

»Darf ich den Damen auch etwas anbieten?«, fragte James, erhielt jedoch einen Schwall höflicher Ablehnungen zur Antwort. »Dann also nur wir beide, Dad.«

»Das bedeutet wohl, dass ich fahren muss«, seufzte Judith.

»Danke, Schatz.«

»Mach mir nur ja keine Vorwürfe, wenn ich gegen dieses blöde Gartentor krache. Es ist neulich wieder aus den Angeln gekippt, wie jedes Mal, wenn dein Dad versucht hat, es zu reparieren.«

»Soll ich es mir mal ansehen?«, erbot sich James.

»Ach, wir kriegen das schon hin. Am besten nehme ich es mir demnächst mal selber vor.« Die Ablehnung klang nur halbherzig, und da James gutmütig darauf bestand, vorbeizukommen und das Einfahrtstor zu reparieren, hatte Judith mal wieder erreicht, was sie wollte.

Stühle scharrten über den Fußboden, als James und Ken sich in die Küche zurückzogen, bald gefolgt von Harvey, der keine Extraeinladung brauchte, um seinen Lieblingsort im ganzen Haus aufzusuchen.

»So«, rief Jenny, in die Hände klatschend, »reden wir über Babys!«

Jenny hatte gleich nach ihrer Ankunft begriffen, dass die große Neuigkeit verkündet und genauso schlecht aufgenommen worden war, wie Maggie befürchtet hatte. Das hatte sie jedoch nicht davon abgehalten, das Gespräch bei jeder sich bietenden Gelegenheit auf das Thema »Kinder« zu bringen, und es zeichnete sich allmählich ab, dass sie Judith nicht gehen lassen würde, bis diese vor Begeisterung übersprudelte.

»Lily ist wirklich ein hübsches Ding«, sagte Judith höflich, sich auf die unzähligen Fotos von Jennys sechs Monate alter Tochter beziehend, die ihr unter die Nase gehalten worden waren.

»Ich werde versuchen, daran zu denken, wenn sie mal wieder morgens um drei Uhr brüllt wie am Spieß.«

»Ich glaube, niemand versteht so richtig, wie sehr ein Baby das Leben verändert, bis man selbst eines hat. Aber Sie haben Glück, dass Sie die Kleine bei Mark lassen können. Ken war zum Babysitten ja nie zu gebrauchen.«

»Babysitten?«, rief Jenny empört. »Er ist ihr Vater, und wir sind gleichberechtigte Partner. Ab und zu muss ich ihn vielleicht daran erinnern, aber das ist der Deal. Siehst du das nicht auch so, Maggie?«

»Abwarten.«

»Ich freue mich ja so, dass Maggie und ich bald zusammen Mütter sind, Judith. Ich hatte die Hoffnung schon fast aufgegeben, und ich glaube, Maggie ging es genauso. Ich konnte einfach nicht schwanger werden, und sie konnte einfach nicht den Richtigen finden, und jetzt sehen Sie uns an!«

»Ja, James war ein guter Fang«, sagte Judith.

Jenny blieb bei ihrem heiteren Ton, ohne die bissige Bemerkung zu übergehen. »Maggie aber auch. Sehen Sie sich nur diese hohen Wangenknochen und diesen Körper an«, sagte sie und stieß ihre Freundin an, deren hohe Wangenknochen vor Verlegenheit zu glühen begannen. »Was würde ich nicht für deine Figur geben, selbst jetzt noch, im vierten Monat. Du siehst kein bisschen schwanger aus.«

»Nein, ich wäre bestimmt nicht darauf gekommen«, fügte Judith betont hinzu.

Jenny ließ sich nicht beirren. »Ich hoffe, sie bekommt ein Mädchen, damit es ihr Aussehen erbt. Was meinen Sie, Judith? Wäre es nicht schön, zur Abwechslung eine Enkeltochter zu haben?«

»Ich weiß nicht. Darüber habe ich noch nicht nachgedacht.«

»Es ist wohl immer noch ein kleiner Schock«, sagte Jenny, nicht ohne einen vorwurfsvollen Unterton.

Judith seufzte, als laste das Gewicht der Welt auf ihren Schultern. »Ach, ich verstehe immer noch nicht, was sie sich dabei gedacht haben, Jenny.«

Maggie presste die Lippen aufeinander, während sie mit ihren Gefühlen kämpfte. Da war Fassungslosigkeit, dass ihre Schwiegermutter über sie redete, als wäre sie gar nicht vorhanden, da war Wut, weil Judith ihr nicht einmal die Chance geben wollte, sich als Mutter zu bewähren, und dann war da noch die allgegenwärtige Furcht vor einer Zukunft, die sie nicht mehr selbst in der Hand zu haben schien.

»Vielleicht, dass es schön wäre, eine Familie zu gründen?«, erwiderte Jenny mit hochgezogenen Augenbrauen.

Einen Moment lang hörte Maggie nichts als das Hämmern ihres Herzens, und dann, ohne Vorwarnung, plärrte Musik unterm Tisch los. Jenny fischte fluchend ihr Handy aus der Handtasche. »Das wird Mark sein. Ich kann keinen einzigen freien Abend haben, ohne dass irgendetwas ist. Entschuldige, Maggie, ich muss wohl rangehen.«

Jenny ging hinaus in den Flur und ließ die beiden Frauen miteinander allein. Judiths Stuhl ächzte leise, als sie sich gezwungen sah, ihre Schwiegertochter wieder wahrzunehmen. »Hast du das auch wirklich gründlich durchdacht, Maggie?«, fragte sie. »Wie willst du das schaffen? Wir könnten euch natürlich ein wenig unter die Arme greifen, aber wir werden auch nicht jünger.«

Die gespielte Gebrechlichkeit in Judiths Ton hätte Maggie belustigt, wenn sie nicht vor Empörung gekocht hätte. »Da gebe ich dir recht. Ich weiß nicht, was James sich dabei gedacht hat, euch um Hilfe zu bitten. Ich will zwar bald wieder anfangen zu arbeiten, aber wir könnten zum Beispiel dieselbe Kinderkrippe in Anspruch nehmen wie Jenny. Du brauchst dir in dieser Hinsicht wirklich keine Sorgen zu machen.«

»Aber ich mache mir Sorgen. Wie wollt ihr das denn bezahlen, noch dazu, wenn James gezwungen ist, auch weniger zu arbeiten? Er wird nicht mehr so gut für seine Familie sorgen können – und damit meine ich vor allem die Jungs. Ich weiß, das klingt hart, aber ich sehe ehrlich nicht, wie das funktionieren soll. Ich sehe es einfach nicht.«

»Und ich dachte, ich wäre hier die Blinde«, entgegnete Maggie. »Meine Mutter hat mich in der Überzeugung erzogen, dass ich alles erreichen kann, was ich mir vornehme. Gut, ich werde wohl nie Auto fahren können, aber ich schaffe es trotzdem ganz gut, von A nach B zu kommen.«

»Das stimmt. Du kannst sehr viel und versetzt mich immer wieder in Erstaunen, ehrlich. Dieses Essen, das du gekocht hast, wie du James geholfen hast, das Haus zu gestalten …«

»Dann gib mir eine Chance. Das sind nicht irgendwelche Tricks, die ich hier vorführe, so lebe ich meinen Alltag, ganz normal.«

Hohe Absätze klapperten auf Holz, als Jenny zurückkam. »Lily zahnt, und Mark kann sie nicht beruhigen«, sagte sie. »Kein Wunder, wenn man bedenkt, dass er zurzeit kaum genug zu Hause ist, damit das Kind ihn erkennt. Es tut mir furchtbar leid, Maggie, aber ich muss gehen. Ich sage den Jungs eben noch tschüss und schicke sie wieder zu euch rein.«

Es folgten ein paar bedauernde Umarmungen und Maggies Versprechen, ein Zahnwehgel zurechtzumixen, sobald sie am Montag wieder im Salon war, und dann war Jenny weg.

Judith seufzte erneut, und als sie James und Ken durch den Flur herannahen hörte, konnte sie es sich nicht verkneifen, noch einen letzten spitzen Pfeil in Maggies Richtung abzuschießen. »Wenn Jenny es schon anstrengend findet, wie willst *du* dann damit fertigwerden?«

Das war der erste Einwand ihrer Schwiegermutter, dem Maggie nichts entgegenzusetzen hatte. In dem verzweifelten Versuch, sich ihre schwindende Zuversicht zu erhalten, wollte sie sich den regelmäßigen Herzschlag ihres Kindes in Erinnerung rufen, aber es war das Geräusch der ans Seeufer schlagenden Wellen, das ihr ungebeten in den Sinn kam, und sie merkte, wie sie in Selbstzweifeln ertrank.

FÜNFTES KAPITEL

Am Montagvormittag, nach einem stetig fließenden Strom von Kundinnen, arbeitete Maggie ein paar liegengebliebene Dinge ab. Zwischendurch griff sie zum Telefon, jedoch ohne zu wählen. Sie wollte ihren Vater anrufen und wenigstens stellvertretend etwas von der Freude spüren, die ihr bisher versagt blieb, aber es war nicht der richtige Zeitpunkt, um ihm von ihrer Schwangerschaft zu erzählen. Stan hatte ein schweres erstes Jahr ohne seine Frau hinter sich und fand dem Vernehmen nach jetzt allmählich Geschmack an seinem neuen Leben in Spanien. Wenn er ihr abnehmen sollte, dass sie ohne ihn zurechtkam, musste sie schon etwas optimistischer klingen, als sie sich im Moment fühlte.

Maggie atmete tief den Duft von Gewürznelken ein, als sie einen milden Balsam gegen Lilys Zahnungsbeschwerden zubereitete. Auch die belebenden Eigenschaften des ätherischen Öls gaben ihr nicht den nötigen Schwung, um ihren Behandlungsraum zu verlassen, aber sie ging trotzdem hinaus.

»Du warst ja schwer beschäftigt heute Morgen«, bemerkte Kathy als Erstes. »Ich dachte schon fast, dass du mir aus dem Weg gehst.«

Kathys Scharfblick konnte es ohne Weiteres mit Maggies Fähigkeit, aus dem Tonfall einer Person auf deren Gesichtsausdruck zu schließen, aufnehmen. Sie hatten beide ihre Methoden, Lügen und Ausflüchte sofort zu erkennen, also machte Maggie sich gar nicht erst die Mühe. »Ich weiß, sie ist eine gute Freundin von dir, Kath, aber …«

»Schon gut, schon gut. Ich habe mit Judith gesprochen – sie hat sich da ziemlich in was hineingesteigert. Und ich fürchte, ich habe es auch nicht gerade besser gemacht.« Kathy seufzte. »Mir ist herausgerutscht, dass ich schon seit einer ganzen Weile von deiner Schwangerschaft weiß.«

»Es kann sie doch nicht im Ernst gewundert haben, dass ich es ihr nicht sagen wollte? Ihre Reaktion stand schließlich von vornherein fest.«

»Und, war es schlimm?«

Das war genau die Sorte Fragen, der Maggie hatte aus dem Weg gehen wollen. Bisher hatte sie Judiths unverschämteste Kommentare für sich behalten, weil sie James nicht in eine Zwickmühle bringen wollte, und mit Kathy war es das Gleiche. »Warum seid ihr beide noch mal so gut miteinander befreundet?«, fragte sie zurück.

»Ich fühle mich jünger, wenn ich so eine alte Nörglerin um mich herum habe.«

Maggie erwiderte das Lächeln, das sie in Kathys Stimme hörte. »Und ich dachte immer, es ist sowieso eine Garantie für ewige Jugend, Inhaberin eines Schönheitssalons zu sein«, sagte sie, aber sie wusste genau, was Kathy meinte. Die beiden waren zwar im selben Alter, aber da hörten die Gemeinsamkeiten auch schon auf. Während Judith bereits einen Gang herunterschaltete, dachte Kathy nicht daran, in Würde zu altern. Sie trug einen flotten Kurzhaarschnitt, der ihre feinen Gesichtszüge betonte, und bezeichnete ihre Haarfarbe als Platinblond, obwohl ihre Haare so strohig wirkten, als wären sie ohne Zuhilfenahme von Wasserstoffperoxid vollkommen grau. Da sie regelmäßig auf ihrem Massagetisch lag, wusste Maggie, dass die Spuren der Zeit auch vor Kathy nicht Halt gemacht hatten, aber trotz einiger Falten hier und da war ihre Haut glatt und hatte sich genug Elastizität bewahrt, dass sie genauso jugendlich aussah, wie es zu ihrer Lebenseinstellung passte.

»Bitte mach dir keine Gedanken wegen Judith, Maggie. Sie regt sich nur so auf, weil sie das Beste für James will. Und für dich«, fügte Kathy hinzu, aber nicht schnell genug.

Maggie zuckte die Achseln. »Mit James hast du sicher recht. Sei mir nicht böse, Kath, aber ich muss jetzt los. Ich habe Jenny versprochen, sie in der Bank abzuholen«, sagte sie und ergriff die Flucht, bevor ihr Entschluss, über ihre Schwiegermutter zu schweigen, noch mehr ins Wanken geriet.

Sie setzte ihre Sonnenbrille auf, um das gedämpfte Sonnenlicht abzuhalten, das über ihr Gesichtsfeld flirrte, und schlug mit Harvey den Weg zur Bank ein. Doch kaum waren sie ein paar Meter gegangen, wurden sie auch schon wieder angehalten.

»Hallo, ich bin hier«, rief Jenny. Sie klang außer Atem, als wäre sie gerannt. »Die Krippe hat angerufen, sie warten händeringend auf dieses Wundermittel, das du mir versprochen hast.«

»Wie geht es Lily?«, fragte Maggie, während sie ihr die Salbe gab. Sie machten zusammen kehrt und gingen in Richtung Kinderkrippe, die auf dem gleichen Weg lag wie der Park, der Maggies nächstes Ziel war.

»Sie ist knallrot im Gesicht und übellaunig.«

»Und dir?«

»Genauso«, witzelte Jenny.

»Ich mache mir ein bisschen Sorgen«, gestand Maggie. »Ich weiß, dass du dich über Mark geärgert hast, weil er dich gestern Abend von uns weggeholt hat, aber irgendwie klang es, als steckte noch mehr dahinter. Was ist los?«

»Ach, alles und nichts.«

Sie waren am Eingang zum Park angekommen und blieben stehen. »Und jetzt mal ehrlich?«

Jenny sog die Luft zwischen den Zähnen ein, um ihre Gefühle unter Kontrolle zu bringen. Es nützte nichts. »Mark arbeitet die ganze Zeit von früh bis spät, und ich weiß, dass es im Moment nicht leicht ist für Immobilienmakler, aber er scheint überhaupt nicht anzuerkennen, dass ich es auch schwer habe. Ich arbeite jetzt seit ein paar Wochen wieder, und offenbar wird von mir erwartet, alles unter einen Hut zu bringen, das Kind, den Job, den Haushalt. Sieh mich nur an, hier renne ich in meiner sogenannten Mittagspause zur Babykrippe, um nach unserer Tochter zu sehen. Es ist wirklich verdammt hart, Maggie.«

Jenny schluckte, aber es war Maggie, die das Weinen unterdrücken musste. Die Saat des Zweifels, die Judith gesät hatte, war aufgegangen und brach durch das Fundament an Lebensmut, das ihre Mum in ihr aufgebaut hatte.

»Maggie? Was ist los?« Jenny griff nach ihren Händen.

»Wenn du schon nicht klarkommst, was habe ich dann für eine Hoffnung?«, flüsterte sie kaum hörbar.

Jenny drückte ihre Hände. »Ach, hör nicht auf mich, ich brauche einfach nur mal wieder ein bisschen Zeit für mich selbst. Was ist passiert, Maggie? Die verdammte Judith, stimmt's?«

»Ja … nein … ich weiß nicht. Sie denkt, dass ich es darauf abgesehen habe, James das Leben zu vergällen, und langsam fürchte ich, dass es genau darauf hinauslaufen wird. Es kommt so viel Unwägbares auf mich zu, und das macht mir Angst. Ich will alles haben, Jenny – Kind, Job, Haus«, scherzte sie schwach in Anspielung auf Jennys Klagen, »aber wie soll das gehen? Es ist nicht nur ein Zeitproblem, auch finanziell reicht es nicht. Wenn ich wieder arbeite, muss ich das Baby in eine Krippe geben, aber dazu verdiene ich einfach nicht genug. Deshalb wollte James, dass Judith mit einspringt, aber zum Glück will sie das gar nicht. Bin ich selbstsüchtig?«

»Nein, du fühlst dich nur gerade etwas überfordert. Aber du musst es dir ja auch nicht schwerer machen als nötig. Wenn ich die Wahl hätte, würde ich den Job sofort hinschmeißen, und dir würde es die nötige Zeit verschaffen, dich ans Mutterdasein zu gewöhnen.«

Maggie wurde noch schwerer ums Herz. Das war nicht die Antwort, die sie hatte hören wollen. Sie war nicht bereit, ihre kleine Praxis, für die sie so hart gearbeitet hatte, aufzugeben.

»Aber wenn du darauf bestehst, Superwoman zu sein«, fuhr Jenny fort, »was soll's, wenn du die Krippengebühren nicht aufbringen kannst? Dann muss James eben mehr arbeiten und den Rest dazubuttern. Das ist das Mindeste, was er tun kann, nachdem er es zugelassen hat, dass Judith dich fertigmacht.«

Maggie wollte zur Antwort lächeln, doch ihre Superwoman-Kräfte verließen sie gerade. »James, der Glückliche, ahnt nichts davon. Alles, woran er sich von Samstagabend erinnert, ist, dass er mit seinem Vater in der Küche eine Flasche Single Malt gekippt hat, um schon mal auf das Baby anzustoßen.«

»Er weiß es. Vielleicht hat er nicht alles mitgekriegt, was Judith von sich gegeben hat, aber die ständigen Anspielungen auf Carolyn konnte er ja wohl kaum überhören.«

»Die Vergleiche mit ihr, meinst du. Ich glaube, sie hofft immer noch, dass Carolyn erkennt, was für einen schrecklichen Fehler sie begangen hat, und James anfleht, alles wieder rückgängig zu machen. Im Übrigen kann er so etwas durchaus überhören. Wenn man ihn lässt, steckt James gern mal den Kopf in den Sand«, sagte Maggie, bereute das strenge Urteil über ihren Mann jedoch gleich wieder. »Aber nur, weil er so ein sanftes Gemüt hat, und deshalb liebe ich ihn ja auch.«

»Sanftes Gemüt oder nicht, er hält bestimmt nichts davon, dass seine Frau so tut, als wäre alles in Ordnung, wenn es nicht stimmt. Rede mit ihm.«

»Ich will nicht die Ursache eines Zerwürfnisses in der Familie sein, nicht nach alledem, was James schon durchgemacht hat.«

»*Du* wärst nicht die Ursache eines Zerwürfnisses, sondern Judith. Sag es ihm.«

»Na gut«, gab Maggie zum Schein nach. »Aber nur, wenn du mit Mark darüber redest, dass du dich auch überfordert fühlst.«

»Na gut«, sagte Jenny, noch weniger überzeugend. »Und wir sollten uns auch mehr Zeit für uns nehmen. Wie wär's, wenn wir mal wieder die Stadt unsicher machen und tanzen gehen?«

Maggie musste lachen, obwohl sie den Verdacht hatte, dass Jenny es ernst meinte. »Wie wär's eher mit einem Yogakurs?«, entgegnete sie und dachte an die Clubnächte mit Jenny in Chester, die sie vorwiegend damit zugebracht hatte, sich bei anderen auf der Tanzfläche zu entschuldigen, weil sie ihnen auf die Füße getreten war.

Jenny entspannte sich, als sie sie lächeln sah. »Ja, wir sollten uns jetzt wohl wie vernünftige verheiratete Frauen benehmen. Okay, tut mir wirklich leid, Maggie, aber ich muss das hier schleunigst zur Krippe bringen. Kommst du klar?«

Maggie versicherte es ihr und glaubte es beinahe selbst. Als sie und Harvey den Park betraten und automatisch die gewohnten Wege einschlugen, dachte sie an all die Menschen, die auf ihrer Seite waren. Spielte es wirklich eine Rolle, dass Judith nicht dazugehörte? Sie hatte gute Freunde und einen liebevollen Mann, ganz zu schweigen von einer großartigen Hebamme, die schon dabei war, alles an Unterstützung für sie zu organisieren, was sie brauchte, um es mit der Mutterschaft aufzunehmen.

Oben am Hang angekommen, der hinunter zum See abfiel, begann ihr brüchiges Selbstvertrauen jedoch schon wieder zu bröckeln. Sie wandte ihr Gesicht der Parkbank zu, als könnte sie das schmiedeeiserne Gestell und die schmerzlich leere Sitzfläche sehen. Ihre Mutter hätte hier sein sollen, um die Freude über die Erfüllung ihres Kinderwunsches mit ihr zu teilen und ihr bei den Geburtsvorbereitungen zu helfen. Sie hätte hier sein sollen, um ihre Zweifel zu beseitigen. Doch ihre Mum war nicht mehr bei ihr, und Maggie vermisste sie mehr denn je.

Mit bleischweren Beinen stolperte sie abwärts auf die Bank zu, und jeder holperige Schritt erschütterte ihren Körper wie ein Hieb. Ihr Herz hämmerte gegen ihren Brustkorb, auf den ein unsichtbares Gewicht drückte, und sie kämpfte gegen den Schwindel an. Tränen brannten in ihren Augen, trübten aber nicht das Bild von der leeren Parkbank, das sie vor sich sah. Wie hatte sie sich nur so überschätzen können? Sie war nicht in der Lage, Judith die Stirn zu bieten, und vor allem war sie nicht in der Lage, sich um ein hilfloses Baby zu kümmern. Nicht allein. Sie konnte es einfach nicht.

Von Panik ergriffen, merkte sie nichts von dem belebenden Duft der Frühlingsblumen ringsherum, und sie war zu sehr vom rhythmischen Schlagen der Wellen gegen den Bootssteg gefangen genommen, um das Fliederparfüm zu riechen. Ihre Schritte beschleunigten sich zugleich mit ihrem Puls, als sie sich dem Ufer näherte. Sie war bereit, sich dem stillen dunklen Grund des Sees zu ergeben, und hätte das auch getan, hätte Harvey sie nicht entschlossen zu der sicheren Bank hinübergezogen. Maggie wusste nicht, ob es die schlagartige Erkenntnis dessen war, was sie da gerade vorgehabt hatte, die sie wieder zur Besinnung brachte, oder die Stimme einer Frau.

»Ist alles in Ordnung mit Ihnen?«, fragte Elsa.

Elsa konnte sich beim besten Willen nicht daran erinnern, wie sie auf diese Parkbank geraten war. Das wirre Gezweig der Rhododendronsträucher, die an der Uferböschung hinaufwuchsen, gab ihr das Gefühl, in einem riesigen Spinnennetz gefangen zu sein, aber es war ihr Verstand, der sich verheddert hatte.

Sie strich die Knitterfalten in ihrem Kleid glatt, legte die Hand auf ihren Bauch und sah eine Frau mit Hund den abschüssigen Hang hinunterstolpern. Einen Augenblick lang schien es, als würde sie direkt in den See hineinlaufen, und sie rief sie erschrocken an.

»Ist alles in Ordnung mit Ihnen?«

Die Frau atmete stoßweise und kam herüber. »Elsa?«

»Kennen wir uns?«, fragte Elsa, als der Hund sie wie eine alte Freundin begrüßte.

»Ja, wir sind uns neulich schon mal begegnet.« Die Frau setzte sich neben sie und schöpfte erst einmal Atem, eine Hand auf die Brust gelegt, doch ihre Stimme zitterte trotzdem noch. »Ich bin Maggie, und das ist Harvey. Erinnern Sie sich?«

Elsa legte eine Hand flach auf die Bank, und eine Erinnerung stieg von der lackierten Sitzfläche in ihr Bewusstsein auf. Hier hatte sie jemandem ihr Geheimnis anvertraut. »Sie sind auch schwanger, nicht wahr? Sind Sie deshalb so mitgenommen?«

Maggie versuchte, ein munteres Lächeln aufzusetzen, doch es fiel schon bei der Anstrengung in sich zusammen. »Ich bin ein wenig mitgenommen, weil ich meine Mutter vermisse. Wir haben oft zusammen hier gesessen.«

Die Vorstellung einer Mutter und ihrer Tochter, die voneinander getrennt worden waren, traf einen wunden Nerv bei Elsa. »Glauben Sie, mein Kleines wird nach mir weinen?«, fragte sie.

»Denken Sie immer noch daran, das Baby wegzugeben?«

»Ich denke an nichts anderes.«

Maggie atmete tief durch, konzentrierte sich auf Elsa und brachte so ihr Zittern unter Kontrolle. »Ich muss gestehen, dass ich viel an Sie gedacht habe, seit Sie das letzte Mal so schnell verschwunden sind. Ich mache mir Sorgen um Sie.«

»Ich werd's schon überleben«, sagte Elsa, als wäre das nicht einmal wünschenswert, aber es tröstete sie, dass jemand sich um sie sorgte. Sie konnte ein verständnisvolles Ohr gebrauchen. Sie hatte etwas sehr Gewagtes getan, selbst für ihre Verhältnisse, und wenn sich ihre Hoffnungen erfüllten, würde sie einige Menschen gegen sich aufbringen.

»Sie klingen müde«, sagte ihre neue Freundin.

Elsa blickte auf ihre Hände, die ganz abgearbeitet waren von der Plackerei. »Ich bin den ganzen Tag in Flos Frucht- und Gemüseladen auf den Beinen. Mir tut jeder Knochen im Leib weh.«

»Flos Frucht-und Gemüseladen? Davon habe ich noch nie gehört.«

»Er ist an der High Street. Sagen Sie bloß nicht, dass Sie bei Mr Flanagan kaufen? Tante Flos Obst ist viel frischer. Und obendrein billiger.«

»Tante Flo?«, wiederholte Maggie, als hätte sie Mühe, Elsa zu folgen. »Das ist die Frau, bei der Sie wohnen, stimmt's?«

»Ja, sie kann schon eine Sklaventreiberin sein, aber wozu hat man schließlich seine Leute, nicht wahr, Harvey?« Elsa kraulte ihm den Hals, bis der Hund Laute des Wohlbehagens von sich gab.

»Ich hoffe, sie mutet Ihnen nicht zu viel zu.«

»Sie ist gar nicht so schlimm. Ich bin als völlig Fremde zu ihr gekommen, und jetzt behandelt sie mich wie ein Familienmitglied. Manchmal kriegt man ihren eisernen Willen zu spüren, aber dann wieder ist sie wachsweich. Sie wird an die Decke gehen, wenn sie herauskriegt, dass ich Freddie geschrieben habe.«

»Sie haben ihm geschrieben?«

Das hatte Elsa ihrer Schwester zu verdanken. Celia hatte ein hübsches kleines Mädchen zur Welt gebracht, und Elsa war sofort nach Manchester gefahren, um sie zu besuchen und vor allem an Ort und Stelle zu sein, wenn ihre Mutter eintraf, um ihr jüngstes Enkelkind in Augenschein zu nehmen. Da sie bereits im sechsten Monat war, hatte sie ihren Bauch so gut es ging einschnüren müssen, doch ihre Mutter hatte die Gewichtszunahme trotzdem sofort bemerkt.

»Du kriegst nie einen Mann, wenn du dich gehen lässt«, hatte sie getadelt.

Celia war ihr gleich zur Seite gesprungen, schon aus Angst, dass sie umfallen und alles gestehen könnte. »Ich passe schon auf sie auf. Wir müssen beide wieder in Form kommen.«

Ihre Mutter hatte ihre jüngste Tochter weiter forschend gemustert. »Wenigstens hast du schöne Augen und so prachtvolles Haar. Schneid es ja nicht kurz wie deine Schwester hier. Ich verstehe einfach nicht, warum junge Frauen heutzutage wie Männer aussehen wollen.«

»Mache ich nicht, Mum«, sagte Elsa tapfer, wobei sie die Tränen zurückhalten musste. »Ich würde dich nie enttäuschen, das weißt du.«

»Celia und die Kinder haben offensichtlich einen guten Einfluss auf dich. Ich merke nichts mehr von deiner wilden Ader«, sagte ihre Mutter wohlwollend, und ihre Züge wurden weich. »Du bist ein gutes Mädchen, Elsa, das weiß ich.« Sie legte ihr liebevoll die Hand an die Wange, und es war ein Wunder, dass sie nicht spürte, wie ihre Tochter vor mühsam bewahrter Selbstbeherrschung zitterte. Wenn Elsa beinahe etwas dazu gebracht hätte zusammenzubrechen, dann diese schlichte Berührung ihrer Mutter.

Aber es war nicht diese kleine Zärtlichkeit, die ihr den Anstoß gab, sich gegen den für sie erdachten Ausweg zu wehren, sondern das schutzlose Neugeborene, das sie in den Armen gehalten hatte. »Wie kann ich so etwas Kostbares in fremde Hände geben?«, hatte sie Celia gefragt. »Wie kannst du mich nur dazu zwingen?«

»Du kannst doch kaum für dich selbst sorgen, Elsa. Du hast noch so viel zu lernen«, hatte Celia die gewohnten Argumente wiederholt.

»Ich bin immerhin alt genug, um Mutterliebe zu empfinden, und ich schwöre, dass ich dieses Kind, das da in mir wächst, bis ans Ende meiner Tage lieben werde.« Sie drückte das Baby ihrer Schwester an sich und ließ es sich nicht von ihr abnehmen. Ein Ausdruck der Bestürzung erschien auf Celias Gesicht, als sie plötzlich begriff, was sie von Elsa verlangte. »Bitte, Celia«, hatte Elsa geweint. »Bitte, ich flehe dich an.«

Wie konnte Celia da anders, als versprechen, ihr zu helfen?

»Ich habe einen Brief geschrieben und ihn meiner Schwester Celia mitgegeben«, erklärte Elsa nun Maggie. »Sie wird

Kontakt zu meinen Bekannten auf dem Luftwaffenstützpunkt aufnehmen, und irgendwie wird der Brief schon zu Freddie gelangen.«

»Was haben Sie ihm geschrieben?«

»Alles. Ich habe ihm alles geschrieben«, bekannte Elsa, heiser vor Erregung. »Und wenn er mir nicht antwortet, habe ich nichts mehr, für das es sich zu leben lohnt.«

»Bitte sagen Sie das nicht. Ich weiß, wie beängstigend das alles erscheint, aber geben Sie nicht auf. Wissen Sie, man lässt sich leicht von anderen einreden, dass man etwas nicht schaffen kann, aber Sie müssen an sich glauben, Elsa. Wir müssen beide an uns glauben.«

»Ich muss den Tatsachen ins Gesicht sehen. Ich kann nicht gleichzeitig arbeiten gehen und mich um ein Baby kümmern. Ich kann nicht für uns beide sorgen.« Ein kalter Windstoß streifte Elsas Nacken, woraufhin sie schützend eine Hand an den Hinterkopf legte und ihre kurzen Locken fühlte. Sie hatte ihre Eltern auf ganzer Linie enttäuscht.

»Ich drücke die Daumen, dass Ihr Held bald auf seinem Motorrad bei Ihnen vorfährt.«

»Und wenn nicht? Der Gedanke, mein Kind wegzugeben …« Elsa richtete ihren Blick auf den See. Es war ein schöner Tag, aber die Frühlingssonne hatte noch nicht genug Kraft, um den Dunst zu vertreiben, der über ihm lag wie ein Leichentuch. Das Wasser war bestimmt eisig kalt. »Ich sehe die Schwäne nicht.«

Maggie drehte den Kopf, wie um Elsas Blick zu folgen. »Nein, da sind keine Schwäne«, sagte sie zögerlich.

»Wäre es so schlimm, wenn der See mich verschlingen würde? Dann könnte ich für immer mit meinem Kind zusammen sein.«

»Das ist keine Lösung«, sagte Maggie, sich entschieden

vom See abwendend. »Hören Sie, Elsa, so etwas dürfen Sie nicht denken. Sie müssen stark sein. Ich wünschte nur, ich könnte mehr für Sie tun.«

Sie kramte in ihrer Handtasche, zog eine kleine Karte hervor und gab sie Elsa. Sie war mit bunten Farbspiralen und einer filigranen Schrift bedruckt.

»Was ist das?«

»Meine Visitenkarte, aber verstehen Sie mich nicht falsch, ich bin nicht auf Kundenfang aus«, sagte Maggie rasch.

Elsa starrte blinzelnd auf die Schrift. Lesen war noch nie ihre Stärke gewesen, und sie konnte die Buchstaben nicht richtig entziffern. »Aroma ...«

»Aromatherapie. Das mache ich beruflich. Ich biete Ihnen eine Gratisbehandlung an, wenn Sie möchten, zur Linderung Ihrer Gelenkschmerzen. Aber Sie können gern auch einfach so vorbeikommen, nur auf einen Schwatz. Ich bin nicht immer da, aber meine Öffnungszeiten stehen auf der Rückseite und auch meine Handynummer. Wenn Sie wieder einmal nicht ein noch aus wissen, melden Sie sich bitte, Elsa, ja?«

Die Zahlen und Symbole auf der Karte sagten Elsa nichts, aber die Geste verstand sie wohl. »Danke, Sie sind sehr nett.«

»Das ist keine reine Selbstlosigkeit – wenn ich Ihnen helfen kann, wieder Zutrauen zu sich selbst zu bekommen, gelingt mir das vielleicht auch, wissen Sie.«

Maggies freundliche Worte waren zu viel für Elsa, und obendrein starrte Harvey sie auch noch so seelenvoll an. Sein trauriger Hundeblick gab ihr den Rest, und sie griff nach Maggies Hand. Einen flüchtigen Moment hielten sie einander fest, doch dann zuckte Maggie auf einmal zurück. Das Entsetzen in ihrem Gesicht war unmissverständlich.

»Ich bin ein Ungeheuer, ich weiß!«, rief Elsa. »Wenn ich mein Kind kampflos aufgebe, wenn ich so ein Mensch bin, dann habe ich Freddie nicht verdient, dann verdiene ich es nicht, glücklich zu sein!« Sie begann am ganzen Körper zu zittern, und die Last ihrer Schuld machte ihr das Atmen schwer. »Ich halte das nicht mehr aus.«

Elsa stand so schnell auf, dass sie eine Entenfamilie in der Nähe aufschreckte. Die Welt um sie herum versank in Chaos, und durch das empörte Quaken, aufgeregte Flügelschlagen und Wasserplatschen hindurch hörte sie Maggies flehende Rufe kaum, als sie auf den See zuging.

SECHSTES KAPITEL

Das Gespritze und Geplatsche war ohrenbetäubend laut, übertönte aber nicht ganz das beängstigendere Geräusch von Elsas verzweifeltem Schluchzen. Maggie eilte darauf zu, ohne am Ufer zu zögern oder innezuhalten, als das kalte Wasser zuerst ihre Fußknöchel umspülte und dann ihre Knie. Als es ihr bis zur Taille reichte, ruderte sie mit den Armen, um voranzukommen, und rief dabei ständig Elsas Namen. Dann bekam sie etwas zu fassen, das sie für ihre Hand hielt, doch sie war eiskalt und die Haut dünn wie Papier. Sie schrie auf und dachte an eine Wasserleiche, die zwei junge Frauen mit sich in ihr nasses Grab hinabziehen wollte. Rückwärts taumelnd verlor sie auf dem schlammigen Grund den Halt und konnte gerade noch ein letztes Mal nach Elsa rufen, ehe der See sie so unwiderruflich verschlang wie ihre Freundin. Alles war verloren, und die Stille umhüllte sie und zog sie hinunter in die Dunkelheit. Maggie kämpfte nicht dagegen an, nicht bis sie den drängenden Herzschlag ihres ungeborenen Kindes hörte.

»Nein!«, schrie sie und schlug mit den Armen um sich, um dem Wasser zu entkommen, das die Form eines Bettlakens angenommen hatte.

Starke Arme hielten sie. »Schsch, ist ja gut, Maggie«, flüsterte James und holte sie mit sanftem Wiegen langsam aus ihrem Albtraum heraus.

Als sie wieder in der Lage war zu sprechen, sagte sie nur:

»Tut mir leid.« Sie brauchte nichts weiter zu erklären, denn sie hatte den Traum schon ein halbes Dutzend Mal gehabt. Ihre Nachtängste zwangen sie, diesen Schreckensmoment im Park, als sie glaubte, Elsa würde sich in den See stürzen, immer wieder zu durchleben. Elsa hatte es nicht getan, und dennoch hatte diese Begegnung mit ihr sie noch mehr verstört als die erste. Ihr Gefühl sagte ihr, dass da etwas ganz und gar nicht stimmte. Elsa hatte von Läden geredet, die es nicht gab, jedenfalls nicht im heutigen Sedgefield, und ihre Hand … Doch während Maggies Verstand sich mit den Widersprüchen beschäftigte, sah ihr Herz vor allem die Ähnlichkeiten. Sie waren Seelenverwandte.

James küsste Maggie sanft. »Du brauchst dich nicht zu entschuldigen«, sagte er. »Ich bin immer da, um dich zu retten.«

Maggie kniff die Augen zusammen, um die Tränen zurückzuhalten. Sie war so froh, James zu haben, fühlte sich zugleich aber auch schuldig. Wer würde Elsa retten?

»Ich werde in Zukunft darauf bestehen, dass du ein fröhliches Gesicht machst, bevor du diesen Salon betrittst, Maggie Carter«, schalt Kathy. »Mit deiner finsteren Miene vergraulst du uns noch die Kundinnen.« Als Maggie an den Empfangstresen trat, fügte sie hinzu: »Außerdem sollte ich darauf bestehen, dass du trocken erscheinst. Hast du dich etwa im strömenden Regen in diesem Park rumgetrieben?«

Maggies Abstecher in den Park waren im Laufe der vergangenen drei Wochen zu einer Art täglicher Pilgerwanderung geworden, doch ihre Hoffnung, auf Elsa zu treffen, hatte sich auch heute zerschlagen. Sie zwang sich zu einem Lächeln. »Guten Morgen, Kathy.«

»Hm, das erinnert mich irgendwie an die Maske, die ich das ganze Wochenende über aufgesetzt hatte.«

»Oh, das klingt aber nicht gut.« Maggies Lächeln, ob aufgesetzt oder nicht, wurde zaudernd, als ihre Gedanken zu dem möglichen Grund vorauseilten. »Du wolltest doch nach Hause fahren, oder?«

Kathy war in den späten Siebzigerjahren nach Sedgefield gezogen, aber Nantwich war und blieb ihre Heimatstadt. »Um meine Mum zu besuchen, ja, und bevor du fragst, nein, ich habe mich nicht mit Judith getroffen. Ich bleibe lieber auf Abstand, bis sie wieder zur Vernunft kommt, sonst kann ich für nichts garantieren. Sie neigt dazu, erst zu reden und dann zu denken, und ich neige dazu, erst zu handeln und dann zu denken. Keine gute Kombination.«

»Ich will nicht, dass ihr euch meinetwegen zerstreitet«, sagte Maggie. »Wir müssen uns aber wohl damit abfinden, dass sie nicht so schnell Vernunft annehmen wird. Die Neuigkeit von meiner Schwangerschaft hat sie unvorbereitet getroffen, gut, aber sie ist von Anfang an der Meinung gewesen, dass James sich seine Zukunft verbaut, indem er mich heiratet.«

»Was ich als persönliche Beleidung auffasse, da ich euch schließlich zusammengebracht habe. Vielleicht sollte ich doch mal ein Wörtchen mit ihr reden.«

Maggie schüttelte den Kopf. »James war neulich bei seinen Eltern und meinte, dass sie sich langsam mit dem Gedanken anfreunden. Ich bezweifele, dass das stimmt, aber er möchte es gern glauben, und ich will es im Moment lieber dabei belassen. Aber jetzt genug von mir, erzähl, was bei dir los war.«

»Ach, nichts, was ich nicht in den Griff kriegen würde. Mum treibt mich nur gerade zum Wahnsinn, das ist alles«, sagte Kathy mit einem untypisch resignierten Seufzer. »Sie wird eben nicht jünger, und ob es ihr passt oder nicht, sie braucht langsam mehr Hilfe. Aber die alte Dame kann recht starrköpfig sein, wenn sie will.«

»Ich habe mich schon immer gefragt, von wem du das hast«, bemerkte Maggie. »Du musst sie mal mit in den Salon bringen, ich würde sie gern kennenlernen.«

»Damit fängt es ja schon an, sie überhaupt nach Sedgefield zu kriegen. Ich habe ihr vorgeschlagen, zu Joe und mir zu ziehen, aber sie weigert sich strikt, angeblich, weil sie ihre Freunde nicht aufgeben will«, klagte Kathy. »Wir sind eben nicht alle mit so klugen, unkomplizierten Müttern wie Joan gesegnet. Aber wir werden schon einen Kompromiss finden. Wenn Mum nicht hierher ziehen will, dann muss ich eben Joe davon überzeugen, dass es Zeit wird, uns zu verkleinern. Wir könnten ein Haus mit einer Einliegerwohnung suchen, das näher an Nantwich liegt.«

»Ich weiß, wie sehr du an deinem Haus hängst, aber vielleicht wäre das wirklich das Beste«, sagte Maggie, der klar war, dass ein Umzug nicht so einfach sein würde, wie Kathy es hinstellte. Sie wohnte am Ortsrand in einem großen alten Haus, das ein Schwesternwohnheim gewesen war, bevor sie es übernommen hatte. Inzwischen stand es halb leer, da ihre Kinder längst ausgezogen waren, doch obwohl es viel mitgemacht hatte und ständig sanierungsbedürftig war, wurde es von der ganzen Familie geliebt, und es würde Kathy und ihrem Mann sehr schwerfallen, sich davon zu trennen.

Ihr kleines Tête-à-Tête wurde durch das Bimmeln der Glocke über der Salontür abrupt beendet. Harvey, der geduldig neben Maggie gesessen hatte, stand auf und schnupperte. Er sog die mit Haarspray verpestete Luft ein, stieß sie schnaubend aus und setzte sich dann wieder. Maggie schloss daraus, dass die eintretende Person niemand war, den er – und damit sie – gut kannte, und ging ein Stück beiseite.

»Guten Tag, die Damen«, sagte ein Mann, »ich hätte gern eine Unterschrift hier.«

Ein Päckchen war auf den Tresen gelegt worden, und Kathy quittierte den Empfang. Kurz darauf war der Bote wieder verschwunden, aber die Unterbrechung hatte sie beide daran erinnert, dass es noch Arbeit zu tun gab.

»Ich sollte jetzt schleunigst alles für meine Nachmittagstermine vorbereiten. Ich habe heute zwei neue Kundinnen, und die erste wird jeden Moment hier sein«, sagte Maggie. Sie hatte ihre Blindenuhr aufgeklappt und stellte erschrocken fest, wie wenig Zeit ihr noch blieb. Sie war nicht nur wegen ihres Herumstreifens im Park spät dran, sondern auch, weil sie sich zu lange zu Hause aufgehalten hatte. James und sie hatten das Wochenende damit zugebracht, das Kinderzimmer in spe auszuräumen, und an diesem Morgen hatte sie zum ersten Mal die Gelegenheit gehabt, ein Gefühl für den Raum zu bekommen, damit sie die Gestaltung planen konnte. Die Zukunft machte ihr immer noch Angst, aber nun hieß es schwimmen oder untergehen, und aufgrund ihres wiederkehrenden Albtraums wusste sie, wofür sie sich entschieden hatte.

»Trockne dich zuerst mal gründlich ab, ich gebe dir Bescheid, sobald Mrs Smith da ist.«

Kathy klang irgendwie seltsam, und Maggie legte sofort den Finger darauf. »Hast du den Termin gemacht? Weißt du etwas über Mrs Smith? Ist sie zufällig schwanger?«

»Warum bist du bloß so besessen von dieser Elsa?«

»Ich bin nicht besessen, nur besorgt.«

Ehe Kathy sie weiter ausfragen konnte, bimmelte die Türglocke wieder. Harvey sprang auf und wedelte wie verrückt mit dem Schwanz, aber es war die Mischung aus Kamille und Nelken, die die Identität des Neuankömmlings verriet.

»Mit dir hätte ich an deinem freien Tag nicht gerechnet. Bist du privat hier oder hast du einen abgebrochenen Fingernagel?«, fragte Maggie.

»Weder noch«, kam Jennys Antwort.

Maggie wartete auf eine Erklärung, doch Jenny zeigte sich ausnahmsweise einmal wortkarg. »Sag nicht, dass Mark sich die Haare stylen lassen will.« Maggie deutete auf Jennys Begleiter, den sie eine greinende Lily beschwichtigen hörte.

»Niemals würde ich meinen Göttergatten einer dieser Sirenen hier anvertrauen. Nix für ungut, Kathy.«

»I wo«, sagte Kathy. »Meine Mädchen würden das als Kompliment auffassen.«

Mark räusperte sich zum Zeichen, dass er auch noch da war. »Im Übrigen habe ich heute Nachmittag Babysitter-Dienst.«

Jennys geknurrte Erwiderung war zweifellos genau das, worauf er es abgesehen hatte. »Es ist kein Babysitting, wenn es sich um deine eigene Tochter handelt.«

»Du solltest froh sein, dass er überhaupt mithilft«, warf Kathy ein.

»Der Witz kriegt langsam einen Bart«, schnaubte Jenny.

»Wer macht denn Witze?«

»Jetzt hört mal auf, sie zu hänseln, ihr zwei«, sagte Maggie, ehe Jenny noch außer sich geriet. »Und möchte mir vielleicht jemand verraten, was hier los ist? Falls ihr mir einen Besuch abstatten wolltet, habt ihr Pech, denn ich habe keine Zeit. Ich muss mich für Mrs Smith fertig machen …« Da ging ihr ein Licht auf. »Moment mal, *du* bist Mrs Smith?«

»Mein Schatz spendiert mir einen Verwöhntag, und dazu gehört auch eine entspannende Massage.«

Maggie verschränkte die Arme vor der Brust und zog eine strenge Miene. »Und warum habt ihr dann einen Termin unter falschem Namen vereinbart, noch dazu einem so einfallslosen?«

»Den habe ich ausgesucht«, sagte Kathy trocken.

»Du warst eingeweiht?«, rief Maggy, zu ihr herumfahrend.

»Jenny wollte, dass du sie wie jede andere Kundin behandelst – oder vielmehr, die Behandlung wie bei jeder anderen berechnest. Wenn man dich die Geschäfte allein führen ließe, wärst du schon im ersten Monat pleitegegangen.«

»Ich bin weder so ausgelastet noch so unausgelastet, dass ich es mir nicht leisten könnte, hin und wieder einer Freundin einen Gefallen zu tun.«

»Nur dass die Hälfte deiner Kundschaft die Freundschaftsbehandlung bekommen würde, wenn es nach dir ginge«, entgegnete Kathy.

Maggie hob ergeben die Hände. Nach ihrer Auffassung bot sie eine therapeutische Dienstleistung für bedürftige Menschen an, was es oft schwierig machte, diese nur als Kunden zu betrachten, und sie hatte es zweifelsohne Kathys Geschäftssinn zu verdanken, dass sie schwarze Zahlen schrieb. Was als reine Vereinbarung über Räumlichkeiten und einen Empfangsservice für Maggies Geschäft begonnen hatte, war schnell zu einer Partnerschaft mit Kathy als nicht sehr stiller Teilhaberin geworden. »Widerstand ist zwecklos, nehme ich an?«

»Total«, antworteten Jenny und Kathy einstimmig. »Außerdem bezahlt Mark.«

»Und das mit Freuden. Ich weiß nicht, wie meine Frau das alles managt, aber selbst sie mit ihrer unerschöpflichen Energie muss ab und zu mal den Akku aufladen.«

»Du arbeitest auch viel«, sagte Jenny großzügig.

»Ja, aber was du packst, das könnte ich nicht. Ich bin nur ein Mann und nicht so gut im Multitasking wie ihr Frauen.«

Maggie merkte, dass Kathy drauf und dran war, sich den Finger in den Hals zu stecken, und lenkte das Gespräch schnell in andere Bahnen. »Mark, kannst du dich erinnern, jemals Schwäne im Victoria Park gesehen zu haben?« Mark war der Einzige von ihnen, der schon sein ganzes Leben lang in Sedgefield wohnte.

»Nein, glaube ich nicht.«

Unverdrossen versuchte sie es mit etwas anderem. »Hast du mal von einem Geschäft an der High Street namens ›Flos Frucht- und Gemüseladen‹ gehört?« Kathy, die diese Fragen schon kannte, seufzte.

»Nein.«

»Noch nie?«

»Ach, hat das was mit diesem Geist von dir zu tun?«, fragte Mark.

Jenny stieß ihn so hart mit dem Ellbogen in die Rippen, dass er aufjapste. »Du sollst das doch nicht sagen.«

»Ich halte sie nicht für einen Geist«, wehrte sich Maggie. »Eine ruhelose Seele vielleicht, aber kein Geist.«

»Tatsächlich?«, sagte Jenny. »Dann lautet deine nächste Frage also nicht, ob Mark was davon weiß, dass sich jemand im See ertränkt hat?«

»Ich frage das nur für den Fall, dass Elsa wirklich eine Dummheit begangen hat. Ich mache mir Sorgen um sie und würde gern wissen, ob der See tief genug ist, das ist alles«, sagte Maggie in der Hoffnung, dass nur sie die Halbwahrheit heraushörte.

Sie konnte ihren Freunden den harmlosen Spott nicht verübeln. Weitab vom See und der Verbundenheit, die sie zu Elsa empfunden hatte, war es ihr unmöglich zu rechtfertigen oder auch nur zu erklären, warum diese fremde Frau sie so beschäftigte.

»Ein Gewässer muss nicht besonders tief sein, wenn jemand entschlossen ist, sich zu ertränken«, bemerkte Mark hilfreicherweise.

»Danke, Mark«, sagte Maggie. Sie hatte kein Bedürfnis, die zahllosen Theorien über Elsa wieder durchzukauen, die ihr in den vergangenen Wochen im Kopf herumgespukt hatten, also tippte sie demonstrativ auf ihre Uhr. »So, ich komme ins Gedränge mit meinem zweiten Termin, wenn wir jetzt nicht anfangen.«

»Okay, falls ihr mich nicht mehr braucht, mache ich mich mal auf den Weg«, sagte Mark und wandte sich zum Gehen.

Auch wenn Maggie ihren Sinnen in letzter Zeit manchmal misstraute, waren sie doch so scharf wie eh und je. »Hast du nicht etwas vergessen, Mark?« Sie hatte seine eiligen Schritte zur Tür gehört, aber nicht das Quietschen der Kinderwagenräder.

»Netter Versuch«, murmelte Jenny.

»Und vergiss nicht, zurückzukommen und deine Frau abzuholen«, rief Maggie ihm nach. »Mrs Smith, wenn Sie mir bitte folgen wollen.«

Das Behandlungszimmer war so eingerichtet, dass der begrenzte Platz optimal genutzt wurde. In der Mitte stand ein Massagetisch, in einer Ecke ein kleiner runder Tisch mit zwei Stühlen, und an den freien Wandflächen hingen Regale. Jenny hatte es sich in dem Behandlungsstuhl bequem gemacht, der den restlichen zur Verfügung stehenden Raum einnahm.

Maggie hatte mit einer Kopfmassage begonnen und wohlige Seufzer bei ihrer ach so geheimnisvollen Kundin ausgelöst, als sie ihre Finger in ausgreifenden Bögen in Nacken und Kopfhaut presste. Gemeinsam hatten sie, Jennys Vorlieben und Bedürfnissen entsprechend, eine entspannende Mischung aus Bergamotte, Kamille und Orangenblütenöl ausgewählt.

Die Aromen hatten ihre wundersame Wirkung bereits an Harvey getan, der friedlich in seinem Bett auf der anderen Seite schnarchte. Jenny dagegen stellte eine größere Herausforderung dar. Zwischen ihrem Seufzen und Ächzen hatte sie ununterbrochen geplappert, vor allem darüber, dass der Immobilienmarkt sich nicht schnell genug erhole und Marks Chef weitere Entlassungen in Erwägung ziehe. Statt sich zu entspannen, regte sie sich immer mehr auf, sodass Maggie, nachdem sie sie zu einer Ganzkörpermassage auf den Tisch komplimentiert hatte, sich weigerte anzufangen, bevor die Freundin ein Schweigegelübde abgelegt hatte. Sie nannte das »liebevolle Strenge«.

Als nach und nach alle Knoten in Jennys Schulterbereich weggeknetet worden waren, hatte sich ihr Stöhnen auf ein Wimmern reduziert. »Als Nächstes massiere ich dir die Füße«, sagte Maggie leise, »und dann sind wir fertig.«

»Das kitzelt doch nicht, oder?«

»Psst«, rief Maggie sie zur Ordnung.

»Du hast doch angefangen zu reden.«

»Still.«

Maggie hatte sich im Laufe der Jahre verschiedene Behandlungsmethoden angeeignet, und die Fußreflexzonenmassage war eine sehr wirkungsvolle Technik, die Körper und Seele gleichermaßen ansprach. Sie löste häufig intensive Gefühlsreaktionen aus, weshalb Jennys erstes Aufschluchzen Maggie weniger überraschte als diese selbst, die zwar über die Nebenwirkungen aufgeklärt worden war, aber nicht geglaubt hatte, dafür anfällig zu sein.

»Das ist okay, Jen, wehr dich nicht dagegen. Lass einfach los. Ich bin da, um dich aufzufangen.«

Jennys Antwort war nicht zu verstehen und kaum mehr als ein unterdrücktes Schniefen. Maggie vermutete, dass sie sich immer noch gegen die andrängenden Emotionen stemmte, doch dann brach trotzdem ein Schluchzen aus ihr hervor.

Als die Behandlung zu Ende war, reichte Maggie ihrer Kundin, die nun hemmungslos weinte, ein Glas Wasser.

»Ich … ich … ich hab einfach solche Angst. Was ist, wenn Mark seinen Job verliert? Was ist, wenn ich es bin, die von früh bis spät arbeiten muss? Wenn ich kaum mitbekomme, wie Lily größer wird?«, stammelte sie, während sie sich fertig anzog und das Glas nahm. »Ich weiß nicht, ob ich dem gewachsen wäre.«

»All diese ›Wenns‹ sind bisher nicht eingetreten, und falls doch, wirst du ihnen gewachsen sein. Du hast Mark und Lily, und du hast mich. Du bist nicht allein«, sagte Maggie und gab Jenny ein Papiertaschentuch.

»Ich fühle mich wie das letzte Wrack«, sagte die Freundin unter Schluckauf.

Maggie lächelte sie hintergründig an. »Auf mich machst du den Eindruck, als könntest du es mit der ganzen Welt aufnehmen.«

Jenny lachte. »Danke, Maggie.«

»Die Jungs sind nächste Woche während der Frühjahrsferien bei uns, deshalb bin ich nicht im Salon, aber ich kann trotzdem Hausbesuche machen, bewaffnet mit einer Flasche Massageöl oder einer Flasche Wein, ganz wie du willst.«

»Wein hört sich gut an«, sagte Jenny und putzte sich die Nase. »Ich glaube, ich bin wieder fit.«

»Wart's ab, bis du die Rechnung siehst«, entgegnete Maggie. Dabei hatte sie bereits beschlossen, einen ordentlichen Rabatt zu geben, wenn sie schon gezwungen wurde, Geld von einer Familie anzunehmen, die finanziell zu kämpfen hatte. Da konnte Kathy noch so sehr protestieren.

Lilys Geschrei war von draußen auf der Straße zu hören, kaum dass Maggie die Tür des Behandlungszimmers aufgemacht hatte. Auch hinter ihr weinte Jenny wieder eruptionsartig. Mutter und Tochter heulten in Stereo und steigerten sich gegenseitig derart, dass Harvey aufwachte und flüchtete.

Maggie tat ihr Bestes, Jenny zum Ausgang zu führen, ohne die anderen Kundinnen zu stören, aber das war ein Ding der Unmöglichkeit. Harvey hatte sein Geschirr nicht an, und sie hatte nicht daran gedacht, ihren Stock mitzunehmen. Jennys Aufgelöstheit brachte sie auch nicht weiter, sodass Kathy ihr schließlich zu Hilfe kommen musste.

»Weißt du, Maggie, wir sollten vielleicht in einen Hinterausgang investieren«, flüsterte Kathy, nachdem sie Jenny dem verdutzten Mark übergeben und dann schnell die Salontür geschlossen hatten. »Wenn deine Finstermiene von vorhin die Kundschaft noch nicht verschreckt hat, dann bestimmt dieser kleine Auftritt eben.«

»Mich verschreckt man nicht so schnell«, ließ sich eine Stimme vernehmen, die Maggie sofort wiedererkannte.

»Elsa?«

Jennys Therapieöle hatten den Fliederduft überdeckt, als Maggie durch den Wartebereich gegangen war, aber jetzt roch sie das typische Parfüm.

Die Frau lachte heiser. »So hat mich schon seit sechzig Jahren niemand mehr genannt. Selbst die Ärzte hüten sich, meinen alten Namen zu verwenden. Es ist mir egal, was im Ausweis steht, Sie können mich entweder Mrs Milton nennen oder Elsie. Elsie wäre mir lieber.«

Maggie versuchte zu schlucken, aber ihr Mund war staubtrocken.

»Ist alles in Ordnung mit Ihnen, Liebes?«, fragte die alte Dame. »Sie machen ein Gesicht, als hätten sie gerade einen Geist gesehen.«

»Sie erinnern sich nicht an mich, oder?«, brachte Maggie heraus.

»Ich fürchte, mein Gedächtnis ist nicht mehr das beste. Kennen wir uns?«

Maggie wusste nicht, was sie sagen oder denken sollte. Ihr Verstand versagte, und eine Gänsehaut überlief sie. Sie wollte dieser Frau, die offensichtlich in hohem Alter war, gern sagen, dass sie sich kennengelernt hatten, als Elsa zweiundzwanzig war, allein und schwanger – nicht weil sie das ernsthaft glaubte, sondern weil sie es sich wünschte. Sie hatte immer noch das verrückte Bedürfnis, Elsa zu helfen.

»Soll ich noch ein wenig hier warten, bis Sie so weit sind?«, fragte Elsie, als Maggie immer noch nicht antwortete.

»Du siehst wirklich ein bisschen blass aus«, fügte Kathy hinzu.

Maggie beharrte darauf, dass es ihr gut gehe, aber Kathy ließ sich nicht täuschen.

»Wie wär's, wenn ich dir einen heißen, süßen Tee mache?«, schlug sie vor. »Möchten Sie auch einen, Mrs Milton?«

»Das wäre reizend. Ich sage mal eben meinem Mann Bescheid, bin gleich wieder da.«

Während Mrs Milton zu dem kleinen Wartebereich hinüberging, zischte Kathy: »Mrs Milton ist Elsa? *Die* Elsa?«

»Ja.« Es lag kein Zögern in Maggies Antwort, wohl aber eine Spur Ratlosigkeit.

»Du hast schon gemerkt, dass sie über achtzig ist, oder? Ich bin mir ziemlich sicher, dass das eine Schwangerschaft ausschließt.«

»Ich weiß«, sagte Maggie und dachte an ihre erste Begegnung mit Elsa zurück. Das altmodische Parfüm und die brüchig raue Stimme waren klare Anzeichen dafür gewesen, dass sie eine alte Frau vor sich hatte, ungeachtet des offenbar gespielt jugendlichen Tonfalls. War sie so versessen darauf gewesen, in Elsa eine unglückliche Seele zu sehen, dass sie ihrer eigenen Wahrnehmung nicht getraut hatte? Wie hatte sie so dumm sein können?

»Wenigstens können wir jetzt die Suche abblasen«, sagte Kathy freundlich, als sie merkte, dass Maggie Schwierigkeiten hatte, die beiden gegensätzlichen Bilder von ihrer neuen Freundin miteinander in Einklang zu bringen.

»Was habe ich bloß getan, Kathy? Sie erinnert sich überhaupt nicht an mich. Diese arme Frau ist im Park herumgeirrt in dem Glauben, sie sei Anfang zwanzig, und ich habe nichts unternommen.«

»Hallo, die Damen«, sagte Alice in das Bimmeln über der Tür hinein. Sie versuchte, ihren Husten zu unterdrücken, als Maggie sich zu ihr umdrehte. »Ich weiß, was du sagen willst, und ich lasse mir bestimmt demnächst einen Termin für dein Massagedingens da geben, aber mein Haaransatz ist zu sehen, und das hat heute Vorrang.«

»Gut, Alice, ich bin gleich bei dir«, sagte Kathy. Sie klang leicht enttäuscht, weil ihr Gespräch mit Maggie unterbrochen worden war.

»Ist das nicht Mrs Milton dort drüben?«, sagte Alice. »Wirklich ein Jammer.«

»Was?«, fragte Kathy, ehe Maggie dazu kam.

Alice senkte ihre Stimme. »Ich habe sie neulich im Park aufgegabelt. Sie war ein bisschen durcheinander, die Ärmste. Es hat ein Weilchen gedauert, sie dazu zu bringen, mir zu sagen, wie sie heißt und wo sie wohnt, aber zu guter Letzt haben wir ihren Mann ausfindig gemacht. Schrecklich, so eine

Demenz. Ich habe das bei meinem Vater erlebt und möchte es niemandem wünschen.«

»Wenigstens hast du ihr geholfen«, sagte Maggie, ihr eigenes Verhalten mit Alices Tüchtigkeit vergleichend. Sie fühlte sich gedemütigt, anders war es nicht zu beschreiben.

»Hallo, Elsie, meine Liebe«, sagte Alice zu der Frau, deren Absätze nun über den Fliesenboden auf sie zugescharrt kamen. »Geht es Ihnen heute besser?«

»Äh, ja, danke …«

»Ich bin Alice.«

»Natürlich, wie konnte ich das vergessen«, sagte Elsie, offenkundig peinlich berührt, und wandte sich dann an Maggie. »Ich habe meinem Mann gesagt, dass es ein Weilchen dauern kann und er schon mal nach Hause gehen soll, aber er will einfach nicht. Was meinen Sie, wie lange wir brauchen?«

Maggie bemühte sich um ein Lächeln. »Das hängt ganz von Ihnen ab. Was kann ich denn für Sie tun?«

»Ich weiß es ehrlich gesagt nicht so genau. Ich habe Ihre Visitenkarte in meinem Mantel gefunden und dachte, ich probiere es einfach mal aus. Etwas, das gegen meine Fußschmerzen hilft, wäre gut.«

»Ich sehe mal, was wir da machen können«, sagte Maggie. Die alte Dame wollte oder konnte sich anscheinend nicht an die Zwischenfälle im Park erinnern, weshalb es nun galt, Elsas – nein, Elsies – Vertrauen von Neuem zu gewinnen. »Ich habe heute keine anderen Kundinnen mehr, sodass wir uns so viel Zeit nehmen können, wie Sie wollen.«

»Dann nehmen wir uns die Zeit und lassen den dummen alten Kerl warten«, flüsterte Elsa so laut, dass man es bis zur Tür hörte.

»Keine Sorge, ich kümmere mich solange um ihn«, versprach Alice.

Als Maggie ihre neue Kundin ins Behandlungszimmer führte, fragte sie sich unwillkürlich, wer wohl der Mann war, der da so geduldig im Empfangsbereich saß. War Freddie zurückgekommen, um Elsa zu retten und ihr nie mehr von der Seite zu weichen?

Die steifen Plastikstühle im Behandlungszimmer quietschten, als Maggie die Aufnahme machte. Sie vermerkte Elsies persönliche Daten, befragte sie kurz nach ihrer Krankengeschichte und nach bekannten Allergien und machte sich einen Begriff davon, welche Duftrichtungen sie bevorzugte. Dabei musste sie die ganze Zeit eine innere Stimme zum Schweigen bringen, die der Frau zudringlichere Fragen stellen wollte.

Sie verwendete ein digitales Aufnahmegerät für ihre Notizen und wusste aus Erfahrung, dass das Stühlequietschen beim Abspielen der Aufnahme genauso stören würde wie im Moment. Heute würde das Gerät noch dazu das Klappern der Porzellantasse aufzeichnen, wenn Elsie ihren Tee trank.

»Es tut mir leid, diese Stühle sind nicht sehr bequem, oder?«

»Ach, bei meinen Gelenken gibt es kaum noch welche, die es sind.«

»Der Behandlungsstuhl dort drüben ist sehr viel besser, falls ich Sie davon überzeugen kann, ein paar meiner Therapien auszuprobieren.«

Maggie hätte nun einige Möglichkeiten mit Elsie durchgehen sollen, wie sie deren Schmerzen und Beschwerden lindern könnte, aber sie hatte ihr immer noch nicht gesagt, unter welchen Umständen sie sich zuvor begegnet waren. Es einfach zu übergehen kam ihr wie eine Täuschung vor, und sie beschloss, ihrem Herzen Luft zu machen, doch die scheinbar gebrechliche, verletzliche Frau war ihr schon einen Schritt voraus.

»Ich fürchte, ich muss Ihnen etwas gestehen«, sagte Elsie, und wenn das Quietschen des Stuhls ihre innere Anspannung nicht schon verraten hätte, dann spätestens ihre gepresste Stimme. »Würde es Ihnen etwas ausmachen, dieses Ding da abzustellen?«

Maggie schaltete das Gerät kommentarlos ab.

»Das ist ein schöner Raum, so sauber und farbenfroh. Gar nicht, was ich erwartet hatte«, lobte Elsie und ließ ihren Blick über die Regale schweifen, die eine ansprechende Sammlung an Glastiegeln und Fläschchen mit bunten Etiketten enthielten, ein heiterer Kontrast zu dem sterilen Weiß der Wände und den Chromarmaturen.

»Ja, das ist so ein Tick von mir, die Verpackungen meiner Produkte farbig zu gestalten, passend zu den Düften darin, aber was die Sauberkeit angeht, ist das mit den Hundehaaren manchmal ein Problem.« Maggie klopfte an ihren Oberschenkel, um Harvey herbeizurufen.

»Hallo, mein Junge«, sagte Elsie. »Du bist aber ein Hübscher, was?« Der Hund schüttelte sich, als sie ihn am Rücken kraulte. »Einer unserer Nachbarn in Liverpool hatte auch einen Blindenhund. Sie waren ein tolles Team, Mr …« Sie verstummte grübelnd.

»Ist ja nicht so wichtig«, sagte Maggie.

»Mich an Namen zu erinnern ist mittlerweile ein Glücksspiel.« Es entstand eine frustrierte Pause, aber Elsie gab nicht auf. »Woodhouse, so hieß er! Mr Woodhouse. Jedenfalls«, fuhr sie fort, ihre Aufmerksamkeit wieder auf den Hund richtend, »hatte er einen Schäferhund, aber der konnte dir nicht das Wasser reichen, Harvey.«

»Sie erinnern sich, wie er heißt?«

Elsie lachte, aber es klang hohl. »Wie gesagt, ein Glücksspiel.«

»Das habe ich nicht gemeint.«

Elsie hörte auf, Harvey zu streicheln. »Ich erinnere mich nicht, Ihnen schon einmal begegnet zu sein, aber ich will es nicht bestreiten.«

»Wir sind uns zweimal im Victoria Park begegnet. Wir haben zusammen auf der Bank am See gesessen«, sagte Maggie sanft.

»Diese Bank hat auf jeden Fall schon eine Menge erlebt ...«

Maggie wurde rot, als sie sich vorstellte, dass Elsie jetzt darüber nachgrübelte, wie viel sie ihr erzählt hatte. Sie wollte ihr alles erklären, doch irgendetwas hielt sie davon ab. So seltsam es schien, war es doch Elsa, die sich ihr geöffnet hatte, und es widerstrebte ihr, dieses Vertrauen zu enttäuschen, selbst im Gespräch mit Elsas älterem Selbst. »Es ist eine schöne Stelle.«

»Und eine, die mir lange nicht aus dem Sinn gegangen ist.«

»Wissen Sie noch irgendetwas von unserem Zusammentreffen?« Das leise Rascheln von über einen Blusenkragen streifenden Haaren war zu hören, als Elsie den Kopf schüttelte. In dem Bemühen, eine Brücke von der Gegenwart zu Elsies Vergangenheit zu schlagen, fragte Maggie: »Wie lange haben Sie schon diese Gedächtnisprobleme, Elsie?«

»Sie meinen, wie lange habe ich schon Alzheimer? Das ist die Diagnose, die die Ärzte in Liverpool mir verpasst haben. Also, wann war das?«, überlegte sie. »Wir sind vor etwa zwei Monaten nach Sedgefield gezogen, glaube ich ... Ach, ich weiß nicht, vor einem halben Jahr, einem Jahr vielleicht? Kurz nachdem ich es mit der Polizei zu tun bekommen hatte.«

»Der Polizei?«, fragte Maggie bestürzt.

»Ja. Ich habe immer wieder versucht, nach Sedgefield zu kommen, und die Bobbys in unserem Viertel mussten mich jedes Mal auflesen und nach Hause zu bringen. Also habe ich mich schließlich bereit erklärt, zum Arzt zu gehen. Natürlich hat es schon lange vorher angefangen, lauter dumme Kleinigkeiten, über die wir anfangs noch Witze gemacht haben, als ich zum Beispiel mal meine Schuhe in den Ofen gestellt und behauptet habe, ich würde Seezunge machen«, erzählte Elsie. »Aber es gibt Dinge, über die ich nicht einfach mit einem Lachen hinweggehen kann.«

»Wie Ihre Ausflüge in den Park?«

Elsies klang bedrückt. »Wenn ich aus diesem benebelten Zustand herauskomme, fühle ich mich immer so verloren und verwirrt, und das macht mir Angst. Ich versuche, mir einzureden, dass es eben seine Zeit braucht, um sich in einer neuen Umgebung zurechtzufinden, aber es wird nicht besser mit mir, nur schlimmer.«

»Es gibt einen bestimmten Grund, weshalb diese Stadt Ihnen so viel bedeutet, nicht wahr?«

Ein vielsagendes Zögern folgte darauf. »Sie wissen, dass ich früher schon einmal in Sedgefield gewohnt habe, oder?«

»Als wir uns das erste Mal getroffen haben, haben Sie sich als Elsa vorgestellt und gesagt, Sie seien zweiundzwanzig, das müsste nach meinen Berechnungen 1953 gewesen sein«, sagte Maggie, von Elsies angegebenem Geburtsdatum ausgehend. »Ich hatte den Eindruck, dass Sie mir vertraut haben, vielleicht, weil ich auch schwanger bin.«

»Ich habe mich schon gewundert, wie Ihre Visitenkarte in meine Manteltasche gekommen ist. Kann ich Ihnen immer noch vertrauen?«

»Natürlich«, antwortete Maggie, gespannt, Elsas Schicksal zu erfahren.

»Dann vergessen Sie alles, was ich Ihnen gesagt habe.«

Maggie griff spontan nach Elsies Hand, doch der Stuhl knarrte, als die alte Dame zurückwich.

»Sie sind doch aber bestimmt nicht ohne Grund nach Sedgefield zurückgekommen? Vielleicht kann ich Ihnen helfen«, sagte Maggie, wenn sie auch beim besten Willen nicht wusste, wie.

»Sie können mir helfen, indem Sie meinem Gerede keine Beachtung schenken.«

Doch das Bild, das Maggie sich von Elsa gemacht hatte, hielt sich hartnäckig. Sie wurde das Gefühl nicht los, dass die junge Frau, mit der sie sich angefreundet hatte, immer noch da war, verborgen in einem Winkel von Mrs Miltons Persönlichkeit, immer noch voller Angst vor der Zukunft, immer noch hilfsbedürftig. »Und wenn Sie demnächst plötzlich wieder am Seeufer stehen?«

Elsies Antwort kam ganz leise und klang ein wenig nach Elsa. »Versuchen Sie nicht, mich zu retten.«

Maggie überlief es kalt. Sie griff wieder nach Elsies Hand und hielt sie diesmal fest. Die Finger der alten Frau waren eiskalt und runzelig, ihre arthritischen Knöchel knotig und geschwollen. Kein Wunder, dass sie sich erschrocken hatte, als sie Elsas Hand im Park genommen und straffe, junge Haut erwartet hatte. »Das kann ich Ihnen nicht versprechen.«

»Haben Sie eine Ahnung, wie es ist, neben dem Mann aufzuwachen, mit dem Sie über fünfzig Jahre lang verheiratet waren, und ihn für irgendeinen Eindringling zu halten? Können Sie sich vorstellen, wie furchtbar das für mich ist und für ihn genauso?«

»Nein, das kann ich nicht. Aber wenn Sie in diesen See springen, dann verspreche ich Ihnen hier und jetzt, dass ich hinterherspringen und Sie herausziehen werde.«

Die beiden Frauen saßen sich stumm gegenüber, bis Elsie seufzte. »Sie brauchen sich keine Sorgen zu machen, mein Mann lässt mich in letzter Zeit sowieso nicht mehr aus den Augen.«

»Wartet Freddie dort draußen auf Sie?«, wagte Maggie zu fragen.

»Es gibt keinen Freddie«, kam die tonlose Antwort.

Gezwungen, in Erwägung zu ziehen, dass der Amerikaner möglicherweise nur ein Hirngespinst war wie die Schwäne, hakte Maggie nach: »Er hat nie existiert?«

»Freddie ist ein Geist aus der Vergangenheit, den irgendetwas in mir, ausgelöst durch die Krankheit, anscheinend wieder zum Leben erwecken will. Ich muss mich immer wieder daran erinnern, wer ich bin und wo ich bin. Ich bin seit Gott weiß wie vielen Jahren mit … Ted verheiratet. Ich habe … Ich habe zwei Töchter«, sagte Elsie stockend, da ihr Gedächtnis nicht mit ihrem Wunsch, selbstgewiss zu klingen, mithalten konnte.

»Ich möchte Ihnen immer noch gern helfen, wenn Sie mich lassen«, beharrte Maggie. »Es gibt empirische Belege dafür, dass Aromatherapie bei einigen der Symptome, die Sie haben, lindernd wirken kann. Sind Sie in medizinischer Behandlung?«

»Was glauben Sie, weshalb ich aus Liverpool geflohen bin? Das wurde mir alles zu viel. Das Ganze könnte am Ende nur ein Sturm im Wasserglas sein. Mein Abstecher in den Park war wahrscheinlich eine einmalige Sache, weil ich mich noch in einer neuen Stadt orientieren muss.«

»Ich habe Sie zweimal dort angetroffen«, erinnerte Maggie sie. »Und Alice hat Sie auch einmal aufgelesen.«

»Schon gut, ich bin nicht blöd, und ehe Sie von Ihrem Stirnrunzeln noch frühzeitig Falten bekommen, will ich Ihnen sagen, dass ich nicht völlig die Augen vor der Wahrheit verschließe. Ich habe es ihm versprochen … Ich habe … »

»Ted?«, half Maggie nach und bereute ihre Voreiligkeit sofort.

»Ich weiß, wie mein Mann heißt! Jetzt habe ich vergessen, was ich sagen wollte«, entgegnete Elsie mit mehr als nur einem Anflug von Gereiztheit. »Ich habe Ted versprochen, wieder zum Arzt zu gehen, also brauchen Sie sich nicht einzumischen. Mein Ted passt schon auf mich auf.«

»Ich bin Ihre Freundin, wissen Sie nicht mehr?«

Elsie atmete tief aus, und damit schien auch ihre Wut zu verfliegen. »Ich wünschte, ich hätte jemanden wie Sie vor sechzig Jahren gehabt.«

Das Schweigen, das darauf folgte, erzeugte keine Verlegenheit, sondern eine Verbundenheit, die die Jahrzehnte überspannte. Maggie hatte die entscheidende Frage immer noch nicht gestellt, aber Elsie würde Zeit brauchen, um ihr so weit zu vertrauen, dass sie ihr offenbarte, was aus dem Baby geworden war. Das hielt sie jedoch nicht davon ab, sich dem Thema auf Umwegen zu nähern.

»Haben Sie irgendwelche Familienangehörige in Sedgefield?«

»Nein. Meine älteste Tochter Nancy lebt in Amerika, und Yvonne, die jüngere, oben in Schottland. Ansonsten habe ich nur noch meinen Bruder, und der ist über siebzig. Aber es gibt jede Menge Nichten und Neffen, von denen ein paar nahe genug wohnen, dass man sie um Hilfe bitten kann, wenn nötig.«

»Und Sie haben mich, nicht vor sechzig Jahren, aber jetzt. Bitte gehen Sie zum Arzt, aber das schließt ja nicht aus, dass Sie zu einer ergänzenden Behandlung hierher kommen können. Überhaupt, vielleicht möchten Sie diese Creme hier mal probieren«, sagte Maggie und sprang so schnell auf, dass Harvey erschrak. Sie fand rasch die gesuchte Dose und überprüfte das Etikett, auf dem der Inhalt sowohl in Braille als auch in Druckschrift angegeben war. »Sie können Sie vor dem Schlafengehen auf die Arme, den Hals und die Brust auftragen, das verbessert den Schlafrhythmus, Sie können sie aber auch tagsüber verwenden, um die Gedanken zu klären. Sie enthält Lavendel- und Zitronenbalsam«, erläuterte sie und schraubte den Deckel ab.

»Ich bevorzuge Flieder«, sagte Elsie, ohne die Creme zu nehmen.

»Das ist mir schon aufgefallen, aber aus Flieder wird leider kaum ätherisches Öl gewonnen. Das ist sehr teuer, weshalb auch das Fliederparfüm, das Sie tragen, höchstwahrscheinlich auf synthetische Weise und nicht aus einem natürlichen Öl hergestellt wurde.«

Maggie hörte ein verstohlenes Schnuppern; Elsie roch an dem noch vorhandenen Parfüm an ihrem Handgelenk. »Meine Tante Flo hat mich mit ihrer Vorliebe für Fliederduft angesteckt. Ich habe damals in Sedgefield bei ihr gewohnt und erinnere mich noch an diese Zeit, als wäre es gestern gewesen. Sie könnte jetzt hier hereinkommen, und ich würde nicht mal mit der Wimper zucken.« Elsie hing einen Moment ihren Gedanken nach und seufzte dann. »Wo war ich stehen geblieben? Ach ja, Flo Jackson. Sie hatte Fliederbüsche in ihrem Garten und hat alles Mögliche aus den Blüten gemacht, unter anderem auch Seife. Ich mochte den Geruch zuerst nicht, aber jetzt wäre ich aufgeschmissen ohne mein Parfüm, auch wenn es nicht ganz das gleiche ist wie das, das die alte Dame benutzt hat.« Elsie lachte in sich hinein. »Jetzt hören Sie sich das an, wie ich von einer alten Dame spreche. Manchmal vergesse ich, dass ich selbst eine bin.«

Maggie lächelte höflich. »Nun, ich kann es nicht mit einer Flo Jackson aufnehmen, aber falls das hier nicht hilft, gibt es andere Rezepturen, oder ich könnte auch etwas Fliederöl besorgen, wenn Sie möchten.«

Elsie antwortete nicht sofort, und Maggie merkte, dass sie eingehend gemustert wurde. »Mit meinem Gespür ist noch alles in Ordnung, egal, was mit meinem Verstand passiert, und es sagt mir, dass Sie ein guter Mensch sind, Maggie.«

»Ich bemühe mich.«

»Und Sie werden auch eine gute Mutter sein. Lassen Sie sich von niemandem etwas anderes erzählen.«

»Sie erinnern sich, dass ich Ihnen gesagt habe, welche Angst ich vor dem Mutterwerden habe?«

»Nein, leider nicht«, antwortete Elsie, obwohl irgendetwas in ihrem Ton Maggie vermuten ließ, dass da doch eine Erinnerung war, selbst wenn sie nicht in ihr Bewusstsein drang. »Ihre Freundin dort draußen hat mich aufgeklärt.«

»Kathy?«

»Sie hat mir lang und breit geschildert, wie tüchtig Sie sind, und dass jeder, der es auch nur anzudeuten wagt, dass Sie keine wunderbare Mutter abgeben werden, es mit ihr zu tun bekommt. Sie hat wie ein Wasserfall geredet, vermutlich, damit man nicht hört, wie sie dieses arme Mädchen hier drin gequält haben. Geht es ihr denn wieder gut?«

»Jenny? Ja, sicher, sehr gut. So ein Gefühlsausbruch kann hin und wieder ganz heilsam sein, besonders in einer sicheren Umgebung und in Gegenwart von jemandem, dem man vertraut«, erklärte Maggie. »Sie ist übrigens meine beste Freundin und würde das Gleiche über mich sagen, ob man es glaubt oder nicht.«

»Wenn sie erst einmal aufgehört hat zu weinen«, fügte Elsie nüchtern hinzu.

Maggie merkte, wie sie lockerer wurde, und hätte gern noch weitergeplaudert, hörte aber ein endgültiges Quietschen des Plastikstuhls, als Elsie sich erhob. »Ich sollte jetzt gehen, ehe Ted sich noch Sorgen macht.«

»Werden Sie mich wieder besuchen? Wir können gleich einen neuen Termin ausmachen, wenn Sie möchten.«

Elsie zögerte, und Maggie beschwor die alte Dame im Stillen, sich ihr zu öffnen, doch ohne die verbindende Parkbank war ihre Zurückhaltung zu stark. »Warten wir erstmal ab, wie diese Creme hilft«, sagte sie und streckte stöhnend ihren Rücken. »Wer weiß, vielleicht ist es ja ein Wundermittel.«

Maggie schraubte die Dose wieder zu und tat sie in eine Papiertüte. »Ich hoffe es, Elsie.«

»Und was nehmen Sie für Wunder?« Elsie stellte ihre Handtasche auf den Tisch, damit sie ihr Portemonnaie heraussuchen konnte.

»Das geht aufs Haus. Keine Widerrede.«

Elsie bedankte sich, und Maggie hörte, dass sie die Tüte nahm und sie einmal an den Enden herumschwang, um sie zu verschließen, ganz wie eine Obst- und Gemüseverkäuferin auf dem Markt.

»Wann soll das Kind kommen?«, fragte Elsie.

»Im Oktober.«

»Sie werden das prima hinkriegen.«

Das hatten ihr schon viele Leute versichert, aber nun glaubte Maggie es zum ersten Mal beinahe. Da war so eine Bestimmtheit in Elsies Ton, wie sie sie seit dem Tod ihrer Mutter nicht mehr gehört hatte.

SIEBTES KAPITEL

Maggie saß auf einem Hocker am Frühstückstresen und rührte in ihrem Tee. Es war Samstagnachmittag, und im Haus herrschte Ruhe, anders als in ihrem Kopf. Nach Mrs Miltons Besuch war sie sehr betroffen gewesen und nicht wenig beschämt. Sie hätte sofort erkennen müssen, dass Elsa nicht die junge Frau war, für die sie sich hielt, denn auch ohne die Hilfe des Augenlichts waren ihre Sinneswahrnehmungen scharf genug. Und während Alice die alte Dame mit viel gutem Zureden aus ihrem konfusen Zustand herausgeführt hatte, hatte sie sie zusätzlich in ihren Illusionen bestärkt und bewirkt, dass sie noch verwirrter wurde.

Zu allem Übel fühlte sie sich vollkommen machtlos. Mrs Milton würde trotz gegenteiliger Versicherungen nicht wiederkommen. Sie hatte ihren Teil gesagt, und jetzt wollte sie einen Schlussstrich unter die Vergangenheit ziehen, solange diese Entscheidung noch in ihrer Macht lag. Maggie konnte nichts weiter tun, als über Elsas Schicksal nachzusinnen und den Verlust einer Freundschaft zu betrauern, die ihr für eine kurze Zeit das Gefühl gegeben hatte, weniger allein zu sein.

Ein Gutes hatte das ganze Durcheinander jedoch: Ihr Versagen bei Mrs Milton hatte sie noch entschlossener gemacht, bei niemand anderem mehr zu versagen, am wenigsten bei dem Kind, das sie erwartete. Sie hörte immer noch den Schmerz in Elsas Stimme, als sie erwog, ihr Baby wegzugeben, und dahinter diese bedingungslose Liebe, die nur

Eltern kennen. Diese innere Stärke war es nun, die Maggie dazu veranlasste, einen längst überfälligen Anruf zu machen.

»Hallo? Bist du da?«

Als Antwort kam nur ein Rascheln, verbunden mit schwerem Atmen.

»Dad? Hier ist Maggie«, sagte sie.

Sie hörte schlurfende Schritte, als die Person am anderen Ende, zweifelsohne ihr Vater, Beistand holen ging. Stan war nicht lange nach ihrer Heirat nach Spanien übergesiedelt, und sie hatte ihm ein Handy geschenkt, damit sie in Kontakt bleiben konnten. Ihr Dad war schwerhörig und stand mit der modernen Technik auf Kriegsfuß, weshalb er immer leicht gereizt reagierte, wenn das Telefon zu vibrieren begann und ihn in seiner Ruhe störte. »Dieses Ding funktioniert schon wieder nicht«, knurrte er.

»Gib her, Stan.« Das war die energische Stimme von Maggies Tante. Dot war zehn Jahre jünger als Stan, erst Ende sechzig, ein junger Hüpfer, sowohl körperlich als auch mental, im Vergleich zu ihrem Bruder. Das klackernde Geräusch von Metall an dem Gerät deutete darauf hin, dass es in Dots mit zahlreichen Ringen geschmückte Hand hinübergewandert war.

»Hallo?«

»Hallo Dot, hier ist Maggie. Ich nehme an, er hat seine Hörhilfen wieder nicht eingeschaltet.«

»Es ist deine Tochter!«, sagte Dot laut, bevor sie sich wieder ihrer Nichte zuwandte. »Ehrlich, ich weiß nicht, warum er sich überhaupt noch die Mühe macht, sie zu tragen. Wie geht es dir? Gibt's was Neues?«

»Ich wollte nur kurz mit Dad sprechen«, sagte Maggie so beiläufig es ging.

Es kam zu einem knappen Wortwechsel zwischen Bruder und Schwester, wonach alle darauf warteten, dass Stans Hörhilfen aktiviert wurden. Dann bekam er das Handy zurückgereicht.

»Ich trage die Dinger als Ohrstöpsel, damit ich dein ständiges Geplapper nicht hören muss«, raunzte er Dot an und sagte dann zu Maggie: »Hallo, mein Schatz.«

»Hallo, Dad. Ich störe dich doch nicht, oder?«

»Nein, natürlich nicht. Ich habe nur draußen auf der Terrasse gesessen und Solitaire gespielt.«

»Es ist keine Terrasse, es ist eine Veranda!«, rief Dot.

Stan schnalzte mit der Zunge. »Entschuldige diese Störungen in der Leitung, Liebes. Warte einen Augenblick, ich nehme das Telefon mit hinaus auf die Terrasse.«

Maggie lauschte lächelnd dem mühsamen Schlurfen ihres Vaters und war wieder einmal froh, dass er zu weit weg wohnte, um darauf bestehen zu können, seine Tochter nach Kräften zu unterstützen. Ihre Eltern hatten die vierzig schon überschritten gehabt bei ihrer Geburt, und deren Reife und Geduld waren entscheidende Faktoren bei ihrer Entwicklung gewesen. Doch die Zeit war nicht stehen geblieben, und Stans Gehör war nicht das Einzige, das sich in den letzten Jahren verschlechtert hatte. Als Joan starb, hatten sie beide ihren Halt im Leben verloren und nach einem neuen Anker suchen müssen. Maggie hatte bereits James gehabt, sodass es ein Geschenk des Himmels war, als Dot sich erbot, Stan unter ihre Fittiche zu nehmen.

»So ist's besser«, sagte er nun. »Also, wie läuft's bei dir? Wie ist das Wetter bei euch da oben?«

»Im Moment schüttet es wie aus Kübeln«, berichtete Maggie, die wusste, wie gern er das hörte. Es half ihm gegen das Heimweh, und so kam es schon mal vor, dass sie die Trübnis des britischen Wetters ihm zuliebe noch übertrieb.

»Ach, hier ist es dagegen schon angenehm warm. Man könnte sogar ein Sonnenbad nehmen, wenn Dot nicht jedes Mal hinter mir her wäre, um zwei Schichten Sunblocker auf mich draufzuklatschen, sobald ich den Schatten verlasse. Das Zeug stinkt wie die Pest.«

»Sie kümmert sich halt gut um dich.«

»Kein Wunder, dass Jim die meiste Zeit auf dem Golfplatz verbringt.«

»Reizt es dich immer noch nicht, es auch mal damit zu versuchen?«

»Jemand muss dem alten Mädchen doch Gesellschaft leisten«, sagte Stan. Ein direkteres Eingeständnis seiner widerstrebenden Zuneigung zu seiner Schwester würde man nicht von ihm zu hören bekommen.

»Die Golfwitwe und der Witwer, ein perfektes Paar«, sagte Maggie. Sie merkte, dass sie Zeit schindete und auf den richtigen Moment wartete, um ihre Neuigkeit zu verkünden, doch dann platzte sie einfach damit heraus. »Dad, ich bekomme ein Baby.«

Zuerst hörte sie nur ein schweres Schnaufen, doch das genügte ihr schon als Reaktion. Es enthielt eine Mischung aus Freude und Traurigkeit, war eine Befreiung von all den Jahren enttäuschter Hoffnungen und der Angst, dass seine Tochter nie die Erfüllung erlangen könnte, nach der sie sich so sehnte. »Oh, mein Liebling«, sagte er schließlich, und ein leises Schnüffeln verriet die Tränen in seinen Augen.

»Ich bin erst im vierten Monat, es ist also noch ein Weilchen hin«, berichtete Maggie, während ihr selbst die Tränen über die Wangen liefen.

»Oh, mein Liebling«, wiederholte er, und diesmal schwang auch ein Anflug von Bedauern darin mit.

Einen kurzen Augenblick lang befürchtete Maggie, er

könnte ihr ähnliche Vorhaltungen machen wie Judith. »Dad? Du freust dich doch, oder?«

»Natürlich, Maggie, und wie. Ich bin überglücklich!«, sagte Stan, und sein Strahlen wärmte sie über Tausende von Kilometern hinweg. Er lachte. »Ich kann es nicht glauben. Ehrlich, ich kann es einfach nicht glauben. Ich werde Großvater!«

Aus dem Hintergrund ertönte ein entzücktes Kreischen, und dann war Dot da, vor Begeisterung übersprudelnd, während sie Stan das Handy zu entwinden versuchte. Maggie lachte und weinte, als die beiden gleichzeitig drauflosredeten und Fragen stellten und kaum die Antworten abwarteten, um dem Gegner mit der nächsten Frage zuvorzukommen. Sogar ihr Onkel Jim mischte sich auf einmal mit ein, und es dauerte fast eine halbe Stunde, bis die Flutwelle der Aufregung zu einem zufriedenen Geplätscher abebbte.

»Ich wünschte, deine Mum hätte das noch erleben können«, sagte Stan, als er seine Tochter wieder für sich hatte. Er klang ganz leise, als sei das ein Geständnis, das ihm schwerfiel.

»Ich auch, Dad. Ihre Unterstützung könnte ich jetzt gut gebrauchen.«

»Ich sollte nach Hause kommen. Ich werde mich gleich mal nach Flügen erkundigen.«

Ja, bitte komm nach Hause! wollte sie rufen, schaffte es aber zum Glück, stark zu bleiben. »Nein, Dad, es ist alles bestens. Mum hat mich mein ganzes Leben lang aufs Mutterwerden vorbereitet, indem sie mir ein leuchtendes Vorbild war. Ich werde versuchen, sie nicht zu enttäuschen.«

»Du kommst ganz nach ihr.«

»Das ist das allerschönste Kompliment. Du kannst damit rechnen, dass ich dich in den nächsten Monaten dauernd anrufe, damit du mir das sagst.«

»Jederzeit, Tag und Nacht.«

»Solange du dein Hörgerät eingeschaltet hast«, stichelte Maggie.

»Du kommst wirklich nach deiner Mutter!«

Maggie strahlte jetzt so sehr, dass sie praktisch glühte. »Danke, Dad.« Sie war schon drauf und dran, sich zu verabschieden, als sich eine gewisse fixe Idee wieder meldete. »Bevor ich Schluss mache, kann ich dich noch um eine Expertenauskunft bitten?«

»Versuch's ruhig.«

»Erinnerst du dich an ein Geschäft in Sedgefield namens ›Flos Frucht- und Gemüseladen‹? Es muss in den fünfziger Jahren existiert haben.«

Vor sich hin murmelnd kramte Stan in seinem Gedächtnis. »Deine Mum würde sich eher an so etwas erinnern als ich.«

Maggie war noch nicht bereit aufzugeben. »Die Inhaberin soll eine Mrs Jackson gewesen sein.«

»Ach ja, natürlich! Du meinst Flo Jackson. Ihr Laden war irgendwo an der High Street, glaube ich.«

»Tatsächlich? Du erinnerst dich an sie?« Maggie wunderte sich, wie erleichtert sie war, dass es den Laden und Mrs Jackson wirklich gegeben hatte. Mrs Milton, obwohl bei klarem Verstand, hatte ihr keinen Fingerzeig darauf gegeben, ob Elsas Geschichte wahr oder erfunden war.

»Nur verschwommen. Ihr Mann starb irgendwann, lange vor ihr, und danach hat sie den Laden eine Zeit lang allein weitergeführt. Sie war ziemlich einsam, soweit ich weiß. Ich glaube nicht, dass sie Kinder hatte.«

»Erinnerst du dich an irgendwelche anderen Verwandten? Oder an eine junge Frau, die Anfang der Fünfziger bei ihr gewohnt hat?« Sie wurde ganz zappelig vor Aufregung, als sie sich vorstellte, dass ihr Vater Elsa begegnet sein könnte.

Stan überlegte eine Weile. »Jetzt, da du danach fragst … es könnte da irgendein Familienzerwürfnis gegeben haben, scheint mir. Irgendetwas mit einer Nichte? Nein, tut mir leid, Schatz, ich habe damals wohl nicht so richtig darauf geachtet und weiß es einfach nicht mehr.«

Das Geräusch der aufgehenden Haustür brachte Maggie in die Gegenwart zurück. James kam von seinem letzten Arbeitstag vor der Urlaubswoche zurück und würde wissen wollen, warum seine Frau in Elsas Vergangenheit herumstocherte, obwohl sie ihm doch erzählt hatte, dass das Auftauchen Mrs Miltons den Geist aus dem Park vertrieben hatte. Sie wusste keine überzeugende Antwort darauf, höchstens, dass man es selbst erlebt haben musste, mit der jungen Elsa am See zu sitzen, also ging sie der Diskussion lieber aus dem Weg. »Macht nichts, ist nicht so wichtig«, sagte sie zu ihrem Vater.

»Warum fragst du das alles überhaupt?«

»Ach, nur so ein bisschen Recherche«, wich Maggie aus. Schwere Schritte näherten sich, dann war James da. »Danke, Dad. Ich sage James, dass er die Ultraschallaufnahme an Tante Dot mailen soll, dann kannst du schon mal einen ersten Blick auf das Baby werfen.«

»Sehr schön, Liebes, und richte James meinen Glückwunsch aus.«

»Ja, mache ich, und dann bedanke ich mich auch gleich dafür, dass er seine Arbeitsstiefel nicht ausgezogen und meinen sauberen Fußboden dreckig gemacht hat.«

»Hallo, Stan«, rief James, während er sich mit langen Schritten rückwärts aus der Küche zurückzog.

Nachdem Maggie aufgelegt hatte, schickte sie James nach oben, damit er ein Bad nahm, und machte sich ans Aufwischen. Zum Glück für ihren Mann war sie mehr von einem sich verlaufenden Pfad in die Vergangenheit in Anspruch genommen als von der Dreckspur, die sich durch den Flur zog.

Es hörte sich an, als käme eine Elefantenherde ins Haus getrampelt. Mit ihrem gut entwickelten Geruchssinn nahmen die Wildlinge sofort den verlockenden Duft aus der Küche wahr und stürmten herein.

»Wir sind da!«, brüllten sie.

Maggie ließ den Rührlöffel in die Schüssel mit Schokoladenglasur plumpsen, riss dramatisch die Augen auf und japste: »Habt ihr mich erschreckt!«

Die Jungen umarmten sie lachend. »Hallo, böse Stiefmutter«, kicherte Liam.

»Sam, nimm die Finger aus der Schüssel«, knurrte Maggie.

Schmatzend kostete der jüngere von James' Söhnen die Glasur. »Leeecker!«, lautete sein Urteil.

»Kann ich die Schüssel auslecken, wenn du fertig bist?«, fragte Liam.

»Nein, das will ich!«

»Hm, da ihr schon …«, Maggie schnupperte prüfend, »… Hamburger mit Pommes und viel zu viel Ketchup zu Mittag hattet, könnt ihr euch die Schüssel teilen, jeder bekommt einen Löffel. Den Kuchen gibt's später.«

»Aber erst, wenn ihr ausgepackt habt«, mahnte James, der alles von der Küchentür aus verfolgt hatte. »Auf geht's.«

»Wir haben Harvey noch nicht hallo gesagt«, rief Sam.

»Wo ist er?«, fragte Liam.

»Hinter euch, glaube ich«, sagte Maggie.

Harvey hatte sich bislang zurückgehalten, aber als er seinen Namen hörte, lief er rasch auf die Jungen zu. Selbstdisziplin und jahrelanges Training fielen von ihm ab, und er sprang sie an und leckte sie voller Begeisterung ab. Sams Schokoladenfinger waren besonders unwiderstehlich.

»Kommt jetzt, lasst Maggie fertig backen«, sagte James. »Ihr könnt Harvey mit raufnehmen, aber er wird nicht gefüttert, klar?«

Sam und Liam brummten etwas, gaben aber keine Widerrede. Die Elefantenherde trampelte aus der Küche und die Treppe hinauf, dicht gefolgt von Harveys leichteren, aber nicht weniger übermütigen Tritten.

»Wie war die Fahrt?«, erkundigte sich Maggie, als das Gepolter nachgelassen hatte.

James hatte diesmal nur bis zu einer Raststätte bei Birmingham zu fahren brauchen, wo ihm seine Söhne von Carolyn und ihrem neuen Mann übergeben worden waren.

»Viel angenehmer als die ganze Strecke nach Portsmouth und zurück«, sagte er. »Jetzt muss ich Carolyn nur noch dazu bringen, das jedes Mal so zu machen.«

James und seine Exfrau hatten zu einer vorsichtigen Freundschaft gefunden, die es leichter machte, Kompromisse zu schließen, auch wenn Carolyn immer am längeren Hebel sitzen würde. James würde bis ans Ende der Welt fahren, um seine Kinder zu sehen, und das wusste sie.

»Haben die Jungs schon was zu dem Baby gesagt?«, erkundigte sich Maggie.

»Nicht viel. Sie wollten wissen, ob du dick bist.«

Maggie lachte. »Ich hoffe, du hast das verneint.«

James trat hinter sie und streichelte ihren Bauch. »Na ja, langsam sieht man's.«

Sie legte ihre Hand auf seine und lächelte versonnen, ehe sich ihre Stirn in Falten zog. Das Baby war schon weiter als sie selbst. »Und was noch?«

»Nichts eigentlich«, sagte James und versuchte, nicht beunruhigt zu klingen. Liam und Sam hatten sich gefreut, als er es ihnen gesagt hatte, aber das war vor einem Monat gewesen, und die Neuigkeit hatte bald ihren Reiz verloren.

»Das muss nicht unbedingt schlecht sein. Es heißt vor allem, dass sie sich nicht bedroht fühlen.«

»Ich hoffe es, Maggie. Sie haben eigentlich die meiste Zeit über ihr Hundebaby geredet.«

»Hätte ich mir denken können, dass sie sich am Ende doch für einen Labrador entscheiden. Wann können sie ihn abholen?«

»Die Welpen sind noch nicht einmal geboren, aber geplant ist, Hartley irgendwann im Sommer zu holen«, berichtete James.

»Hartley?«

»So wollen sie ihn nennen. Sehr einfallsreich, was?«

Maggie zielte perfekt und schlug James auf die Finger, die sich in Richtung Rührschüssel bewegt hatten. »Du bist genauso schlimm wie die Jungs«, schalt sie. »Geh mal lieber nach oben und hilf ihnen auspacken. Ich muss diesen Kuchen fertig machen, solange ich noch genug Glasur zum Bestreichen habe.«

»Du bist der Boss.«

James wollte sich gerade aus der Küche trollen, als das Telefon klingelte. Auf dem Haustelefon waren Erkennungs-Klingeltöne eingestellt worden, dieser hier ein hartnäckiges Trillern, das sich nicht ignorieren ließ.

»Judith muss einen sechsten Sinn haben, was ihre Enkelsöhne angeht«, bemerkte Maggie ironisch.

»Ich gehe ran«, sagte James, als wäre das eine Frage gewesen.

Maggie schabte mit dem Teigspatel über den Schüsselboden, um die letzten noch unverrührten Kakaoklümpchen aufzuspüren. Ein prüfendes Abschmecken bestätigte ihr, dass die Glasur so gut schmeckte, wie sie roch. Sie konnte es Sam nicht verübeln, dass er der Versuchung nachgegeben hatte. Ihr Rühren wurde langsamer, als sie der einen Hälfte des Gesprächs zwischen Mutter und Sohn zuhörte.

»Nein, der Verkehr war gar nicht so schlimm für ein langes Wochenende«, sagte James.

Maggie schob die Masse mit dem Spatel auf der einen Seite der Schüssel zusammen. James beantwortete weitere Fragen über seine morgendliche Autofahrt, bevor Judith zum eigentlichen Grund ihres Anrufs kam.

»Das müsste ich zuerst mit Maggie besprechen. Wir wollten so viel Zeit wie möglich mit den Jungs verbringen.«

Maggie brauchte die andere Hälfte nicht mitzubekommen, um zu wissen, dass ihre Schwiegermutter versuchte, ihnen die Jungen abspenstig zu machen. Judith würde nicht lockerlassen, sie setzte gern ihren Willen durch und schaffte das bei James meistens auch. Es war gerade dieser Einfluss auf ihn, der Maggie Sorgen machte. Zauntore reparieren lassen und Ausflüge mit den Enkelkindern waren eine Sache, aber Judith hatte auch feste Vorstellungen von der Zukunft ihres Sohns, und Maggie argwöhnte, dass sie nicht darin vorkam.

»Ich weiß, Mum, aber ihr habt sie doch gerade erst besucht«, protestierte James. »Während wir viel miteinander nachzuholen haben.«

Sein Seufzer deutete darauf hin, dass er sie nicht umstimmen konnte. »Warte mal kurz.« Ein Tastenklicken. »Ich habe auf stumm gestellt, Maggie«, sagte er. »Sie möchte, dass Liam und Sam nächste Woche eine Nacht bei ihr schlafen.«

»Was bedeuten würde, dass wir zwei Tage weniger mit ihnen hätten in dieser einen Woche.«

»Ich habe ihr gesagt, dass ich zuerst mit dir sprechen muss …«

Maggie war mit ihrer Geduld am Ende, was sich darin äußerte, dass ihr die Hitze in die Wangen stieg. Sie zog oft den Schwarzen Peter, wenn James nicht gegen seine Mutter ankam – kein Wunder, dass Judith sie hasste. »Sag ihr, dass wir die Woche schon verplant haben, sie aber gern mal zum Tee kommen oder mit in den Zoo gehen können, wenn sie Lust haben.«

James nahm das Gespräch mit seiner Mutter wieder auf und lud sie getreulich zum Tee ein. Derweil hielt Maggie nicht nur mit dem Spatel inne, sondern auch die Luft an, weil sie auf eine Ablehnung hoffte.

»Ach so, okay«, sagte er. »Wie wär's dann mit einem Ausflug in den Zoo? Wir wissen noch nicht, an welchem Tag, kommt aufs Wetter an.«

Eine weitere Pause und ein weiterer Seufzer von James.

»Hör zu, Mum, diese Woche ist wichtig für uns. Ich möchte sichergehen, dass die Kinder gut damit klarkommen, dass ich wieder Vater werde.« James' Stimme hatte einen beinahe fremden Ton angenommen, zumal für eine Unterhaltung mit seiner Mutter. Anscheinend verlor auch er allmählich die Geduld. »Es wäre gut für die Jungs, wenn sie merken, dass wir alle am gleichen Strang ziehen, meinst du nicht?«

Der Spatel wurde wieder langsam und gleichmäßig durch die Masse geführt, und als James den Anruf beendete, hatte Maggie bereits damit begonnen, die Glasur auf den Kuchen zu streichen.

»Das sieht ja zum Anbeißen aus.«

»Aber erst zum Tee«, warnte Maggie. »Und du brauchst gar nicht auf die leere Schüssel zu schielen, das würden dir die Jungs nie verzeihen. Und?«

»Es hat ein bisschen gedauert, aber sie hat nachgegeben. Dad muss arbeiten, aber Mum will zusehen, dass sie sich mit uns im Zoo treffen kann, vorausgesetzt, sie kann ihre Arbeitsstunden im Second-Hand-Laden tauschen.«

»Das wird ja wohl nicht so schwer sein, wenn sie die Jungs sogar zu sich nach Hause holen wollte«, sagte Maggie skeptisch.

Von oben kam ein dumpfer Knall, und ein Streit brach aus.

»Ich sehe mal besser nach, was sie da treiben.«

James küsste seine Frau zärtlich auf den Kopf, bevor er sie ihrem Kuchen und ihren Gedanken überließ. Maggie hatte sich auf die kommende Woche gefreut, doch jetzt sah sie nur, dass ihr ein weiterer Tag mit ihrer kritischen Schwiegermutter bevorstand. Der Anruf hatte ihrer Freude einen Dämpfer aufgesetzt, und sie fühlte sich wieder wie in ihrem Traum, in dem sie verzweifelt den schlammigen Tiefen des Sees zu entkommen versuchte, nur dass diesmal Judith da war und sie immer wieder hinunterdrückte.

ACHTES KAPITEL

Wie es sich für ein Feiertagswochenende gehörte, war das Wetter miserabel gewesen, und die Vorhersagen für die übrige Woche klangen auch nicht vielversprechend. Als James daher am Dienstagmorgen aus dem Fenster blickte und blauen Himmel sah, brach hektische Betriebsamkeit im Haus aus, um den geplanten Zoobesuch in die Tat umzusetzen.

»Geh rauf und bring die Spielsachen wieder in dein Zimmer«, befahl er Sam.

»Die sind doch nur für die Autofahrt«, jammerte Sam. Ein paar von seinen Sachen blieben stets bei seinem Dad, sodass es jedes Mal ein bisschen wie Weihnachten war, wenn er seine Transformers wiedersah. Um seinem Unmut Ausdruck zu geben, drückte er nun eine Taste an einem seiner Killerroboter. Auf das Rattern einer Maschinengewehrsalve folgte eine markerschütternde Explosion, bei der Maggie fast aus der Haut fuhr.

»Nein, Sam!«

»Aber warum denn nicht?«

James musste schreien, um den Kriegslärm zu übertönen. »Deshalb!«

»Darf ich mein Nintendo mitnehmen?«, fragte Liam als Nächster, während Sam nach oben stampfte.

»Solange du deine Kopfhörer benutzt und es im Auto lässt, wenn wir da sind. Heute geht's darum, was zusammen zu machen und auf gute, altmodische Art Spaß zu haben ohne elektronische Geräte.«

»Die Schmalspurbahn im Zoo funktioniert auch elektronisch«, wusste Liam.

»Riskier hier keine kesse Lippe, sonst überlege ich's mir noch anders«, sagte James. Kaum waren die Worte heraus, klingelte sein Handy.

»Ich hoffe, du lässt das auch im Auto«, sagte Maggie, sehr zu Liams Erheiterung.

Es machte ihr Spaß, den guten Cop zu spielen, und sei es nur, um James' oft nur halbherziger Darstellung des bösen Cops mehr Gewicht zu verleihen. Da er im Grunde nichts lieber wollte, als seine Söhne nach Strich und Faden zu verwöhnen, fiel es ihm schwer, konsequent zu bleiben, und heute würde er einen besonders starken Willen brauchen. Oma Judith würde sich nachher mit ihnen im Zoo treffen und dafür sorgen, dass ihre Enkel alles bekamen, was sie wollten, und noch ein bisschen mehr.

»Hallo, Gerry, warte mal eine Sekunde«, sagte James und wandte sich dann an seine Frau. »Entschuldige, Maggie, es dauert nicht lang. Lad doch schon mal alle ins Auto, ich bringe dann den Picknickkorb aus der Küche mit, ja?«

Als James zehn Minuten später endlich aus dem Haus kam, saß Liam vorne auf dem Beifahrersitz, während Maggie hinten mit Sam »Ich sehe was, das du nicht siehst« spielte. Sie durfte sich irgendetwas aussuchen, das ihr gerade einfiel, und meistens waren das ulkige, abstruse Gegenstände, die Sam zum Totlachen fand. Harvey versuchte derweil durch das Netz, das den Kofferraum vom Innenraum trennte, Sams Hinterkopf zu lecken.

Statt sich ans Steuer zu setzen, öffnete James die hintere Tür neben Maggie.

»Ihr werdet mich jetzt hassen«, sagte er.

Die schmollenden Kinder wieder aus dem Auto herauszubekommen, nahm deutlich mehr Zeit in Anspruch, als sie zuvor mitsamt ihrer überschäumenden Energie hineinzubugsieren. Zum Glück für James hatte er es viel zu eilig, zu seinem Noteinsatz zu kommen, um die Enttäuschung seiner Söhne und seiner Frau richtig wahrzunehmen. Er hatte in der Woche zuvor an einem Anbau für ein Wohnhaus gearbeitet und geglaubt, zeitlich alles perfekt koordiniert zu haben, indem er sich eine Woche freinahm, sodass der Beton aushärten konnte. Leider hatte er nicht mit dem Regen gerechnet oder rechtzeitig festgestellt, dass das Dach nicht so dicht war wie gehofft.

»Es tut mir wirklich leid, Maggie«, sagte er, während er im Schlafzimmer seine Arbeitskluft anzog. Ihre Schweigsamkeit war ihm nun doch aufgefallen. »Ich weiß, ich sollte es Gerry überlassen, die Sache zu beheben, aber er ist auf einer anderen Baustelle, und für diese bin ich verantwortlich. Ich hätte das Dach vor dem Urlaub noch mal prüfen sollen.«

Maggie wusste, dass es wenig Zweck hatte zu widersprechen. Sie liebte James aus vielerlei Gründen, und seine charakterlichen Schwächen deckten sich oft mit seinen Stärken. Er war zu umgänglich, zu großzügig und zu gewissenhaft. Deshalb drückte er sich nicht vor seiner Verantwortung und überließ es seinem Geschäftspartner zu beheben, was er als seinen eigenen Fehler ansah, obwohl die Dachdeckerarbeiten per Untervertrag an eine andere Firma vergeben worden waren.

Sie hob seine hastig hingeworfenen Sachen auf und legte sie ordentlich zusammen. »Hauptsache, du wirst nur heute gebraucht und nicht noch länger.«

»Ich werde mein Bestes tun, aber ich kann nichts versprechen. Das ist ein wichtiger Auftrag für uns, und wenn ich den vermassele, könnte das negative Folgen haben.«

»Aber wenn du dir das Problem angesehen hast, kannst du die Aufsicht doch sicher Gerry überlassen, oder?«, insistierte Maggie.

»Ich muss vor allem dafür sorgen, dass wir unsere Kunden behalten, Maggie, aber ich verspreche dir, dass wir mit den Jungs in den Zoo gehen, bevor sie wieder zurückmüssen, komme, was wolle.«

»Und das soll uns dafür entschädigen, dass wir jetzt keine volle Woche miteinander haben?«

»Maggie, bitte, ich tue, was ich kann.«

Sie sank enttäuscht in sich zusammen, doch dann fiel ihr ein, dass die Sache auch ihr Gutes hatte. Sie würde es nicht mit Judith aufnehmen müssen. »Was ist mit deiner Mutter? Sie ist vielleicht schon unterwegs.«

James kam und nahm sie in die Arme, froh, dass die Auseinandersetzung vorbei war. »Ist alles geregelt. Ich habe sie gleich angerufen, nachdem ich mit Gerry gesprochen hatte. Sie war schon fast zur Tür hinaus, aber ich habe sie noch rechtzeitig erwischt.«

»Hat sie dir auch die Hölle heiß gemacht?«

»Nein«, sagte James.

Maggie hörte sofort, dass er log. »James?«

»Es war ihr recht, es auf einen anderen Tag zu verschieben.«

»Aber?«

»Na ja, sie hat vorgeschlagen, herüberzukommen und dir dabei zu helfen, auf die Jungs aufzupassen, während ich weg bin.«

Maggie wurde heiß, und sie merkte, wie ihr der Kamm schwoll.

»Jetzt platz nicht gleich«, versuchte James mit einem Lachen darüber hinwegzugehen. »Ich habe ihr gesagt, dass du durchaus in der Lage bist, die beiden Monster im Zaum zu halten.«

Er hielt sie noch immer in den Armen, und ihr tat langsam der Nacken weh, aber sie wandte ihm entschlossen das Gesicht zu. »Vielleicht nehme ich sie mit in den Park«, sagte sie, als gelte es, etwas zu beweisen. »Dann können wir zumindest unser Picknick abhalten, und sie können ihr Modellboot auf dem See fahren lassen. Wir machen einfach ein kleines Abenteuer draus.«

James beugte sich zu ihr herunter und küsste sie auf die Stirn. »Es tut mir leid«, sagte er noch einmal und wollte sie gerade loslassen, überlegte es sich jedoch anders. »Nein, eigentlich nicht. Es ist nämlich schön, dieses Funkeln wieder zu sehen.«

»Was für ein Funkeln?«

»Das, mit dem du ein ganzes Zimmer erhellen und alle zutiefst beeindrucken kannst. Das Funkeln, das mich in dich verliebt gemacht hat«, sagte er mit einem leisen, zärtlichen Lächeln in der Stimme. »Es ist überschattet worden seit dem Tod deiner Mum, aber es ist noch da. Ich kann es wieder sehen.«

»Ja«, sagte Maggie nachdenklich, die verstand, was er meinte. »Es war gut, mit Dad zu telefonieren. Ich fühle mich beinahe wieder bereit, es mit allem aufzunehmen.«

»Beinahe?«

»Lass mir ein wenig Zeit. Und jetzt raus mit dir«, fügte sie hinzu und schob ihn zur Tür. »Du hast zu tun.«

Als James ging, lächelte Maggie in sich hinein. Sie war nicht sicher, ob das Funkeln mehr als ein Glimmen war, aber mit etwas Glück würde ein loderndes Licht daraus, das die

Zukunft erhellte. Vorausgesetzt, niemand kam und löschte es aus.

Elsa rümpfte angewidert die Nase und versuchte, den aufdringlichen Geruch von ihren Händen abzuwischen. Sie erkannte die Lavendelnote, aber da war auch etwas Zitroniges, das sie nicht mochte. In ihrer Handtasche kramend, fand sie ein Fläschchen Parfüm und sprühte probehalber etwas davon auf ihre Handgelenke.

»Ah, das ist besser«, sagte sie zu sich selbst, bevor sie es großzügig auf Hals und Armen verteilte.

Der Fliederduft überdeckte die anderen Gerüche, doch das Gefühl von Vertrautheit, das er mit sich brachte, genügte nicht, um sie zur Ruhe kommen zu lassen. Sie blickte auf den See hinunter. Ein Windstoß fuhr übers Wasser, und die sonnenbeschienene Oberfläche kräuselte sich. Die umstehenden Büsche und Bäume flüsterten miteinander und erinnerten sie an die halblauten Gespräche zwischen Tante Flo und Anne, als die beiden sich gegen sie verschworen.

Elsa fühlte sich ungeschützt hier oben auf der Uferböschung und suchte mit den Augen nach der Geborgenheit ihrer Bank, versteckt im Schatten der voll erblühten Rhododendronbüsche, deren üppige violette Blüten im Sonnenschein hier und da zartrosa wirkten. Es saß bereits jemand dort, und in der Nähe am Ufer spielten zwei kleine Jungen mit einem Spielzeugboot. Elsa runzelte die Stirn, als sie sah, wie die Frau den Kindern etwas zurief. Sie glaubte, sie zu kennen, verstand aber nicht, wieso sie auf einmal Kinder hatte.

Wieder begann sie, in ihrer Handtasche herumzuwühlen. Als sie nicht fand, was sie suchte, wurde sie immer nervöser und zog nacheinander alles heraus. Da waren ihr Portemonnaie und ein Taschentuch, aber auch unbekannte Gegenstände, die sie ratlos machten.

»Er muss doch hier irgendwo sein«, wimmerte sie und erstarrte gleich darauf, als sie knisterndes Papier fühlte.

In ihrer Begierde, den Umschlag aus der Tasche zu ziehen, zerriss sie ihn beinahe, doch dann wurde sie ganz niedergeschlagen, als sie merkte, dass es nicht der Luftpostbrief war, den sie suchte. Sie stöhnte auf vor Enttäuschung und warf den ganzen Kram wieder in die Tasche zurück, wobei einiges danebenfiel. Von zunehmender Panik erfasst, kümmerte sie sich nicht darum.

Elsa blickte wieder zum See, wo einer der Jungen sich gerade zu der Frau auf die Bank setzte. Sie legte mütterlich einen Arm um ihn, dabei war Elsa sicher, dass sie ihr gesagt hatte, sie habe keine Kinder. Sie hatte sie angelogen. Gab es denn niemanden mehr, dem sie vertrauen konnte? Im ersten Moment wollte sie kehrtmachen und weglaufen, aber sie hatte Freddies Brief immer noch nicht gefunden. Ein Schluchzen brach aus ihr heraus, als sie den Hang hinunterstolperte.

»Kannst du das Baby in deinem Bauch fühlen?«, fragte Sam.

»Ich warte noch darauf«, antwortete Maggie. »Manchmal dachte ich schon, es bewegt sich, aber dann war es doch nur Magengluckern. Aber es wird nicht mehr lange dauern, bald kannst du auch fühlen, wie er oder sie strampelt.«

»Ich möchte, dass es ein Mädchen wird«, flüsterte er, damit sein Bruder es nicht hörte, obwohl Liam vollauf damit beschäftigt war, mit seinem Boot die Enten zu jagen.

»Ich habe mir immer eine Schwester gewünscht«, vertraute Maggie ihm an. Ihre Eltern hatten lange vergeblich versucht, ein Kind zu bekommen, bis ihre Mutter die Hoffnung mit einundvierzig so gut wie aufgegeben hatte, und dann war

Maggie, das heiß ersehnte Wunschkind, gekommen. »Aber einen Bruder hätte ich besser gefunden als nichts.«

»Das würde ich nicht sagen«, murmelte Sam. »Liam nervt wie nur was.«

Maggie legte den Arm um ihn. »Wenigstens kannst du der große Bruder für das neue Baby sein. Dann hast du auch jemanden zum Herumkommandieren.«

»Aber ich bin doch nicht sein richtiger Bruder.«

»Was meinst du damit, Sam?«, fragte sie.

»Oma Judith hat gesagt, dass das Baby nur mein Halbbruder oder meine Halbschwester wird. Das heißt, dass wir uns dann auch nur halb so lieb haben, oder?«

»Verflixte Oma Judith«, stieß Maggie zwischen den Zähnen hervor. Sie atmete tief durch und erklärte: »Nein, Sam. Das heißt, dass ihr nur einen Elternteil gemeinsam habt. In dem Fall habt ihr denselben Dad, aber nicht dieselbe Mum, das ist alles. Ich bin sicher, du wirst das Baby ganz doll lieb haben, auch wenn es ein Junge wird.«

»Okay«, sagte Sam.

Maggie hatte das Gefühl, noch mehr sagen zu müssen, doch das Schleifen von Absätzen auf dem Weg lenkte sie ab.

»Haben Sie ihn genommen?«, herrschte Elsa sie an.

Als Elsa sich der Frau auf der Bank näherte, stand der goldhaarige Hund auf und begrüßte sie freundlich. Er hatte die Ohren aufgestellt und wedelte mit dem Schwanz, zuckte aber zurück, als sie ihren Vorwurf herausblaffte.

Die Frau machte ein erschrockenes Gesicht. »Elsie? Was ist los?«

»Ich heiße Elsa, wie Sie sehr wohl wissen! Haben Sie Freddies Brief an sich genommen?«

Die Frau besaß die Dreistigkeit, zuerst mit ihrem Sohn zu

sprechen. »Sam, geh doch ein bisschen mit Liam spielen, damit Elsa sich setzen kann, ja?« Der Junge sah Elsa misstrauisch an und rührte sich nicht, außer, um seine Mutter bei der Hand zu nehmen. »Es ist schon gut«, beruhigte sie ihn.

»Ist alles okay?« Das war jetzt der größere Junge. Er hatte sein Boot zurückgelassen und näherte sich zögernd.

»Keine Sorge, Liam. Elsa ist eine gute Bekannte. Wir haben nur was zu besprechen. Nimm deinen Bruder mit, und lass ihn auch mal mit dem Boot spielen, okay?«

Die Kinder verzogen sich widerstrebend, spielten aber nicht mehr, sondern blieben wachsam in der Nähe. Ihr banger Gesichtsausdruck ging Elsa ans Herz. Sie wollte den Kindern keine Angst machen, aber sie war selbst voller Furcht. Sie wusste nicht, wem sie noch trauen konnte, und in ihrem Kopf ging es drunter und drüber. Ein Gedanke jedoch stach klar heraus.

»Nun? Haben Sie ihn?«, verlangte sie zu wissen.

»Bitte, Elsa, setzen Sie sich doch.«

Elsa schüttelte den Kopf. »Sie kommen mir nicht in die Nähe meiner Handtasche.«

»Ich habe Freddies Brief nicht genommen, Elsa. Ich wusste nicht einmal, dass er Ihnen geschrieben hat. Bitte setzen Sie sich und erzählen Sie mir, was passiert ist.«

Elsa sträubte sich immer noch. »Sie haben gesagt, Sie hätten keine Kinder, und was ist das?«

»Das sind nicht meine, es sind die meines Mannes aus erster Ehe. Ich habe keine eigenen Kinder, noch nicht.«

»Also haben Sie sie gestohlen, und ich wette, jetzt wollen Sie mir auch mein Kind stehlen! Das Eine sage ich Ihnen – niemand nimmt mir mein Baby weg. Das lasse ich nicht zu und Freddie auch nicht.«

Der Hund blickte mit seinen dunkelbraunen, sanftmütigen Augen zu ihr auf. Sein freundliches Gesicht war unwiderstehlich, und er wedelte wieder mit dem Schwanz, als er spürte, wie ihre Abwehrhaltung nachließ. Maggie ließ seine Leine los, woraufhin er zutraulich auf sie zugetapst kam. Sie tätschelte seinen Kopf.

»Ich möchte, dass Sie Ihr Baby behalten, Elsa. Ehrlich. Ich bin selbst schwanger, wissen Sie nicht mehr? Ich heiße Maggie, und das ist Harvey. Erzählen Sie mir von Freddies Brief. Bitte, Elsa«, sagte Maggie.

Harvey führte Elsa zu der Bank, wo sie sich so weit weg von Maggie setzte wie möglich. Sie atmete immer noch schwer, aber als sie sich zurücklehnte und die Aussicht auf sich wirken ließ, die sie so gut kannte, wurde sie langsam ruhiger. Sie sah Freddie so deutlich in ihrer Vorstellung, als würde er direkt vor ihr stehen. »Sie ahnen ja nicht, was für ein Glück ich habe«, sagte sie. »Freddie ist so ein schneidiger Bursche, und von all den hübschen Mädchen an dem Tanzabend hat er mich ausgewählt.«

Elsa wich nicht zurück, als Maggie näher an sie heranrutschte. Unter den flüchtigen Erinnerungen, die sie vorübergehend festhalten konnte, war eine, die ihr sagte, dass Maggie tatsächlich eine Freundin war.

»Ich werde nie vergessen, wie er mich zum ersten Mal auf seinem Motorrad mitgenommen hat. Ich hatte mich für den Tanz schick gemacht und trug ein rotes Kleid mit weißen Punkten, nicht sehr geeignet für den Soziussitz. Ich musste mich an Freddie festklammern und konnte es nicht verhindern, dass mein Rock immer wieder aufflog, aber Freddie meinte, meine Beine wären zu schön, um sie nicht zu zeigen.« Elsa kicherte, als sie daran dachte, und hatte ihren Zorn fast vergessen. »An dem Abend hat er mir eine Liebeserklärung gemacht.«

Elsas Lächeln beruhigte die Jungen genug, dass sie wieder zum See hinuntertrotteten, und kurz darauf waren sie auch schon in einen Streit darum verwickelt, wer die Fernsteuerung halten durfte.

»Ich weiß nicht, wie ich jemals denken konnte, dass er nach Deutschland gehen und mich vergessen würde«, fuhr sie fort. »Ich hätte mehr Vertrauen zu ihm haben sollen. Er hat mir in seinem Brief geschrieben, dass er unserer Trennung nur zugestimmt hat, weil er dachte, mich würde sowieso gleich ein anderer wegschnappen, sobald er weg wäre, und das hätte ihm das Herz gebrochen.«

»Weiß er, dass Sie schwanger sind?«

»Ja, und er will mich heiraten! Ich werde also nicht in Kummer ertrinken, ich werde glücklich sein. Freddies Brief bezeugt es«, sagte Elsa, doch ihre Freude schlug unversehens in Weinen um. Sie suchte nach dem Taschentuch in ihrer Handtasche, das aber zusammen mit dem Beweis dafür, dass ihre große Liebe zu ihr zurückkommen würde, verschwunden zu sein schien. »Wahrscheinlich sollte ich froh sein, dass ich ihn überhaupt gekriegt habe. Er hat ihn vorsichtshalber an Celias Adresse geschickt statt an Mrs Jacksons, denn so gut Tante Flo auch zu mir ist, sie macht einfach alles, was ihre Nichte Anne sagt, und die will, dass ich Freddie vergesse. Anne meint, ich soll mir keine Hoffnungen machen, und jetzt hat sie mir den Brief gestohlen, so wie sie mir mein Kind stehlen will.«

»Anne will das Kind adoptieren?«

»Dazu wird es nicht kommen, jetzt nicht mehr. Ich habe Freddie alles erzählt, und er sagt, keine anderen Leute, nicht mal ein feiner Doktor und seine Frau, könnten bessere Eltern sein als wir. Anne ist natürlich anderer Meinung, und ich kann sagen und tun, was ich will, sie lässt sich nicht überzeugen.«

Elsas Stimme wurde brüchig, als sie erklärte: »Ich war so naiv, so vertrauensselig. Als ich Anne kennengelernt habe und sie mir ihre Hilfe anbot, haben wir noch nicht einmal darüber gesprochen, wie die Adoption geregelt werden soll. Ich dachte nur, meine Kleine würde es besser haben bei einer Familie, die ihr all das geben kann, was mir nicht möglich ist. Als Tante Flo mal nebenbei erwähnte, ihre geliebte Nichte könne keine Kinder bekommen, habe ich selbst vorgeschlagen, dass Anne und ihr Mann, der Doktor, mein Baby nehmen sollen. Aber jetzt frage ich mich … Meinen Sie, sie haben das von Anfang an so eingefädelt? Haben sie mich hinters Licht geführt?« Da Maggie nicht antwortete, wurde Elsa noch verzagter. »Er wird doch kommen und mich holen, oder?«, fragte sie hoffnungsvoll, aber es war schon zu spät, die Gespenster ihrer Erinnerungen kehrten zurück und bedrängten sie.

Elsas unterdrückte Tränen wurden zu einem herzzerreißenden Wehklagen, und inmitten der wieder einsetzenden Verwirrung blieb eine unumstößliche Tatsache zurück: Freddie würde nicht kommen, um sie zu retten.

Als Elsa aufgetaucht war, war Maggie sofort klar gewesen, dass sie es mit einer sehr verwirrten alten Dame zu tun hatte. Sie versuchte immer noch dahinterzukommen, wie sie sich zuvor so hatte täuschen können. Schon Mrs Miltons vorsichtige Bewegungen deuteten auf alte Knochen und schmerzende Gelenke hin, wenn davon auch nicht mehr viel zu merken war, sobald sie auf der Bank saß. Ihr Parfüm war zwar erkennbar altmodisch, wurde aber von der frischen Luft teilweise verweht und mit den natürlichen Gerüchen des Parks durchsetzt. Und ihre Stimme? Gepresst durch den Aufruhr der Gefühle, verändert von der erzwungenen Jugendlichkeit und gedämpft von der Akustik des grünen Alkovens, war das altersbedingte Krächzen darin so gut wie verdeckt.

Als Maggie sich zurücklehnte und zuhörte, wie Mrs Milton alte Ängste von Neuem durchlebte, passte sich ihre Wirbelsäule der geschwungenen Form der Bank an, die die Schicksale früherer Parkbesucher in sich aufgesogen hatte. Die Sitzfläche war so hart und unnachgiebig wie die Vergangenheit, und doch spürte sie, wie sie immer mehr mit der Welt verschmolz, die Elsie um sie beide herum schuf. Erst das gepeinigte Schluchzen der alten Frau brachte sie ruckartig wieder zu sich, und sie nahm sie in die Arme. Bei aller Zierlichkeit war Maggie stark und straff im Vergleich zu Elsas zerbrechlicher Seele, die im schrumpeligen Körper einer alten Frau gefangen war.

»Ich will, dass es vorbei ist. Ich will mich nicht mehr so fühlen!«

Mrs Milton hatte bei ihrem Aufschrei den Kopf gehoben und blickte nun zum See hinüber. Maggie wurde übel, als Fetzen aus ihrem Albtraum sich wieder einstellten. Sie musste Elsie irgendwie helfen und dabei gleichzeitig auf die Jungen aufpassen, die verdächtig ruhig waren.

»Harvey, geh und such die Jungs«, drängte sie.

Der Hund war zwischen den beiden Frauen eingekeilt, gehorchte aber sofort und lief los, um woanders Trost zu spenden. Maggies nächste Aufgabe würde nicht ganz so leicht sein. Die Vergangenheit war unerträglich schmerzlich für Elsie, weshalb sie behutsam zurück in die sichere Gegenwart geführt werden musste, aber sie hatte auch die Verantwortung für zwei Kinder, und das war vorrangig, also wartete sie zunächst einmal, bis das Weinen nachließ.

»Als wir uns das letzte Mal gesehen haben, haben Sie mich im Salon besucht, erinnern Sie sich daran?«

Die einzige Reaktion der alten Frau, die sich den Bauch hielt, als wäre sie hochschwanger, bestand darin, ihren Kopf an Maggies Schulter zu vergraben.

»Ich bin Aromatherapeutin«, fuhr Maggie langsam, aber bestimmt fort. »Wissen Sie noch, wie Sie zu mir gekommen sind?«

Ein fast unmerkliches Nicken.

»Ich habe Ihnen eine Creme gegeben.«

Elsie schnupperte hicksend. »Dieses stinkige Zeug? Ich mag das nicht.«

»Und was meint Ted? Mag er es?«

»Er fand es ganz in Ordnung«, antwortete sie zögerlich.

»Vielleicht können wir das nächste Mal etwas anderes ausprobieren.«

»Vielleicht.«

Maggie hielt die Luft an. Sie hatte eine Veränderung in ihrer Stimme bemerkt – die aufgesetzte Jugendlichkeit war daraus verschwunden. Elsie hob zaghaft den Kopf. »Ich habe mich schon wieder blamiert, stimmt's?«, sagte sie. Von ihrem Weinkrampf war nur noch ein hartnäckiger Schluckauf zurückgeblieben.

»Sie haben einen Brief gesucht. Den von Freddie.«

»Oh«, machte Elsie und versuchte, sowohl ihren Schluckauf als auch ihre Emotionen zu unterdrücken. Beides gelang ihr nicht richtig, weshalb ihre nächsten Worte etwas zittrig herauskamen. »Warum mute ich mir das nur immer wieder zu?«

»Weil Sie bestimmte Dinge nicht vergessen können, sosehr sie es auch wollen, denke ich. Sie haben viel durchgemacht hier in Sedgefield, nicht wahr?«, sagte Maggie.

»Ich habe oft hier gesessen und mich gefragt, was aus mir werden soll«, bestätigte Elsie. »Ich habe mich an eine Hoffnung geklammert, die sich nicht erfüllt hat.« Sie klang traurig, aber es kamen keine Tränen mehr. Ihre Tränen waren alle vergossen, nicht nur in den vergangenen Minuten, sondern wahrscheinlich über Jahrzehnte hinweg.

»Er ist nie gekommen, oder?«, fragte Maggie und meinte zu spüren, wie die harte Sitzfläche der Bank ihre Verbindung zu Elsa offenhielt.

»Nein.«

Maggie wollte gerade ihren Mut zusammennehmen und nach dem Baby fragen, als sie hörte, wie Elsie wieder in ihrer Tasche kramte. »Wonach suchen Sie?«

»Nach meinem Taschentuch. Ich weiß, dass ich langsam den Verstand verliere, aber ich würde nie ohne ein sauberes Taschentuch aus dem Haus gehen.«

»Sie verlieren nicht den Verstand«, versicherte Maggie ihr.

»Oh doch. Ich hasse diese Krankheit und was sie mit mir macht und dass ich nichts tun kann, um sie aufzuhalten«, sagte sie. »Mein Leben war nicht leicht, da könnte mir doch eigentlich ein friedliches Alter vergönnt sein.« Elsie hatte genug Grund zur Bitterkeit, aber in ihrer Stimme lag nur eine überwältigende Resignation. Sie hatte keine Kraft mehr zum Kämpfen. »Aber vielleicht habe ich es nicht besser verdient.«

»Ich glaube nicht, dass irgendjemand so etwas verdient, Sie schon gar nicht.«

»Ich habe solche Angst, Maggie«, flüsterte Elsie.

Dieses schlichte Bekenntnis ging Maggie zu Herzen, und sie suchte rasch nach einem Hoffnungsschimmer. »Im Moment ist eben alles sehr verwirrend. Sie haben selbst gesagt, dass Sie durch den Umzug furchtbar viel im Kopf hatten.«

»Danke, Sie meinen es gut«, sagte Elsie, »aber es hat keinen Sinn, die Augen vor den Tatsachen zu verschließen. Ich habe meinen Verstand *und* mein Taschentuch verloren.«

Schnelle Schritte und das begleitende Klappern von Harveys Geschirr ließen Maggie die Ohren spitzen. Sam und Liam rannten den Weg hinauf, weg vom See. »Liam, ich möchte nicht, dass ihr euch zu weit entfernt«, rief sie.

Die Jungen antworteten nicht, und einen Moment später hörte Maggie sie mit jemandem oben am Hang sprechen. Ehe sie sich beunruhigen konnte, hörte sie die beiden auch schon zurückkommen, und nach den Trittgeräuschen zu urteilen, waren sie nicht allein.

Sam erreichte sie als Erster. »Hier ist Ihr Taschentuch«, sagte er kaum hörbar zu Elsie, als könnte die alte Dame wie Glas zerspringen, wenn er zu laut sprach.

»Und Sie haben auch noch ein paar andere Sachen verloren«, fügte Liam hinzu. »Aber guck mal, wen wir getroffen haben, Maggie.«

»Ich bin's, Judith«, sagte Maggies Schwiegermutter langsam und deutlich, als wäre sie schwerhörig, und sie traute tatsächlich ihren Ohren kaum.

»Oma Judith sagt, sie ist gekommen, um Feuerwehr zu spielen«, ließ Sam sich lachend vernehmen.

»Ich dachte, du könntest etwas Hilfe gebrauchen«, erklärte Judith übertrieben fröhlich, eine Herausforderung an Maggies verstocktes Schweigen. »Und nach dem, was Liam mir erzählt hat, hast du anscheinend alle Hände voll zu tun.«

Maggie gab sich einen Ruck und setzte ein Lächeln auf, von dem sie nicht wusste, ob es Judith täuschen konnte. »Das ist meine Freundin Elsie. Elsie, das ist Judith, meine Schwiegermutter.«

»Schön, Sie kennenzulernen«, sagte Judith überraschend herzlich.

»Ganz meinerseits. Ihre Enkel sind echte Gentlemen, dass sie eine törichte alte Frau wie mich ertragen. Und Maggie hier ist ein Engel. Sie haben Glück, so eine wunderbare Familie zu haben.«

»Danke«, sagte Judith, leicht verdattert.

»Ich bin neu in der Gegend und habe es irgendwie geschafft, mich zu verlaufen«, sagte Elsie zur Erklärung. »Wohnen Sie schon lange in Sedgefield, Judith?«

»Oh, ich wohne nicht hier«, antwortete Judith. »Mein Sohn ist vor ein paar Jahren hierher gezogen, und eine gute Freundin von mir lebt schon seit über dreißig Jahren in der Stadt. Ich sollte mich eigentlich gut auskennen, aber ab und zu würde ich mich wahrscheinlich auch immer noch verlaufen.«

»Die Freundin, die Judith meint, ist Kathy, Sie sind ihr neulich im Salon begegnet, wissen Sie noch?«, sagte Maggie und bereute es sofort, Elsies versagendes Gedächtnis auf die Probe gestellt zu haben. Sie wartete ihre Antwort ab, die nur in einem unverbindlichen Laut der Zustimmung bestand, bevor sie sich wieder an Judith wandte. »Du hättest wirklich nicht herzukommen brauchen.«

»Das macht doch keine Mühe.« Ihr Ton besagte, dass sie keine andere Wahl gehabt hatte. »Was hattet ihr denn für den Rest des Tages geplant?«

Maggie war gerade im Begriff zu antworten, dass sie noch picknicken wollten, aber Liam unterbrach sie. »Ich will mit zu dir kommen, Oma.«

»Nein, Liam«, schaltete Maggie sich schnell ein, »ich glaube, dein Dad möchte, dass du bei uns bleibst.«

»Aber Dad ist nicht hier, oder?«

Es lag eine Härte in Liams Ton, die Maggie verstörte. »Aber Liam …«

»Oma Judith hat gesagt, dass sie ein Vogelnest in ihrem Garten hat. Ich will die Vogelbabys sehen«, kam es von Sam.

»Ach, dann lass sie doch. Ken kann sie ja später zurückfahren, er freut sich sicher auch, sie zu sehen.«

»Ja!«, schrien die Jungen einstimmig, als sei es schon beschlossene Sache.

Elsie putzte sich die Nase und packte ihre Siebensachen zurück in die Tasche, um sich ebenfalls auf den Weg zu machen. Maggie wollte sie nicht allein herumirren lassen. Sie hörte das sanfte Wellenschlagen, das sie daran gemahnte, wie nahe der See war, und wog ihre Möglichkeiten ab, die sich mit jeder Sekunde verringerten. Sie sollte Judith nicht nachgeben und nein sagen, doch sie war vor Unschlüssigkeit wie gelähmt.

»So, ich gehe dann mal. Ted sucht bestimmt schon nach mir«, sagte Elsie, erhob sich mühsam und zwang Maggie damit zum Handeln.

»Komm, Harvey«, sagte sie und stand auf. Die Entscheidung fiel ihr schwer, aber wenigstens wollte sie noch einen Rest von Selbstachtung retten. »Okay, Jungs, ihr dürft mitgehen, wenn ihr versprecht, euch gut zu benehmen. Ich will keine Klagen hören.«

»Versprochen!«, riefen sie im Chor.

»Gut, dann sind wir uns ja einig«, sagte Judith, die mit ihrem Triumphgefühl kaum hinterm Berg halten konnte. Noch während sie vereinbarten, wann die Kinder später zurückgebracht werden sollten, schob sie sie davon, und allzu bald verklangen Liams und Sams Abschiedsrufe in der Ferne. Harvey winselte ihnen nach, blieb aber treu an Maggies Seite. Statt gleich nach seinem Geschirr zu greifen, streckte sie die Hand nach Elsies Arm aus. »Wir bringen Sie nach Hause.«

»Es hat wohl keinen Zweck zu widersprechen«, sagte Elsie, doch kaum machten sie Anstalten loszugehen, tat sich ein neues Problem auf. »Gehört dieses Spielzeugboot nicht Ihnen?«

Maggie seufzte. »Eigentlich bin ich stolz darauf, fast alles zu können, aber ein ferngesteuertes Boot ans Ufer zu lenken übersteigt meine Fähigkeiten.«

Als Elsie auf den See zuging, zog Maggie sie unwillkürlich zurück. »Ist nicht so wichtig. Lassen wir es einfach dort.«

Die alte Dame tätschelte die Hand, die fest ihren Arm umschloss. »Keine Angst, Kindchen, ich werde Sie nicht geradewegs ins Wasser zerren«, sagte sie, doch das Lachen blieb ihr im Hals stecken, als ihr klar wurde, wie viel Maggie über sie wusste. »Ich war damals untröstlich. Und wäre es wirklich so schlimm, wenn ich jetzt, sechzig Jahre später, den Mut zu meinem Entschluss fände? Würde das nicht diesem ganzen Elend ein Ende setzen?« Sie seufzte ergeben. »Ach, sehen Sie mich nicht so an, und machen Sie sich keine Sorgen. Der See ist sowieso nicht tief genug.«

Maggie wollte sie fragen, woher sie das wusste, aber Elsie schien fest entschlossen, nach vorn zu schauen und nicht in die Vergangenheit zurückzukehren. »Kommen Sie, versuchen wir mal, dieses Boot an Land zu bringen.«

Das Modellboot erwies sich als willkommene Ablenkung, und bald lachten die beiden Frauen ausgelassen, als sie sich bemühten, es zurückzuholen. Maggie zeigte Elsie so gut es ging, wie man die Fernsteuerung bediente, aber sie musste zugeben, dass sie selbst eine blutige Anfängerin war. Das Boot schien sich immer weiter zu entfernen, je mehr sie versuchten, es zu wenden.

»Kann ich vielleicht helfen?«

Die Stimme war tief und Maggie nicht vertraut, aber der markante Liverpooler Akzent machte eine Vorstellung fast überflüssig.

»Das ist mein Mann … Teddie«, sagte Elsie.

»Ted«, verbesserte er sie und machte sich dann daran, das Boot ans Ufer zu steuern. Als er es Maggie übergab, konnte er seine Verwunderung nicht verbergen. »Das ist Ihres?«

Maggie und Elsie brachen erneut in mädchenhaftes Gekicher aus. »Es gehört meinen Stiefsöhnen, aber sie sind überstürzt aufgebrochen und haben es vergessen«, erklärte Maggie, sobald sie wieder Luft bekam.

Ted verstand nicht, was daran so lustig war. »Die Kinder sind heutzutage viel zu verwöhnt«, bemerkte er tonlos.

»Ich wollte Elsie gerade nach Hause begleiten, aber da Sie nun hier sind – möchten Sie beide vielleicht mein Picknick mit mir teilen? Es würde sonst verderben.«

»Elsie verbringt ohnehin viel zu viel Zeit hier. Danke, aber unser Mittagessen wartet zu Hause auf uns, wo wir schon längst wären, wenn sie sich nicht wieder verdünnisiert hätte.«

Maggie konnte nicht umhin, sich zu fragen, inwiefern dieser Mann an den Helden heranreichte, auf den Elsa gewartet hatte. »Wie schade, dann vielleicht ein andermal«, sagte sie.

»Aber nicht im Park«, erwiderte er prompt. »Wenn es nach mir ginge, würde ich das Eingangstor mit Ketten verschließen lassen. Wir waren vorhin auf der High Street einkaufen, und als ich ihr mal kurz den Rücken zugekehrt habe, war sie weg. Du solltest nicht mehr hierherkommen, Elsie«, sagte Ted zu seiner Frau.

Maggie wusste, dass er recht hatte. Elsies Krankheit hatte traurige Zeiten wiederbelebt, und der alten Dame war bereits herausgerutscht, wie sie Elsas Geist am liebsten zur Ruhe betten würde. Doch Maggie glaubte inzwischen, dass es noch einen anderen Weg gab. In ihr wuchs die Überzeugung, dass Elsie, wenn sie genug Zeit miteinander auf dieser Bank verbringen und hinter die Geheimnisse von 1953 kommen könnten, in der Lage wäre, die Vergangenheit loszulassen, bevor ihre Alzheimer-Erkrankung ihr alles nahm. »Ihre Frau fühlt sich dieser Stelle am See sehr verbunden«, bemerkte sie.

»Wir sind nach Sedgefield gezogen, weil ich dachte, dass sie dann ausgeglichener wäre«, sagte Ted, »aber das war ein Trugschluss. Komm jetzt, Elsie, je eher ich dich nach Hause kriege, desto besser.«

Elsie ignorierte ihn. »Kommen Sie doch mal zum Mittagessen zu uns, Maggie. Das ist das Mindeste, was ich tun kann, um Ihnen für Ihre Hilfe zu danken. Vielleicht besinnt sich mein Mann bis dahin auch auf seine Manieren und hört auf, so ein alter Griesgram zu sein.«

Maggie lächelte. Trotz des Tadels hatte echte Zuneigung in Elsies Stimme mitgeklungen. »Nur, wenn Harvey mitkommen darf«, sagte sie.

»Aber ja, er wird unser Ehrengast sein. Stimmt's, Ted? Wie wäre es mit Montag?«

»Am Montag hast du einen Arzttermin«, erinnerte Ted sie.

»Ach ja, richtig«, stöhnte Elsie. »Typisch. Ich lasse mir einen Arzttermin wegen meines Gedächtnisses geben und vergesse ihn dann. Ginge Dienstag auch?«

»Ich bin vormittags im Salon und könnte direkt danach vorbeikommen. Sagen wir, so gegen eins?«

Maggie speicherte Adresse und Telefonnummer der Miltons in ihrem Handy ab, wobei eine automatisierte Stimme die Tasten benannte, die sie drückte.

»So eines könnte ich auch gebrauchen«, sagte Ted staunend. »An manchen Tagen sehe ich kaum, was ich vor der Nase habe.«

Nach der getroffenen Verabredung und in der Gewissheit, dass Elsie in sicheren Händen war, entspannte Maggie sich allmählich, als sie sich mit Harvey auf den Heimweg machte, doch das Erfolgsgefühl hielt nicht lange an. Gut, sie hatte Elsie geholfen, aber um welchen Preis? Sie wusste weder, wie sich der Vorfall im Park auf die Jungen auswirken würde, noch, wie sie James gegenüber rechtfertigen sollte, dass sie die beiden Judith überlassen hatte. Nur eines wusste sie mit ziemlicher Sicherheit, nämlich dass der Tag genauso schlecht enden würde, wie er begonnen hatte.

NEUNTES KAPITEL

Maggie stand in der Diele und lauschte auf James' Auto, das gerade in die Einfahrt fuhr. Während sie wartete, erkundeten ihre nervösen Finger die glatten Konturen des neben ihr endenden Treppengeländers aus Holz. Sie hatte James nicht angerufen, um ihn vorzuwarnen. Zu hören, dass seine Mutter die Jungen mitgenommen hatte, offenbar auch noch mit Maggies Segen, würde ihn zu sehr von der Arbeit ablenken, hatte sie sich gesagt. Er brauchte Ruhe, um das, was er dort tat, zum Abschluss zu bringen, damit es überhaupt noch eine Chance gab, den Rest der Urlaubswoche zu retten.

Doch sobald er zur Tür hereinkam, konnte sie nicht mehr an sich halten und platzte mit dem Geständnis heraus. »Deine Mutter ist heute überraschend aufgetaucht und hat die Jungs mit nach Hause genommen.«

»Was? Und du hast das einfach zugelassen?«

Der Vorwurf traf sie, denn er war gerechtfertigt. »Wir waren im Park, und sie haben am See mit dem Boot gespielt und dann … und dann …« Maggie musste schlucken.

»Hey, ist ja gut«, beeilte sich James zu sagen. »Es kommt nur so unerwartet …«

Sie ließ sich von ihm in die Arme nehmen, obwohl sie wusste, dass sie seine Anteilnahme nicht verdiente. Er kannte noch nicht die ganze Geschichte. Der Geruch nach Staub und Schweiß kitzelte sie in der Nase, als sie noch einmal tief

Luft holte, um ihren Mut zusammenzunehmen. »Wir haben Elsa am See getroffen«, begann sie.

James ging ein Stück auf Abstand. »Ich dachte, sie existiert nicht?«

»Doch, natürlich – ich meine *Elsie*. Sie war wieder sehr durcheinander, schlimmer als je zuvor. Vollkommen aufgelöst.«

»Und die Kinder? Waren sie da noch bei dir?«

Maggie biss sich auf die Unterlippe. Sie fühlte sich gerade selbst wie ein Kind und musste den Impuls unterdrücken wegzulaufen. »Ja.«

»Lass mich raten – in dem Moment ist meine Mum aufgetaucht. Hat sie die Kinder deshalb mitgenommen?«

Zum ersten Mal seit Langem konnte Maggie seinen Tonfall nicht deuten. Er klang völlig emotionslos, als wüsste er nicht, was er fühlen sollte.

»Elsie hat geweint, James. Sie war allein, und ich konnte sie nicht einfach hilflos zurücklassen.«

»Aber *du* warst nicht allein. Du hattest die Verantwortung für einen Siebenjährigen und einen Neunjährigen.«

»Ich habe ja auch auf sie aufgepasst. Sie haben mit dem Modellboot gespielt, und alles war bestens, sie haben Elsie sogar geholfen, ein paar von den Sachen aufzusammeln, die sie hatte fallen lassen«, berichtete Maggie. »Ich bestreite nicht, dass sie vielleicht ein bisschen beunruhigt waren, aber wenn, dann eher meinetwegen.«

»Und ich wette, Mum hat es genossen, die Retterin zu spielen.«

»Wenn ich mich hätte zweiteilen können, hätte ich es getan. Ich weiß, die Jungs brauchten mich auch, aber zu dem Zeitpunkt war Judith schon da«, versuchte Maggie zu rechtfertigen, was nicht zu rechtfertigen war.

»Hat diese Elsie denn keine eigene Familie? Wo war die denn? Die können doch nicht von dir erwarten, dass du ihr ständig zu Hilfe eilst!«

»Ihr Mann ist dann ja auch gekommen. Aber ich habe so meine Zweifel, was ihn betrifft, James. Ich frage mich, warum sie lieber in den See gehen will, als sich an den Gedanken zu gewöhnen, dass ihr Mann sie pflegen wird.«

James hörte ihr nicht zu. »Ich will ja nicht herzlos erscheinen, aber ich finde, wir haben selbst genug um die Ohren. Das wäre deine Chance gewesen, Mum zu beweisen, wie gut du in der Lage bist, dich um die Kinder zu kümmern.«

»Es ist ja nicht so, als hätte ich mich vorher noch nie um sie gekümmert!«, erwiderte Maggie und wurde selbst von ihrem aufflammenden Zorn überrascht. »Wieso muss ich ihr überhaupt etwas beweisen? Was gibt ihr das Recht, mich jedes Mal, wenn wir uns sehen, so zu behandeln, als müsste ich für eine Rolle in ihrer Familie vorsprechen?«

»Auf diese Diskussion lasse ich mich jetzt nicht ein. Der springende Punkt ist, dass wir in dieser Woche so viel Zeit wie möglich mit den Kindern verbringen wollten.«

»Ach ja? Und wo warst du heute?«

»Okay, ich weiß, ich habe sie auch enttäuscht«, sagte James, wie immer schnell bereit einzulenken, aber die Ruhe in seiner Stimme klang bemüht. »Jetzt kann ich also zusehen, wie ich meine Söhne wieder dem Klammergriff ihrer Oma entreiße. Ich rufe sie gleich an.«

»Tut mir leid«, sagte Maggie, obwohl sie eigentlich nicht mehr wusste, wofür sie sich entschuldigte. Das Ganze ging nicht nur zu ihren Lasten, und sie hoffte, dass James das nicht aus dem Blick verlor, wenn er mit seiner Mutter sprach.

»Ich verstehe ja, dass du dieser alten Frau helfen willst, aber du hättest die Kinder trotzdem an die erste Stelle setzen müssen«, sagte er, während er ins Wohnzimmer hinüberging. Seine Schritte klangen schwer, doch Maggie verzichtete diesmal lieber darauf, ihn daran zu erinnern, seine Stiefel auszuziehen.

Sie setzte sich auf die Treppe, stützte den Kopf in die Hände und hörte James' Gespräch mit seiner Mutter zu. Mit jedem Satz klang er ein wenig kühler.

»Meinetwegen«, sagte er. »Wenn sie das unbedingt wollen.« Eine Pause, dann ein Seufzen. »Gut, Mum. Sag ihnen, sie sollen brav sein. Ich hole sie gleich morgen früh ab.«

Als James in die Diele zurückkehrte, lief er auf Socken. Statt seine Stiefel normal ins Regal zu stellen, knallte er sie hinein, woraufhin eine Kaskade von Schuhen zu Boden polterte. »Sie sind todmüde und bettreif, also habe ich gesagt, dass ich sie morgen abhole. Und, welche Überraschung, sie waren mit ihren Großeltern im Zoo.«

Maggie ballte die Fäuste, um ihren Ärger zu bezähmen. »Wir lassen uns etwas anderes einfallen, was wir mit ihnen unternehmen können, etwas ganz Besonderes«, versprach sie, aber James hörte nicht auf sie. Er stürmte an ihr vorbei die Treppe hinauf und machte die Badezimmertür hinter sich zu.

Maggie saß da und sah sich gezwungen zu akzeptieren, dass sie nicht gegen ihre Schwiegermutter ankam. Sie musste sie beinahe bewundern. Judith hatte nicht nur ihren Willen in Bezug auf die Jungen durchgesetzt, sondern auch aufs Schönste demonstriert, dass ihre neue Schwiegertochter ihren Aufgaben als Frau und Mutter nicht gewachsen war. Maggie selbst hatte sie jedenfalls davon überzeugt.

Die schlechte Stimmung im Hause Carter hielt an, und Maggie fühlte sich in James' Gegenwart nicht weniger allein als ohne ihn, nachdem er losgefahren war, um seine Söhne abzuholen. Sie stand im Flur und lauschte seinem davonbrausenden Wagen nach, wurde dann aber auf ein anderes Geräusch aufmerksam. Es war das Quietschen des Eisentors, mit dem der Victoria Park einen frühen Besucher willkommen hieß.

Fünf Minuten später quietschte das Tor erneut. Maggie trug eine leichte Jacke, die trotz des Regens warm genug für diesen Frühlingsmorgen war. Der Regen fiel weniger, als dass er wie Nebelschwaden um sie herumtrieb, dabei unter ihre Kapuze kroch und Gesicht und Hals durchnässte. Falls Harvey etwas gegen das feuchte Wetter einzuwenden hatte, so ließ er es sich nicht anmerken, und er beklagte sich auch nicht, als sie am See stehen blieb.

Die Bank war vollkommen nass, doch Maggie war zu sehr mit ihren Gedanken beschäftigt, um auf den Kälteschock beim Hinsetzen zu achten. Ihre Jeans waren sofort durchnässt.

»Ich gebe es auf«, sagte sie laut, begleitet vom leisen Rauschen der auf dem Wasser auftreffenden Regentropfen. »Ich werde nicht untergehen, aber wie lerne ich schwimmen?«

Sie wartete geduldig auf eine Antwort, und da keine kam, streckte sie ihre Hand trostsuchend nach der leeren Stelle mit der abblätternden Farbe neben sich aus. »Ich brauche dich, Mum«, flüsterte sie und grub ihre Finger in eine der offenen Wunden der Bank. »Ich schaffe das nicht allein.«

James hatte recht, sie hätte Liam und Sam an erste Stelle setzen müssen. Sie hatte versagt, und diese Niederlage hatte ihr das bisschen Selbstvertrauen genommen, das sie inzwischen wiedergewonnen zu haben glaubte. Sie wollte keiner Zukunft entgegensehen, in der sie immer wieder auf den Prüfstand gestellt wurde, und solange sie es mit Menschen wie Judith zu tun hatte, würde man sie ständig bewerten und beurteilen.

Ihre sehnsüchtige Suche nach einer längst verlorenen Verbindung wurde mit einem stechenden Schmerz belohnt, als sich ein Holzsplitter in ihre Fingerkuppe bohrte. Sie saugte daran und schmeckte Blut. Der Schmerz war nur kurz, genügte aber, um sie aus ihrem Selbstmitleid herauszureißen. Sie legte ihre Hand wieder auf die Sitzfläche, diesmal jedoch flach und ruhig. Sie würde in ihren Erinnerungen graben müssen statt in rissigem Holz, um den ersehnten Trost zu finden.

Maggie versuchte, an eine Zeit in ihrem Leben zu denken, als Aufgeben nicht infrage kam, und verlor sich in der ersten Szene, die ihr einfiel. Eines Sommers hatte Joan sich kurzerhand ein Fahrrad von einer ihrer Spielkameradinnen ausgeborgt und ihr das Fahrradfahren beigebracht. Maggie hatte auf ihre gerufenen Anweisungen gehört und sich zugleich auf die Vibrationen der Reifen konzentriert, als sie über die Hauptallee im Park fuhr und den Lenker herumriss, sobald sie auf Gras rollte. Sie war ein paarmal gefallen, aber immer gleich wieder aufgestanden. Das Radfahren würde nie zu einer normalen Fortbewegungsart für sie werden, aber sie hatte allen und vor allem sich selbst bewiesen, dass sie es konnte, und dieses Hochgefühl allein war die aufgeschürften Knie wert gewesen.

Was würde ihre Mum ihr jetzt wohl raten?

Noch bevor James mit Liam und Sam zurückkam, hatte sie ihre Antwort gefunden. Es wurde Zeit, damit aufhören, sich ständig das Gehirn darüber zu zermartern, wie aus ihr eine gute Ehefrau und Mutter werden sollte. Sie brauchte nur wieder aufzustehen und es noch einmal zu versuchen. Nachdem sie sich und Harvey zu Hause abgetrocknet hatte, ging sie geradewegs in die Küche. Ihr leeres Zuhause bedurfte dringend einer Aromatherapie, wenn auch nicht unbedingt von der Sorte, die in Flaschen zu finden war. Der warme, willkommenheißende Duft von Pfefferkuchenmännern im Ofen würde einiges dazu beitragen, wieder eine heimelige Atmosphäre zu schaffen.

Sam kam als Erster zu ihr hereingesprungen. »Kann ich gleich einen haben?«

»Wie wär's mit einem Vanille-Milchshake zum Runterspülen?«, schlug Maggie vor und drehte sich zum Kühlschrank um. »Ist selbst gemacht.«

James folgte kurz darauf. »Hier riecht's aber gut«, sagte er und küsste ihren Nacken. Es war das erste Mal, dass er sie seit ihrer Auseinandersetzung am Abend zuvor küsste, und das Gefühl seiner Lippen auf ihrer bloßen Haut jagte ein Prickeln über ihren Rücken. »Es tut mir leid«, flüsterte er.

Maggie antwortete nicht gleich, sondern goss zuerst Sam seinen Milchshake ein und schickte ihn zum Fernsehen ins Wohnzimmer. »Mir tut es auch leid, dass es gestern so weit gekommen ist«, sagte sie dann, »aber ich werde mich nicht dafür entschuldigen, einer alten Dame in Not geholfen zu haben.«

»Ich will auch nicht, dass du dich entschuldigst«, sagte James ruhig, aber mit Nachdruck. »Wie kann ich es meiner Frau zum Vorwurf machen, dass sie anderen helfen möchte? Die Jungs sind wieder zu Hause, vergessen wir, was gestern war, und genießen den Rest unserer gemeinsamen Woche.«

Statt darauf einzugehen, fuhr Maggie mit der Rede fort, die sie vorbereitet hatte. »Und ich werde mich nicht mehr damit abzappeln, deiner Mutter irgendetwas zu beweisen. Wenn sie mich nicht so akzeptieren kann, wie ich bin, wenn sie nicht einsehen will, dass ich zwar auch meine Fehler habe, aber blind zu sein keiner davon ist, dann ist das ihr Problem, nicht meins. Ich komme sehr gut ohne sie zurecht.«

James nahm ihr Gesicht in seine Hände. »Ich weiß.«

»Gut.«

»Aber«, fügte er hinzu, »es wäre sehr viel leichter, wenn uns mehr Leute unterstützen würden.«

Maggies hitziges Aufbegehren ließ sich nicht mit sanften Worten ersticken. »Das musst du dir aus dem Kopf schlagen, dass Judith uns helfen wird, wenn das Kind da ist. Wir kriegen das hin, egal, wie hoch die Krippengebühren sind. Ich würde ihre Hilfe nicht mal annehmen, wenn sie sich irgendwann doch noch dazu herabließe, sie uns anzubieten. Ich will ihr nicht verpflichtet sein, James.«

Sie spürte, wie er sich verspannte, aber die Berührung seiner Hände blieb sanft und zärtlich. »Nur damit du's weißt, Mum war ziemlich beeindruckt davon, wie du mit Elsie im Park umgegangen bist.«

»Ach ja?«, schnaubte Maggie und überhörte absichtlich die Aufrichtigkeit in seinen Worten.

»Das hat sie gesagt, aber es liegt mir fern, dich davon überzeugen zu wollen, dass sie auch ein Herz hat. Sie fand es traurig, dass Elsie immer wieder zu dieser Parkbank zurückkehrt, auf der sie vor all den Jahren gesessen hat.«

»Sag nicht, du hast ihr erzählt, dass ich sie anfangs für eine junge Frau gehalten habe«, sagte Maggie und war froh, ihn nicht in alle von Elsas Geheimnissen eingeweiht zu haben.

»Nein, das würde ich nie tun.« James klang frustriert, schien sich aber zumindest vorläufig damit abzufinden, dass jedes Gespräch über seine Mutter Maggie auf die Palme brachte. »Okay, können wir jetzt vielleicht mit unserem Urlaub von vorn beginnen? Bitte.«

»Okay«, stimmte Maggie gnädig zu und gestattete sich ein vorsichtiges Lächeln, das noch breiter geworden wäre, wenn James es nicht mit Küssen zum Zerfließen gebracht hätte. Sie schmiegte sich an seine Brust und ließ sich von ihm hin und her wiegen, bis sie wieder im Einklang miteinander waren.

»Ich dachte, wir könnten heute wenigstens zum Aquarium fahren, da das Wetter so scheußlich ist«, sagte sie, machte sich von ihm los und tastete nach dem zweiten Milchshake, den sie schon eingegossen hatte. »Wo ist Liam?«

»Oben und motzt.«

»Warum? Was ist passiert?«

»Er wollte nicht mit nach Hause kommen.«

Maggie stellte ein Friedensangebot, bestehend aus dem Milchshake und zwei Pfefferkuchenmännern, zusammen. »Ich bringe das zu ihm rauf«, sagte sie.

Das vordere Schlafzimmer war das Reich der Jungen und nach deren eigenen Vorstellungen eingerichtet worden. James hatte die Hochbetten selbst gebaut, und da beide oben schlafen wollten, war Streit nur zu vermeiden gewesen, indem er zwei Stockbetten im rechten Winkel zueinander zimmerte, unter denen es genug Platz für einen gemeinsamen Computer- und Spielebereich gab.

Im Moment beschäftigte Maggie jedoch eher der Bereich zwischen der Tür und den Betten. Tastend setzte sie einen Fuß vor den anderen, um die Hindernisstrecke zu bewältigen, die ihre Stiefsöhne mit ihren liegen gelassenen Spielsachen geschaffen hatten.

Beim Näherkommen hörte sie Liam leise unter der Bettdecke atmen. »Liam? Ich habe ein paar Pfefferkuchenmänner für euch gebacken. Eigentlich hatte ich gehofft, du würdest mir helfen, sie zu verzieren, aber jetzt musst du sie eben nackt essen.«

»Ich will keine.«

Maggie war nun auf Augenhöhe mit ihm. »Liam«, sagte sie, »würdest du bitte unter der Bettdecke hervorkommen?«

»Warum? Du kannst mich doch sowieso nicht sehen.«

Maggie setzte das Glas und den Teller vorsichtig auf einem Tischchen in der Nähe ab. Ihre bewussten Bewegungen verschafften ihr Zeit, um ihre Gedanken zu sammeln und den Stachel aus Liams Bemerkung zu nehmen. Ohne Vorwarnung zog sie die Decke von seinem Gesicht weg, und zu ihrer Überraschung versuchte Liam nicht, sie sich wieder über den Kopf zu ziehen.

»Rück mal«, befahl sie und kletterte die Leiter hinauf. Sie zwängte sich neben ihn auf die Bettdecke, und da Liam an der Wand lag und die Arme immer noch unter der Decke hatte, war er so praktisch festgenagelt. Maggie hatte nicht die Absicht, ihn freizugeben, bis das Problem, das sie verursacht hatte, gelöst war.

»Es tut mir leid wegen gestern«, sagte sie. »Das war bestimmt ein bisschen erschreckend, Mrs Milton so durcheinander zu sehen.«

Sie fühlte, wie Liam die Achseln zuckte. »Hat mir nichts ausgemacht.«

»Menschen werden manchmal verwirrt, besonders, wenn sie schon sehr alt sind wie Mrs Milton. Sie erinnern sich genau an Sachen, die schon viele Jahre her sind, wissen aber nicht mehr, was gestern war. Ich glaube, Mrs Milton erinnert sich so überdeutlich an früher, dass sie denkt, wieder in dieser Zeit zu sein, und dann bekommt sie Angst und regt sich auf. Sie erwartet, dass alles noch so ist, wie es mal war, aber das ist es natürlich nicht.«

»Ich weiß. Oma Judith hat mir das alles erklärt.«

»Was macht dir denn dann zu schaffen?«

Liam zuckte wieder die Achseln und drehte sein Gesicht zur Wand.

»Warum bist du sauer auf mich, Liam?«

Sie hörte ihn schnaufen und wusste, dass sie ins Schwarze getroffen hatte. Geduldig wartete sie auf eine Antwort.

»Warum hast du zu Mrs Milton gesagt, dass du keine Kinder hast?«, fragte er schließlich.

»Weil ich …«, begann sie, stockte dann aber, als der Groschen fiel. Behutsam legte sie ihm eine Hand auf die Schulter. »Weißt du, wenn das Baby da ist, wird dein Dad sagen, dass er drei Kinder hat, das kann ich dir versprechen. Aber ich bin nur deine Stiefmutter, Liam, und obwohl mir das viel bedeutet, glaube ich nicht, dass ich das Recht habe zu sagen, dass du mein Kind bist. Ich hätte auch nicht gedacht, dass du das willst.«

»Aber wenn wir hier sind, benimmst du dich, als wärst du unsere Mutter.«

Maggie musste lächeln. »Ich weiß, und das mag ich auch, aber ich borge euch immer nur von eurer echten Mum aus, oder? Ihr nennt mich nicht ›Mum‹, und eure Mum wäre wohl auch nicht besonders erfreut darüber.«

»Vielleicht«, sagte er. »Aber manchmal nennen wir Tony ›Dad‹.«

»Oh«, machte Maggie. Sie wusste, dass das zu James' Befürchtungen gehörte. »Ich kann mir vorstellen, dass es manchmal ganz schön kompliziert ist, zwei Zuhause und zwei Elternpaare zu haben.«

»Das kannst du laut sagen«, kam es von Liam. Zu Maggies Erleichterung hatte er aufgehört, seine Antworten in sich hineinzumurmeln, und ließ etwas von seiner gewohnten Frechheit zu Tage treten.

»Verstehst du, es kommt nicht darauf an, welche Bezeichnungen und Namen wir uns geben, sondern darauf, wie lieb wir uns haben und wie wir miteinander umgehen. Ich bin seit noch nicht mal einem Jahr deine Stiefmutter, aber ich kann dir verraten, dass ich dich und Sam jetzt schon genauso lieb habe, wie ich das Baby lieb haben werde. Wenn es manchmal so aussieht, als wollte ich nicht, dass andere mich für eure Mutter halten, dann liegt das daran, dass ich lieber vorsichtig bin. Ich will nichts falsch machen, weißt du, aus Angst, dass ihr dann vielleicht nicht mehr zu uns kommen wollt. Irgendwie habe ich wohl ziemlich Mist gebaut, was?«

Ihr gutes Zureden wirkte, denn Liam drehte sich endlich zu ihr um. »Tut mir leid, was ich vorhin gesagt habe.«

Maggie machte eine ahnungslose Miene. »Was meinst du?«

»Dass du mich sowieso nicht sehen kannst.«

»Okay, das war nicht sehr nett, aber du hast dich ja jetzt entschuldigt, und das macht mich froh, weil wir eine Familie sind.«

»Danke, Mmm …« Liam ließ sie ein wenig zappeln. »Mmmaggie«, stieß er schließlich hervor.

»Gern geschehen, Sohnemann«, sagte sie grinsend und küsste ihn auf die Nasenspitze.

»Gut getroffen.«

»Ehrlich gesagt habe ich auf deine Stirn gezielt.«

Als sie aufgehört hatten zu kichern, wälzte Maggie sich herum, um aufzustehen und ihm seinen Snack zu holen, hielt dann aber mitten in der Bewegung inne. Sie legte sich langsam wieder hin und blieb ganz still.

»Was ist?«, fragte Liam. Er war immer noch unter seiner Decke gefangen und konnte sich nicht aufrichten. »Ist es das Baby?«

»Ich glaube, ja«, sagte Maggie, eine Hand fest auf ihren Bauch gelegt. Die kleinen Zuckungen hatten sich angefühlt wie ein Schmetterling, der zu entkommen versuchte. »Ich glaube, ich habe gerade gefühlt, wie es sich bewegt.«

»Darf ich auch mal?« Liam drehte und wand sich, konnte sich aber nicht befreien.

Maggie griff hinüber, zog die Decke von der Wand weg und entließ eines ihrer Kinder aus seinem Kokon. Sie legte Liams Hand auf die Stelle, wo sie die Bewegung gespürt hatte, und sie warteten beide mit angehaltenem Atem. Als sie es gerade aufgeben wollten, regte sich das Baby wieder. Liam zog erschrocken seine Hand weg.

»Hey, hast du das gespürt?«, rief er.

Maggie nickte wortlos.

»Wollen wir es den anderen sagen?«

»Kannst du mich zuerst mal umarmen?«, bat sie.

Liam ging sparsam mit seinen Zärtlichkeitsbezeugungen um und drückte seine Gefühle lieber auf andere Weise aus, wie er heute wieder gezeigt hatte, aber diesmal kam er der Aufforderung seiner Stiefmutter ohne Zögern nach. »Hab dich lieb«, murmelte er, und Maggie spürte die Wärme seiner glühenden Wangen.

»Ich dich auch, Liam. Daran darfst du nie zweifeln.«

ZEHNTES KAPITEL

Der Bungalow der Miltons lag in einer kleinen Sackgasse im Westen von Sedgefield, noch in Fußnähe zur High Street. Die Strecke war weitgehend neu für Maggie und Harvey, aber sie kannte noch den Weg zu ihrer alten Grundschule im selben Viertel, und mit ein wenig Hilfe von einer Passantin brauchten sie nur zehn Minuten vom Salon aus.

Maggie war ein bisschen nervös und wusste nicht so recht, was sie sich von dem Besuch erhoffte. Vermutlich die Gewissheit, dass Elsie die Pflege bekam, die sie brauchte, aber auch, dass Elsas Geschichte gut ausgegangen war, selbst wenn Freddie dabei keine Rolle gespielt hatte.

»Ich muss Sie vorwarnen, dass Harvey im Moment furchtbar haart«, entschuldigte sie sich, als Ted und Elsie ihr die Tür aufmachten. »Ich habe das Gröbste ausgebürstet, aber man glaubt nicht, wie viel Fell er verliert, sobald es wärmer wird.«

»Machen Sie sich mal keine Gedanken und kommen Sie schleunigst rein. Auch wenn es draußen wärmer geworden ist, ist der Regen immer noch nass«, sagte Elsie.

»Ich habe einen Lappen mit, um ihm die Pfoten abzuwischen«, beharrte Maggie, während sie sich selbst die Füße auf dem Fußabtreter abputzte.

Elsie nahm sie am Arm. »Sie und Harvey sind unsere Gäste. Um die paar Pfotenabdrücke kümmere ich mich hinterher, das ist ein geringer Preis für nette Gesellschaft. Kommt herein und fühlt euch wie zu Hause.«

»Die sind für Sie«, sagte Maggie und reichte Elsie ein Blumensträußchen.

»Oh, das wäre doch nicht – aber vielen Dank. Die duften wunderbar.

Ted nahm Maggie die Jacke ab und überließ es seiner Frau, die Gäste ins Wohnzimmer zu führen.

»Hier, wir haben Ihnen den besten Platz im Haus reserviert.« Elsie bot Maggie einen Sessel an, der sich weich und viel benutzt anfühlte.

Maggie setzte sich und nahm Harvey das Geschirr ab, bevor sie sich gemütlich zurücklehnte. Neben dem Geruch von nassem Fell nahm sie den Duft weiterer frischer Blumen wahr, sehr viel intensiver als die liebliche Süße ihrer Freesien, eine elegante Zusammenstellung von Lilien und Rosen. »Sie mögen Blumen, wie ich merke?«, fragte sie.

»Ja, die sind herrlich, nicht wahr? Sie kommen aus dem fernen Australien.«

»Amerika«, verbesserte Ted sie. Er stand abwartend in der Tür, während Elsie sich Maggie gegenübersetzte. »Und eigentlich hat sie der Blumenladen an der High Street geliefert.«

»Aber der Auftrag kam aus aus … Amerika.«

»Sind sie von Ihrer Tochter?«, erkundigte sich Maggie.

»Ja, ich hatte am Wochenende Geburtstag, und Nancy verwöhnt mich immer so.«

»Du hast zwei Töchter«, brummte Ted.

»Ja, Yvonne macht auch immer viel Aufhebens meinetwegen. Sie war vor Kurzem hier, um uns beim Einzug zu helfen.«

»Aber sie hat die ganze Zeit dabei gemurrt. Sie findet es falsch, dass wir nach Sedgefield gezogen sind«, berichtete Ted.

»Du ja auch«, hielt Elsie ihm entgegen.

»Es wäre besser für uns gewesen, rauf nach Schottland zu ziehen, um näher bei Yvonne zu sein, aber man kommt nicht gegen Elsie an, wenn sie sich etwas in den Kopf gesetzt hat. So, jetzt lasse ich die Damen plaudern und gehe den Tee machen.«

»Da zieht schon eine Kanne in der Küche«, erwiderte Elsie, »aber stell doch Maggies Blumen für mich in die Vase.« Zellophan knisterte, als die Blumen die Hände wechselten.

»Ich setze trotzdem für alle Fälle eine frische auf«, murmelte Ted im Davongehen.

»Und tu die Pastete in den Ofen, wenn du schon dabei bist«, rief Elsie ihm nach, ehe sie sich wieder ihrem Gast zuwandte. »Sie ist mit Fleisch und Kartoffeln. Sie sind doch hoffentlich nicht so eine Vegetarierin, oder?«

»Nein, nein.«

»Möchte Ihr vierbeiniger Freund vielleicht ein bisschen Wasser?«, rief Ted aus der Küche. Da der Bungalow relativ klein war, brauchte er sich nicht sehr anzustrengen. »Oder vielleicht etwas Stärkeres?«

Elsie schnalzte missbilligend. »Achten Sie nicht auf ihn, Maggie, er ist manchmal unmöglich.«

Maggie antwortete, dass Wasser prima wäre, woraufhin Ted sich pfeifend an seine Aufgaben machte. Harvey lauschte mit gespitzten Ohren auf die Geräusche aus der Küche, blieb aber brav an Maggies Seite.

»Es tut mir leid, dass ich Ihren Geburtstag verpasst habe, Elsie. Ich hätte ihn mir merken sollen, als ich im Salon Ihre Daten aufgenommen habe.« Tatsächlich war sie mehr daran interessiert gewesen auszurechnen, wann die zweiundzwanzigjährige Elsa damals genau nach Sedgefield gekommen war. In der Annahme, dass Elsie ein Alter erreicht hatte, in dem sie stolz auf die Anzahl ihrer Jahre war, fügte sie hinzu: »Wenn ich richtig gerechnet habe, sind Sie gerade dreiundachtzig geworden, stimmt's?«

»Ach, wirklich?«, sagte Elsie erstaunt, als hätte Maggie ihr ein Geheimnis verraten. »Ich habe mich schon gewundert, wieso diese Hände auf einmal so runzelig geworden sind. Dann arbeite ich also nicht mehr in der Schulkantine?«

Maggie errötete, als sie sich unversehens wieder mit Elsies Krankheit konfrontiert sah. »Nein, Sie genießen Ihren wohlverdienten Ruhestand.«

»Der Tee ist fertig«, verkündete Ted, begleitet von Tassenklappern auf einem Tablett. Kurz darauf führte er Maggies Hand an eine Porzellantasse. »Zucker?«

»Nein danke.«

»Sie ist schon süß genug«, witzelte Elsie. »Hast du das Dingsda in den Ofen getan?«

»Ja, natürlich habe ich die Pastete in den Ofen gestellt.«

»Wollte nur sichergehen. Was ist mit dem Wasser für den Hund?«

Ted hatte sich gerade hingesetzt und erhob sich ächzend wieder. »Herrje, ich würde noch meinen Kopf vergessen, wenn er nicht angewachsen wäre.«

»Das Essen sollte in zwanzig Minuten fertig sein«, sagte Elsie zu Maggie. »Sie sind doch keine Vegetarierin, oder?«

»Nein, bin ich nicht«, antwortete Maggie geduldig. »Ich esse alles, was man mir vorsetzt. Harvey auch, wenn man ihn lässt, aber er hatte sein Mittagessen schon.«

»Ach, wie schade«, sagte Ted, als er wieder hereinkam. Er ging langsam und vorsichtig, um das Wasser nicht zu verschütten. Harvey stand auf und bedankte sich mit einem höflichen Schwanzwedeln. »Ich wollte dir meine Krusten aufheben, mein Junge.«

Harvey antwortete mit einem leisen Winseln, als hätte er verstanden, was ihm da entging.

»Ich habe Elsie gerade gesagt, wie leid es mir tut, ihren Geburtstag versäumt zu haben. Aber wenigstens habe ich ein bisschen Massageöl mitgebracht, dass ich Ihnen dalassen wollte«, sagte Maggie, sich wieder an das Geburtstagskind wendend. »Ich könnte Ihnen nach dem Essen auch eine Massage geben, wenn Sie möchten. Sozusagen als nachträgliches Geburtstagsgeschenk.«

»Ach, ich weiß nicht, ob ich mich bei einer Massage wohlfühlen würde.«

»Es kann auch nur eine Kopf- und Schultermassage sein, wenn Ihnen das lieber ist. Das Öl enthält diesmal eine andere Mischung von ätherischen Ölen«, fügte sie hinzu. Sie wollte ein wenig Zeit mit Elsie allein herausschlagen in der Hoffnung, mehr über ihre Vergangenheit zu erfahren. Und falls Elsie sich sträubte, kam vielleicht Elsa wieder zum Vorschein und offenbarte ihr Schicksal. »Kein Flieder, aber ich glaube, Sie werden es mögen. Wollen Sie es mal versuchen?«

Maggie ließ kein Nein gelten, und so gingen sie, nachdem das Essen sich ein wenig gesetzt hatte, ins Schlafzimmer hinüber, während Ted und Harvey ein Mittagsschläfchen hielten. Elsie setzte sich befangen auf einen Polsterhocker, die Bluse aufgeknöpft, um die Schultern frei zu machen.

»Sie wissen, dass eine Massage Sie entspannen und Ihnen keine Angst einjagen soll, oder?«, scherzte Maggie, als sie ihre Hände auf Elsies verkrampfte Schultern legte. »Und ich fürchte, ich könnte Ihre Frisur ruinieren, aber es ist gut für Ihre Kopfhaut.«

»Ist schon eine Weile her, dass ich mir Gedanken um meine Lockenpracht gemacht habe«, gab Elsie im gleichen Ton zurück.

Maggie wärmte etwas Öl in ihren Händen an und verbreitete einen mediterranen Wohlgeruch im Zimmer. »Mögen Sie diesen Duft lieber?«

»Ja, der ist angenehm. Ist das Rosmarin, was ich da rieche?«

»Mit ein bisschen Basilikum dabei.«

»Sind Sie sicher, dass Sie mich nicht marinieren wollen?«

Sie lachten ein bisschen lauter als nötig, aber das half ihnen über die Verlegenheit hinweg. Maggies Finger übernahmen den Rest, als sie Elsies Nacken und Schultern zu kneten begann. Normalerweise ermutigte sie ihre Kundinnen an diesem Punkt, in aller Ruhe ihre Gedanken schweifen zu lassen, doch jetzt schwieg sie und beschwor Elsie im Stillen, sich auszusprechen. Die Unterhaltung beim Essen war angeregt gewesen, hatte aber weder die Wirren der Vergangenheit noch die der Gegenwart gestreift. Noch hatte jemand erwähnt, dass Elsies Pie ziemlich süß schmeckte, so als hätte sie Zucker und Salz verwechselt …

»Sie fragen sich wahrscheinlich, wie es gestern bei mir war?«

»Gestern?«

»Stellen Sie sich nicht dumm, Maggie. Ich bin hier diejenige mit dem Gedächtnisschwund. Bestimmt erinnern Sie sich, dass ich einen Arzttermin hatte.«

Maggie hielt mit dem Massieren inne und drückte ermunternd Elsies Schulter. »Und, was hat er gesagt?«

»Nichts, worauf ich nicht schon selbst gekommen wäre. Es wird schlimmer mit mir. Er hat mir ein neues Medikament verschrieben und will mich zu irgendwelchen Tests schicken, als würde das irgendetwas nützen. Aber es ist vor allem Ted, der mir auf der Seele liegt.«

Maggies Puls begann zu rasen. Ihr erster Eindruck von Elsies Mann war nicht der beste gewesen, aber sie hatte glauben wollen, dass sich unter der rauen Schale ein Herz aus Gold verbarg. Würde Elsie jetzt ihre schlimmsten Befürchtungen bestätigen? »Warum, Elsie? Was macht er denn?«

»Einfach alles«, antwortete Elsie. »Ich weiß, dass Sie sich um mich sorgen, aber wenn Sie mir wirklich helfen wollen, dann versprechen Sie mir, auf meinen Ted aufzupassen. Er würde von sich aus niemals um Hilfe bitten, aber er wird sie brauchen.«

Maggie war heilfroh, dass Elsie ihre Gedanken nicht erraten hatte, und glücklich zu hören, dass sie tatsächlich so geliebt wurde, wie ihr jüngeres Selbst es verdiente. Außerdem fühlte sie sich geschmeichelt, dass Elsie so großes Vertrauen in sie setzte. »Ich verspreche Ihnen, für Sie beide da zu sein«, sagte sie lächelnd.

»Sie sind ein gutes Mädchen, und wenn ich das so sagen darf, Sie blühen gerade richtig auf.«

»Danke. Ich habe die letzte Woche damit zugebracht, hinter meinen beiden Stiefsöhnen herzujagen, und statt mich zu erschöpfen, hat mir das neuen Schwung gegeben. Sie haben uns ja schon öfter besucht, aber diesmal habe ich mich zum ersten Mal richtig als Mutter gefühlt. Das Haus ist so leer, seit sie weg sind, und ich kann es selbst kaum glauben, wie sehr ich sie vermisse.« Nach dem etwas verunglückten Start war die Ferienwoche noch erstaunlich gut verlaufen. Es hatte sich als vorteilhaft erwiesen, Judith gleich zu Anfang nachzugeben, denn abgesehen von einem kurzen Anruf am Sonntag, um noch mal mit den Kindern zu sprechen, hatte sie sie danach alle in Ruhe gelassen.

»Die kosten schon Kraft, die Jungs, schien mir.«

Maggie war erleichtert, dass Elsie sich wenigstens an einen Teil ihrer letzten Begegnung im Park erinnerte. »Nicht annähernd so wie ihre Großmutter.«

»Die habe ich auch getroffen, oder?«

»Ja. Ich kenne Judith jetzt seit zwei Jahren, aber sie traut mir nicht einmal halb so viel zu wie Sie«, sagte Maggie, während sie mit der Massage fortfuhr. Zu ihrer Verblüffung stellte sie fest, dass die alte Dame gerade dabei war, ihr Geständnisse zu entlocken statt umgekehrt, und das ganz nebenbei. »Sie glaubt nach wie vor nicht, dass ich auf mich selbst aufpassen kann, geschweige denn auf jemand anderen, ganz im Gegensatz zu Ihnen. Deshalb ist sie auch im Park aufgetaucht – um ihre Enkelkinder zu retten.«

»Sie kennt Sie also noch nicht sehr lange?«

»Zwei Jahre«, wiederholte Maggie. »James und ich haben unser Haus vor anderthalb Jahren bezogen, aber man kann es an einer Hand abzählen, wie oft sie uns seitdem besucht hat.«

Maggie spürte, wie Elsie sich endlich unter ihrer Massage entspannte. Ihre Atmung verlangsamte sich, und ihre Antworten waren mit Lauten des Wohlbehagens durchsetzt. »Vielleicht sieht sie es anders, wenn sie Sie erst einmal besser kennengelernt hat.«

»Das sagt James auch immer. Eigentlich wollten wir letzte Woche alle zusammen einen Ausflug machen, aber dann musste James unerwarteterweise arbeiten. So kam es, dass ich die Kinder mit in den Park genommen habe – nur um Judith vor Augen zu führen, wie unfähig ich bin.«

»Sie sind keineswegs unfähig, und das wissen Sie auch. Versuchen Sie es einfach weiter.«

Maggie dachte an den Tag im Park mit ihrer Mutter zurück, wie sie sich nach dem Sturz vom Fahrrad ihr aufgeschürftes Knie gehalten hatte. Doch selbst diese Erinnerung konnte ihrem Anfall von Starrköpfigkeit nichts entgegensetzen. »Ich weiß nicht, ob ich das überhaupt will. Sie ist James'

Mutter, sicher, aber manchmal denke ich, es würde uns besser gehen, wenn sie einfach wegbliebe.«

Elsie versteifte sich beinahe unmerklich. »Es ist falsch, eine Mutter von ihrem Kind zu trennen, auch wenn es schon erwachsen ist.«

»Ich habe meine Mutter vor einem Jahr verloren und verstehe gut, dass James an seinen Eltern hängt«, verteidigte sich Maggie.

»Aber?«

»Aber selbst Mutter zu werden ist schon Herausforderung genug für mich. Es ist eine große Umstellung, und ohne meine Mum wird das noch schwerer. Ich weiß, zum Teil stehe ich mir dabei selbst im Weg. Ich will bald nach der Geburt wieder arbeiten, denn meine Praxis ist mir wichtig, weil sie mir einen gewissen Grad an Unabhängigkeit sichert. Was aber bedeutet, dass sehr viel auf mich zukommt, und das Letzte, was ich gebrauchen kann, ist jemand wie Judith, der nur darauf wartet, dass ich versage.«

»Sie sind jung und dürfen Fehler machen, Kindchen. Aber braucht man denn in solchen Situationen die Familie nicht am meisten? Ich bin sicher, dass Sie es schaffen, Judith zur Einsicht zu bringen, und wer weiß, vielleicht wird sie ja noch zu der mütterlichen Stütze, die Sie vermissen?«

»Also, im Moment sind eher Sie es, die sich nach meiner Mutter anhört.«

»Vielen Dank für das Kompliment, aber ich bin nicht gerade ein leuchtendes Beispiel für andere.« Es schwang Bedauern in Elsies strenger Selbsteinschätzung mit, und das blieb nicht unbemerkt.

Sie verstummten beide, als Maggie begann, Elsies Kopfhaut zu massieren. Die Empfindung der strohigen grauen Haare stand im Widerspruch zu dem Bild von der jungen

Frau, das nie ganz aus Maggies Gedanken verschwand, und aus Elsies schon gar nicht.

»Ich ließ mir die Haare kurz schneiden, nachdem ich meine Mädchen bekommen hatte, aber früher einmal war es so lang, dass ich darauf sitzen konnte.«

»Damals, als Sie sich noch Elsa nannten?«

»Mhm«, seufzte Elsie leise. »Es hatte die Farbe von goldenem Sand, vielleicht ein, zwei Schattierungen heller als Harveys. Oh, tut mir leid, ich vergesse das dauernd. Farben sagen Ihnen wahrscheinlich nicht viel.«

Maggie lächelte und versuchte, sich Elsa mit ihrem langen Vanillehaar vorzustellen. »Mehr, als Sie glauben.«

»Meine Haare waren meine schönste Zier, wie meine Mutter zu sagen pflegte, und ich liebte es, sie offen zu tragen. Ich weiß noch wie gestern, wie es war, den Wind darin zu spüren.« Elsie lachte in sich hinein. »Besser als gestern, sollte ich sagen.«

Sie schwieg einen Moment, und während Maggie ihren Kopf bearbeitete, wurden jahrzehntealte Verbindungen wiederhergestellt.

»Soll ich dir sagen, wie meine Haare so zerzaust worden sind? Du verrätst es doch niemandem, oder, Celia?«

Elsas Schwester stand hinter ihr und versuchte, die Knoten in ihren Haaren zu entwirren. »Also, wie ist es passiert?«, fragte sie zögerlich.

Elsa strahlte übers ganze Gesicht. »Freddie hat mich auf seinem Motorrad mitgenommen. Ich habe mich ganz fest an ihn geklammert und meinen Kopf an seinen Rücken gelegt, und er hat nur gelacht, als ich geschrien habe. Aber dann habe ich auch gelacht. Er macht mich so glücklich.«

Sie brauchte sich nicht umzudrehen, um zu wissen, dass

ihre Schwester ein missbilligendes Gesicht zog. Sie war noch nie mit ihren Verehrern einverstanden gewesen, und es hatte nicht wenige geben, aber keinen wie Freddie. »Er nennt mich seine kleine Feuerwerksrakete«, sagte Elsa kichernd, weil sie sich diebisch darauf freute, ihre Schwester zu schockieren. »Und er versteht es allerdings, mich scharf zu machen.«

»Es war wirklich Liebe, oder?«

»War?« Die Verwendung der Vergangenheitsform wirkte wie eine Ohrfeige. Elsas Augen schnellten durchs Zimmer, und sie bekam es mit der Angst zu tun. Das war nicht ihr Zimmer zu Hause. Irgendetwas stimmte hier nicht. Sie spürte ein klaffendes Loch in ihrem Herzen, etwas Furchtbares war passiert. Sie hob die Hand an ihre Haare.

»Ist gut, ist ja schon gut«, sagte Maggie beschwichtigend, als Mrs Milton ein leises Wimmern von sich gab.

Elsa war nur flüchtig in Erscheinung getreten. Sie hatte nach Freddie gerufen und an ihren Haaren gezerrt, doch dann war das jugendlich helle Timbre in Tränen untergegangen.

Maggie gab ihre Massage auf und setzte sich vor Elsie auf die Bettkante. Sie nahm ihre Hände, um das Flattern zu unterbinden.

»Freddie ist fort«, schluchzte Elsie.

»Sie denken viel an ihn, nicht wahr?«

»Die erste Liebe vergisst man nie, auch wenn es noch so wehtut, sich an sie zu erinnern.«

»Wollen Sie mir ein wenig von ihm erzählen?«, fragte Maggie. »Bitte.«

Die Geschichte, die Elsie ihr anvertraute, war eine sorgfältig bearbeitete Version. Anders als in den Szenen, die sich bereits im Park vor Maggie abgespielt hatten, fand die ungeplante Schwangerschaft darin keine Erwähnung, dafür aber ein anderes umwälzendes Ereignis, das die junge Frau, die sich Elsa nannte, nicht in Worte hatte fassen können oder wollen.

»Ich bringe es kaum über mich, an diesen entsetzlichen Tag zu denken, als Celia plötzlich in Mrs Jacksons Laden auftauchte. Nie werde ich ihren Gesichtsausdruck vergessen. Zuerst dachte ich, es wäre etwas mit Mum oder Dad passiert, aber dann sah ich den Luftpostbrief in ihrer Hand. Er kam von Freddies befehlshabendem Offizier, und Celia, wie sie nun mal so war, hatte ihn schon aufgemacht.«

Maggie hatte sich schon oft gefragt, was Freddie wohl davon abgehalten haben könnte, sein Versprechen zu halten. Sie wollte ihn gern bis zum Ende als Helden sehen, aber dann müsste er schon einen sehr guten Grund gehabt haben, um sich nicht mehr blicken zu lassen. Bang fragte sie: »Warum ist Freddie nicht zu Ihnen zurückgekommen?«

Elsie hatte sich einigermaßen wieder gefasst und sprach leise weiter. »Celia nahm mich in die Arme, damit ich nicht zusammenklappte, wenn sie es mir sagte.«

»Ihnen was sagte, Elsie?«

»Dass Freddie tot war.«

Die Nachricht wirkte so schockierend auf Maggie, als wäre sie im Jahr 1953 dabei gewesen.

»Wie kam es dazu?«, fragte sie stockend.

Elsie zuckte die Achseln, als hätte sie sich emotional von der Vergangenheit abgeschottet, und vielleicht war das auch lange der Fall gewesen. Erst durch die Demenz wurde ihr wunder Punkt wieder freigelegt. »Ein Motorradunfall.«

Maggie konnte sich nicht davon abhalten, wieder die einsame, schwangere junge Frau vor sich zu sehen, die auf einer Parkbank saß und vergebens auf ihren Retter wartete. »Das tut mir unendlich leid.«

Elsie nickte. »Es hat mir das Herz zerrissen, aber wenigstens erfuhr ich davon und wusste Bescheid. Sonst hätte ich noch ewig auf ihn gewartet. So aber kam irgendwann mein Ted daher, und auch wenn die Leidenschaft in unserer Ehe vielleicht nicht so hoch gelodert hat, so hat sie doch immerhin gehalten.«

»Warum sind Sie dann nach all dieser Zeit nach Sedgefield zurückgekommen?«, fragte Maggie, sich näher an die Frage herantastend, die nach wie vor unbeantwortet geblieben war.

»Wir sind oft hierhergekommen, als die Mädchen noch klein waren, um Tante Flo zu besuchen, und mir gefällt es hier.«

Die Antwort war nicht so aufrichtig, wie Elsie sie glauben machen wollte. »Aber es sind die schmerzhaften Erinnerungen, denen Sie jetzt immer wieder nachhängen, nicht wahr?«

»Vielleicht ist das meine Art, mich selbst zu bestrafen.«

Elsie hatte es bisher vermieden, über das Kind zu reden, aber Maggie spürte, dass sie der Wahrheit näherkamen. »Vielleicht möchten Sie auch etwas nachholen? Es wäre ganz natürlich, zurückkommen zu wollen, um sich auf die Suche …«

»Nach einer alten Bank zu machen?«, unterbrach Elsie sie brüsk. »Ich kann die Vergangenheit nicht ändern, was geschehen ist, ist geschehen. Also«, sagte sie und tätschelte Maggies Hand, »wenn mich mein Gedächtnis nicht trügt, waren wir doch bei meiner Massagebehandlung, oder?«

Widerstrebend machte Maggie weiter. Sie konnte sich nicht dazu überwinden, mit noch mehr Fragen in die alte Dame zu dringen. Freddie zu verlieren musste schlimm gewesen sein, doch irgendetwas sagte ihr, dass danach noch Schlimmeres passiert war.

»Erzählen Sie mir den neuesten Klatsch aus Ihrem Salon«, forderte Elsie sie auf. »Haben Sie in letzter Zeit mal wieder jemanden zum Weinen gebracht?«

»Es ist Kathys Salon, und nein, bisher ist es zu keinen hysterischen Anfällen mehr gekommen.«

Sie plauderten noch ein bisschen, aber Maggies Behandlung wirkte entspannender als erwartet, sodass Elsie bald drauf und dran war einzunicken. »Gut, ich glaube, das genügt. Wie fanden Sie es?«

»Sehr angenehm, und ich hoffe, dass ich mich an Ihre Freundlichkeit erinnern werde. Sie verzeihen mir doch, falls nicht, oder?«

Maggie räusperte sich, um ein paar hohle Trostworte herunterzuschlucken, die, wie sie gelernt hatte, nur Elsies Intelligenz beleidigen würden. Zur Antwort drückte sie nur ein letztes Mal ihre Schulter.

»Versuchen Sie, das Öl nicht gleich abzuwaschen«, riet sie und streckte sich, sodass ihr Bauch deutlich hervortrat. »Ich lasse Ihnen die Flasche da, dann können Sie es selbst hin und wieder auftragen. Das Öl macht die Haut schön weich, aber die wohltuende Wirkung geht vor allem von dem Duft aus.«

Maggie rieb sich den Bauch, während Elsie mit ihren arthritischen Gelenken langsam und vorsichtig aufstand. Unerwartet nahm sie Maggies Hand. »Wissen Sie, es sind weniger die Dinge, die ich vergesse, die mir am meisten Angst machen, als die, an die ich mich erinnere. Sie müssen anfangen, an sich selbst zu glauben, Maggie. Hören Sie auf mich, enttäuschen Sie dieses kleine Wesen da nicht schon, bevor es überhaupt auf der Welt ist.«

Ihre Worte trafen Maggie ins Mark und gingen ihr noch nach, als sie ins Wohnzimmer zurückkehrte.

»Wo ist Elsie?«, fragte Ted.

»Ich fürchte, ich habe ihre Haare ziemlich in Unordnung gebracht – sie versucht gerade, sich wieder präsentabel zu machen. War Harvey brav?«

»Wir haben uns gut verstanden und zusammen Snooker geguckt«, sagte Ted. »Es gießt immer noch in Strömen draußen. Soll ich Ihnen ein Taxi rufen?«

»Äh, ja, das wäre nett«, antwortete Maggie, ein bisschen verdattert, weil sie so schnell hinauskomplimentiert wurde. Wenn sie ihr Versprechen halten und Elsies Mann helfen wollte, musste sie ihn zuerst einmal besser kennenlernen. Langsam schwante ihr, dass sie ihre liebe Mühe haben würde, an dieser rauen Schale zu kratzen.

»Wie geht es ihr? Ganz ehrlich?«, fragte sie, sobald das Taxi bestellt war.

Das war ein wenig zudringlich, aber nach Elsies ermutigenden Worten fühlte sie sich selbstbewusst genug, um gegen seine Verstocktheit anzugehen. Ted reagierte zuerst nicht, sodass nur das regelmäßige Ticken einer Wanduhr im Zimmer zu hören war.

»Der Arzt hat ihr Tabletten verschrieben«, sagte er endlich.

»Gegen Alzheimer?«

»Alzheimer, Demenz«, sagte er wegwerfend. »Ist doch letztlich alles dasselbe. Wir haben es schon bei meinem Vater und Elsies Mutter erlebt. Die Tabletten sorgen höchstens dafür, dass sie nicht ganz so viel vergisst.«

»Beziehungsweise sich nicht an ganz so viel erinnert«, bemerkte Maggie. »Gab es schon oft solche Vorfälle wie die im Park?«

»Sie kommt immer wieder zu mir zurück.«

»Ich weiß, dass es auch für Sie nicht leicht ist, Ted, deshalb sage ich Ihnen jetzt, was ich schon zu Elsie gesagt habe: Ich möchte Ihnen helfen, so viel ich kann.«

»Das ist sehr nett von Ihnen, aber dazu sind Sie eigentlich nicht in der Lage, oder?«

»Ich bin zwar blind, aber deshalb nicht völlig nutzlos«, erwiderte Maggie.

Ted hüstelte verlegen. »Ich meinte, weil Sie schwanger sind. Sie werden schon bald alle Hände voll zu tun haben.«

Maggie wurde rot. »Verzeihung.«

Ted lachte. »Sie brauchen sich nicht zu entschuldigen, ich mag Ihr Temperament. Kein Wunder, dass Elsie und Sie sich so gut verstehen.«

»Sie haben meine Telefonnummer – rufen Sie mich an, wenn Sie mich brauchen. Ihre Frau kann anscheinend ganz gut mit mir reden, wenn sie verwirrt ist. Sie hat mir einiges von sich erzählt.«

»Wie sehr ihr die Füße wehtun nach einem harten Tag im Gemüseladen?«, vermutete er.

»Und dass sie auf jemanden wartet«, wagte Maggie anzudeuten.

»Sie haben also von Freddie gehört?«

»Ja. Wussten Sie von ihm?«

»Anfangs nicht, als wir uns kennenlernten, aber irgendwann hat sie mir schließlich von ihm erzählt«, sagte Ted lachend. »Wir waren bestimmt schon fünf Jahre miteinander verheiratet, ehe sie sich dazu durchrang. Offenbar dachte sie, ich könnte eifersüchtig sein.«

»Und, waren Sie es?«

»Damals nicht«, sagte er.

Maggie merkte, dass sie einen wunden Punkt getroffen hatte, und ging bei ihrer nächsten Frage etwas behutsamer vor. »Langsam verstehe ich, warum Elsies Zeit hier sie nicht loslässt. Das muss damals ziemlich traumatisch gewesen sein.«

»Sie sollten nicht zu viel in das hineinlegen, was meine Frau Ihnen erzählt. Nicht alles davon ist wirklich passiert. Sie ist geistig nicht gesund, müssen Sie bedenken.«

Diesmal konnte Maggie sich nicht bremsen, die Grenzen der Höflichkeit zu überschreiten. »Hatte Elsie schon ein Kind, als Sie sie kennenlernten? Ich habe mich gefragt, ob Nancy …«

»Meine Tochter ist?«, ergänzte Ted, von ihrer Direktheit nicht aus der Ruhe gebracht.

»Ich weiß, es geht mich eigentlich nichts an, aber wenn ich mehr über Elsies Leben hier in Sedgefield wüsste, könnte ich sie das nächste Mal vielleicht besser trösten.«

»Ich glaube nicht, dass irgendjemand ihr wirklich Trost spenden kann. Freddies Tod hat sie mehr mitgenommen, als ich gedacht hätte, aber soweit ich weiß, war kein Kind im Spiel. Vielleicht hat sie nur so getan, als wäre sie schwanger, um ihn zurückzubekommen. Ich würde es meiner Elsie durchaus zutrauen, sie war ein kleines Luder zu ihrer besten Zeit«, sagte er voller Zuneigung. »Nancy ist 1957 geboren, zwei Jahre nach unserer Heirat. Meine Tochter neigt dazu, selbstsüchtig und gedankenlos zu sein, schlägt also ganz nach mir. Ich hoffe, das beantwortet Ihre Frage.«

»Was, wenn …«

»Maggie, meine Frau hat über ihre Erlebnisse sechzig Jahre geschwiegen. Hätte sie gewollt, dass ich alles über ihre Vergangenheit weiß, dann hätte sie es mir erzählt. Was sie auch sagt, wenn sie nicht sie selbst ist, ob wahr oder erfunden, es hat keine Bedeutung mehr. Wenn sie Geheimnisse hat, die sie für sich behalten will, dann werde ich mich hüten – und das sollte auch für Sie gelten –, ihrem Gerede Beachtung zu schenken.«

Sie hörten das Taxi draußen hupen. Elsie kam herein, als Ted Maggie gerade in den Mantel half.

»Gehen Sie schon?«

»Das Taxi ist da«, sagte Maggie.

»Ich hoffe, du hast unseren Gast nicht vertrieben«, sagte Elsie zu ihrem Mann. »Er ist schrecklich, wissen Sie. Als Yvonne neulich da war, hat er sie als Erstes gefragt, wann sie wieder nach Hause fährt.«

»Jemand muss doch den Überblick behalten, ich wollte nur vorbereitet sein«, wehrte sich Ted.

»Seien Sie nicht zu streng. Ich merke, dass er ein gutes Herz hat, auch wenn er sich noch so sehr bemüht, es zu verbergen«, sagte Maggie, eher aus Zuversicht als aus Überzeugung. »Ich muss jetzt wirklich los, aber ich würde Sie gerne bald wiedersehen. Das nächste Mal müssen Sie zu mir kommen.«

»Sie wohnen am Park, nicht wahr?«, sagte Ted.

Maggie merkte, dass er schon eine höfliche Ablehnung parat hatte. »Ja, aber ich kann den Parkwächter jederzeit bitten, das Tor zu verriegeln«, sagte sie lächelnd. Obwohl Ted triftige Argumente dagegen angeführt hatte, sehnte sie sich immer noch danach, wieder neben Elsa zu sitzen und sie über ihre Zeit in Sedgefield sprechen zu hören – ob ihre Sicht der Dinge nun zutraf oder nicht.

»Jetzt fangen Sie auch noch damit an«, stöhnte Elsie. In dem Moment hupte es wieder, und sie wurde plötzlich ganz aufgeregt. »Das muss der Ofen sein. Die Pastete ist bestimmt schon ganz schwarz!«

Weder Maggie noch Ted konnten sie davon abhalten, in die Küche zu hasten.

Erneut an Elsies Altersschwäche gemahnt, unterzog Maggie ihren Vorschlag einem Realitätstest. »Wenn es einfacher ist, kann ich auch wieder zu Ihnen kommen«, schlug sie vor.

»Ja, das wäre in der Tat einfacher«, sagte Ted. »Gut, wenn Sie jetzt alles haben, sehe ich mal lieber nach, was sie da drüben treibt.«

Maggie hörte, wie Ted einen Riegel zurückschob, bevor er ihr die Haustür aufhielt. »Sie schließen sie ein?«, fragte sie.

»Das macht es leichter.«

Maggie schüttelte den Kopf, betroffen von diesem Einblick in den Alltag des alten Paares. »Leicht ist es bestimmt nicht«, sagte sie.

Maggie und James kuschelten zusammen auf dem Sofa. Sie waren beide völlig erledigt, auch wenn Maggie sich eher mental als körperlich erschöpft fühlte. Leise Musik spielte, und ein würziger Duft nach Wachholderbeeren und süßem Majoran lag in der Luft, der perfekt mit den Violett- und Grüntönen, in denen das Wohnzimmer gehalten war, harmonierte. Trotz all dieser Zutaten für einen entspannten Abend fand Maggie jedoch keine richtige Ruhe.

Sie hatte gehofft, das Mittagessen mit den Miltons würde ihre Bedenken weitgehend zerstreuen, doch es hatte das Gegenteil bewirkt. Ob sie sich nun Elsie oder Elsa nannte, ihre neue Freundin hatte sich in ihr Herz gestohlen, und sie machte sich Gedanken darum, was die Zukunft für beide bereithielt. Ihre eigenen Probleme wirkten belanglos daneben, und außerdem hatte Elsie ihr Mut gemacht, es entschieden mit ihnen aufzunehmen. Das war ein bemerkenswertes Geschenk, wenn man bedachte, wie wenig die alte Dame ihr eigenes Schicksal in der Hand hatte.

»Hast du heute mit deiner Mutter gesprochen?«, fragte sie James.

Der Arm, den er um sie gelegt hatte, war stark genug, um Ziegelsteinmauern einzureißen, aber seine Berührung, als er sie kurz drückte, war so zartfühlend wie seine Antwort. »Nur ein kurzes Hallo heute Morgen.«

»Sie arbeitet freitags nicht, oder?«

»Nein«, sagte James und sah sie neugierig an, aber Maggie löste sich schon von ihm.

Ihr müder Körper protestierte, als sie aufstand, und nur mit Hilfe des Adrenalinschubs, der durch ihre Adern schoss, schaffte sie es zum Telefon. Sie wählte bereits, ehe James fragen konnte, was sie vorhatte.

»Hallo Judith, hier ist Maggie«, sagte sie, erleichtert, dass das Zittern ihrer Hände sich nicht in ihrer Stimme niederschlug.

»Oh. Hallo, Maggie.«

Sie hatte Judith überrumpelt und war also erst mal im Vorteil. »Ich hoffe, ich störe dich nicht?«

»Nein, natürlich nicht. Schön, von dir zu hören«, sagte Judith, schon beherrschter.

Maggie biss sich fest auf die Lippe, und der leichte Schmerz gab ihr den letzten nötigen Anstoß, um ihr Vorhaben durchzuführen. Sie hätte gerne James' Gesicht gesehen, aber sie hörte, wie er sich aufsetzte und vorbeugte, um dem Gespräch zu lauschen. »Die Sache ist die, Judith, ich wollte dich um einen Gefallen bitten.«

»Ach ja?«

»Ich habe am Freitagnachmittag einen Termin zur Schwangerschaftsvorsorge. James wollte eigentlich mitkommen, aber er hat gerade die Aufforderung bekommen, ein Angebot abzugeben. Er sagt zwar, er kann es verschieben, aber es klingt wichtig, und ich will nicht, dass er sich eine Chance für neue Aufträge entgehen lässt.«

»Ja, verstehe«, sagte Judith und klang ziemlich verständnislos.

»Deshalb …« Maggie musste tief Luft holen. »Deshalb wollte ich dich fragen, ob du vielleicht mitkommen würdest? Natürlich könnte ich auch allein gehen, aber ich fände es schöner, jemanden dabeizuhaben, falls du Zeit hast.«

Eine Pause, dann: »Oh.«

Maggie verlor beinahe die Nerven und musste ihre ganze Selbstbeherrschung aufbieten, um das Angebot nicht wieder zurückzuziehen. Selbstverständlich würde sie bestens allein zurechtkommen, und sie wusste, dass es sich zu ihrem Nachteil auswirken konnte, eine Schwäche zuzugeben, wenn auch eine erfundene, aber sie brauchte schließlich einen Vorwand für ein Treffen mit ihrer Schwiegermutter.

»Um welche Uhrzeit?«, fragte Judith zögerlich.

»Um halb drei im Ärztezentrum in Sedgefield.«

Nach ein wenig Hin und Her vereinbarten sie, sich am Freitag im Salon zu treffen und von dort aus zusammen zum Ärztehaus zu gehen.

»Willst du mir mal verraten, was das eben sollte?«, fragte James, als sie aufgelegt hatte.

Sie wartete mit ihrer Antwort, bis sie wieder auf dem Sofa und in den Armen ihres Mannes lag. »Ich will, dass deine Mutter mich akzeptiert, ganz einfach. Also brauche ich eine Gelegenheit, mich mit ihr allein zu treffen, damit wir uns gegenseitig ein bisschen besser kennenlernen können. Wir haben das schon versucht, ich weiß, aber mir hat heute jemand gesagt, dass ich an mich selbst glauben muss. Und das tue ich. Ich schaffe das, James.«

»Ob du's glaubst oder nicht, ich glaube längst an dich.«

Maggie wurde von Liebe zu ihm überwältigt und konnte nur sagen: »Ich weiß.«

»Haben wir diesen Sinneswandel etwa deiner Mrs Milton zu verdanken?«

»Weißt du, es ist einfach nicht fair, dass meine Mum nicht mehr erleben darf, wie ihr Enkelkind auf die Welt kommt. Sie hätte Himmel und Hölle für mich in Bewegung gesetzt, aber Elsie hat mich daran erinnert, dass man das von den meisten Müttern sagen kann, wahrscheinlich sogar von deiner. Ich vertraue einfach mal darauf, dass Judith die Mühe wert ist.«

»Das kann ich dir versprechen«, sagte James mit felsenfester Überzeugung, die gleich darauf jedoch ein wenig zu bröckeln schien. »Sie muss es sein, sonst ist sie nicht die Mutter, für die ich sie immer gehalten habe.«

Maggie war sich noch weniger sicher, aber es bestand immerhin Hoffnung. »Ich habe vor, mich auf ihre guten Seiten zu konzentrieren und ihr zu vermitteln, was für eine tolle Mutter und Großmutter sie ist, wie stark und fürsorglich. Und dann muss ich ihr nur noch klarmachen, dass ich auch ein Teil ihrer Familie bin.«

»Und wie genau willst du das anstellen?«

Maggie lachte leise. »Wenn ich das nur wüsste.«

»Vielleicht solltest du Elsie um Rat fragen.«

Obwohl der Vorschlag als Scherz gemeint war, zog Maggie ihn für einen Moment ernsthaft in Erwägung, ehe sie den Kopf schüttelte. »Nein, ich möchte lieber für sie da sein statt umgekehrt. Meinst du, es ist möglich, auch nach sechzig Jahren noch ein Happy End zu erleben?«, fragte sie dann, wohl wissend, dass niemand, nicht einmal Elsie selbst, diese Frage mit einiger Sicherheit beantworten konnte.

ELFTES KAPITEL

Maggie hatte den ganzen Morgen viel zu tun gehabt und gönnte sich nur eine kurze Mittagspause mit Harvey im Park, ehe sie in den Salon zurückkehrte, um sich auf Judiths Besuch vorzubereiten. Sie ging systematisch jeden Winkel des Behandlungszimmers ab und entfernte alles, was sie vor den Augen ihrer strengsten Kritikerin verunsichern oder ins Stolpern bringen könnte. Als sie die Fläschchen auf einem Regalbord gerade zum zweiten Mal prüfte, klopfte Kathy an die Tür.

»Königlicher Besuch für dich«, kündigte sie augenzwinkernd an. »Ich habe das feine Porzellan herausgestellt, falls Eure Majestät ein Tässchen Tee wünschen?«

Maggie hörte das Klappern von Stilettoabsätzen, das an der Tür zum Halten kam. Judith war noch nicht geneigt, über die Schwelle zu treten. »Hast du heute keine Kundinnen zum Skalpieren?«, sagte sie zu Kathy.

Maggie hatte die beiden bisher nur selten zusammen erlebt, und der muntere Schlagabtausch zeigte ihr, wie anders Judith von anderen Menschen wahrgenommen wurde. Ihre Freundschaft mit Kathy konnte nur bedeuten, dass sie Vorzüge besaß, die sie Maggie gegenüber noch nicht offenbart hatte.

»Doch, reichlich«, antwortete Kathy. »Und du kannst schnell auf der Liste meiner Opfer landen, falls du dich nicht benimmst.«

Die verschleierte Drohung blieb nicht unbemerkt, schon gar nicht von Maggie. Kathy war stolz darauf, sie und James zusammengebracht zu haben, und fasste Judiths hartnäckig abweisendes Verhalten als persönlichen Affront auf.

»Keine Sorge, ich bleibe nicht lange«, gab Judith zurück. »Ich will ja nicht deine Kundinnen deprimieren, indem ich ihnen zeige, wie ein anständiger Haarschnitt aussieht.«

»Dein Ansatz müsste mal nachgefärbt werden«, bemerkte Kathy naserümpfend.

»Also, ich finde«, unterbrach Maggie die beiden, »eine Tasse Tee wäre jetzt genau das Richtige.« Sie lächelte in Judiths Richtung und ging zum nächsten Teil ihres Plans über, der in Gestalt einer kleinen Notlüge daherkam. »Die Arztpraxis hat angerufen und gefragt, ob wir den Termin um eine halbe Stunde nach hinten verschieben können. Wir müssen also nicht gleich los.«

»Ach so … Na, dann kann ich ja erst noch ein paar Einkäufe erledigen und später wiederkommen.«

»Ich hatte gehofft, dich zu einer kurzen Behandlung bei mir überreden zu können. Vielleicht einer Handmassage?« Maggie spürte die Ablehnung, die Judith schon auf der Zunge lag, so deutlich wie ihren eigenen Atem. »Ich bestehe darauf«, fügte sie rasch hinzu. »Als Dankeschön dafür, dass du heute mitkommst.«

»Na los, Judith«, drängte Kathy. »Nicht zu fassen, dass du es noch nie ausgenutzt hast, eine Aromatherapeutin in der Familie zu haben.«

Kathy verzog sich, um den Tee zu holen, während Judith widerstrebend auf dem Behandlungsstuhl Platz nahm und Maggie sie in ihre Welt der farbigen Düfte einführte. Beim Erklären ging sie hin und her und wählte die Dinge, die sie brauchte, mit geübter Präzision aus. Harvey dagegen blieb auf seiner Matte liegen. Er hatte schon vor einiger Zeit entschieden, dass Judith nicht zu seinen bevorzugten Besuchern gehörte, und sich nicht dazu herabgelassen, sie zu begrüßen.

Maggie setzte sich auf einen Hocker neben ihre Schwiegermutter und nahm ihre Hand. Der intime Körperkontakt machte die schon etwas verkrampfte Judith noch verkrampfter, und Maggie war selbst alles andere als entspannt. »Cremst du dir regelmäßig die Hände ein?«, fragte sie, da sie ein paar raue Stellen fühlte.

»Nur, wenn ich gerade daran denke.«

Maggie goss ein wenig von dem vorbereiteten Öl in ihre Handfläche, eine Mischung aus Kamillen- und Rosenblüten, die Patientin und Therapeutin gleichermaßen aufheitern sollte. Sie verrieb sie, um die Aromen freizusetzen, und nahm dann wieder Judiths Hand.

»Du solltest sie besser pflegen. Trockene Haut liegt bei euch offenbar in der Familie. Ich merke, dass du genauso hart arbeitest wie dein Sohn.«

»Ich nehme mir immer wieder vor kürzerzutreten und arbeite deshalb auch nur noch Teilzeit im Laden, aber trotzdem gibt es ständig neue Dinge, die meinen Tag ausfüllen.«

Das war das Stichwort, auf das Maggie gewartet hatte. »Ich habe James schon gesagt, dass ich es nicht richtig finde, dich in die Betreuung des Babys mit einzuspannen, das kommt für mich nicht infrage«, sagte sie. Das stimmte immerhin teilweise. »Also mach dir bitte keine Gedanken, wir schaffen das auf jeden Fall. Ich werde die Praxis eine Weile auf Eis legen müssen, aber wenn ich so weit bin und James davon überzeugt habe, dass wir es uns leisten können, werden wir dieselbe Krippe in Anspruch nehmen wie Jenny. Lily scheint ganz glücklich dort zu sein.«

»Nun, so ein Geschäft darf man wohl nicht zu lange ruhen

lassen, ohne Kundschaft zu verlieren, aber Kinderkrippen sind ja meist sehr teuer. Möglicherweise arbeitest du dann nur für die Kosten der Kinderbetreuung.«

»Wenn das überhaupt reicht«, sagte Maggie nüchtern.

»Und ich sage ja nicht, dass wir nicht gelegentlich mal aushelfen würden ...«

Da Maggie den Kopf gebeugt hielt, konnte Judith ihr die Verwirrung nicht ansehen, aber vielleicht spürte sie, dass ihre Finger sich etwas verkrampften. Es wäre ihr nie in den Sinn gekommen, dass Judith von ihrer strikten Haltung abweichen könnte; sie hatte sich darauf verlassen, dass sie beide die Idee völlig abwegig fanden.

»Dann müssten wir uns allerdings nach euch richten, das ist mir klar«, sagte sie, um das Thema abzuschließen. Sie goss noch etwas Öl aus der Flasche und konzentrierte sich auf Judiths andere Hand. »Das ist aber nicht der einzige Grund, weshalb du nicht glücklich über dieses Baby bist, oder?«

»Es ist nicht so, dass ich *unglücklich* darüber bin. James ist mein einziger Sohn, ich liebe meine Enkelkinder und werde auch dieses lieben«, begann Judith, bevor das Aber kam. »Aber Babys sind schon unter idealen Umständen ein harter Brocken Arbeit, und du hast selbst zugegeben, dass es nicht leicht wird, auch noch deine Praxis weiterzuführen. So ein Druck ist eine Belastung für jede Beziehung.«

»Das ist nicht das Einzige, was eine Beziehung belasten kann.«

»Richtig«, sagte Judith, als wären sie vollkommen einer Meinung, doch als Kathy mit dem klappernden Teetablett hereinkam, trennten sie immer noch Welten.

»So, darf's ein Tässchen Tee sein, die Damen?«

Sie bedankten sich murmelnd, und das Unbehagen zwischen ihnen hing so schwer in der Luft wie der Duft nach

Kamille und Rose. Kathy trat klugerweise gleich wieder den Rückzug an.

»Gut, ich denke, das wär's erstmal«, sagte Maggie und versuchte vergeblich, den Kloß aus Beklommenheit in ihrer Kehle hinunterzuschlucken. »Ich gebe dir noch ein Paar Baumwollhandschuhe, die du tragen kannst, während du deinen Tee trinkst.«

»Danke Maggie.«

Schweigen breitete sich aus, während Judith ihren Tee schlürfte und Maggie sich damit beschäftigte, ihr Zubehör wegzuräumen und sich die Hände zu waschen. Jede Bewegung saß, obwohl sie mit den Gedanken ganz woanders war. Sie hatte eine Aussprache herbeiführen wollen, aber auf ihre unnachahmliche Art hatte Judith ihre Offenheit dazu benutzt, wieder an ihrer Lebensplanung herumzukritteln. Sie befühlte ihre Uhr. Sie mussten in zehn Minuten gehen, aber vielleicht war noch genug Zeit.

Maggie setzte sich wieder auf ihren Hocker, und ihr wurde plötzlich heiß, als die eigentlichen Fragen in ihren Kopf drängten. Warum bist du so unerbittlich, warum beharrst du darauf, dass James mit mir einen großen Fehler begangen hat? Warum würdest du es am liebsten sehen, dass unsere Ehe scheitert, selbst jetzt noch, da ich schwanger bin? Was muss ich tun, um deine Anerkennung zu gewinnen? Ihre Gedanken rasten genauso wie ihr Herz, doch während sie sich noch für die nächste Runde wappnete, kam Judith ihr mit eigenen Fragen zuvor.

»Wie geht es denn dieser alten Dame? Der, mit der du neulich im Park gesprochen hast?«

»Mrs Milton?« Der Themenwechsel brachte Maggie aus dem Konzept. »Ganz gut, glaube ich.«

»Leidet sie schon lange an Demenz?«

»Ja, schon eine Weile, soweit ich weiß.«

James' Erzählung hatte offenbar Judiths Neugier geweckt, aber Maggie dachte nicht daran, ausführlicher zu werden. Ted hatte recht, Elsie musste ihre Geheimnisse für sich behalten dürfen, auch wenn sie unbewusst darauf hinarbeitete, sie zu lüften. Porzellan klirrte, als Judith ihre leere Tasse auf dem Unterteller abstellte und die Baumwollhandschuhe auf den Tisch warf. Die Gelegenheit zu einer Konfrontation war dahin und ihr neues Selbstvertrauen wieder einmal zurechtgestutzt worden.

»Es war toll, wie du ihr geholfen hast, wirklich bewundernswert. Ich hoffe, es hat dir nichts ausgemacht, dass ich mich eingemischt habe, aber niemand kann von dir verlangen, auf die Kinder aufzupassen und zugleich die gute Samariterin zu spielen. Es wäre mir sehr unlieb gewesen, wenn du deswegen Scherereien bekommen hättest, man weiß ja schließlich nie, wer zusieht.«

»Scherereien mit wem?«

Eine zögerliche Pause entstand, in der Judith sich an ihrer Handtasche zu schaffen machte. »Ach, mit James zum Beispiel, denke ich«, sagte sie schließlich. »Ich hoffe, ihr habt euch nicht ernsthaft verkracht deswegen. Die Jungs haben schon zu viele Streitereien erlebt und wissen, wie schnell das ausarten kann.«

Maggie hörte ihr mit offenem Mund zu. Judith sprach tröstend und verständnisvoll und war offenbar zu sehr damit beschäftigt, sich den Zusammenbruch von James' zweiter Ehe auszumalen, um auf den Gedanken zu kommen, dass er sich auch über seine Mutter geärgert haben könnte. Als Maggie endlich die Geistesgegenwart besaß, ihren Mund wieder zuzuklappen, war Judith bereit zum Aufbruch. »Ich sollte öfter hierherkommen, meine Hände fühlen sich wunderbar an. Du hast noch ein bisschen Tee in deiner Tasse, falls du ihn austrinken willst. Wir sollten jetzt gehen.«

Als sie aufstand, holte Maggie tief Luft und hoffte, dass die verbleibenden ätherischen Öle in der Luft ihr genug Gelassenheit für einen letzten Anlauf geben würden.

»Judith«, sagte sie, »ich wünschte wirklich, du würdest öfter kommen. Ich wünschte, wir könnten uns besser kennenlernen.« Das war kaum die rückhaltlos offenherzige Haltung, die sie sich vorgenommen hatte. Es war mehr ein Flehen, und noch dazu ein verzweifeltes. Sie spürte ihr Herz hämmern, als sie auf eine Antwort wartete.

»Soll ich deinen Mantel holen?«, fragte Judith.

Es traf Maggie hart, dass ihre Schwiegermutter das Friedensangebot so gewandt überging. Sie wollte gerade etwas sagen und diesmal allen Takt und alle Diplomatie über Bord werfen, doch zum Glück kam Judith ihr wieder zuvor.

»Wie wär's, wenn wir gleich einen neuen Termin vereinbaren, damit ich deine gute Arbeit nicht wieder zunichtemache?«

»Ich war fassungslos, wirklich fassungslos«, bekannte Maggie leise. »Bin es immer noch.« Sie stand mit Jenny in der Küche, außer Hörweite der Männer, die im Esszimmer in eine Debatte über die schlechte Wirtschaftslage vertieft waren.

»Ich weiß, wie genervt du von Judith bist, aber so etwas dauert eben seine Zeit.«

»Falls es dir entgangen ist, ich bin jetzt seit genau einem Jahr mit ihrem Sohn verheiratet«, erwiderte Maggie. James und sie hatten das befreundete Paar zur Feier ihres ersten Hochzeitstags zu einem gemütlichen kleinen Abendessen eingeladen. Es war Sonntagabend, und Lily, die tief und fest im Wohnzimmer schlief, gönnte ihren Eltern eine dringend benötigte Auszeit für ein Essen unter Freunden und ein Glas Champagner zum Anstoßen. »Und davor haben wir schon ein halbes Jahr zusammengelebt. Sie hatte reichlich Zeit.«

»Denk an meine Worte, gerade glaubst du noch, dass du auf Granit beißt, und im nächsten Moment ist sie ständig da und mischt sich genauso in dein Leben ein wie in das von James seit fünfunddreißig Jahren.«

»Ich weiß, du willst sie mir madig machen, aber im Moment fände ich das noch das geringere von zwei Übeln. Es war zwar bequemer, sie auf Distanz zu halten, aber je mehr ich mitbekomme, wie sie denkt, desto mehr wird mir klar, dass ich ihren ganzen ungeheuerlichen Vorurteilen etwas entgegensetzen muss.«

»Und mit was hat sie dich jetzt so in Harnisch gebracht, dass du gleich die Suppe zum Stocken bringst?«

Maggie stand vor einem großen Topf, dessen Inhalt immer noch herumstrudelte, nachdem sie schleunigst aufgehört hatte, wie wild darin herumzurühren. »Du würdest es mir nicht glauben. Sagen wir einfach, sie hat der Hebamme ein paar ziemlich unmögliche Fragen gestellt.«

»Zum Beispiel?«

Bisher hatte Maggie noch nicht einmal James erzählt, was bei ihrer Vorsorgeuntersuchung passiert war, um ihm nicht die Illusion zu nehmen, dass sie Fortschritte mit seiner Mutter machte. »Ist ja egal. Zum Glück war Mel da, um ihr den Kopf zurechtzurücken. Was heißt zum Glück, ich hatte ihr vorher Bescheid gesagt, und sie war so nett, bei dem Termin dabei zu sein.«

»Wenn du eines bist, dann vorausschauend«, bemerkte Jenny von der anderen Seite der Küche her, wo sie im Kühlschrank herumkramte. »Oho, das sieht aber lecker aus!« Ein frisch gebackener Käsekuchen stand im obersten Fach.

»Ich merke es, wenn du davon schleckst«, warnte Maggie. »Die Butter ist im zweiten Regal von oben.«

»Du hattest schon immer hinten Augen.«

»Und die brauche ich auch, wenn ich es mit Judith zu tun habe«, murmelte Maggie düster vor sich hin. Sie hörte die heiße Suppe brodeln, was sehr gut zu ihrem Gemütszustand passte, und legte den Kopf zurück, damit die Tränen in ihren Augen nicht heruntertropften. »Ich dachte wirklich, es würde funktionieren, Jen.«

»Hey, reg dich nicht auf.« Jenny drehte sich zu ihr um. »Wie ich dich kenne, wirst du sie früher oder später auf deine Seite ziehen. Hab ein bisschen Geduld.«

Es waren weniger Jennys Worte als ihr freundschaftlicher Ton, der Maggie half, ihre Fassung wiederzugewinnen. Sie schluckte die Tränen herunter und richtete sich gerade auf. »Tut mir leid, Jen. Eigentlich sollte ich dich trösten. Wie kommt Mark mit der Hiobsbotschaft klar? Wie kommst *du* damit klar?«

Jenny hatte ein Brotmesser zur Hand genommen und schnitt gerade ein Vollkornbrot in Scheiben, langsam und mit Bedacht, während sie an die Veränderungen dachte, die auf sie zukamen. Nachdem das Damoklesschwert der Entlassung lange über ihm gehangen hatte, hatte Mark in der vergangenen Woche tatsächlich die Kündigung erhalten. Jetzt war es offiziell. Ab September würde er arbeitslos sein.

»Es ist schlimm, wirklich schlimm. Sowohl für ihn als auch für mich.«

Maggie wandte sich zu Jenny um, erschrocken darüber, dass alle Farbe aus ihrer Stimme gewichen war. »Und du lässt mich hier zetern und setzt die ganze Zeit eine tapfere Miene auf!«

»Glaub mir«, sagte Jenny, »das ist keine tapfere Miene.«

Maggie ließ die Suppe weiterköcheln, ging zu ihrer Freundin hin und legte ihr sanft eine Hand an die Wange. Sie fühlte keine Tränen, aber Jennys Kiefer waren aufeinandergepresst und zogen ihre Mundwinkel nach unten.

»Und jetzt liegt die ganze Last auf dir?«, fragte Maggie.

Jenny nickte schwach. »Ich werde mich auf die Stelle der stellvertretenden Filialleiterin bewerben, obwohl ich nicht mal weiß, ob ich sie wirklich will. Mir bleibt nichts anderes übrig, wir brauchen das Geld, aber bei so viel Druck vermassele ich es bestimmt. Mark hat nicht viel Verständnis für mich, und das kann ich ihm kaum verdenken. Ich schiebe Panik, weil ich befördert werden soll, Herrgott noch mal! Die ganze Situation treibt jetzt schon einen Keil zwischen uns, und es wird garantiert noch schlimmer.«

»Nein, das muss es nicht. Und überhaupt, wer sagt denn, dass Mark nicht bald wieder einen neuen Job bekommt?«

»Tja, er redet davon, sich umschulen zu lassen, sobald er die Kündigungsfrist abgearbeitet hat.«

Die Frage drängte sich auf: »Als was denn?«

»Als Tischler«, antwortete Jenny mit Nachdruck. »Er hatte damals nach der Schule schon einmal eine Lehre angefangen, dann aber die Stelle bei der Immobilienfirma angenommen. Allem Anschein nach war er ganz gut, und wenn er jemanden dazu bringen könnte, ihn einzustellen, würde er wohl nicht lange brauchen, um sich zu qualifizieren.«

»Jemanden wie James?«

»Meinst du, das wäre möglich?«

Die Suppe fing wieder an zu brodeln und verschaffte Maggie einen kurzen Aufschub. Sie ging zum Herd und reduzierte die Hitze. »Ich weiß nicht, Jenny. Ich glaube nicht, dass James zurzeit Leute einstellt. Die Auftragslage ist angespannt.«

»Es gibt wahrscheinlich Zuschüsse für Weiterbildungen, die man beantragen kann, und wenn nicht, würde Mark auch ohne Lohn arbeiten. Wir könnten eine Zeit lang von seiner Abfindung leben, es sozusagen als Investition in die Zukunft betrachten.«

Jenny ließ nicht locker, aber Maggie konnte ihr keine Zusagen machen. »Ich rede mal mit James«, versprach sie.

»Du kannst ihn bestimmt überzeugen«, sagte Jenny, plötzlich wieder optimistisch. Sie kam zu ihr an den Herd und drückte ihren Arm. »So, dann wollen wir doch mal kosten, was die Küchenchefin da produziert hat.« Sie schlürfte einen Löffel von der brühheißen Champignoncremesuppe. »Ich glaube, da muss noch ein bisschen Pfeffer dran.«

»Nein, sie ist gut so«, sagte Maggie. Ein kurzes Prüfen des Ofens bestätigte ihr, dass der Braten noch eine halbe Stunde brauchte. »Es kann aufgetragen werden.«

Obwohl Jenny durch die Rettungsleine, die Maggie ihr zugeworfen hatte, wieder Auftrieb bekommen hatte, konnte auch sie mit ihrem übersprudelnden Wesen die Stimmung am Esstisch nicht heben. Mark war auffällig still und James kaum gesprächiger.

Erst nach dem zweiten Gang, als Jenny kurz nach Lily sah und Mark sich nach draußen schlich, um eine Zigarette zu rauchen, hatte Maggie Gelegenheit, James auf den Ausbildungsplatz anzusprechen.

»Bitte sag nicht, dass du ihr etwas versprochen hast.«

»Ich habe nur gesagt, dass ich mit dir rede«, erklärte Maggie.

»Tut mir leid, aber da besteht keine Chance. Ich habe schon gemerkt, dass Mark auf so was hoffte, als er es vorhin erwähnt hat, aber ich habe den Wink bewusst ignoriert.«

»Könntest du ihm nicht doch irgendwie helfen? Es sind unsere Freunde, James.«

»Maggie, Immobilienmakler sind nicht die Einzigen, die zurzeit ihre Jobs verlieren. Baufirmen entlassen auch Leute.« Sie sprachen gedämpft miteinander, wodurch James' Verstimmung noch deutlicher zutage trat.

»Ist es so schlimm?«

James nahm ihre Hand und drückte sie. »Wir wollten heute Abend doch feiern. Lass uns jetzt nicht darüber reden.«

»Störe ich euch?«, fragte Jenny beim Hereinkommen.

Maggie zwang sich zu einem Lächeln. »Nein. Was macht Lily?«

»Schläft wie ein Baby.«

Die Unterhaltung geriet ins Stocken, und Jenny war ausnahmsweise einmal nicht bereit, das Schweigen zu überbrücken.

»Habe ich dir schon von meinem Mittagessen bei Elsie neulich erzählt?«, fragte Maggie sie, dabei wusste sie genau, dass sie darüber gesprochen hatten.

»Ja. Wirklich traurig, nicht wahr? Sie und ihr Mann kommen manchmal in die Bank, und ich weiß dann immer nicht, was ich sagen soll.«

»Das sieht dir gar nicht ähnlich«, warf James ein.

»Es wäre hilfreich, wenn Maggie da ein paar Informationslücken für uns schließen könnte«, bemerkte Jenny. »Wir wissen, dass Elsie hierherkam, als sie schwanger war, und vorgegeben hat, sie hätte ihren Mann verloren. Aber was ist aus dem Kind geworden? Wurde es adoptiert?«

Obwohl Maggie Elsas Vertrauen mit keinem Wort gebrochen hatte, hatten Mrs Miltons häufige Ausflüge in die Vergangenheit doch dazu geführt, dass sie zum Gegenstand des Kleinstadtklatsches wurde. »Wenn es überhaupt ein Kind gab. Sie ist manchmal ziemlich durcheinander und bildet sich alles Mögliche ein, das wahrscheinlich nie passiert ist«, sagte sie ausweichend. Das war die Erklärung, mit der Ted ihr aufgewartet hatte, und Maggie hoffte, dass sie überzeugender klang als er. »Aber an ihren guten Tagen ist sie eine echte Persönlichkeit.«

»Maggie sagt, dass Mrs Miltons Mann sie nicht mehr in den Park lassen will«, bemerkte James.

»Hat er Angst, sie könnte sich im See ertränken?«, fragte Jenny. »Das hast du selbst schon mal gedacht, Maggie, oder?«

»Sie hatte sogar Albträume deswegen«, sagte James.

Die Erinnerung daran plagte Maggie manchmal immer noch, aber ihr Lieblingsplatz am See war nach wie vor ein Ort des Trostes und nicht der Furcht. Ein Ort der Besinnung für sie und Elsie, mit der Bank als verbindendem Element. Sie konnte den Gedanken nicht ertragen, dass ihre betagte Freundin nie mehr dort hinkommen würde. »Aber wenn sie ihre Vergangenheit wieder durchlebt, dann ist ihr ja offensichtlich nichts passiert. Ich denke, in der Hinsicht können wir beruhigt sein.«

»Hast du nicht gerade gesagt, dass sie sich das alles nur ausdenkt?«, bohrte Jenny nach.

Es war eher das schlechte Gewissen als Verlegenheit, was Maggie die Röte ins Gesicht trieb. Sie log nicht gern und war offenkundig auch nicht gut darin. »Ich weiß nicht, was mit Elsa passiert ist, Jen, ehrlich nicht. Sie hat damals auf dieser Bank viel nachgegrübelt, und vielleicht glaubt sie ja, dass sie sich dort selbst wiederfindet.«

»Jedenfalls ist es kein Wunder, wenn jemand dort leicht in eine andere Zeit zurückversetzt wird«, sagte James. »Ich glaube, der Park hat sich in den letzten sechzig Jahren kaum verändert, vor allem nicht dort unten am See, wo es so abgeschieden ist.«

»Aber sie bemerkt die kleinen Veränderungen, und das verstört sie am meisten«, entgegnete Maggie.

»Redet ihr von der verrückten alten Frau, die nach den Schwänen gesucht hat?« Mark war zurück ins Esszimmer gekommen und brachte eine Wolke von Zigarettenqualm mit herein. Maggie hörte, wie Jenny angewidert schniefte.

»Sie ist nicht verrückt«, sagte sie.

»Und das hättest du auch mitbekommen, wenn du nicht draußen gewesen wärst, um Geld zu verbrennen«, fuhr Jenny ihn an.

»Es war bloß eine Zigarette, und solange ich noch Geld verdiene, kann ich damit machen, was ich will.«

»Okay, wer möchte ein Stück Käsekuchen?«, fragte Maggie dazwischen.

»Ich hole ihn«, erbot sich James und sprang auf, als stünde sein Stuhl in Flammen. Er hasste Streit, ganz besonders zwischen Freunden. Maggie hörte Harvey ebenfalls aufstehen und sich zwischen einem Wald aus Beinen, menschlichen und hölzernen, hindurchzwängen, um James auf seinem Rückzug zu begleiten.

»Hast du ihn gefragt?«, wollte Jenny wissen, sobald James außer Hörweite war.

Maggie wünschte, sie hätte darauf bestanden, ihm mit dem Nachtisch zu helfen. »Es tut mir leid, Jenny, aber im Moment sieht es schlecht aus. Ich wusste zwar, dass James zu kämpfen hat, aber langsam habe ich den Verdacht, dass er mir längst nicht alles erzählt.«

Mark stöhnte entnervt auf. »Du hast Maggie gefragt? Ehrlich, Jenny, ich habe dir doch gesagt, dass du dich nicht einmischen sollst. Es tut mir leid, Maggie, sie hätte das nicht tun sollen. Ich habe schon mit James gesprochen und weiß, dass er sich selbst nur knapp über Wasser hält.«

»Aber du musst dich doch schließlich anbieten, Mark. Es wird nämlich niemand kommen und bei dir anklopfen«, entgegnete Jenny verärgert.

»Ich werde mich anbieten. *Ich* – nicht meine besserwisserische Frau.«

»Ob James mal mit ein paar von seinen Kontakten reden könnte?«, fragte Jenny, die in ihrer Verzweiflung nicht auf Mark hören wollte. »Vielleicht kennt er ja jemanden, der ihn nehmen würde.«

Maggie fühlte sich irgendwie ausgelaugt, und ihr war ein bisschen übel. »Jenny, bitte«, flehte sie, als sie James aus der Küche zurückkommen hörte.

Danach wurde das Thema nicht mehr angesprochen, und es wurde überhaupt nicht mehr viel gesprochen an diesem Abend. Es gab die obligatorischen Komplimente für die Krönung des Mahls und höfliches Interesse an dem Rezept für den Käsekuchen, aber dann herrschte verlegenes Schweigen, während sie sich etwas zu intensiv damit beschäftigten, ihren Nachtisch zu genießen. Niemand widersprach, als Jenny anregte, bald aufzubrechen, da morgen Montag sei, und erst nachdem die Gäste eine leise schnarchende Lily eingepackt hatten und in den trüben Abend hinausgegangen waren, merkte James, dass sie ganz vergessen hatten, den Champagner zu öffnen.

»Sollen wir noch?«, fragte er. Sie waren in der Küche und räumten das Geschirr weg.

»Nur, wenn du vorhast, die Flasche allein zu vernichten. Ich hätte sowieso nur einen kleinen Schluck getrunken, und ehrlich gesagt bin ich noch nicht einmal dafür mehr in der Stimmung.«

James seufzte. »Ich auch nicht.«

»Es ist schrecklich, die beiden so uneins zu sehen.«

»Die werden sich schon wieder einig«, meinte James, klang aber so zweifelnd, dass er Maggie damit kaum beruhigte.

Die Übelkeit, gegen die sie schon die ganze Zeit ankämpfte, brandete plötzlich auf wie eine Welle. »Und was ist mit uns? Sind wir uns einig?«

James lachte doch tatsächlich. »Was soll das denn jetzt? Ich weiß, dass ich ein bisschen kurz angebunden war zu dir in letzter Zeit, aber das ist ja wohl kaum ein Scheidungsgrund.«

Maggie ließ sich nicht so leicht beschwichtigen. Sie dachte immer noch an Marks Worte. Er hatte in einer kurzen Unterhaltung herausgefunden, dass James' Firma in Bedrängnis war, wovon sie bisher kaum etwas geahnt hatte. »Ich wusste nicht, dass du Probleme hast, Aufträge zu bekommen. Was sagen wir uns noch alles nicht, James? Was passiert mit uns?«

»Nichts passiert mit uns, und es wird auch nichts passieren. Hör zu, das Geschäft läuft zäh im Moment, und vielleicht hätte ich dir mehr erzählen sollen, aber ich wollte dich nicht unnötig beunruhigen. Wir kommen zurecht, nur eben nicht gut genug, um noch jemanden einzustellen, das ist alles. Falls sich je ernsthafte Schwierigkeiten abzeichnen, bist du die Erste, die es erfährt, das verspreche ich dir.«

Maggie hatte die Teller unter dem Wasserhahn abgespült, während James die Geschirrspülmaschine belud. Nun schrubbte sie an einem Essensrest herum, bis James ihr den Teller abnahm, bevor sie noch das Dekor zerkratzte. »Maggie?«

»Deine Mutter hat Mel gefragt, ob ein Risiko besteht, dass das Kind blind geboren wird«, platzte sie heraus.

James wartete zu lange mit seiner Reaktion, sodass Maggie

die Pause füllen musste. Entweder das oder in Tränen ausbrechen. »Obwohl sie genau weiß, dass ich mein Sehvermögen erst durch die Masern verloren habe, meinte sie doch tatsächlich, ich könnte das Virus auf das Baby übertragen. Das würde ich ihr ja noch verzeihen, aber es kommt noch besser. Sie glaubt, bei unserem Kind könnten sich Lernschwierigkeiten herausbilden«, sagte sie, krächzend vor Empörung. »Das hat sie zwar nicht direkt gesagt, aber sie hat lauter Fragen dahingehend gestellt, wie das Baby sich denn normal entwickeln soll mit mir als Bezugsperson.«

James schluckte schwer und sagte nur: »Oh.«

»Oh?«, rief Maggie. Sie hatte erwartet, dass ihr Mann ähnlich aufgebracht reagierte wie sie.

»Es tut mir leid, Maggie. Bitte sei mir nicht böse, aber mich hat sie schon das Gleiche gefragt.«

»Ach, und du findest es gut, dass deine Mutter solche Vorurteile mir gegenüber hegt?«

»Natürlich nicht. Ich habe ihr ordentlich die Meinung gesagt und gehofft, dass die Sache damit erledigt ist. Und dir habe ich aus genau den gleichen Gründen nichts davon erzählt, aus denen du mir zuerst nichts erzählen wolltest.« James holte tief Luft und stieß sie mit einem langen Seufzer wieder aus. »Wir haben uns zu sehr angewöhnt, uns gegenseitig zu schonen, stimmt's?«

Maggies Nackenhaare stellten sich auf, denn ihr sechster Sinn verriet ihr, dass da noch mehr kam. »Was hast du mir noch nicht gesagt?«

James stellte zuerst den letzten Teller in die Spülmaschine und beschäftigte sich eingehend damit, das richtige Programm zu wählen. Dann schaltete er die Maschine an, und das Geräusch des hereinstrudelnden Wassers schien den Aufruhr in Maggies Magen nachzuahmen.

»Ich habe mal nachgerechnet, Maggie. Wenn du nach der Geburt wieder arbeiten willst, dann müsstest du den Umsatz erhöhen, um die Kosten für die Krippe zu rechtfertigen. Realistisch betrachtet ist das aber nicht drin.«

Maggie versuchte, Ruhe zu bewahren. Es war gut, dass sie sich endlich offen und ehrlich aussprachen, aber das machte James' Argumente nicht unbedingt genießbarer. »Ich weiß, aber im Beruf geht es nicht nur ums Geldverdienen, das weißt du.«

»Es ist aber nicht wirtschaftlich. Deine Arbeit wird zu einem Luxus, den wir uns nicht leisten können.«

»Würdest du dein Unternehmen so einfach aufgeben?«, fragte sie herausfordernd. Das war zwar kein vernünftiges Gegenargument, aber sie weigerte sich, klein beizugeben.

James zog es vor, das zu überhören, und es war ihm anzumerken, dass ihre Halsstarrigkeit seine Geduld auf eine harte Probe stellte. »Natürlich weiß ich, wie wichtig dir deine Arbeit ist, deshalb habe ich ja versucht, meine Mutter an Bord zu holen. Mir ist klar, dass sie nicht deine erste Wahl ist, aber was, wenn wir keine andere haben?«

Die Spülmaschine pumpte und rumpelte weiter, wusch die Überreste ihres unseligen Abendessens ab. »Sie steht aber überhaupt nicht zur Wahl, James. Ich habe wirklich alles versucht, und ich gebe mich nur ungern geschlagen, aber deine Mutter hat es geschafft – ich gebe auf. Hast du eine Ahnung, wie demütigend es war, sie mit Mel reden zu hören? Sie reden zu hören, sollte ich hinzufügen, als wäre ich überhaupt nicht vorhanden und mir von ihr meine Befähigung zum Muttersein absprechen zu lassen? Das tue ich mir nicht noch einmal an«, sagte sie und wurde immer lauter, weil sie sich in die Enge getrieben fühlte. »Und wenn wir schon dabei sind, wieso soll *ich* eigentlich ständig für Frieden sorgen? Ich habe schließlich keinen Unfrieden gestiftet, sondern deine Mutter. *Deine* Mutter! *Deine* Verantwortung.«

Maggies atmete schwer und verschränkte die Arme, während sie auf James' Reaktion wartete. Er sagte kein Wort. Er würde nicht um sie kämpfen, und seine Untätigkeit bewirkte, dass sich die Wellen von Übelkeit zu einer Woge der Panik in ihr auftürmten. Sie sah schon, wie Judith sich schadenfroh die Hände rieb. Ihre düsteren Prophezeiungen, was die Lebensdauer von James' zweiter Ehe anging, würden sich selbst bewahrheiten. Sie beendeten ihr erstes Ehejahr mit einem Streit, der die Risse in ihrer Beziehung offenlegte. Maggie gab dem Bedürfnis fortzulaufen nach und drängte sich an ihrem Mann vorbei.

James hielt sie fest und nahm ihre Hände. Der sanftmütige Riese war nicht ganz so sanft, als er ihr die Arme auf den Rücken drehte und sie an sich zog. Er wartete, bis ihr Atem sich beruhigte, ehe er etwas sagte. Seine Stimme bebte leicht, und seine Worte waren so liebevoll wie sein ganzes Wesen. »Okay, ich hab's verstanden. Ich habe das schon einmal durchgemacht, ich kenne die Warnsignale, und ich habe gerade furchtbare Angst.«

Maggie wollte ihm widersprechen, konnte es aber nicht. »Ich habe auch Angst.«

»Dann will ich dir etwas sagen, Maggie Carter. Ich werde nicht kampflos aufgeben. Wenn ich den Kopf weiter in den Sand stecke, gucke ich mich eines Tages um, und du bist nicht mehr da. Also, ich hab's kapiert.« James atmete tief ein, wie um die Tränen zurückzuhalten, die sie in seinen Augen vermutete. »Heute vor einem Jahr habe ich gelobt, dich zu achten und zu ehren, und jetzt lasse ich zu, dass andere dich missachten. Ich hab's kapiert, Maggie. Ich weiß, wie schwierig Mum sein kann. Mein ganzes Leben lang habe ich versucht, gegen sie aufzubegehren, und bin jämmerlich gescheitert, aber eins verspreche ich dir: Wenn ich sie nicht dazu bringen kann, dich zu akzeptieren, und mich irgendwann entscheiden muss, dann entscheide ich mich für dich. Ich hoffe, dass es nie so weit kommt, aber ich will, dass du das weißt. Ich entscheide mich für dich.«

James ließ sie los und wartete, dass sie selbst eine Entscheidung traf. Maggie wollte immer noch weglaufen, die Probleme waren immer noch da und überforderten sie immer noch, aber als sie die Arme um ihn legte, wurde sie von einem wahren Gefühlssturm ergriffen, einer Mischung aus Stolz, Erleichterung und reiner Liebe.

»Ich glaube, ich hätte jetzt gern einen Schluck Champagner«, sagte sie, als sie wieder in der Lage war zu sprechen. »Wir haben nämlich etwas zu feiern. Wir haben uns beide, und das will ich nie als selbstverständlich ansehen.«

ZWÖLFTES KAPITEL

Maggies Stimmung schien sich den Jahreszeiten anzupassen, denn je schöner und wärmer das Wetter wurde, desto mehr blühte sie auf. Auch äußerlich, und nun führte kein Weg mehr drum herum: Im fünften Monat passte sie in ihre meisten Sachen nicht mehr hinein und musste zu Umstandskleidung übergehen.

Ebenfalls führte kein Weg daran vorbei, dass sie ihre Arbeit aufgeben musste. Das war schwerer zu verkraften, aber noch lange nicht so schwer wie Hilfe von Judith anzunehmen. Zum Glück würde sie wohl kaum in die Verlegenheit kommen. James gab sich Mühe mit seiner Mutter, aber wenn es darum ging, wer den stärkeren Willen hatte, würde er immer den Kürzeren ziehen. Es nützte nichts, sie würde Kathy sagen müssen, dass sie nach dem Ende des Sommers, wenn ihr Mutterschaftsurlaub begann, nicht mehr zurückkommen würde.

Sosehr sie das bedauerte, war ihr doch nicht danach, sich selbst leidzutun. Dazu gab es zu viele andere Menschen, um die sie sich sorgte. Seit dem unglückseligen Hochzeitstagsessen hatte sie fast täglich mit Jenny gesprochen, denn das Reden schien der Freundin zu helfen und ihr etwas von dem Druck zu nehmen, unter dem sie litt. Eine Lösung war das zwar kaum, aber James hatte deutlich gemacht, dass sie derzeit nicht mehr tun konnten.

Außerdem hatte sie die Miltons wieder besucht und auch

dort nur sehr wenig praktische Hilfe anbieten können. Während Ted sich im Haus oder im Garten zu schaffen machte, hatte sie mit Elsie zusammengesessen und sich von ihrer Zeit in Liverpool erzählen lassen, wobei sie manchmal nachhelfen musste, wenn Elsie abschweifte oder ins Stocken geriet. Auch Elsa war hin und wieder kurz in Erscheinung getreten, aber ein Lehnsessel konnte die verzweifelten Stunden, die sie auf der Bank beim See zugebracht hatte, nicht heraufbeschwören. Anscheinend genügte es, dass Ted seine Frau entschlossen vom Park fernhielt, um Elsas Geist Ruhe finden zu lassen, und das war ja nun nicht unbedingt etwas Schlechtes, wie Maggie sich immer wieder klarmachte.

An einem Montagmorgen Ende Juni hatten sich die Kundinnen im Salon die Klinke in die Hand gegeben, doch Maggie fand trotzdem noch Platz in ihrem Terminkalender, um einer anderen Freundin ihre Hilfe anzubieten.

»Ich hatte dich beinahe schon aufgegeben«, sagte sie, als sie Alice endlich da hatte, wo sie sie haben wollte, nämlich bäuchlings auf ihrem Behandlungstisch.

Selbst zu dieser Jahreszeit, wenn die Tage am längsten und am wärmsten waren, hatte Alice den Winterblues noch nicht abschütteln können. Sie war von einer Bronchitis geschwächt und wurde Tag und Nacht von einem rasselnden Husten gequält.

»Ich sehne mich so sehr danach, mal wieder eine Nacht richtig schlafen zu können. Ganz ehrlich, Maggie, langsam macht mich das total fertig.«

»So verzweifelt musstest du also erst sein, um zu mir zu kommen?«

»Ach, du weißt schon, was ich meine. Und ich sag's dir lieber gleich, wenn du diesen Husten lange genug stoppen kannst, schlafe ich im Nu ein.«

»Das ist völlig in Ordnung«, versicherte Maggie, während sie einen Schuss Mandelöl in ihren Händen erwärmte. Es war mit Eukalyptusöl versetzt und hätte einen Niesanfall bei Harvey ausgelöst, wenn er nicht schon hinausgeschickt worden wäre, um Kathy Gesellschaft zu leisten.

»Als ich das letzte Mal hier drin war, roch es nur nach Schuhleder.«

»Ich glaube, das musst du mir erklären«, sagte Maggie lachend.

»Keine Angst, der Schlafentzug hat mich noch nicht völlig plemplem gemacht. Nein, ich habe mal hier gearbeitet, als das noch ein Schuhgeschäft war. Dieser Raum war das Lager, bis zur Decke hin vollgestopft mit Schuhkartons. Ich mochte den Geruch ganz gern, soweit ich mich erinnere.« Alice lachte ein bisschen in sich hinein, woraus jedoch sofort wieder ein Hustenanfall wurde.

»Du solltest wirklich noch mal zu deinem Hausarzt gehen, Alice.«

»Mach ich«, keuchte sie zwischen unterdrückten Hustern.

Maggie zog eine Augenbraue hoch. »Am Empfang gibt's ein Telefon. Ich helfe dir gern, die Nummer zu wählen.«

Alice wollte gerade etwas entgegnen, als Kathy hereingeplatzt kam. »Jenny braucht dich in der Bank drüben, Maggie, jetzt gleich!«

»Warum, was ist passiert?«

»Es geht um Mrs Milton. Sie steht vor der Bank und ist total aufgelöst, wie es sich anhört. Ted ist nicht zu finden, deshalb fragt Jenny, ob du versuchen kannst, sie zu beruhigen.«

Maggie griff schon nach einem Lappen, um sich die Hände abzuwischen. »Es tut mir leid, Alice, hättest du etwas dagegen?«

»Aber nein! Ich weiß, was die beiden durchmachen. Kann ich irgendwie helfen?«

»Danke, aber ich glaube, ich schaffe das allein«, sagte Maggie, während sie ihr dabei behilflich war, vom Behandlungstisch zu klettern. Es war allerdings nicht ganz klar, wer da wen stützte.

»Deine Hände zittern«, bemerkte Alice.

»Das legt sich, sobald ich weiß, dass mit Elsie alles in Ordnung ist.« Maggie wandte sich stirnrunzelnd an Kathy. »Wo ist Harvey?« Ihr gefiel das Zögern nicht, bevor die Antwort kam.

»Äh, eins der Mädchen ist mit ihm Gassi gegangen.«

»Aber ich muss doch zur Bank!«

»Ich bringe dich hin«, erboten Alice und Kathy sich einstimmig.

»Du musst dich zuerst noch anziehen«, sagte Kathy zu Alice.

»Dann komme ich nach«, versprach diese, immer noch entschlossen mitzuhelfen.

Dankbar für Kathys tatkräftige Gegenwart und ihren lenkenden Arm, eilte Maggie aus dem Salon. Es war ein warmer Sommertag, die Luft an der High Street stickig von Autoabgasen. Die Bank lag auf der anderen Straßenseite, und der nicht abreißen wollende Verkehrsstrom hinderte sie daran hinüberzukommen. Maggie wollte es schon riskieren, zwischen den Autos hindurchzuflitzen, doch Kathy bestand darauf, bis zur nächsten Ampel zu gehen. Es dauerte ewig, bis es Grün wurde.

Als sie vor der Bank eintrafen, herrschte dort zwar ein reges Kommen und Gehen, aber nichts von dem Tumult, den Jenny beschrieben hatte.

Maggie hätte gern kurz verschnauft, wenn ihre Lunge

nicht so von den beißenden Abgasen gestochen hätte. »Sie müssen inzwischen drin sein«, sagte sie. »Kannst du Ted irgendwo sehen? Er sucht doch bestimmt schon nach ihr.«

»Vielleicht ist er ja schon da. Gehen wir rein.«

Obwohl sie hochschwanger und todmüde war, wollte Elsa nicht zu Tante Flo nach Hause, wo es nichts anderes für sie zu tun gab, als zuzusehen, wie die Stunden dahinschlichen und wieder ein Tag verging. Mrs Jackson meinte es gut mit ihr, wenn sie ihr riet, sich keine Hoffnungen zu machen, aber die ständigen Andeutungen, dass Freddie sein Versprechen nicht halten würde, zerrten an ihren Nerven. Tante Flo kannte Freddie nicht und auch nicht seine Briefe, die von Liebe sprachen und von Plänen für ihre gemeinsame Zukunft als Familie. Elsa wollte gern glauben, dass Flo das Herz am rechten Fleck hatte, aber Blut war eben dicker als Wasser.

Zum Glück ließ Anne sich nicht mehr blicken, wenn auch nur, weil Elsa damit gedroht hatte, ihr das Baby nicht zu überlassen, wenn sie nicht endlich mit ihren Sticheleien aufhörte. Das war aber nur eine leere Drohung gewesen, denn sie hatte in dem Moment keinen Zweifel daran gehabt, dass Freddie kommen würde. Früher oder später.

Jetzt aber, während sie die High Street auf und ab ging, wurde sie von der Angst beschlichen, dass letztlich Annes Wünsche wahr werden könnten und nicht ihre eigenen. Sie schlang die Arme um sich, als würden Annes gierige Hände bereits nach ihrem Kind greifen. Es war immer noch ihr Kind, und das würde es bleiben. Neulich hatte sie auf ihrem Bett gelegen, das Heben und Senken ihres enormen Babybauchs bewundert und die faszinierenden Dellen und Beulen betastet, als sich plötzlich ein kleiner Fuß gegen die Bauchdecke gestemmt hatte. Das war ein erster, entzückender Eindruck von dem Kind gewesen, das in ihr heranwuchs, und sie war seitdem entschlossener denn je, an ihren Träumen festzuhalten.

Aber wo bleibt Freddie?, fragte sie sich. Er hatte geschrieben, er würde direkt zu Tante Flos Haus kommen, wenn er in Sedgefield eintraf, weshalb sie zwei Tage lang keinen Fuß vor die Tür gesetzt hatte. Am dritten Tag hatte sie angefangen zu befürchten, dass etwas dazwischengekommen war, und sich die hinterhältigsten Tricks ausgemalt, die Anne mit Tante Flos Hilfe ersonnen haben könnte. Nun wollte sie nicht länger warten und sagte sich, dass Freddie sie vielleicht doch im Gemüseladen suchen würde, aber als sie sich auf der High Street umsah, wurde sie einfach nicht schlau aus den vielen grellbunten Schildern und Glasfronten entlang der belebten Straße. Flos Frucht- und Gemüseladen war nirgends in Sicht, und sie fing schon an zu glauben, dass sie sich irgendwie in eine andere Stadt verirrt hatte, als sie die unverwechselbare rote Sandsteinfassade der Bank an der Ecke erkannte.

Die Bank hatte keine Klimaanlage, war aber durch die hohen Decken und herabgelassenen Jalousien so gut isoliert, dass der Temperaturunterschied Maggie frösteln ließ. Sie brauchte Kathy nicht zu fragen, was los war, denn sie hörte Elsa bereits klagend verlangen, dass man ihr nun endlich den Weg zur Gemüsehandlung zeigen solle. Ihre Stimme klang altersheiser, doch es war der bekannte jugendliche Tonfall, der von den Wänden widerhallte.

Jenny eilte ihnen entgegen. »Sie ist die ganze Zeit die Straße rauf- und runtergelaufen und hat nach ›Flos Frucht- und Gemüseladen‹ gesucht«, erklärte sie. »Dabei ist sie immer wieder vor der Bank stehen geblieben, anscheinend, um sich zu orientieren, und hat bitterlich geweint, bis wir sie überreden konnten hereinzukommen. Ich fürchte nur, sie wird nicht mehr lange aufzuhalten sein.«

»Ich habe ihre Festnetznummer in meinem Handy«, sagte Maggie und griff in die Tasche des Kittels, den sie immer im Salon trug. »Verdammt, ich habe es nicht mit.«

»Macht nichts, wir haben die Nummer schon«, sagte Jenny. »Aber es geht niemand ran.«

»Ich kann ja draußen warten und nach Ted Ausschau halten, während du versuchst, mit Mrs Milton zu reden«, schlug Kathy vor.

Maggie war einverstanden und hielt bereits auf die wohlvertraute Stimme zu, ehe Jenny dazu kam, sie zu führen. Mrs Milton saß in einem kleinen Wartebereich auf der anderen Seite der Schalterhalle. Eine junge Kassiererin, die sich bemüht hatte, die alte Dame zu beruhigen, war nur allzu froh, Maggie ihren Platz zu überlassen.

»Wer sind Sie?«, fragte Elsa barsch, als sie sich setzte. Maggie wollte die Hand nach ihr ausstrecken, doch Elsa stieß sie weg. »Ich kenne Sie nicht.«

»Ich bin es, Maggie. Vielleicht erkennen Sie mich nicht, weil ich normalerweise meinen Blindenhund bei mir habe«, sagte sie. »Sie erinnern sich doch an Harvey, oder?«

»Warum fragen mich alle dauernd, woran ich mich erinnere oder nicht? Natürlich erinnere ich mich«, blaffte Elsa sie an. »Wir sind uns im Park begegnet.«

»Genau. Ich bin hier, um Ihnen zu helfen.«

»Dann sagen Sie diesen Leuten, dass sie mich in Ruhe lassen sollen.«

Maggie hörte zögerliches Füßescharren, als die Schar von Neugierigen, Angestellten und Kunden zurückwich. Sie hörte Alices Stimme aus dem Gemurmel heraus. »Genug jetzt,

Schluss mit der Gafferei. Haben Sie ein bisschen Respekt vor der armen alten Dame.«

Elsa seufzte gequält.

»Was ist los, Elsa?«, fragte Maggie. Sie griff wieder nach ihrer Hand, und diesmal nahm Elsa sie und drückte sie fest.

»Freddie müsste längst hier sein«, flüsterte sie. »Bestimmt steckt Anne dahinter, sie würde alles tun, um das Baby zu bekommen.«

Maggie wurde es ganz eng ums Herz, als sie sich Elsas Kummer vorstellte, nachdem die Schwester ihr die Nachricht von dem Unfall überbracht hatte. Ein unvorstellbarer Schmerz, den ihr brüchiges Bewusstsein sie immer wieder durchleiden lassen würde, falls es Maggie nicht gelang, sie in die sichere Gegenwart zurückzuführen. »Vielleicht sollten wir erstmal ein Weilchen hier sitzen und uns ausruhen.«

Wieder wurde ihre Hand fest gedrückt. »Aber was ist, wenn er schon auf dem Weg nach Westdeutschland ist?«

»Ich bin sicher, dass Freddie Sie nicht einfach so im Stich lassen würde. Er wäre hier, wenn er könnte«, sagte Maggie freundlich. »Ich weiß, das ist alles sehr beängstigend für Sie, Elsa. In Ihrem Kopf geht es drunter und drüber, und das macht Sie verwirrt. Ich verspreche Ihnen, dass Sie sich bald besser fühlen werden, und ich bleibe hier bei Ihnen sitzen, solange es dauert.«

Maggie sprach besänftigend auf sie ein, wohingegen Mrs Miltons Klammergriff immer grimmiger wurde, sodass ihre Hand zu kribbeln anfing. Als sie sie durch die andere ersetzen wollte, zog Mrs Milton ihre zurück.

»Ich gebe nicht kampflos auf. Ich bin stärker, als alle denken«, sagte die alte Frau mit einem jugendlichen Ungestüm, das die Vergangenheit zurückbringen sollte. »Ich werde ihn finden!«

Elsa riss ihre Hand weg und stand auf. Die Frau, die neben ihr saß, wollte sie festhalten, aber sie war zu schnell. Ohne auf ihre schmerzenden Glieder zu achten, drängte sie sich durch die Menge. Es war wie in einem Albtraum, in dem sie vor zahllosen nach ihr greifenden Händen floh.

Ihre Absätze klapperten und schleiften über den Marmorboden, doch sie richtete ihren Blick zu der vertrauten Gewölbedecke des Bankgebäudes hinauf. Sie wusste, wo sie war. Jetzt brauchte sie nur noch den Gemüseladen zu finden, und falls ihr das wieder nicht gelang, würde sie zum Park gehen, und wenn er dort auch nicht war, würde sie weiter nach ihm suchen. Sie würde nicht aufgeben.

»Elsa, bitte kommen Sie zurück!«, rief die Frau ihr nach, doch sie überhörte den Appell und lief aus der schummerigen Bank hinaus ins helle Tageslicht.

Die Sonne blendete sie, und Elsa beschattete ihre Augen mit der Hand. Sie sah den Umriss einer Frau, die plötzlich vor ihr stand und ihr den Weg versperrte.

»Lassen Sie mich in Frieden!«, schrie Elsa. Sie wollte an der Frau vorbeispähen, doch das grelle Licht, das von den vorbeisausenden Autos reflektiert wurde, brannte in ihren rotgeschwollenen Augen.

»Es tut mir leid, ich kann Sie nicht gehen lassen«, sagte die Frau.

Elsa versuchte, die Gesichtszüge ihrer neuen Widersacherin zu erkennen. Sie war groß und hatte kurze blonde, fast weiße Haare. Mit verschwommenem Blick sah sie ihr in die Augen und fragte sich, warum sie sie nicht gleich erkannt hatte.

»Celia?«

»Wir gehen jetzt zusammen zurück, ja?«, sagte ihre Schwester.

Trotz der stickigen Hitze lief Elsa ein kalter Schauder über den Rücken, als sie einen Blick in die Zukunft erhaschte. »Nein, nein, du musst mir helfen, Freddie zu finden. Wenn ich ihn jetzt verliere, verliere ich auch das Baby. Willst du das wirklich? Du hast selbst gesagt, dass du keines von deinen hergeben könntest. Warum willst du mich zwingen, meines wegzugeben, Celia? Das ist nicht gerecht! Du hast so viele, und ich will nur dieses eine kleine Baby. Tu mir das nicht an, Celia. Bitte nicht. Hilf mir!«

Celia hob den Arm, und Elsa dachte zuerst, sie wolle sie daran hindern, an ihr vorbeizugehen, doch dann wusste sie es. Celia würde ihr gleich den Brief geben, der ihr das Herz zerreißen würde, und danach würde man ihr das Kind aus den Armen reißen.

»Nein!«, schrie sie verzweifelt. »Er kann nicht tot sein! Nein, o Gott, bitte nicht.«

»Es wird alles wieder gut«, sagte Celia. »Wir gehen jetzt zusammen hinein, ja?«

»Nein, nichts wird gut. Du weißt, was passieren wird, und das ertrage ich nicht. Dann sterbe ich lieber auch. Ich kann das nicht, ich kann nicht mehr.« Elsa stieß ihre Schwester beiseite und taumelte auf die Fahrbahn zu. *Bin ich wirklich stark genug?* fragte sie sich. *Bin ich tapfer genug, alledem hier und jetzt ein Ende zu machen?*

Mit Jennys Hilfe war Maggie Mrs Milton aus der Bank hinaus gefolgt, und obwohl sie nicht sah, was weiter passierte, hörte sie doch genug von dem Wortwechsel zwischen der alten Frau und Kathy, um das ganze Drama mitzubekommen. Die Furcht in Kathys Stimme und das erschrockene Nachluftschnappen um sie herum sagten ihr, dass Mrs Milton drauf und dran war, etwas Furchtbares zu tun.

»Elsa«, rief Maggie mit täuschend ruhiger, geradezu autoritärer Stimme, »kommen Sie wieder herein. Bitte denken Sie an das Kind!«

Es gab einen Schreckensmoment, als Mrs Milton an der Bordsteinkante schwankte, was Maggie zwar nicht sah, doch sie schloss aus dem erstickten Schrei, der darauf folgte, dass die alte Dame das Gleichgewicht verloren hatte und auf die Straße gestolpert war.

Hilflos musste sie mitanhören, wie Bremsen kreischten und aufgeregtes Durcheinander einsetzte. Ihr einziger Trost, wenn man das so nennen konnte, bestand darin, dass der dumpfe Aufschlag, bevor das Fahrzeug ratternd zum Stehen kam, nach einem Sturz auf Asphalt klang und nicht wie ein Zusammenprall mit Blech.

Maggie war immer noch ein bisschen zittrig, als sie Mrs Milton auf der nervenaufreibenden Fahrt ins Krankenhaus begleitete. In dem Drunter und Drüber nach dem Unfall hatte Kathy die Geistesgegenwart besessen, zurück zum Salon zu laufen und das Notwendigste für sie zu holen, an erster Stelle Harvey, der von seinem Streifzug zurückgekommen war. Seitdem war er ihr nicht mehr von der Seite gewichen und lehnte sich nun an sie, als sie auf dem schmalen Klappsitz hinten im Krankenwagen saß. Das Beben, das durch ihn hindurchging, war von ihrem eigenen kaum zu unterscheiden.

Der Krankenwagen hatte nicht lange gebraucht, aber ihr war es trotzdem wie eine Ewigkeit vorgekommen, während sie Elsie so gut es ging am Straßenrand tröstete. Jenny, die einen Erste-Hilfe-Kurs absolviert hatte, hatte ihr versichert, dass es keine äußeren Verletzungen gab und der Puls der alten Dame sich kräftig anfühlte, konnte jedoch nicht erklären, warum sie nach wie vor nicht ansprechbar war.

Ein freundlicher Rettungsassistent, der sich als Ronnie vorgestellt hatte, bestätigte, dass Mrs Miltons Atmung und Herzfrequenz stabil waren. Maggie würde trotzdem keine Ruhe finden, bis Elsie wieder bei Bewusstsein war und, vielleicht noch wichtiger, wieder wusste, wer sie war.

»Mrs Milton, können Sie einmal meine Hand drücken?«, bat Ronnie, während der Krankenwagen hin und her wackelte.

»Immer noch keine Reaktion«, sagte er zu Maggie. »Eine Gehirnerschütterung kann ich nicht feststellen, aber man wird sie in der Klinik noch gründlich untersuchen.«

Der Krankenwagen schlingerte, als sie etwas zu schnell in eine Kurve fuhren. Ronnie strauchelte und fluchte leise, aber es war das klingende Geräusch von Metall auf Metall, das Maggie aufhorchen ließ. Ein Ehering, der gegen die Handleiste der Krankenbahre schlug, als jemand sich daran festhielt.

Ronnie hatte es auch bemerkt. »Ich glaube, Sie können mich doch hören, Mrs Milton, oder?«

»Elsie? Ich bin's, Maggie. Wie geht es Ihnen?«

Sie warteten beide geduldig, nicht bereit lockerzulassen.

»Freddie«, seufzte Mrs Milton.

Maggie seufzte auch, aber vor Erleichterung. Die Stimme hatte schwach und brüchig geklungen, aber es war Elsies und nicht Elsas. Sie stand auf, um näher bei ihrer Freundin zu sein. Der Wagen schwankte immer noch heftig, aber Ronnie ließ sie gewähren und machte ihr Platz, damit sie sich zu Elsie setzen konnte.

»Es muss schrecklich für Sie gewesen sein, ihn zu verlieren, noch dazu, als Sie ihn am meisten brauchten«, sagte Maggie.

»Furchtbar«, stimmte Elsie zu. »Ich habe mich mal wieder zum Narren gemacht, was?«

»Nein, ich bewundere Sie mehr denn je«, versicherte Maggie. »Ich kann mir nicht vorstellen, was es bedeutete, in den Fünfzigerjahren eine ledige Mutter zu sein, aber nach den kleinen Einblicken, die ich durch Sie bekommen habe, müssen Sie eine starke Persönlichkeit gewesen sein.«

»Aber ich war keine ledige Mutter. Ich hatte nie die Chance, eine Mum für meine Tess zu sein.«

In Maggies Lächeln lag ein Anflug von Traurigkeit, als wieder eine Schicht von Elsies Vergangenheit freigelegt wurde. Immerhin hatte sie nun die Bestätigung, auf die sie gehofft hatte: Das Kind war genauso wirklich wie Freddie es gewesen war. »Sie hatten eine kleine Tochter, und Sie haben sie Tess genannt«, stellte sie fest. »Sie sind ihre Mutter und werden es immer sein.«

»Ich habe sie im Stich gelassen.«

»Sie sind ihretwegen zurückgekommen, nicht wahr?«

»Ich mag verrückt sein, aber ich weiß, dass ich das Vergangene nicht ändern kann, sosehr ich es mir auch wünsche. Ich bin ein hoffnungsloser Fall, Maggie.«

»Sind Sie nicht, Sie sind ein Vorbild für mich.«

»Jetzt flunkern Sie aber, das weiß ich«, rügte Elsie. »Alles, was ich wollte, war, zu dieser Bank im Park zurückzukehren, um mich an das zu erinnern, was ich verloren habe, und ein bisschen Frieden zu finden. Kein Tag vergeht, ohne dass ich an diesen Ort denke und an all das, was geschehen ist.«

Das war ein schlichter Wunsch, den Maggie sehr gut verstand. Sie wusste genau, wie es war, am See zu sitzen und in die Vergangenheit einzutauchen, doch Elsies Besuche im Victoria Park waren bisher alles andere als friedlich verlaufen. »Obwohl es so schmerzlich für Sie ist?«

»Ja. Und wenn ich eine Freundin bei mir hätte, könnte mir nichts passieren, stimmt's? Wir müssten nur diesen Sturkopf von meinem Mann herumkriegen. Wo ist er überhaupt?« Elsie versuchte stöhnend, sich aufzurichten, aber Ronnie kam ihr rasch zuvor.

»Oh, nein, junge Dame, das kommt nicht infrage. Sie bleiben schön liegen, bis die Ärzte Ihnen erlauben aufzustehen.«

»Noch so ein Charmeur«, sagte Elsie. »Ich muss Sie warnen, ich habe eine Schwäche für Männer in Uniform.«

Ronnie grinste. »Ich wusste, dass diese neongrünen Anzüge unwiderstehlich auf Frauen wirken. Das hat mir gleich an dem Job gefallen.«

Ihr Geplänkel wurde abrupt beendet, als der Krankenwagen vor der Notaufnahme hielt. Maggie fühlte sich langsam etwas besser, aber als sie hinaus in die frische Luft trat, fingen ihre Beine wieder an zu zittern, eine Nachwirkung des Schocks, den sie selbst gerade erlitten hatte. Man führte sie zu einem Wartebereich, während Elsie zur Untersuchung gefahren wurde. Sie musste Jenny anrufen und ihr den aktuellen Stand durchgeben, für den Fall, dass Ted inzwischen gefunden worden war, aber zuerst brauchte sie noch einen Moment, um sich zu sammeln.

Sie legte eine Hand auf Harveys Kopf, der sich brav gesetzt hatte und Wache hielt. Elsie würde sich wieder erholen, zumindest körperlich, und da die schlimmsten Befürchtungen somit ausgeräumt waren, ließ Maggie ihre Gedanken zu den vergangenen Tagen abschweifen.

Elsie hoffte, Frieden zu finden, wie sie gesagt hatte, aber Maggie erinnerte sich, dass sie auch einmal angedeutet hatte, sich selbst zu bestrafen. Vielleicht glaubte sie das, was sie sich wirklich wünschte, nicht zu verdienen und konnte es daher nicht zum Ausdruck bringen. War es möglich, ein Kind, das im Jahr 1953 zur Adoption freigegeben worden war, noch ausfindig zu machen? War es möglich, Tess zu finden, und zwar rechtzeitig, solange Mrs Milton noch die geistige Klarheit besaß, um eine Art von Erlösung zu erfahren? Und konnte Maggie diejenige sein, die Elsas Geschichte zu einem glücklichen Ende verhalf?

Der Nachmittag verging, es wurde Abend, aber Maggie dachte nicht daran, nach Hause zu gehen. Sie hatte so lange im Wartezimmer gesessen, dass ihr der Rücken wehtat, denn die einzige Abwechslung hatte darin bestanden, Harvey kurz hinauszubringen, damit er sein Geschäft machen konnte, und etwas Wasser für ihn aufzutreiben. Die frische Luft hatte ihnen gutgetan nach der sterilen Krankenhausumgebung, die bar jeder Farbe war, aber sie hatten ihre Wache bald wieder aufgenommen.

Ted war endlich erschienen, aber sie hatte nur flüchtig mit ihm gesprochen. Er hatte am Morgen im Garten gearbeitet und erst gemerkt, dass Elsie verschwunden war, als er ins Haus ging, um eine Pause zu machen. Sein erster Einfall war es natürlich gewesen, im Victoria Park nach ihr zu suchen, und als er sie dort nicht fand, hatte er es mit der Angst zu tun bekommen. Auf dem Rückweg zur High Street hatte er Alice Bowden getroffen, die ihm nicht nur berichtet hatte, was passiert war, sondern auch so nett gewesen war, ihn von einem ihrer Söhne direkt ins Krankenhaus fahren zu lassen, zumal er sich nicht in einem fahrtüchtigen Zustand befunden hatte.

»Komm, Maggie, ich bringe dich nach Hause.«

James war wie aus dem Nichts aufgetaucht, und Maggie schrak zusammen, als er sie ansprach. Sie hatte ihn angerufen, um ihm zu sagen, dass sie bleiben würde, solange sie gebraucht wurde, aber falls sie glaubte, er sei gekommen, um ihr Gesellschaft zu leisten, wurde sie schnell eines Besseren belehrt. James nahm sie am Ellbogen und versuchte, sie sachte auf die Beine zu ziehen, was keine leichte Aufgabe war. Stur und verspannt wie sie war, widersetzte Maggie sich, aber James ließ nicht mit sich reden.

»Ich kann nicht weg, ohne Ted wenigstens Bescheid zu sagen, dass ich gehe«, beharrte sie. »Vielleicht möchte er, dass ich etwas für Elsie besorge.«

»Hast du nicht gesagt, Alice macht das schon?«

Ihre Verzögerungstaktik war aufgeflogen, aber Maggie blieb hartnäckig. »Ted ist ganz allein hier, vielleicht braucht er etwas.«

»Ich glaube, weder Mr noch Mrs Milton erwarten von dir, die ganze Nacht hier auszuharren. Bitte, Maggie, wenn du schon nicht an dich denkst, dann wenigstens an Harvey. Er muss am Verhungern sein.«

Harvey hörte seinen Namen, und als er zustimmend winselte, wusste Maggie, dass sie verloren hatte. »Na gut, aber nur Harvey zuliebe.«

Ihre ersten Schritte gerieten etwas wackelig nach dem langen Sitzen, doch kaum gingen sie etwas schneller, da hielt James auch schon wieder an.

»Ich glaube, da will jemand etwas von dir«, sagte er. »Ein älterer Herr, ich vermute, dein Mr Milton.«

Maggie hörte Ted langsam und schlurfend auf sie zukommen. »Hallo, Maggie«, sagte er und klang nicht nur müde, sondern vollkommen erledigt. Sie sah auf einmal einen gebrechlichen alten Mann vor sich, nicht mehr den bärbeißigen Gefährten, der Elsies Fels in der Brandung war.

»Wie geht es ihr? Wird man sie hierbehalten müssen?«

»Ja, aber nur zur Beobachtung, Gott sei Dank. Der Arzt meint, sie ist mit dem Schrecken davongekommen«, sagte Ted.

»Kann ich zu ihr?«

»Sie wird jetzt gerade auf die Station verlegt.«

»Wir können solange warten, oder, James?«

Maggie bat ihren Mann nicht um Zustimmung, aber er nahm die Frage wörtlich. »Ich finde wirklich, du solltest jetzt nach Hause gehen und dich ausruhen. Du musst auch an dich denken. Ich bin übrigens James, Maggies Mann«, fügte er hinzu, da Maggie offenbar nicht auf die Idee kam, ihn vorzustellen. »Ich habe schon viel von Ihnen und Ihrer Frau gehört, und es tut mir leid, dass wir uns unter diesen Umständen kennenlernen.«

»Freut mich«, sagte Ted, als sie sich die Hände gaben.

»Wir können ja später wiederkommen«, insistierte Maggie. »Und wenn Sie etwas von zu Hause brauchen, können wir es auf dem Rückweg holen.«

Ted räusperte sich. »Nein, lieber nicht.«

»Dann komme ich morgen früh wieder«, sagte sie und überschlug sich fast in ihrem Eifer. »Meinen Sie, ich darf sie dann schon besuchen?«

»Nein«, sagte Ted. Seine Schuhe quietschten auf den Linoleumfliesen, als er von einem Bein aufs andere trat.

»Natürlich nicht, Besuchszeit ist nur nachmittags, stimmt's? Dann rufe ich morgen an, und falls Elsie dann schon entlassen wird, kann ich später bei Ihnen vorbeikommen und hören, ob Sie etwas brauchen.«

»Es tut mir leid, Maggie, aber ich halte es für besser, wenn Sie nicht kommen«, sagte Ted.

Maggies Fähigkeit, Stimmen zu interpretieren, hatte sie nicht im Stich gelassen; sie hatte Mr Miltons unbehagliches Zögern durchaus bemerkt und wusste, was er ihr sagen wollte, weigerte sich jedoch, darauf einzugehen. »Sie haben recht, sie sollte sich erst einmal ein, zwei Tage ausruhen.«

Ted blieb nichts anderes übrig, als deutlich zu werden.

»Nein, Maggie, verzeihen Sie, aber es wäre mir lieber, Sie würden sie gar nicht mehr besuchen. Ich weiß, dass Sie es gut meinen und dass Sie und Elsie sich nahegekommen sind, was auch sehr schön wäre, wenn die Dinge anders lägen. Aber aus irgendeinem Grund wird sie nur noch mehr auf die Vergangenheit zurückgeworfen, wenn Sie mit ihr zusammen sind, und das reißt alte Wunden wieder auf, die endlich verheilen sollten.«

»Diese Wunden sind seit sechzig Jahren offen, Ted. Es ist bestimmt schwer für Sie, Elsie immer wieder von Freddie reden zu hören, aber Ihnen muss doch klar sein, dass ihre Schwangerschaft von damals kein Hirngespinst ist. Sie möchte, dass ich mit ihr in den Park gehe. Sie möchte zu der Zeit zurückkehren, als sie ihrem Kind ganz nahe war.«

»Tess, meinen Sie?«

Maggie fiel ein Stein vom Herzen. Nachdem Ted sich zuerst hartnäckig geweigert hatte, die Existenz des Kindes zuzugeben, sprach er nun sogar seinen Namen aus – sie würde ihn doch noch auf ihre Seite ziehen. »Ja, und ich habe mir so meine Gedanken darüber gemacht. Was wäre, wenn Elsie nicht nur von ihren Erinnerungen zehren müsste? Wenn wir ihre Tochter für sie finden könnten? Das würde ihr möglicherweise helfen.«

»Es wird sie nicht heilen«, entgegnete Ted finster.

»Aber …«

»Nein, Maggie! Nach dem, was heute passiert ist, bin ich mehr denn je davon überzeugt, dass man Elsie nur helfen kann, indem man die Vergangenheit Vergangenheit sein lässt und keine alten Geschichten aufwärmt. Es tut mir leid, aber mein Entschluss steht fest.« Er klang ein wenig weicher, als er Tränen in Maggies Augen sah, und seine harte Schale zeigte Risse, aber er würde nicht von seiner Meinung abweichen. »Elsie geht es mit jedem Tag schlechter. Die Medikamente, die die Ärzte ihr verschreiben, reichen nicht aus und kommen zu spät. Ich kann nichts anderes tun, als sie vor sich selbst zu schützen, so gut es geht. Ich hoffe, Sie verstehen das.«

Maggie war nicht einverstanden. Sie wollte für Elsie da sein, und auch für Elsa, und es kostete sie große Überwindung zu nicken.

»Können wir denn sonst irgendwie helfen?«, fragte James.

Die Festigkeit in der Stimme ihres Mannes und der Arm, den er um ihre Taille gelegt hatte, trösteten Maggie. »Und sei es von fern«, fügte sie hinzu.

»Ich weiß das Angebot zu schätzen, wirklich, aber ich muss jetzt erst einmal allen beweisen, dass ich das allein schaffe. Yvonne ist von Schottland hierher unterwegs, und ich habe ihr versprochen, dass wir uns zusammensetzen und besprechen, was es für Möglichkeiten gibt. Ich weiß schon, was sie sagen wird, aber wenn es sein muss, lasse ich mir noch Augen am Hinterkopf wachsen. Ich werde sie nicht in ein Pflegeheim geben.«

»Wie Sie sich auch entscheiden, ich bin sicher, Sie tun das Beste für Ihre Frau, auch wenn es bestimmt nicht leicht ist«, sagte James.

»Ich bin unersättlich, ich weiß, aber achtundfünfzig Jahre mit meiner Elsie sind nicht annähernd genug. Es ist grausam, die Frau, die man schon so lange liebt, vor den eigenen Augen verschwinden zu sehen, Stück für Stück.«

»Sie ist immer noch da«, sagte Maggie. »Es mag nur manchmal schwer sein, sie zu finden …«

»Buchstäblich«, sagte Ted und machte einen tapferen Versuch zu lachen.

»Aber sie ist immer noch da, und sie ist immer noch die Frau, die Sie geheiratet haben. Ich bin bereit, mich von ihr fernzuhalten, aber nur unter der Bedingung, dass Sie sich nicht von mir fernhalten. Ich habe Elsie versprochen, mich um Sie zu kümmern, und ich bin immer da, wenn Sie mich brauchen. Wir beide, nicht wahr, James?«

James stimmte ihr zu, und er meinte es aufrichtig. Er verstand jetzt, warum Maggie so fest entschlossen war, diesen relativ fremden Menschen zu helfen, und Maggie empfand inmitten des ganzen Gefühlsaufruhrs, der in ihr tobte, auch Dankbarkeit dafür, dass sie nicht mehr allein um Elsas Schicksal bangen musste.

Als sie das Krankenhaus verließen, verscheuchte das wenige Licht, das Maggies Sehvermögen aufnahm, ihre dunkleren Gedanken. Sie hielt den Kopf hoch und ging aufrecht, während die laue Luft ihre verkrampften Muskeln lockerte und den Knoten in ihrem Magen löste. Sie wagte nicht, an Mrs Miltons Zukunft zu denken, und noch weniger an ihre Vergangenheit. Ihre Freundin war fürs Erste in Sicherheit, und das musste genügen. Mehr konnte sie nicht tun.

»Geht's dir gut?«, fragte James, als Maggie reglos dastand, während er Harvey in den Kofferraum ließ.

»Ich werd's überleben. Immerhin hat es mir wieder gezeigt, was für ein Glück ich habe, trotz all meiner Klagen. Und dir, geht es dir auch gut?«, fragte sie, weil sie ein Echo von ihrer eigenen Traurigkeit in seinem Ton anklingen gehört hatte.

James beendete erst seine Tätigkeit und kam dann zu ihr herum. Er streichelte ihr Gesicht und wischte die Tränenspuren ab. »Ja. Ich möchte jetzt nur noch nach Hause und meine Frau in den Armen halten und meinem Glücksstern dafür danken, dass ich das kann.«

DREIZEHNTES KAPITEL

»Du brauchst nichts zu sagen, ich weiß, was du denkst«, murmelte Maggie. Niemand musste ihr vorhalten, dass sie nicht in Selbstmitleid baden sollte, sie kämpfte schließlich schon dagegen an, aber es wurde immer schwerer, das unsichtbare Gewicht zu ignorieren, das auf ihre Brust drückte.

Sie lehnte sich zurück, um es bequemer zu haben, aber die harte Bank kam der Krümmung ihrer Wirbelsäule nicht so entgegen, wie sie es gewohnt war. Ihr Rücken schmerzte immer noch von dem langen Warten im Krankenhaus am Tag zuvor, und jetzt taten ihr nach dem Vormittag im Salon auch noch die Füße weh. Im Grunde tat ihr alles weh, ihr Herz inklusive.

Harvey erhob sich in der Hoffnung, dass ihr unruhiges Herumrutschen baldigen Aufbruch ankündigte, aber Maggie hatte im Moment kein anderes Ziel. Als nichts passierte, setzte er sich mit einem missmutigen Schnauben wieder. Sie tätschelte ihm den Kopf. »Tut mir leid, mein Junge, das kann noch ein Weilchen dauern hier.«

Maggie seufzte. »Ich dachte, ich sei stark, eine unabhängige Frau, die zugleich eine gute Ehefrau und Tochter und eine zuverlässige Freundin ist, aber in letzter Zeit habe ich auf ganzer Linie versagt. Ich kann Jenny nicht helfen, ich habe Dad ins Ausland abgeschoben, ich habe Liam und Sam enttäuscht und James wegen seiner Mutter das Leben schwer gemacht. Was ist, wenn er sich meinetwegen mit ihr entzweit?«

Sie unterbrach ihre Selbstvorwürfe, aber nicht, weil sie ihr ausgegangen wären, sondern weil einer darunter war, der ihr besonders auf der Seele lag.

»Was ist, wenn Ted recht hat, und ich alles nur noch schlimmer gemacht habe für Elsie? Und wenn, Gott bewahre, Judith auch recht hat? Wenn ich nicht ausreichend für mein Kind sorgen kann? Habe ich mir etwas vorgemacht? Ist es Zeit zu akzeptieren, dass ich nicht alles haben kann, nicht alles erreichen kann, was ich erreichen möchte?« Sie hob eine Hand, um die Antwort abzuwehren. »Nein, sag nichts! Natürlich bist du der Meinung, dass ich nach wie vor alles schaffen kann, was ich mir vornehme, aber nicht jeder glaubt so fest an mich, ich selbst mit eingeschlossen. Ich habe es versucht, aber ich muss den Tatsachen ins Gesicht sehen – im Grunde konnte ich nur so stark und unabhängig sein, weil du da warst und mir geholfen hast, was ja eigentlich ein Widerspruch in sich ist, oder? Und genau da liegt das Problem. Du bist nicht mehr da, Mum, stimmt's?«

Maggie sank in sich zusammen und musste sich mit der Hand abstützen, zog sie aber schnell von dem kalten, glatt lackierten Holz zurück. Diese Bank enthielt keine tröstlichen Erinnerungen, ihre Mum hatte nie hier mit ihr gesessen. Sie lag dort vor ihr, fast zwei Meter unter der Erde.

Sie bedeckte ihr Gesicht mit den Händen und zwang die Tränen zurück. Sie würde nicht weinen. Damit würde sie ihre Mutter nur vollends enttäuschen. Sie lauschte immer noch auf eine Antwort aus dem Jenseits, aber was sie hörte, war erkennbar irdischer Natur. Jemand näherte sich mit langen, kraftvollen Schritten. Ein Mann, vermutete sie. Harvey sprang auf und wedelte freudig mit dem Schwanz. *Ihr* Mann, korrigierte sie sich.

»Schwänzt du etwa?«, fragte sie.

»Ich habe mir den Nachmittag frei genommen«, sagte James. Er hob zärtlich ihr Kinn an und küsste sie.

»Das sieht dir gar nicht ähnlich.«

James setzte sich, und sie hörte das Rascheln einer Papiertüte, die er neben sich abstellte. »Ich habe meine Frau vermisst. Kommt vor«, sagte er und zog sie in seine Arme.

Sie lehnte den Kopf an seine Schulter. »Und wie hast du mich gefunden?«

»Kathy meinte, du würdest neuerdings den Park meiden, und dann fiel mir das hier als Nächstes ein.«

Maggie war an diesem Morgen um den Park herum statt wie üblich durch ihn hindurch zur High Street gegangen. Nicht, weil sie befürchtete, auf Elsie zu treffen und das Ted gegebene Versprechen zu brechen, denn Elsie lag gewiss noch im Krankenhaus. Der Grund war ein anderer, einer, den sie nicht so richtig benennen konnte. Sie empfand beinahe so etwas wie Verrat – Verrat durch den Park selbst, so absurd das klang. Er war immer ein Ort gewesen, an dem sie sich nicht nur sicher und geborgen gefühlt hatte, sondern auch eng verbunden mit den Menschen, die ihr viel bedeuteten, selbst wenn sie nicht mehr da waren. Elsie hatte eine ähnliche, wenn nicht noch stärkere Anhänglichkeit an ihn entwickelt, doch statt ihr Trost zu spenden, hatte ihre geliebte gemeinsame Parkbank noch zu ihrem selbstquälerischen Unglück beigetragen. Ted hatte recht, auch wenn es Elsie immer wieder dorthin zog, würde ihr das niemals helfen. Konnte man Wut auf einen unbelebten Gegenstand empfinden? Sie wusste, wie unvernünftig das war, aber so ging es ihr im Moment. Ihre Ausweichbank war zwar nur ein schwacher Ersatz, aber da James jetzt bei ihr war, würde sie Trost in der Gegenwart statt in der Vergangenheit finden.

»Was ist in der Tüte?«, wollte sie wissen.

»Zuerst muss ich dir ein Geständnis machen. Ich habe auch heute Vormittag nicht gearbeitet.«

Maggie zog die Augenbrauen hoch. Er klang entspannt, sein Atem ging ruhig und regelmäßig. Sein Geständnis verhieß also etwas Gutes. »Und warum hast du dann so getan als ob? Was führen Sie im Schilde, Mr Carter?« Erst jetzt bemerkte sie, dass der gewohnte Geruch nach beißendem Staub und Arbeitsschweiß fehlte. Dafür nahm sie andere Aromen wahr, die ihr vertraut waren, nur nicht an James. Sie schnupperte, damit er wusste, dass sie ihn ertappt hatte.

»Ich habe dich in letzter Zeit enttäuscht, und ich weiß, dass ich mehr Verantwortung übernehmen muss, was die Konflikte mit meiner Mutter angeht«, begann er.

Maggie stockte der Atem. »Was hast du getan?«

James lachte. »Noch nichts, nichts wegen Mum jedenfalls. Das hier hat nichts mit ihr zu tun, schon eher mit deiner Mrs Milton.«

»Das gestern ist dir auch ziemlich nahegegangen, oder?«

James machte sich von ihr los, um ihr die Tüte zu geben. »Damit möchte ich mich bei dir entschuldigen. Ich weiß, dass ich oft zu weich bin, und das hier ist wahrscheinlich nur wieder ein Beweis dafür, aber das ist mir egal und … Mach bitte das Geschenk auf, Maggie, ehe ich mich noch um Kopf und Kragen rede.«

Maggie spannte ihn noch ein bisschen auf die Folter, indem sie zuerst die Verpackung untersuchte, statt sie gleich aufzureißen. Die Papiertüte hatte einen eingeprägten Teddybär an einer Seite, und die Henkel waren mit gekräuseltem Geschenkband umwickelt.

Sie wollte den Moment auskosten. Sie hatten die Kluft, die zwischen ihnen entstanden war, bereits mit Worten und Versprechungen überbrückt, aber bisher hatte es klar an Taten gemangelt. Das hier war etwas Neues, es fühlte sich geradezu wie eine Erdverschiebung an, und die Kluft war schon nicht mehr so tief und so breit.

Langsam schob sie eine Hand in die Tüte und zog drei einzeln verpackte Geschenke heraus. Sie konnte sich nicht entscheiden, welches sie zuerst aufmachen sollte. »Was ist das?«, fragte sie. Alle drei waren gleich groß, flach und oval. Da sie sich leicht und weich anfühlten, vermutete sie, dass sie etwas mit dem Baby zu tun hatten.

Sie packte das erste Päckchen aus und hielt einen Schnellverschlussbeutel in der Hand, den sie aufzog. Rosenduft erfüllte die Luft und färbte alles rosa, betörte ihre Sinne. Sie holte einen Strampelanzug heraus. Er war unglaublich klein und hatte eine Blümchenstickerei am Halsausschnitt. »Es wird ein Mädchen«, sagte sie lachend.

»Oder …«, drängte James.

Zunehmend aufgeregt öffnete Maggie das zweite Päckchen und entließ diesmal einen blauduftenden Schwall von Glockenblumen aus dem Beutel. »Oder ein Junge«, sagte sie gerührt. »Und was um alles in der Welt ist die dritte Möglichkeit?«

Sie wartete die Antwort nicht ab, sondern riss hastig das letzte Geschenk auf. Zitrusdüfte kämpften gegen die von Rosenblüten und Glockenblumen an, sodass sie den Inhalt an ihr Gesicht hob. Das Material fühlte sich streichelweich an, und sie wusste im Unterschied zu den anderen beiden zweifellos, dass ihr Kind diesen gelben Strampler eines Tages tragen würde.

»Ich dachte, ich gehe auf Nummer sicher«, erklärte James.

»Und plünderst dabei auch gleich noch mein Arbeitszimmer?«

»Bekenne mich schuldig.«

Zu Maggies Arbeitszimmer hatte außer ihr niemand Zutritt, keine Kundinnen besuchten sie dort, und selbst James wagte sich nur selten hinein. Sie wusste noch, wie Judith es zum ersten Mal gesehen hatte und verblüfft war, dass sie einen Computer benutzte, zumal sie selbst nie damit umzugehen gelernt hatte. Ihr Büro diente Maggie jedoch nicht nur für Schreibarbeiten und zur Verwaltung von Kundendaten, hier experimentierte sie auch mit ihren Regenbogen in Flaschen. James hatte bisher nur ein flüchtiges Interesse an dem gezeigt, was dort vor sich ging. Zwar hatte sie ihn nach und nach mit ihrem alternativen Farbenverständnis bekannt gemacht, doch jetzt hatte er zum ersten Mal aus eigenem Antrieb Farbe in ihre Welt gebracht, und das überwältigte sie.

»Du willst deinen Beruf nicht ganz aufgeben, oder?«, fragte er, als sie nichts sagte.

Sie dachte eine Weile darüber nach, dachte an all die vielen Stunden, die sie aufgewandt hatte, um ihr Können zu perfektionieren. »Ich habe mein eigenes Geschäft immer als mein Baby betrachtet. Lange dachte ich, dass ich vielleicht kein anderes haben werde«, sagte sie schließlich. Ein Lächeln stahl sich auf ihre Lippen, als sie die inzwischen vertrauten Bewegungen des echten Babys in sich spürte. »Aber jetzt, da ich bald Mutter werde, merke ich, dass das Geschäft nur ein Geschäft ist, nichts weiter. Letztlich bedeutet es kein allzu großes Opfer.«

»Vielleicht können wir es schaffen. Es wäre ein bisschen eng finanziell, aber nicht unmöglich.«

»Lassen wir's sein, fürs Erste zumindest. Und wenn ich doch das Gefühl habe, meinen eigenen Lebensunterhalt verdienen zu müssen, kann ich ja vielleicht von zu Hause aus arbeiten.«

»Du brauchst deinen Lebensunterhalt nicht zu verdienen,

Maggie. Ich habe deiner Mum ein Versprechen gegeben«, sagte er. Unwillkürlich drehten sie sich zu dem Grab vor ihnen um. »Ich habe ihr versprochen, für dich zu sorgen, und das beabsichtige ich auch zu tun. Wenn du mich lässt.«

Das Angebot stand im Raum. Als Maggie die Strampler in ihre jeweiligen Beutel zurücktat, begannen die Farben zu verblassen. Sie wusste nicht, ob ihr Wunsch, sich ihre Unabhängigkeit zu erhalten, auf Vernunft oder Verzweiflung beruhte. Es war ein Schock gewesen zu merken, was für ein Sicherheitsnetz ihre Mutter für sie dargestellt hatte, und erschwerend kam noch hinzu, dass sie sich ohne Vorwarnung aus ihrem Leben verabschiedet hatte.

Joan hatte sich eines Morgens beim Aufwachen unwohl gefühlt, und als Stan wenig später mit dem Frühstückstablett zurück nach oben gekommen war, hatte ein schwerer Herzinfarkt sie ihnen schon genommen. Maggie wusste nicht, was sie getan hätte, wenn sie James zu dem Zeitpunkt nicht schon gekannt hätte, aber zu akzeptieren, dass auch er ein Sicherheitsnetz sein konnte, war noch einmal etwas anderes. Sie hatte ihn gebeten, sich um die Probleme mit seiner Mutter zu kümmern, nicht, sich um *sie* zu kümmern. Seine Anspannung war deutlich zu spüren, als er darauf wartete, dass sie es zuließ.

»Okay, ich werd's versuchen«, sagte sie und lächelte.

Danach hielten sie sich noch lange still in den Armen und ließen los, was gewesen war. Erst Harvey unterbrach ihre traute Zweisamkeit, indem er seine Schnauze zwischen sie schob, obwohl eigentlich kein Blatt Papier dazwischen passte.

»Wollen wir Harvey ein bisschen Auslauf gönnen?«, schlug sie vor.

»Im Park?«

»Warum nicht?«, sagte sie und sah keinen einzigen Grund mehr, ihn zu meiden.

VIERZEHNTES KAPITEL

»Das Tor ist schon wieder kaputt«, sagte James, als er zu Maggie in den Garten kam.

Sie nutzte den sonnigen Tag, eine Seltenheit bisher in diesem Sommer, um in dem kleinen Kräutergarten zu arbeiten, den James gleich nach ihrem Einzug für sie angelegt hatte. Die Ausbeute war gering. Der Lavendel hatte zwar reichlich Knospen, blühte aber noch nicht, und der Thymian musste sich immer noch von dem strengen Winter erholen, seine zerzausten dürren Zweiglein waren zu kostbar, um sie zu ernten. Wenigstens war der Rosmarin üppig gediehen und gab etwas her. Sein samtgrünes Aroma wirkte stimmungsaufhellend und verbesserte das Gedächtnis, doch die jüngsten Erinnerungen, die er bei Maggie hervorrief, waren wenig erquicklich.

Rosmarinöl gehörte zu den Ölen, die sie bei Mrs Milton angewandt hatte, in dem Versuch, den Symptomen ihrer Alzheimererkrankung etwas entgegenzusetzen. Sie wünschte immer noch, sie könnte mehr tun, doch sie hatte Wort gehalten und sich in den letzten Wochen nicht mehr blicken lassen. Elsie war bald aus dem Krankenhaus entlassen worden, aber das war auch schon alles, was sie wusste. Begegnungen im Park hatte es nicht mehr gegeben, nicht mal den leisesten Hauch von Flieder.

»Und ich schätze, du fährst hin, um es zu reparieren«, sagte sie. Sie wusste natürlich, wessen Tor er meinte, der schrille

Klingelton vor ein paar Minuten war unverkennbar gewesen. »Nicht zu fassen, dass es bei einem Architekten *und* einem Baufachmann in der Familie immer noch nicht wieder funktioniert.«

»Möchtest du mitkommen?«

»Hat deine Mum mich eingeladen?«

James wusste, wie leicht sie eine Lüge durchschauen würde, und versuchte es daher mit einer Halbwahrheit. »Du brauchst keine Einladung. Du bist meine Frau.«

Maggie schürzte die Lippen. Es war Sonntagmorgen, und sie hatte sich auf das Zusammensein mit ihrem Mann gefreut. Außerdem hatte sie ihre Schwiegereltern länger nicht gesehen, und das könnte die ideale Gelegenheit für einen weiteren Anlauf sein, mit Judiths Vorurteilen aufzuräumen. Andererseits konnte James, wenn er ohne sie hinging, die Initiative ergreifen und sich seine Mutter einmal vornehmen. »Ich glaube, ich lasse dich lieber allein fahren«, sagte sie.

»Dauert nicht lange«, versprach er und küsste sie auf die Stirn.

Allein geblieben, wollte Maggie sich nicht von Gedanken an Judith die Laune verderben lassen und beschäftigte sich bald darauf wieder mit ihrer Lieblingsobsession. Sie dachte jetzt nicht nur an Elsie, sondern auch an Tess. War es möglich, sie ausfindig zu machen? Würde Ted jemals seine Zustimmung geben, auch nur mit der Suche zu beginnen? Und selbst wenn sie die Tochter fanden, würde Elsie sie dann noch als ihr Kind erkennen können? Und was war mit der Tochter selbst? Wäre es richtig, Tess unter diesen Umständen mit ihrer leiblichen Mutter zusammenzubringen, nur um sie dann endgültig zu verlieren?

Diese Debatte ging in ihrem Kopf hin und her, bis sie abrupt vom Klingeln des Telefons im Haus unterbrochen wurde. In ihrer Eile abzunehmen, stieß Maggie sich den großen Zeh an und musste die Zähne zusammenbeißen, um einen Schmerzensschrei zu unterdrücken. »Hallo?«

»Hallo, Maggie, hier ist Carolyn.«

Maggies Hand begann zu kribbeln, als liefe ein elektrischer Strom durch die Telefonleitung. Zu der Zeit, als sie James kennengelernt hatte, hatte noch ein Rest von Feindseligkeit zwischen ihm und seiner geschiedenen Frau geschwelt, größtenteils verursacht von Carolyns Umzug nach Portsmouth, doch auch der war schließlich erloschen. James hatte sogar überlegt, Carolyn zur Hochzeit einzuladen, was Maggie jedoch abgelehnt hatte, mit der Begründung, dass ihre Mum erst vor Kurzem gestorben sei und sie nur im engsten Kreis feiern wolle. Es hatte allerdings noch einen anderen Grund gegeben. Wie Judith oft betonte, war es Carolyn gewesen, die James verlassen hatte, und auch wenn Maggie keine Sekunde lang glaubte, dass James für seine Ex noch zu haben war, wollte sie sie lieber nicht zu nahe herankommen lassen. Es herrschte eine gewisse Rivalität zwischen ihnen, ob Carolyn das bewusst war oder nicht.

»Oh, hallo«, sagte Maggie, bemüht freundlich. »James ist gerade nicht da, aber er kommt bestimmt bald wieder.«

»Macht nichts. Ich wollte nur mal nachfragen, ob es bei unseren Absprachen für die Sommerferien bleibt.«

Die Gänsehaut, die plötzlich Maggies Arme überzog, hatte nichts damit zu tun, dass sie aus der Wärme draußen in die kühle Küche gekommen war. Sie hatte diesen verräterischen Unterton gehört, wenn jemand die Wahrheit umging. »Habt ihr euch denn jetzt entschieden, wohin ihr in den Urlaub fahren wollt?«, erkundigte sie sich und war plötzlich gar nicht mehr so darauf erpicht, das Gespräch schnell zu beenden. Hatte Carolyn etwa angerufen, um sich bei James wegen ihrer Ehekrise auszuweinen? Dann aber meldete sich die Stimme der Vernunft und erinnerte sie daran, dass der einzige Hinweis auf eine solche Krise bisher von Judith gekommen war.

»Kann sein, dass wir ihn dieses Jahr ausfallen lassen«, antwortete Carolyn.

Sie sagte das mit einer merkwürdigen Betonung, die bei Maggie die Alarmglocken schrillen ließ. »Ist wahrscheinlich nicht so leicht mit dem neuen Familienzuwachs«, bemerkte sie mit einem gezwungenen Lachen.

Vom anderen Ende kam ein scharfer Atemzug. »Ach so, der Welpe? Ja, wir holen ihn in zwei Wochen ab, genau rechtzeitig zu Ferienbeginn.« Carolyn lachte ebenfalls etwas nervös, ehe sie weiterplauderte. »Ich möchte ihn für ein Hundetraining anmelden, aber am Ende sind die Kinder enttäuscht, wenn er sich als nicht ganz so gelehrig erweist wie Harvey …«

Als sie schließlich eine Pause einlegte, warf Maggie alle Vorsicht über Bord. »Was dachtest du denn, welchen Zuwachs ich meine?«

Carolyn holte tief Luft. »Es ist noch ganz frisch«, sagte sie, »wir haben es bisher nicht einmal den Jungs gesagt, aber ich bin auch schwanger.«

Das Misstrauen, das sich Maggie bereits auf den Magen geschlagen hatte, löste sich mit einem Mal auf. Die Neuigkeit beseitigte nicht nur ihre dummen Zweifel von eben, sondern auch ein paar tiefer sitzende Ängste. »Weiß Judith es schon?«

»Um Gottes willen, nein«, antwortete Carolyn. »Deswegen wollte ich ja mit James sprechen. Um ihn vorzuwarnen.« Auch wenn Judith heute ganz anders redete, war Carolyn bei ihrer Schwiegermutter damals dramatisch in Ungnade gefallen, als sie James verlassen hatte. Judith hatte ihr die ganze

Schuld am Scheitern der Ehe gegeben, und das Verhältnis war nicht besser geworden, nachdem Carolyn wieder geheiratet und angekündigt hatte, nach Südengland zu ziehen. Erst als Maggie auf der Bildfläche erschienen war, hatte Judith sich wundersamerweise mit ihr ausgesöhnt. Von ihren zwei Schwiegertöchtern sah sie die erste offenbar als das kleinere Übel an, aber Carolyn hatte nicht vergessen, wie schwierig Judith sein konnte.

»Du denkst, dass sie es nicht gut aufnehmen wird?«

»Ungefähr so gut wie bei dir, schätze ich«, sagte Carolyn. Angesichts ihrer gemeinsamen Gegnerin machte sich zum ersten Mal eine gewisse Solidarität zwischen ihnen bemerkbar. »Aber um es positiv zu sehen, vielleicht akzeptiert sie dann langsam mal, dass James und ich beide wieder glücklich verheiratet sind.«

»Hoffen wir's«, pflichtete Maggie ihr bei, »obwohl ich mittlerweile glaube, dass eher die Hölle zufriert, als dass sie mir zutraut, James glücklich zu machen.«

»Sie ist einfach unmöglich. Du brauchst meinen Segen nicht, das weiß ich, aber du machst James wirklich glücklich, viel glücklicher, als ich es je gekonnt hätte. Warum Judith das nicht einsehen will, verstehe ich nicht. Sie will einfach die fixe Idee nicht aufgeben, dass du den armen James in die Falle gelockt hast.«

»In die Falle gelockt?«

Plötzliches Verstummen am anderen Ende, nicht einmal Carolyns Atem war zu hören, bis sie antwortete: »Tut mir leid, dass hätte ich nicht sagen sollen. Aber so ist Judith nun mal, sie biegt sich alles immer so zurecht, dass es zu ihren starren Ansichten passt. Weißt du, wenn dein Kind erst einmal da ist, wird ihr nichts anderes übrig bleiben, als dich mit offenen Armen aufzunehmen. Ehrlich gesagt war sie zu mir auch ziemlich reserviert, bevor die Kinder kamen. Apropos, ich mache jetzt besser Schluss, die Jungs sind auf einmal so still, und das ist nie ein gutes Zeichen.«

»Okay, ich sage James, dass er dich später zurückrufen soll.«

Maggie legte das Telefon auf dem Küchentresen ab und stand einen Moment ganz still. Sie war nicht einmal schockiert; Carolyn hatte Judith nicht bloßgestellt, sondern nur besiegelt, was sie längst über die Denkweise ihrer Schwiegermutter vermutete. Merkwürdigerweise wallte auch keine Wut in ihr auf, sie musste sogar ein bisschen lächeln, als sie sich vorstellte, wie Judith auf die Nachricht von weiterem Nachwuchs reagieren würde. Jetzt würde sie wohl endlich einsehen müssen, dass sowohl James als auch Carolyn sich ein neues Leben aufgebaut hatten.

Maggie war auf einmal so guter Stimmung, dass sie das Gefühl hatte, es mit jedem Hindernis aufnehmen zu können. Was dazu führte, dass sie wieder etwas in Betracht zog, was sie sich schon beinahe ausgeredet hatte. Statt in den Garten zurückzukehren, ging sie in ihr Arbeitszimmer. Es wurde Zeit für ein paar Recherchen über Adoptionsverfahren und wie eine biologische Mutter es anstellen konnte, ihr lange vermisstes Kind ausfindig zu machen.

FÜNFZEHNTES KAPITEL

Wie sieht's im Terminkalender aus?«, fragte Maggie, nachdem sie gerade eine Kundin verabschiedet hatte. Sie lehnte sich an den Empfangstresen, während Kathy sich ihren Kalender vornahm.

»Voll, voll, voll«, berichtete Kathy beim Umblättern. »Voll bis Ende August und dann ...« Sie ließ die restlichen Seiten flatternd fallen. »Nichts.«

Der Juli war noch nicht halb rum, aber Maggie fing schon an, ihre letzten Tage im Salon zu zählen. Bedrückt starrte sie auf die Seiten, die sie nicht sehen konnte.

»Mach nicht so ein langes Gesicht. Die meisten würden sich darauf freuen, eine Auszeit nehmen zu können«, tadelte Kathy sie.

»Vielleicht höre ich ja zu früh auf. Wir machen zwei Wochen Urlaub mit den Jungs, und danach sind es immer noch sechs Wochen bis zum Geburtstermin.«

»Nein«, sagte Kathy fest. »Wir haben das besprochen. Du brauchst die Zeit für die Vorbereitungen, und außerdem könnte das Kind früher kommen, und dann willst du nicht unnötig Miete für einen Raum bezahlen, den du gar nicht nutzt.«

»Und es ist ja nicht so, dass ich das Geschäft hier am Laufen halten müsste«, fügte Maggie düster hinzu. Sie hatte ihren Mietvertrag bereits gekündigt und Kathy gesagt, dass sie eine andere Verwendung für ihren geliebten Behandlungsraum finden solle. »Hast du schon einen Nachmieter gefunden?«

»Nein, noch nicht. Morgen ist schließlich auch noch ein Tag.«

»Mag sein. Morgen ist nicht das Problem – in fünfzehn Wochen, dann habe ich ein Problem.«

»Maggie, ich glaube gern, dass ein paar Leute sehr erstaunt sein werden, was für eine gute Mutter du abgibst, aber ich hätte nie gedacht, dass du selbst auch dazu gehörst. Hör mit deiner verdammten Schwarzseherei auf.«

Statt über Kathys strenge Worte betroffen zu sein, war Maggie ihr dankbar und zwinkerte ihr schelmisch zu. »Vielleicht sollte ich Carolyn anrufen und sie um ein paar Tipps bitten.«

»Du meinst, weil sie auch schwanger ist?«

Jetzt war Maggie doch verdutzt. »Wer hat dir das erzählt?«

»James.«

»Wann denn? Davon hat er mir gar nichts gesagt. Bis jetzt hat er es noch nicht einmal seiner Mutter erzählt.« Sie hatte James gleich nach seiner Rückkehr von ihrem Gespräch mit Carolyn berichtet, aber ihn hatte weniger die Baby-Neuigkeit umgetrieben, sondern vielmehr, dass seine Mutter glaubte, Maggie hätte ihn irgendwie umgarnt. Typischerweise hatte er nur still vor sich hin gekocht und es weiter vermieden, Judith zur Rede zu stellen.

Ehe Kathy antworten konnte, läutete die Türglocke, und eine neue Besucherin kündigte sich auf unverwechselbare Weise an.

»Diesen Husten würde ich überall wiedererkennen«, sagte Maggie, als die Schritte näher kamen.

»Ja, und ich weiß auch, was du als Nächstes sagen wirst.«

Ein weiterer unterdrückter Husten, während Alice Harvey zur Begrüßung streichelte.

»Warst du jetzt endlich beim Arzt?«

»Nein.« Für eine Sechzigjährige spielte Alice die schuldbewusste Göre ganz gut, indem sie einen Fuß in den Fliesenboden bohrte.

»Hast du jetzt gerade etwas Dringendes zu tun?« Maggie schnappte sich das Empfangstelefon.

Alice versuchte, nicht zu lachen. »Ich wollte einen Frisörtermin ausmachen, keinen Arzttermin!«

»Kannst du beides haben«, erwiderte Maggie. Sie kannte die Nummer vom Ärztezentrum auswendig und wählte sie.

Die überrumpelte Alice bekam den Hörer gereicht, und der Untersuchungstermin bei ihrem Hausarzt wurde ohne weitere Verzögerung vereinbart.

»Ich gehe mal lieber wieder, ehe du mich mit noch was anderem überfährst«, murmelte Alice und stöckelte zur Tür.

»Warte, hast du die Miltons in letzter Zeit mal wieder gesehen?«, fragte Maggie.

»Ich schaue hin und wieder bei ihnen vorbei, und es ist alles mehr oder weniger beim Alten. Elsie hat ihre Aussetzer, aber bisher nichts annähernd so Schlimmes wie neulich in der Bank. Was ihr damals vor all den Jahren auch passiert ist, es muss wirklich traumatisch gewesen sein. Falls es überhaupt passiert ist«, fügte sie schnell hinzu.

»Jetzt hör auf«, sagte Kathy ungeduldig, »ich weiß, dass du sie schonen willst, aber Elsies Geheimnis ist doch längst stadtbekannt.«

»Deswegen können wir ihr zuliebe trotzdem so tun, als wüssten wir nichts«, entgegnete Alice, Kathy zum Widerspruch herausfordernd. Sie waren alte Freundinnen, die eine Auseinandersetzung nicht scheuten. »Das Gute ist nämlich, falls man das so sagen kann, dass sie derzeit alle möglichen anderen Erinnerungen ausgräbt. Wir haben festgestellt, dass wir uns früher schon mal begegnet sein müssen. Nachdem sie Ted geheiratet hatte, hat Elsie ihre Tante Flo mit ihm und den Kindern hier ziemlich regelmäßig besucht. Yvonne und Nancy waren zwar ein bisschen jünger als ich, aber ich weiß noch, dass ich im Park mit zwei kleinen Mädchen aus Liverpool gespielt habe, das müssen sie gewesen sein.«

»Ach, wirklich? Kannst du dich auch an Flo Jackson erinnern? Weißt du zufällig etwas über ihre Familie?«, fragte Maggie begierig. Vielleicht konnte Alice ihr bei der Suche nach Tess behilflich sein. Sie hatte herausgefunden, dass eine Ermittlung über die Adoptionsstelle ein langwieriger Prozess war, der ohnehin nicht ohne das Einverständnis der Miltons in Gang gesetzt werden konnte. Falls es ihr in der Zwischenzeit gelänge, Mrs Jacksons Nichte aufzuspüren, wären sie schon einmal einen wichtigen Schritt weiter, denn die Zeit drängte.

»Leider nein«, sagte Alice. »Ich kannte sie vom Hörensagen, aber sie wurde ein bisschen einsiedlerisch auf ihre alten Tage und ist irgendwann in den Sechzigern gestorben. Ob du es glaubst oder nicht, ich war damals noch blutjung. Wie gesagt, ich erinnere mich nur vage daran, mit den Mädchen gespielt zu haben, und Yvonne hat überhaupt keine Erinnerung mehr an Sedgefield.«

»Du hast mit der Tochter gesprochen? Wie ist sie?«, fragte Kathy neugierig.

»Sehr nett, aber ein bisschen herrisch. Hat mich an dich erinnert«, brummte Alice. »Sie war nur eine Woche hier und hat keine Zeit vergeudet. Es gab jede Menge Termine bei Ärzten, Spezialisten, Sozialarbeitern und so weiter. Sie hat ihre Eltern sogar auf eine Besichtigungstour durch diverse Pflegeheime mitgenommen.«

Das war nicht die Neuigkeit, die Maggie hören wollte. »Ted hatte schon so etwas befürchtet. Wie sind sie miteinander ausgekommen?«

»Ehrlich gesagt steht Elsie der Möglichkeit aufgeschlossener gegenüber als er, weil sie niemandem zur Last fallen will. Yvonne hat vorgeschlagen, dass sie es ja mal für ein paar Tage ausprobieren könnten, zur Entlastung, wenn es zu viel wird für Ted, aber er war strikt dagegen. Nicht, solange er noch schnaufen kann, meinte er. Er sagt, er schafft das, und mit ein bisschen Hilfe geht es vielleicht auch.«

»Ein Glück, dass er dich hat.«

»Ach, ich wohne ja ganz in der Nähe, das ist keine Mühe. Ich hoffe nur, dass jemand eines Tages das Gleiche für mich tut. Ich bestehe sogar darauf. Immerhin habe ich zwei stramme Söhne, und meine Schwiegertöchter sind auch sehr tüchtig. Ich habe ihnen schon eröffnet, dass ich die volle Absicht habe, ihnen zur Last zu fallen«, erklärte Alice mit einem heiseren Lachen. »Jack meinte daraufhin, er könnte ja sein Kanalboot zum Alterssitz für mich umbauen.«

Während Maggie darauf wartete, dass Alices nächster Hustenanfall sich legte, kam ihr eine Idee. »Ich hatte ganz vergessen, dass Jack so ein Boot hat. Das soll ja sehr erholsam sein, damit herumzuschippern, oder?«

»Man kommt nur im Schneckentempo voran, aber das ist ja der Sinn der Sache. Es zwingt einen zur Entschleunigung. Jack hätte bestimmt nichts dagegen, wenn du und James es mal nehmen wollt. Er leiht es ständig an seine Freunde aus.«

»James liebt Boote«, sinnierte Maggie, »aber ich hatte gehofft, auf das großzügige Angebot einer anderen Freundin zurückzukommen, was unseren Sommerurlaub angeht. Sie hat ein Haus in Frankreich und liegt mir schon lange damit in den Ohren, mal dorthin zu fahren, aber irgendwie hat es nie gepasst.«

»Aber jetzt?«, rief Kathy überrascht. Das fragliche Haus war ein alter Bauernhof, der zum Immobilienbesitz ihres Vaters gehört hatte. James war einmal mit Carolyn dort gewesen, Grund genug für Maggie, sämtliche Einladungen in den letzten Jahren abzulehnen, aber jetzt merkte sie langsam, dass die Zeiten sich änderten. Und im Ausland konnte James wenigstens nicht zu irgendwelchen Notfällen auf dem Bau weggerufen werden.

»Ja, wir hatten daran gedacht, wenn es dir recht wäre und es frei ist?«

»Natürlich ist es mir recht! Es steht ganz zu eurer Verfügung.«

»Tja, da bin ich wohl ausgestochen worden«, bemerkte Alice. »Aber das Angebot steht, wenn ihr mal einen Kurzurlaub braucht.«

Maggie konnte sich ein verschmitztes Lächeln nicht verkneifen, denn sie hatte noch mehr einzufädeln. »Meinst du, du könntest das Angebot auch auf ein anderes Paar ausdehnen? Jenny bräuchte nämlich im Moment dringend eine Auszeit. Ich würde Jack auch bezahlen, sozusagen als verfrühtes Geburtstagsgeschenk an sie.«

»Kommt nicht infrage! Ich sage Jack, dass du ihn anrufst, dann könnt ihr die Einzelheiten besprechen.«

Damit entließ Maggie Alice endlich aus ihren Fängen, und erst Stunden später fiel ihnen allen auf, dass Alice den Frisörtermin gar nicht vereinbart hatte, für den sie gekommen war. Maggie war ganz damit beschäftigt, Pläne für Jenny und Mark zu schmieden. Vorausgesetzt, Jack war einverstanden, galt es nur noch, das kriselnde Paar davon zu überzeugen, einen gemeinsamen Wochenendtrip zu unternehmen, und

James irgendwie beizubringen, dass sie ein ganzes Wochenende lang auf Lily aufpassen würden. Abgesehen davon war alles geritzt.

»Endlich, da ist sie ja wieder«, sagte Kathy.

»Wer?«

»Die alte Maggie.«

Maggie wusste genau, was sie meinte, und das war vor allem James zu verdanken. Indem sie ihm erlaubt hatte, für sie zu sorgen, fühlte sie sich nun wieder frei genug, sich um andere zu kümmern, einschließlich deren Nachwuchs.

»Und da du gerade in der Stimmung zu sein scheinst, Einladungen anzunehmen, möchte ich dich zu einer kleinen Feier nächste Woche einladen. An meinem Geburtstag«, sagte Kathy.

Kathys Stimme verriet nichts, aber Maggies Gespür sagte ihr, dass da was im Busch war. »Ich dachte, du feierst deine Geburtstage nicht? Planst du etwas Besonderes?«

»Ja.«

»Wieso schwant mir nur, dass es mir nicht gefallen wird?«

»Keine Ahnung«, sagte Kathy verschnupft. »Ich dachte nur, ich könnte dich überreden, mal auf deine gewohnte Mittagspause im Park zu verzichten und zu einem kleinen Mädelsnachmittag zu mir zu kommen.«

»Nur wir beide oder wolltest du noch andere Mädels einladen?« Maggie musste ein Lächeln unterdrücken, als ihre Gedanken in großen Sprüngen vorauseilten. Kathy wusste, wie gern sie sich wieder einmal mit Elsie unterhalten würde, und vielleicht …«

»Du, ich und Judith.«

Irgendwo im Salon fiel ein Tablett scheppernd zu Boden, aber es hätte auch das Geräusch von Maggies Kinnlade sein können, die auf den Tresen krachte.

SECHZEHNTES KAPITEL

Als Maggie an die alte Haustür aus massivem Holz klopfte, stieg ihr der Geruch von Flieder in die Nase. Natürlich musste sie an Elsa denken, aber das hier war ein ganz und gar natürlicher Duft, der vom Garten herüberwehte. Sie hatte vergessen, dass Kathy zahlreiche Fliederbüsche besaß, und während sie darauf wartete, dass ihr aufgemacht wurde, überlegte sie, ob es schon zu spät in der Jahreszeit war, um Öl aus den Blüten zu gewinnen, wie es Mrs Jackson einst für ihre Seife getan hatte.

Kathy riss die Tür auf. »Ich hoffe, du hast Hunger«, sagte sie zur Begrüßung.

Harvey schnupperte erwartungsvoll. »Du warst damit nicht gemeint«, warnte Maggie ihn beim Eintreten. Sie hoffte, die Erste zu sein, um sich noch ein wenig orientieren zu können. Zwar kannte sie das Haus recht gut, aber schon eine kleine Veränderung in der Einrichtung konnte zu blauen Flecken und angestoßenen Zehen führen, und sie wollte diese schmerzhaften Fehler möglichst nicht unter Judiths mitleidigem Blick begehen.

Sie putzte sich die Füße auf der dickborstigen Fußmatte ab und trat in die weitläufige Diele. Dann klackten ihre Absätze über Porzellanfliesen und hallten durchs Haus. Sie war zum ersten Mal vor acht Jahren hier gewesen und hatte gleich den Eindruck gehabt, dass es sich um ein stattliches Heim handelte, doch erst James' spätere Beschreibungen hatten ihr seine ganze Pracht deutlich gemacht. Es war eine Villa aus der georgianischen Epoche mit drei Stockwerken, sogar vier, wenn man den Keller mitzählte. Vieles an der Ausstattung stammte noch aus der Zeit der Erbauung, darunter der Schachbrett-Fliesenboden, auf dem sie jetzt stand. James wurde ab und zu in Anspruch genommen, um das Haus vor dem Verfall zu bewahren, was für ihn genauso eine Herzensangelegenheit war wie für Kathy und Joe. In den vergangenen dreißig Jahren war es das Zuhause der Familie gewesen, doch nun, da die Kinder selbst Familie hatten, wurde es immer mehr zu einem »Groschengrab«, wie Kathy es gern zärtlich seufzend nannte.

»Ich kann es immer noch nicht glauben, dass ihr es tatsächlich aufgebt«, sagte Maggie und sog die Gerüche ein, die sie umgaben. Neben den vorherrschenden Aromen von Knoblauch und Kräutern, die aus der Küche kamen, war da der typische Geruch eines alten Hauses. Holzbalken und spröde Tapeten, die die Geschichte von Jahrzehnten in sich bargen.

»Weißt du, es gibt Zimmer, die ich manchmal monatelang nicht betrete, und wenn, dann nur, um zu lüften oder nachzusehen, ob die Decke noch nicht eingebrochen ist. Letztlich ist uns die Entscheidung leicht gefallen, und wir haben auch schon ein paar Anfragen von Mietinteressenten.«

»Noch ein Objekt im Bestand des Familienbesitzes?«, bemerkte Maggie ohne eine Spur von Neid. Sie wusste nicht, wie viele Häuser und Grundstücke Kathys Vater im Laufe der Jahre erworben hatte, wohl aber, dass das Ganze seiner Frau ziemliches Kopfzerbrechen bereitet hatte, als sie sich nach seinem Tod gezwungen sah, die Verwaltung des Ganzen zu übernehmen. Mit fast neunzig war Kathys Mum allem Anschein nach immer noch eine gewiefte Geschäftsfrau, hatte aber schließlich einsehen müssen, dass sie nicht bis in alle Ewigkeit weiterarbeiten konnte. Ihre Tochter würde das Geschäft nun in einer Flautezeit übernehmen, und auch wenn klar war, von wem Kathy ihr Arbeitsethos geerbt hatte, würde der Tag für sie doch mehr als vierundzwanzig Stunden haben müssen, um alles bewältigen zu können.

»Dieses Haus hat schon immer zu Dads Immobilienbestand gehört, genauso wie der Salon, aber wenn es nach mir ginge, wäre das einzige andere Anwesen, das ich behalten würde, das Bauernhaus in Frankreich. Du wirst verstehen, warum, wenn du es siehst«, erklärte Kathy, während sie Maggie und Harvey ins Wohnzimmer führte.

Ein aufdringliches Parfüm reizte Maggies Nebenhöhlen und sagte ihr, was sie wissen musste, um rechtzeitig ein höfliches Lächeln aufzusetzen, als Judith sie ansprach.

»James hat mir schon erzählt, dass ihr nach Frankreich fahrt. Die Jungs werden sich sehr freuen. Sie hatten ein paar wunderbare Sommer dort – Ken und ich sind in einem Jahr mal mitgekommen …«

Während Judith in Erinnerungen an die gute alte Zeit schwelgte, suchte Maggie sich ihren Weg zu der Couchgruppe hinüber. Als sie sich endlich ihrer Schwiegermutter gegenübersetzte, war ihr Lächeln zu einer Grimasse gefroren.

»Meines Wissens hast du dich damals beklagt, dass das Haus zu primitiv für deine hohen Ansprüche sei«, warf Kathy ein. »Heute ist es noch schlimmer. Nur falls das ein Wink mit dem Zaunpfahl sein sollte, dass du dich gern anschließen würdest.«

»Keineswegs«, sagte Judith brüsk und klatschte dann in die Hände, als sei ihr gerade ein Gedanke gekommen. »Warum ladet ihr nicht Carolyn und ihren Mann ein mitzukommen? Das hört sich zwar ein bisschen unkonventionell an, aber heutzutage gibt es ja noch ganz andere Patchwork-Familien. Carolyn könnte dir ein bisschen unter die Arme greifen, und die Kinder wären begeistert, da bin ich mir sicher.«

Maggies Mund öffnete und schloss sich wie bei einem Fisch auf dem Trockenen, während sie um eine Antwort rang, die keine Kraftausdrücke enthielt.

»Ich toaste gerade ein paar Panini für uns auf, nichts Besonderes«, sagte Kathy dazwischen. »Auch wenn es noch ein bisschen früh ist, wie wär's mit einem Glas Wein, Judith? Stell dir vor, du bist wieder ein Teenager, schwänzt die Schule und trinkst mitten am Tag.«

Judith lehnte zögerlich ab, aber Kathy ließ nicht locker. »Für dich habe ich alkoholfreien Wein, Maggie. Bin gleich wieder da.«

Stille füllte zunächst die Leere, die Kathy hinterlassen hatte. Maggie traute ihrer Selbstbeherrschung noch nicht genug, um etwas zu sagen.

»Also, was meinst du?«, sagte Judith, die zunehmend angespannte Atmosphäre zwischen ihnen ignorierend. »Soll ich Carolyn fragen, oder sollte der Vorschlag besser von James kommen?«

Maggie war nicht unbedingt für ihre Geduld bekannt, und nun hörte sie beinahe, wie der Faden riss. »Ich denke, er sollte von niemandem kommen, Judith«, sagte sie entschieden. »Carolyn hat ihr Leben, und wir haben unseres. Die Kinder sind an die Absprachen gewöhnt, und ich glaube, ein gemeinsamer Urlaub wäre alles andere als hilfreich, zumal schon genug Veränderungen auf sie zukommen. Ich möchte lieber, dass wir mit Liam und Sam allein fahren, um ihnen ein Gefühl von Verlässlichkeit zu geben und sie nicht zu verunsichern.« Maggie merkte, wie sie rot wurde. Sie hatte sich im letzten Moment davon abhalten können, Judith von Carolyns Schwangerschaft zu erzählen, weil sie wusste, dass ihr das nicht zustand.

»Es war ja nur eine Idee. Ich dachte, es könnte gut sein in dieser Lage, in der wir jetzt sind.«

»Und was für eine Lage meinst du genau?«

Judith reagierte gereizt auf Maggies scharfen Tonfall. »Ganz ehrlich? Nimm's mir nicht übel, aber ich finde nach wie vor, dass es mehr schadet als nützt, zum jetzigen Zeitpunkt ein neues Kind in die Familie zu bringen. Ich weiß, dass James es allen recht machen will, aber er hätte es dir ausreden sollen, den Jungs zuliebe.«

»Ich bestreite nicht, dass sie eine Weile brauchen werden, um sich auf die neue Situation einzustellen, aber mit genug Unterstützung und Zuwendung werden sie ihre neuen Geschwisterchen bald lieb gewinnen.«

»Plural? Sag nicht, dass du noch mehr planst?«

»Ich nicht«, sagte Maggie, weil sie sich in die Ecke gedrängt fühlte – zumindest würde sie es James später so erklären.

»Wie bitte?«

»Ich bin nicht die Einzige, die ihrem Kinderwunsch nachgibt. Du weißt, dass Carolyn auch schwanger ist, oder?« Maggie wartete ihre Antwort nicht ab. »Das Leben geht für uns alle weiter, Judith, und es wird Zeit, dass du das begreifst.«

»Ich fasse es nicht! Was um Himmels willen denkt sie sich dabei?«

»James und mich hast du das Gleiche gefragt, soweit ich mich erinnere«, erwiderte Maggie. »Ich würde sagen, Carolyn denkt genauso wie ich, nämlich dass es das Natürlichste von der Welt ist, mit dem Mann, den man liebt, ein Kind zu wollen.«

»Aber das Verhältnis zwischen den beiden ist doch so angespannt.«

»Offenbar nicht mehr«, sagte Maggie und verkniff es sich gerade noch hinzuzufügen, dass jegliche Spannungen, die Judith in Carolyns Beziehung zu ihrem Mann bemerkt haben mochte, möglicherweise etwas mit den Einmischungen ihrer Exschwiegermutter zu tun gehabt hatten.

»Ein Kind kann keine Ehe kitten, es erhöht nur den Stress.«

»Es kann aber auch eine Beziehung festigen und bereichern, die stark genug ist, den Stress auszuhalten.«

»Und du glaubst, diese Art von Beziehung zu haben?«, fragte Judith herausfordernd.

»Na, dann sag du mir doch, was für eine Art von Beziehung James und ich haben«, entgegnete Maggie und tappte nicht in die Falle, die Vorzüge ihrer Ehe aufzuzählen, nur damit Judith sie einen nach dem anderen schlechtreden konnte.

Mit hämmerndem Herzen erkannte sie, dass der Moment gekommen war, sich rückhaltlos die Meinung zu sagen. So beängstigend das war, brachte es doch auch ein solches Gefühl der Befreiung mit sich, dass sie alle Hemmungen und Bedenken wegen der Konsequenzen über Bord warf und nur wünschte, sie hätte schon früher den Mut dazu gehabt.

»Maggie, du bist eine willensstarke Frau, und ich mache dir keinen Vorwurf daraus, dass du die Sicherheit einer Ehe angestrebt hast …«

»Du meinst, dass ich James in die Ehefalle gelockt habe?«, unterbrach Maggie sie.

»Ich denke nur an meine Familie!«, rief Judith. »Meine Enkel haben genug mitgemacht, und ich will einfach, dass sie glücklich und geborgen aufwachsen.«

»Und du glaubst, das ist nur möglich, wenn James und Carolyn wieder zusammenkommen? Du wünschst dir, dass unsere Ehen scheitern, und denkst, dann könnt ihr wieder eine große glückliche Familie sein?«

»Ich hätte James nie davon abhalten sollen, nach Portsmouth zu ziehen. Er hat Carolyn geliebt und wollte sie nicht gehen lassen. Ich habe ihm gesagt, dass er nach vorn schauen muss, aber als er sich mit dir getröstet hat, wurde mir klar, was für einen Fehler ich begangen hatte. Es tut mir aufrichtig leid, dass du da hineingezogen wurdest, Maggie. Ehrlich.«

»Ich will dein Mitleid nicht, Judith. Alles, was ich will, ist, dass du mir eine Chance gibst.«

Judith nahm Maggies aufrichtige Bitte nicht einmal zur Kenntnis. »Es ist ganz allein meine Schuld, das weiß ich. Ich versuche nur, alles wieder ins Lot zu bringen.«

»Wenn das deine Art ist, die Dinge ins Lot zu bringen, Judith, dann gnade uns Gott.« Kathy lehnte an der Tür, von wo aus sie schon eine Weile zugehört hatte. Maggie hatte sie kommen gehört und sich schon gefragt, wann sie sich einmischen würde. Obwohl sie offen und unverblümt sprach, bebte ihre Stimme vor Erregung. »Abgesehen von Liam und Sam ist Maggie das Beste, was James je passiert ist. Mit Carolyn war er nie so glücklich und zufrieden, und es ist mir ein Rätsel, warum du das nicht kapierst. Was du da anstrebst, ist unverzeihlich, und ich werde das nicht länger schweigend hinnehmen. Maggie ist mit deinem Enkelkind schwanger, und er oder sie hat genauso ein Recht auf deine Fürsorge wie die Jungs! Willst du, dass noch ein Kind unter einer Scheidung zu leiden hat? Solltest du nicht verdammt noch mal alles tun, damit diese Ehe hält, statt sie zu sabotieren? Ich hätte wirklich etwas anderes von dir erwartet.«

Judith schniefte pikiert. »Hast du mich deshalb eingeladen? Damit ihr euch gegen mich verbünden könnt?«

»Ach, Judith, hör doch auf. Ich habe dich hergebeten, weil

du meine älteste Freundin bist, und ich habe Maggie hergebeten, weil sie eine meiner besten Freundinnen ist. Ich habe große Hochachtung vor euch beiden, aber ich bin einfach zu alt, um noch mehr von diesem Unsinn zu dulden.« Kathy raufte sich buchstäblich die Haare. »Judith«, fuhr sie dann im Tonfall einer Staatsanwältin bei der Verlesung der Anklage fort, »Maggie ist die Erste, die zugeben würde, dass sie manche Dinge nun einmal nicht kann, aber das macht sie mehr als wett durch anderes, das sie besser kann als die meisten. Du dagegen siehst immer nur ihre Einschränkungen und wie sie deinen Sohn behindern könnten. Du musst dich langsam mal von der albernen Idee verabschieden, dass James nur mit Maggies Gefühlen spielt, während er darauf wartet, dass Carolyn zu ihm zurückkommt. Das ist so absurd, dass es geradezu lachhaft ist – und so gern ich über dich lache, Judith, ist das doch eher zum Weinen.«

Judith machte Anstalten, etwas zu erwidern, aber Kathy war noch nicht fertig. Harvey winselte und drückte sich in den Zwischenraum zwischen dem Sessel und Maggies Beinen, als wüsste er, dass der Kampf noch lange nicht vorbei war.

»Maggie«, sagte Kathy, nun in die Rolle der Verteidigerin schlüpfend, »obwohl man es im Moment kaum glauben mag, ist deine Schwiegermutter im Grunde ein herzensguter Mensch. Sie kann ziemlich manipulativ sein, aber meistens mit den besten Absichten, zumindest rechtfertigt sie es damit vor sich selbst. Du aber auch – weißt du noch, wie Alice dir neulich aus der Hand gefressen hat?« Sie schüttelte den Kopf. »Judith ist außerdem zäh und stur, besonders, wenn sie glaubt, ihre Familie beschützen zu müssen. Aber wenn es erst einmal in ihren Dickschädel gegangen ist, dass James und du füreinander geschaffen seid, wenn sie kapiert, dass du auch zu ihrer Familie gehörst, dann wird sie zu einer starken Verbündeten, das kann ich dir versprechen. Ich hatte gehofft, dass sie von selbst zu der Einsicht kommt, spätestens, nachdem du ihr von deiner Schwangerschaft erzählt hattest, aber gib die Hoffnung noch nicht auf. Sobald sie ihr jüngstes Enkelkind zu Gesicht bekommt, wird ihr Herz schmelzen. Das heißt, falls es noch nicht völlig verwelkt und vertrocknet ist.«

Judith schnaubte, und Maggie machte sich auf eine weitere abfällige Bemerkung gefasst, doch dann kam ein Stück von der Frau zum Vorschein, die Kathy offenbar achtete und bewunderte. »Ich habe immer noch ein Herz«, sagte Judith, und diesmal klang es nicht wie eine Kampfansage, sondern eher wie ein Versprechen.

Maggie fühlte ihren Blick auf sich und musste sich zwingen, ihn auszuhalten. Sie wollte nicht bewertet und beurteilt werden, und ganz bestimmt wollte sie es nicht noch einmal mit einer Zurückweisung aufnehmen. War es zu optimistisch zu hoffen, dass ihre Schwiegermutter sie jetzt mit neuen Augen sah, endlich über ihre Vorurteile hinwegsah? Maggie spürte, dass Judiths Sinneswandel zum Greifen nah war und wunderte sich, wie sehr sie sich immer noch wünschte, von ihr angenommen zu werden. Mit klopfendem Herzen sagte sie: »Ich weiß, dass ich nicht die Frau bin, die du dir für James wünschst, und es ist klar, dass du mich nicht magst, aber ich schwöre, dass ich ihn nicht aus Berechnung eingefangen habe. Ich habe mich in deinen Sohn verliebt und er sich in mich. Und unsere Ehe wird halten, weil ich ihn zu sehr liebe, um ihn noch einmal eine Trennung durchmachen zu lassen. Das würde ihn vernichten – und mich mit.« Maggie geriet außer Puste und rang nach Luft, sprach aber weiter, als hinge ihr Leben davon ab. »Wenn ich ehrlich sein soll, dann muss ich sagen, dass die größte Belastung für unsere Ehe bisher nicht meine Behinderung war, sondern deine Weigerung, mich zu akzeptieren. Du hast mich willensstark genannt, aber so habe ich mich in letzter Zeit überhaupt nicht gefühlt, weit entfernt davon«, gestand sie freimütig und fuhr fort, sich in einer Weise zu offenbaren, wie sie es nie vorgehabt hatte, schon gar nicht gegenüber ihrer Schwiegermutter. »Deine Meinung ist mir wichtig, Judith, weil sie James wichtig ist, und deine Ablehnung, was mich, mein Kind und unsere Ehe angeht, hat mich an den Rand der Verzweiflung getrieben. Es war so schlimm, dass ich schon Visionen davon hatte, mich in den See im Victoria Park zu stürzen!« Als sie nach einer kurzen Unterbrechung weitersprach, war ihre Stimme nur noch ein Flüstern. »So wertlos habe ich mich gefühlt. So weit hast du mich gebracht.«

Sie war nicht die Einzige im Zimmer, die schlucken musste, weil sie von ihren Gefühlen überwältigt wurde.

»Das habe ich nicht gewollt …«

Maggie straffte die Schultern, sie würde von nun an kein williges Opfer mehr sein.

»Ich erwarte nicht, dass unser Verhältnis sich über Nacht ändert, aber ich finde, wir sollten es noch einmal miteinander versuchen. Und ich warne dich besser vor, du hast nicht das Monopol auf Sturheit. Ich war zwar nahe dran aufzugeben, aber das kommt nicht infrage. Ich werde um meine Ehe und meine Familie kämpfen.«

Maggies Pulsschlag hämmerte so stark in ihren Ohren, dass sie beinahe Judiths Antwort nicht verstand.

»Um das mal klarzustellen, es ist nicht so, dass ich dich nicht mag, Maggie. Ich habe fast ein bisschen Angst vor dir.«

»Angst?«

»Du kannst recht … einschüchternd sein«, sagte Judith,

verbesserte sich dann jedoch. »Nein, ich meine wohl eher direkt. Als ich dir zum ersten Mal begegnet bin, wusste ich nicht, wie ich mich verhalten sollte, und merkte, wie deine Mutter mich ständig kritisch beobachtete. Also, *sie* war wirklich einschüchternd.«

Maggie erinnerte sich an diese erste Begegnung. James hatte ein Familientreffen mit beiden Elternpaaren und den Jungen organisiert. Joan und Stan waren im Vorteil gewesen, weil sie James bereits kannten und ihn mit offenen Armen aufgenommen hatten. Joan erwartete natürlich, dass Judith Maggie mit der gleichen Zuneigung willkommen hieß, und als das nicht sofort geschah, war sie außer sich vor Empörung gewesen.

»Und damit waren die Fronten abgesteckt«, schloss Maggie. »Meinst du, wir könnten noch mal von vorn anfangen?«

»Ich würde es gern versuchen«, sagte Judith versonnen, als sähe sie in ihrer Vorstellung gerade Möglichkeiten zu einem Neuanfang. »Es wäre schön, ein kleines Mädchen in der Familie zu haben, meinst du nicht?«

Ein kleiner Schauder überlief Maggie. »Ich kann dir kein Mädchen versprechen«, sagte sie laut, weil Kathy sich gerade geräuschvoll die Nase schnäuzte, »aber ich kann dir ein Enkelkind versprechen, dass, eine Oma braucht. Du bist die einzige, die es haben wird.«

»James ist ein toller Vater.«

»Und ein treuer Sohn«, sagte Maggie. »Ich will nicht, dass unser Verhältnis ihm weiter Kopfzerbrechen macht.« Sie hatte ihre Worte sorgfältig gewählt, um Schuldzuweisungen und neuen Streit zu vermeiden. »Wenn wir das Kriegsbeil begraben, sind wir wahrscheinlich alle sehr viel glücklicher.«

Ein Moment des Schweigens entstand, als beide Frauen über ihre Aussprache nachdachten. Es hatte sich etwas verändert zwischen ihnen, etwas Grundlegendes, und sie brauchten Zeit, um sich darauf einzustellen. Kathy dagegen hatte keinerlei Anpassungsprobleme. »So, meine Lieben, das wäre geklärt«, verkündete sie zufrieden.

»Du warst schon immer eine, die sich überall einmischen muss«, warf Judith ihr an den Kopf.

»Ich?«

»Ja, du!«

»Wer im Glashaus sitzt …«, sagte Kathy.

Maggie biss sich auf die Lippen, konnte ein Grinsen aber nicht unterdrücken. »Wart ihr in der Schule auch schon so, ihr beiden?«

»Ja«, antworteten sie einstimmig.

»Ich glaube, da verbrutzelt gerade etwas«, bemerkte Maggie, da ihre Nase ihr sagte, dass die Panini jetzt mehr als aufgewärmt waren.

»Verflixt«, rief Kathy. »Schnell, hier ist der Wein, den du nicht wolltest, Judith.«

Flüssigkeit schwappte über, als ein Glas von Hand zu Hand gereicht wurde, und Maggie hörte Judith einen herzhaften Schluck trinken. Kathy drückte ihr ebenfalls ein Glas in die Hand. »Ich glaube, wir haben sie endlich kleingekriegt«, flüsterte sie laut, bevor sie in die Küche eilte.

»Vielleicht könntet ihr ja wirklich mit uns nach Frankreich kommen«, schlug Maggie beherzt vor.

Judith lachte leise. »Nein, Kathy hat recht, es ist mir wirklich alles ein bisschen zu unkomfortabel dort. Aber danke, dass du gefragt hast, ich weiß das zu schätzen.«

Der Duft von geschmolzenem Käse und Knoblauch wehte herein. »Ist es dir auch zu unkomfortabel, vom Schoß zu essen?, fragte Kathy, während sie ein großes Tablett auf den Couchtisch in der Mitte stellte. »Wir haben das Esszimmer seit Monaten nicht mehr benutzt, und es riecht ein bisschen muffig dort drin.«

Ohne zu fragen hatte Kathy ein paar Happen auf einen Teller getan und ihn Maggie gegeben, damit sie nicht um Hilfe bitten musste. Auch wenn sie gemeinsam daran arbeiteten, Judiths Vorurteile abzubauen, würde doch mehr nötig sein als eine kräftige Standpauke, um sie völlig auszumerzen.

»Lass James doch mal einen Blick hineinwerfen, wenn du denkst, dass sich Schimmel gebildet hat«, sagte Maggie.

»Ja, ich schätze, er schuldet mir einen Gefallen, nachdem ich das mit euch beiden geregelt habe«, sagte Kathy übermütig.

»Wie kommt ihr denn mit der Suche nach einem neuen Domizil voran?«, fragte Judith sie.

»Wir werden wahrscheinlich ein Gebot für ein Haus abgeben, das wir uns angesehen haben. Es hat eine hübsche kleine Einliegerwohnung und ist nicht allzu weit von Nantwich entfernt. Mum könnte sich immer noch mit ihren Freundinnen treffen, was bedeutet, dass sie keinen Grund mehr hätte, sich zu weigern.«

»Ich finde es wirklich tapfer von dir, dass du es mit ihr aufnehmen willst. Wenn du uns schon für herrische Drachen hältst, Maggie, hättest du mal Kathys Mum zu ihren besten Zeiten sehen sollen.«

Maggie lächelte. Zum ersten Mal hatte Judith das Wort »sehen« im Zusammenhang mit ihr gebraucht, ohne aus der Fassung zu geraten.

»Deshalb bin ich ja auch fest entschlossen, den Salon weiterzuführen«, sagte Kathy. »Das ist zwar ein bisschen viel mit dem ganzen Immobilienmanagement obendrein, aber dann werde ich eben Hilfe einstellen, und außerdem macht es mir nichts aus, viel zu tun zu haben. Im Gegensatz zu dir, du Teilzeittante.«

»Ich arbeite immer noch an drei Tagen die Woche im Caritas-Laden«, betonte Judith, »aber ich werde mich nicht dafür entschuldigen, dass ich langsam einen Gang runterschalte. Wenigstens habe *ich* keine Angst vor dem Altwerden. Ich kann es kaum erwarten, meine Gratisjahreskarte für den Bus zu bekommen. Nur noch achtzehn Monate«, scherzte sie.

»Die kannst du dann ja gleich dazu benutzen, Ausflüge mit deinem jüngsten Enkelkind zu machen«, entgegnete Kathy, die sich weniger als Maggie davor scheute, wieder in dieselbe Kerbe zu hauen.

»James und ich sind schon übereingekommen, dass wir Judith und Ken nicht um ihren wohlverdienten Ruhestand bringen werden.«

»Ach, mal sehen«, sagte Judith mit einem hörbaren Lächeln. »Es ist bestimmt besser, als die Hausarbeit über den ganzen Tag zu verteilen. Was andererseits den Vorteil hat, dass meine Zimmer keinen Schimmel ansetzen.«

»Das konnte ja nicht lange gut gehen. Nettsein liegt einfach nicht in ihrer Natur«, bemerkte Kathy zu Maggie.

Bei all der Aufregung hätte Maggie beinahe den Anlass der Einladung vergessen oder vielmehr den Grund, den Kathy vorgeschoben hatte, um sie zusammenzubringen. »Also, ich weiß, dass du kein Trara willst«, sagte sie, als das Essen abgeräumt und Wein nachgeschenkt worden war, »aber ich wollte nicht ganz mit leeren Händen kommen. Hier, es ist nur eine Kleinigkeit, ich hoffe, es gefällt dir. Alles Gute zum Geburtstag, Kathy.«

Maggie gab ihr eine kleine Geschenktüte und bekam zuerst ein tadelndes Murmeln zu hören und dann einen entzückten Seufzer, als Kathy das selbst gemachte Türschild auspackte. Es bestand aus einem Stück massiver Eiche, das in Form von vier Buchstaben ausgesägt worden war. »Das Holz stammt von eurer alten Gartenpforte hinten, die James letzten Monat ersetzt hat«, erklärte Maggie. »Er hat es für mich zurechtgesägt, und ich habe es abgeschmirgelt und ihm den letzten Schliff gegeben.«

Kathy atmete den Geruch des alten Eichenholzes ein, das mit Leinöl und einer Spur von Ylang-Ylang behandelt worden war. »HEIM«, las sie, und ihre Stimme bebte leicht dabei.

»Ich dachte, so habt ihr eine Erinnerung, wenn ihr auszieht.«

»Das ist Braille, oder?«, fragte Kathy. »Moment, der Teil hier heißt ›Kathy‹, richtig?«

Maggie hatte in Feinarbeit winzige Metallstifte in den äußeren Rand des Schilds genagelt, und obwohl Kathy Braille nicht lesen konnte, hatte sie doch genug von Maggie aufgeschnappt, um die Zeichen für ihren Namen zu erkennen. »Dein Name, Joes und die der Kinder. Die Menschen, mit denen du hier gelebt hast.«

»Das ist wunderschön«, sagte Judith. »Eine tolle Idee, Maggie, und sehr aufmerksam.«

»So ist sie eben«, sagte Kathy voller Stolz.

»Ja, langsam sehe ich das auch.« Judith räusperte sich und setzte ihr Glas ab. »Wenn ihr mich kurz entschuldigen wollt, ich muss mir mal die Nase pudern.«

»Ich kann es nicht fassen, dass ich Judith gerade eingeladen habe, mit uns nach Frankreich zu kommen«, stöhnte Maggie, als ihre Schwiegermutter nach oben verschwunden war. »Was habe ich mir bloß dabei gedacht?«

»Du wolltest ihr die Hand reichen und hast ihr alle beide gereicht.«

»Übertreibe ich es?«

»Nein, du machst das gut, Maggie«, versicherte Kathy ihr. »Es tut mir leid, dass ich nicht früher gemerkt habe, wie schlimm es für dich war.«

Maggie strahlte übers ganze Gesicht. »Das ist jetzt Vergangenheit«, sagte sie. Sie freute sich auf die Zukunft und darauf, Judith besser kennenzulernen. Das würde nicht leicht sein, denn sie war lange nicht so entgegenkommend wie James, aber das wusste Judith vermutlich schon. »Ich bin doch nicht wirklich so eine Strippenzieherin, oder?«

»Nein, das habe ich nur gesagt, damit Judith sich besser fühlt«, behauptete Kathy.

Maggie prustete. »Es ist wirklich erstaunlich, wie du es geschafft hast, bei all dem schlechten Einfluss um dich herum so unschuldig zu bleiben.«

»Das Gleiche könnte man von deinem Gatten sagen.«

»James?«

Kathy lachte. »Du kannst dich bei ihm für dieses kleine Beisammensein bedanken. Er hat mir erzählt, was Carolyn bei eurem Telefonat herausgerutscht ist, und wollte seine Mum zur Rede stellen, aber wir sind zu dem Schluss gekommen, dass ich wahrscheinlich bessere Chancen habe, zu ihr durchzudringen. Worüber er natürlich sehr erleichtert war.«

»Wenn er nicht von vornherein darauf spekuliert hat«, sagte Maggie. »Du wusstest also nichts davon, dass Judith sich einredete, ich hätte James in die Falle gelockt?«

»Wenn ich das gewusst hätte, hätten wir diesen Showdown hier schon längst gehabt«, zischte Kathy. Sie hörten die Dielen oben knarren, als Judith durch den Flur zur Treppe ging.

Als sie herunterkam, verharrten ihre Schritte auf einmal, und statt direkt ins Wohnzimmer zurückzukommen, ging sie durch die Diele zur Haustür. Im ersten Moment dachte

Maggie, sie hätte ihre Meinung geändert und wolle die Flucht ergreifen, doch dann kam Judith herbeigeeilt.

»Ich will dich ja nicht beunruhigen, Kathy, aber ich habe gerade gesehen, wie eine Frau durch die Scheibe in der Haustür hereingespäht hat. Sie ist wieder fort, aber ich glaube, sie hält sich immer noch im Garten auf.«

Kathy sprang auf und ging zu dem großen Erkerfenster des Wohnzimmers hinüber. Maggie stand ebenfalls auf, obwohl sie nicht wusste, was sie tun konnte, aber sie wollte nicht außen vor bleiben. Sie hatte Harvey sein Geschirr abgenommen, das sie ihm jetzt rasch wieder anlegte. Als sie seinen Hals tätschelte, merkte sie, dass sich sein Nackenfell sträubte, als witterte auch er Scherereien.

»O Gott, das ist Mrs Milton!«, rief Kathy.

Elsa blickte mit verschwommenen Augen auf und sah nur tanzende Flecken des Sonnenlichts, das durch den Baldachin von schwankenden, unter dem Gewicht der Fliederdolden ächzenden Äste drang. Sie wollte ihre Tränen nicht fließen lassen; sie hatte genug geweint, dass es für ein ganzes Leben reichte. Als Freddie gestorben war, hatte sie sich in ihr Zimmer eingeschlossen und geheult, bis sie heiser war. Sie hatte kaum geschlafen, und wenn sie doch eingenickt war, dann hatte sie darum gebetet, nie wieder aufzuwachen. Es war alles aus. Sie hatte den einzigen Mann verloren, den sie je lieben würde, und bald würde sie auch ihr Kind verlieren.

Anne und ihr Mustergatte waren in den letzten Wochen ihrer Schwangerschaft wie zwei Geier um sie herumgekreist, die geduldig darauf warteten, ihr das letzte Stückchen Leben entreißen zu können. Sie hatten sich besorgt gegeben, doch die Tränen in Annes Augen, als sie Elsas untröstlichen Kummer sah, waren gewiss Freudentränen gewesen. Jetzt konnte sie nichts mehr aufhalten, das Baby gehörte ihr, so glaubte sie jedenfalls.

Was Anne nicht wusste, war, dass Elsa sich in der Tiefe ihrer Verzweiflung an einen Rest von Hoffnung geklammert hatte, an einen Grund zum Weiterleben. Dieser Grund hatte sie mit seinen tretenden Füßchen zur Vernunft gebracht. Sie hatte eine Pflicht ihrem ungeborenen Kind gegenüber, und je kräftiger es wurde, desto stärker wurde auch ihr Mutterinstinkt.

Elsa hatte sich geschworen, stark zu bleiben, und als die nächste Wehe ihren Körper zerriss, hielt sie sich den Mund zu, um ihre Schreie zu unterdrücken. Das Kind kam zu früh, sie war noch nicht bereit. Sie hatte Celia nochmals angefleht, ihr zu helfen, entweder, indem sie sie bei sich aufnahm oder mit ihren Eltern redete, doch Celia hatte sich geweigert mit der Begründung, sie nicht zugrunde richten zu wollen. Alle sagten ihr ständig, dass sie zu unreif sei, aber sie würde es ihnen zeigen. Sie hatte das bisschen Lohn, das sie von Mrs Jackson bekam, heimlich gespart. Das würde zwar nicht lange reichen, aber immerhin dafür, dass sie mit dem Baby den Bus besteigen und Sedgefield hinter sich lassen konnte. Allerdings hatte sie gedacht, noch etwas Zeit zu haben, um sich einen richtigen Fluchtplan zurechtzulegen. Als die ersten Wehen sie in den frühen Morgenstunden geweckt hatten und ihr klar geworden war, dass ihr keine Zeit mehr blieb, war sie kopflos getürmt.

Erst jetzt bereute sie ihr übereiltes Handeln. Sie hätte in ihrem Zimmer bleiben und nach Mrs Jackson rufen sollen, als die noch schwachen, aber regelmäßigen Krämpfe ihren Bauch zusammenzogen, doch stattdessen hatte sie sich unbemerkt aus dem Haus geschlichen. Sie war kaum bis zur Einfahrt gekommen, als das heftig ziehende Gefühl, das mit den Schmerzen einherging, ihr das Gehen unmöglich machte. Das Baby kam.

Hilflos war sie zurück zu dem dunkel gähnenden Hauseingang getaumelt. Sie hatte die Hand schon am Türgriff, konnte sich aber nicht überwinden hineinzugehen. Das Haus kam ihr falsch vor, alles kam ihr falsch vor, und sie war vor Angst wie gelähmt. Sie meinte eine Bewegung hinter der Buntglasscheibe zu bemerken, und ihr stockte das Herz. Als sich eine weitere Wehe ankündigte, stolperte sie auf den Schutz der Fliederbäume zu, doch die Schmerzen wurden jetzt unerträglich. Sie brauchte Hilfe, und mit den Wehen nahm zugleich ihre Furcht zu, dass sie mitsamt ihrem Kind sterben könnte. Elsa stieß einen Urschrei aus, der halb Sedgefield hätte aufwecken können.

Während Kathy und Judith noch ungläubig aus dem Fenster starrten, lief Maggie mit Harvey schon hinaus in die Diele. Sie würde sich nicht von ihrer Aufregung und der ungewohnten Umgebung unterkriegen lassen und fummelte nur kurz an dem Schloss herum, ehe sie die Haustür aufbekam. Der Fliederduft draußen hatte jetzt einen wohlvertrauten synthetischen Beigeschmack, stellte sie fest, und im selben Moment hörte sie den Schrei.

»Such Mrs Milton, Harvey!«, flehte sie. Das war zwar kein antrainiertes Kommando, doch der Labrador witterte bereits, wo sie gebraucht wurden. Kathys Vorgarten war ausgedehnt und mindestens doppelt so breit wie das zweigiebelige Haus. Eine gewundene Auffahrt führte von links zum Vordereingang, aber Harvey zog sie nach rechts. Maggie verlangsamte ihr Tempo nicht, als sie vom festen Asphalt auf weichen, schwammigen Rasen trat, und auch nicht, als sie mit den Schultern gegen herunterhängende Ranken und Zweige stieß, die an ihrem Kleid zerrten. Es blieb keine Zeit, um auf die anderen zu warten, und als Kathy und Judith endlich aus dem Haus kamen, tauchte Maggie schon in den Schatten der Fliederbäume ein.

Der Boden fiel hier sacht ab, und Harvey führte sie umsichtig. Als er stehen blieb, hatte der natürliche Duft Elsies Parfüm überlagert, aber Maggie wusste, dass sie am Ziel waren. Durch das Wispern der Blätter hindurch hörte sie schwere stoßweise Atemzüge. Es war jedoch nicht das Bild einer alten Dame, das ihr in den Sinn kam, sondern das einer jungen Frau, die sich vor Furcht zusammenkrümmte.

»Elsa?«, sprach Maggie sie an. »Was machen Sie hier?«

»Das Baby kommt«, antwortete sie keuchend. »Ich habe solche Angst. Ich will sie nicht verlieren.«

Maggie ging vorsichtig in die Hocke, stützte sich dabei an Harvey ab und streckte tastend die Hand aus, die jedoch ins Leere griff. Zweige brachen, als Elsa ängstlich vor ihr zurückwich. »Ich bin es, Maggie. Sie sind in Sicherheit. Ich lasse nicht zu, dass Ihnen jemand etwas tut.«

Kalte Finger packten ihre Hand mit eisernem Griff. »Bitte helfen Sie mir.«

»Deshalb bin ich hier. Ihnen kann nichts mehr passieren«, sagte Maggie. Sie hörte Kathy und Judith hinter sich. »Bitte kommen Sie mit mir ins Haus. Hier können Sie nicht bleiben.«

Maggie führte die gebrechliche Mrs Milton mit Kathys Hilfe zum Haus. Die Aufgabe fiel ihr doppelt schwer, da sie beide Arme brauchte, um die alte Frau zu stützen. Harvey folgte ein paar Schritte dahinter mit Judith, die ihr leise murmelnd die Richtung wies.

»Ich gehe jetzt auf mein Zimmer«, sagte Mrs Milton mit jugendlichem Timbre, als sie ins Haus kamen.

Kathy hatte nichts dagegen, dieser so gut wie Fremden ihr Heim zu öffnen, und so brachte Maggie Elsie die Treppe hinauf. Die alte Dame schien sich hier viel besser auszukennen als sie, denn sie wandte sich sofort nach links und ging durch eine Tür. Die abgestandene Luft und die stockfleckigen Gardinen deuteten darauf hin, dass das Zimmer lange nicht benutzt worden war.

Sprungfedern quietschten, als Mrs Milton sich auf das Bett sinken ließ, während Maggie sich zur anderen Seite herumtastete. Es war ein Doppelbett mit einem Holzrahmen und einer zusammengefalteten Decke am Fußende, die Maggie über Mrs Milton breitete, bevor sie ihr die Schuhe abstreifte und sich neben sie legte. Die Kopfkissen rochen ebenfalls etwas muffig, aber die Bezüge waren kühl und gestärkt.

»Alles kommt wieder in Ordnung, Elsa«, flüsterte Maggie, obwohl die Lüge ihr die Tränen in die Augen trieb.

»Wo ist Mrs Jackson?«

»Wir sagen ihr Bescheid.« Kathy stand mit Judith an der Tür des Zimmers. Harvey war ganz in der Nähe und hechelte vernehmbar, wohl eher vor Aufregung als vor Anstrengung. »Ich gehe jetzt runter und hole telefonisch Hilfe«, fügte sie bedeutungsvoll hinzu.

»Danke, Kath.«

Mrs Milton spannte sich am ganzen Körper an und schrie vor Schmerz. »Es ist gleich da. O Gott, bitte nicht. Bitte, bitte, ich will sie nicht verlieren«, keuchte Elsa und weinte jetzt. »Ich lasse sie mir nicht wegnehmen, lieber sterbe ich. Ich will sterben. Sie ist alles, was ich habe. Ohne sie hat es keinen Sinn weiterzuleben.«

»Doch«, beharrte Maggie. »Sie haben eine Zukunft, in der Sie wieder glücklich sein werden, Elsa. Sie werden jemand finden, der Sie liebt und Sie nie verlässt.«

Elsa stöhnte und wälzte sich unter der Bettdecke herum. »Nein, nein, ich will keinen anderen. Ich will meinen Freddie, sonst keinen, niemals!«

Maggie überlegte, ob Ted sich so etwas öfter anhören musste. Sie wollte sich gar nicht vorstellen, wie schmerzlich es für ihn sein musste, die eigene Frau sehnsüchtig nach einem verlorenen Liebsten rufen zu hören, zu hören, wie sie fast sechzig Jahre Ehe einfach außer Acht ließ.

Instinktiv begann sie, ihre Freundin hin und her zu wiegen, woraufhin das Schluchzen langsam, aber sicher verebbte und Elsa sich entspannte. Es schien eine Ewigkeit zu dauern, in Wirklichkeit wohl aber nur Minuten, bis sie still wurde. Sie atmete schniefend, aber weniger mühsam, und Maggie stellte erleichtert fest, dass sie eingeschlafen war.

»Kann ich irgendetwas tun?«, flüsterte Judith.

Maggie stützte sich auf einen Ellbogen. »Ja, könntest du bitte Harvey hierher bringen?«, sagte sie so leise es ging. »Er wirkt immer beruhigend auf sie, und das hilft ihr vielleicht, wenn sie aufwacht.«

Der Hund kam an Elsies Seite des Betts getapst und legte seinen Kopf auf die Matratze. Dann meinte sie zu hören, wie er sich die Lefzen leckte, und merkte zu spät, dass es Elsies Gesicht war.

»Was …?«, stöhnte Elsie und versuchte, ihr Gesicht mit dem Arm zu bedecken. Beim Herumfuchteln bemerkte sie Harvey, doch statt den Hund wegzustoßen, fing sie an, ihn zu streicheln. »Hallo, mein Junge, was machst du denn hier? Ted, was ist los?«

Als Elsie sich umdrehte und Maggie neben sich liegen sah, fuhr sie vor Schreck zusammen. »Es ist alles gut, Elsie«, sagte Maggie und lächelte sie aufmunternd an, obwohl sie ahnte, dass Elsie weniger empfänglich für ihre Beschwichtigungen sein würde als Elsa. »Sie sind in Kathys Haus. Wir haben Sie im Garten angetroffen. Sie waren durcheinander.«

Elsie setzte sich vorsichtig auf. Als sie sich die getrockneten Tränen abrieb, hörte sich die runzligraue Haut ihrer Hände wie Sandpapier auf ihren Wangen an. »Ach, was bin ich doch für eine alberne alte Schachtel«, schalt sie sich selbst, ohne noch etwas von der verletzlichen jungen Frau durchblicken zu lassen, die sich in den Schlaf geweint hatte. Sie holte tief Luft. »Wenigstens sehe ich auf diese Weise Sie und diesen feinen Kerl hier mal wieder. Ich habe euch beide vermisst.«

Harvey jaulte leise vor Wonne, als sie ihn hinterm Ohr kraulte.

»Wir haben Sie auch vermisst«, sagte Maggie und kam herum, um sich neben Elsie auf die Bettkante zu setzen.

Judith stand immer noch an der Tür. »Ich sage Kathy Bescheid, dass Mrs Milton sich besser fühlt«, verkündete sie diplomatisch.

»Danke, Judith.«

»O je, nicht schon wieder«, flüsterte Elsie. »Ist das nicht Ihre Schwiegermutter? Weiß der Himmel, was sie jetzt von mir denkt.«

»Sie hat ein gutes Herz«, tröstete Maggie. »Sie verbirgt es gut, aber ich habe mich überzeugen lassen, dass es irgendwo tief in ihr drin existiert.«

»Wir haben wohl einiges nachzuholen, stelle ich fest. Ted hat es gut gemeint, aber wie es aussieht, werden Sie mich nicht so schnell los. Es geht mit mir bergab, Maggie, also bitte keine Distanz mehr. Das heißt, wenn es Ihnen recht ist?« Bei der Frage klang sie auf einmal weniger selbstbewusst und wieder ein bisschen wie Elsa.

»Mehr als recht.«

»Gut. Dann können Sie gleich mal damit anfangen, mir

aufzuhelfen. Meine Gelenke verweigern den Dienst, sobald sie in die Nähe eines Betts oder eines bequemen Sessels kommen.«

Maggie tat, wie ihr geheißen, und unter viel Ächzen und Stöhnen kam Elsie auf die Beine. Danach ging sie jedoch nicht zur Tür, sondern zum Licht hin, das durchs Fenster strömte und vor Maggies Augen tanzte. Sie spürte die Sonne warm auf ihrem Gesicht, während sie darauf wartete, dass Elsie ihre Gedanken sammelte.

»Ich war schon einmal hier«, sagte die alte Dame, mehr verwundert als schockiert.

Die Feststellung überraschte Maggie nicht weiter. »Wir haben Sie im Garten gefunden. War das einmal das Haus der Frau, die ihre eigene Fliederseife hergestellt hat?«

»Ja.«

»Mrs Jackson?«

»Ja.«

»Und dieses Zimmer?«

»Hier habe ich geschlafen«, sagte Elsie und wandte sich vom Fenster ab, um die Umgebung in sich aufzunehmen. »Ich wollte weglaufen, aber da hatten schon die Wehen eingesetzt. Ich war ein dummes Mädchen damals, und Tante Flo hat mich hierher zurückgebracht. Hier wurde Tess geboren.«

»Sind Sie zum ersten Mal seitdem wieder hier?«

»Zum ersten Mal in diesem Zimmer, ja.«

»Aber Sie sind später wiedergekommen, um Mrs Jackson zu besuchen, nicht wahr?«

»Ich konnte mit niemandem über das sprechen, was hier passiert ist. Ich kann es immer noch nicht, aber bei Mrs Jackson war es nicht nötig. Sie verstand, was in mir vorging, ohne dass ich es ihr erklären musste. Sie wurde praktisch zu einem Ehrenmitglied meiner Familie, und meine Töchter nannten sie ebenfalls ›Tante Flo‹. Es war eine Schande, dass sie von ihrer eigenen Familie nicht genauso geschätzt wurde. Wie ihre Nichte sich benahm, das war einfach furchtbar. Anne ließ sich nur noch ein einziges Mal hier blicken, nämlich um sie zu begraben und ihr Erbe zu kassieren. Ich glaube, sie fürchtete sich davor, dass die Vergangenheit sie einholen könnte. Sie hatte nicht einmal den Mut mir zu sagen, dass Flo gestorben war. Wir kamen eines Tages hierher, und da hatte sich plötzlich ein Haufen Krankenschwestern im Haus eingemietet. So haben wir es erfahren.«

»Alice sagt, dass sie sich daran erinnert, mit Ihren Töchtern gespielt zu haben.«

»Ja, es ist schön, ein paar gute Erinnerungen miteinander teilen zu können. Ob Sie es glauben oder nicht, ich hatte viele gute Zeiten in meinem Leben.«

»Nur nicht hier.«

Elsie seufzte. »Ich wollte dieses Zimmer nie wieder sehen.«

»Aber Sie wollten in den Park zurück«, sagte Maggie. »Warum?«

»Manchmal können auch schlechte Erinnerungen kostbar sein. Ich war eine Mutter, als ich auf dieser Parkbank saß, verstehen Sie? Ich konnte mein Baby zwar nicht sehen oder es in den Armen halten, aber es wuchs in mir, und ich habe es beschützt«, sagte sie leise und streichelte über Maggies runden Bauch. »Bis zu dem Tag, als es geboren wurde.«

»Ich möchte Ihnen helfen, Ihre Tochter zu finden«, erklärte Maggie.

Elsie schüttelte den Kopf. »Es ist zu spät.«

Maggie wollte nicht klein beigeben. Etwas sagte ihr, dass Elsas Seele nicht zur Ruhe kommen würde, bis Tess gefunden war, doch sie widersprach Elsie nicht, die für diesen Tag schon genug durchgemacht hatte. Sie drehten sich beide zur Tür um, als sie jemanden die Treppe hinauflaufen hörten, und kurz darauf erschien eine etwas kurzatmige Kathy. »Ted ist unterwegs, Elsie. Er müsste gleich hier sein.«

»Ihr seid gute Mädchen«, sagte Elsie lächelnd. »Ohne euch wäre ich verloren.«

»Ja, der Garten ist ein bisschen verwildert. Sie hätten tagelang darin umherirren können«, erwiderte Kathy, und sie lachten laut, um die Gespenster von damals zurück in die Ecken des Zimmers zu jagen.

Als Elsie nach unten ging, war sie sehr schweigsam. Der ganze Vorfall hatte sie erschöpft, war ihr aber vor allem peinlich. Kathy und Judith saßen im Wohnzimmer und plauderten einfach weiter, als sei Elsie eine lang vermisste Freundin, was Maggie ihnen hoch anrechnete. Sie selbst stellte sich an die Haustür. Sie hatte vorgeschoben, dass Harvey mal kurz rausmüsse, aber in Wahrheit wartete sie auf Ted.

»Sieht aus, als würde ich ständig wieder auftauchen wie Falschgeld«, sagte sie laut, als er auf sie zukam.

»Das Gleiche könnte man von meiner Frau sagen.« Ächzend stieg Ted die Stufen zu ihr hinauf. »Danke, dass Sie da waren.«

»Eher Zufall als Absicht«, bemerkte sie und senkte dann die Stimme. »Das war ein schlimmer Anfall.«

»Das sind sie inzwischen alle, Liebes. Was ist passiert?«

»Sie dachte, sie liege in den Wehen. Sie hat in diesem Haus ein Kind geboren«, sagte Maggie, »aber das wissen Sie natürlich längst, oder?«

»Ja, das war einmal das Haus von Tante Flo. Ich war seit bestimmt … ach, vierzig Jahren oder so nicht mehr hier. Flo ist Ende der Sechzigerjahre gestorben.«

Während sie miteinander sprachen, lauschte Maggie mit einem Ohr auf die Geräusche im Haus. Es war immer noch angeregtes Schwatzen zu hören. »Hier hat sie ihr Kind fortgegeben«, sagte sie und nutzte diese Feststellung als Überleitung zu dem Appell, den sie sich vor Mrs Milton versagt hatte. »Ted, wir müssen mit der Suche nach Tess beginnen. Elsie wird keinen Frieden finden, bis sie weiß, was aus ihr geworden ist. Deshalb ist sie nach Sedgefield zurückgekommen.«

Ted drückte Maggies Arm. »Sie weiß, was aus dem Baby geworden ist, Maggie. Ich habe meine eigenen Nachforschungen angestellt und die Patientenakte eingesehen. Das Kind wurde tot geboren.«

SIEBZEHNTES KAPITEL

Maggie drückte ihre flachen Hände fest auf die Holzlatten. Die Sonne hatte die Bank erwärmt, sodass die scharfen Ränder der abblätternden Farbe weich geworden waren und glatt ineinander übergingen. Sie lächelte, als sie Schritte herannahen hörte, und rief schon einen Gruß, ehe das laue Lüftchen den Fliederduft zu ihr hintrug.

Drei Wochen waren seit Kathys Geburtstag vergangen, und der Juli war bereits vom August abgelöst worden. Maggie hatte die verlorene Zeit aufgeholt und Elsie oft besucht. Mit der praktischen Unterstützung durch den Pflege- und Sozialdienst konnte sie zwar nicht mithalten, aber sie war ein freundliches Gesicht, dem Elsie vertraute, wenn man auch manchmal etwas nachhelfen musste. Heute aber war ein besonderer Tag. Ted hatte einem kleinen Ausflug in den Park zugestimmt.

»So, hier ist sie, Maggie«, sagte er. »Jetzt erwarte ich, dass Sie gut auf sie aufpassen.«

Die Vorfreude verpuffte, als Elsie nichts sagte und Maggie klar wurde, dass sie nicht anwesend war, jedenfalls nicht geistig. »Wie geht es ihr?«

»Sie ist sehr still.«

Ted half Elsie geduldig auf die Bank.

»Hallo, Elsie. Ich bin es, Maggie.«

Als Elsie nicht antwortete, versuchte Ted es. »Du erinnerst dich doch an Maggie, Schatz?« Wieder nichts. »Soll ich lieber bleiben?«, fragte er Maggie.

Obwohl sie immer noch dabei waren, einander kennenzulernen, wussten sie jetzt zumindest, dass sie auf derselben Seite standen. »Wir kommen schon klar«, antwortete sie.

»Dann lasse ich euch allein. Ich gehe kurz einkaufen und bin in einer halben Stunde wieder da.«

In seiner Stimme lag mehr als nur eine Spur von Erschöpfung, was Maggie nicht übergehen konnte. »Sie klingen müde, schlafen Sie genug?«

»Sie war die halbe Nacht auf und hat nach ihrer Mutter gerufen. Ich fand ja schon immer, dass sie mir hart zusetzt, aber Sie hätten mal ihre Ausdrucksweise hören sollen, als sie mich für einen ihrer Brüder hielt.«

»Warum gehen Sie dann nicht nach Hause und ruhen sich ein bisschen aus? Wir finden schon allein zurück.«

»Ach, machen Sie sich keine Sorgen um mich. Ich brauche sowieso nicht mehr so viel Schlaf.«

Maggie unternahm noch einen Versuch, konnte Ted aber nicht zu einer Ruhepause überreden, sondern musste ihn noch drängen, überhaupt zu gehen. Danach saßen die beiden Frauen eine Zeit lang schweigend da, jede in ihre Gedanken versunken, und nur eine war sich der Gegenwart der anderen deutlich bewusst. Die Sonne brannte auf sie herab, und Harvey war schon unter die Bank in den Schatten gekrochen. Maggie hielt seine Leine fest für den Fall, dass er in einer Notsituation gebraucht wurde.

»Puh, ist das heiß«, sagte Elsie plötzlich und fächelte sich mit der Hand Luft zu.

»Elsie?«, fragte Maggie, überrascht, dass Mrs Milton es war, die aus dem Dämmerzustand hervorkam.

»Oh, hallo. Wir kennen uns, oder?«

»Ja, ich bin Maggie.«

»Was um alles in der Welt mache ich im Victoria Park?«

»Sie sind mit Ted nach Sedgefield gezogen«, sagte Maggie. »Erinnern Sie sich?«

»Es ist ein herrliches Fleckchen. Kein Wunder, dass ich hierher zurückkommen wollte.«

Maggie hatte das Gefühl, mit einer Fremden zu sprechen. »Ich glaube, Sie haben früher gern hier gesessen und den Schwänen zugesehen.«

»Habe ich das erzählt?« Ein schwermütiger Seufzer, dann ein schwacher Versuch zu lachen. »Achten Sie nicht auf mich, Kindchen. Mein Verstand spielt mir ständig Streiche. Es gab keine Schwäne im Victoria Park, jedenfalls nicht zu meiner Zeit. Aber im Sefton Park in Liverpool waren immer viele, wahrscheinlich meinte ich die. Dorthin hat mich mein Liebster immer mitgenommen. Er hat mir erklärt, dass Schwäne sich fürs Leben paaren – das war seine Art, mir zu sagen, was er für mich empfindet.«

»War das Freddie?«, fragte Maggie, die merkte, wie Elsies scharfer Verstand sich durch den Nebel ihrer Demenz kämpfte.

»Ich habe Ihnen von Freddie erzählt?«

»Ja, Elsie, Sie haben mir alles erzählt, was hier passiert ist.«

»Alles?«

»Von Freddie und dem Baby«, bestätigte Maggie.

»Ich habe sie Tess genannt.«

»Ich weiß, und es tut mir sehr leid, Elsie.«

Sie erahnte Elsies tapferes Lächeln. »Ach, ist schon gut, lassen Sie sich nicht von meinem Kummer bedrücken. Sie haben Ihr eigenes Leben und Grund zur Freude. Wann soll es denn kommen?«

Maggie spürte ihren Blick auf sich und rieb sich den Babybauch. »Ist noch gut zwei Monate hin.«

»Ja, Sie scheinen noch nicht im Watschelenten-Stadium

zu sein. Manchmal bin ich in meiner Mittagspause hier heruntergewackelt und dachte, ich komme nie wieder von dieser Bank hoch. Ich kam immer zu spät in den Gemüseladen zurück, und Mrs Jackson hat mich ausgeschimpft, aber ich konnte sie immer wieder herumkriegen. Sie hat mich total verhätschelt.«

»Sie war eine besondere Frau.«

»Ja, sie war eine Heldin ihrer Zeit. Sie hat den Laden und die Pension ganz allein geführt und sich sogar hin und wieder als Hebamme versucht.«

»Sie hat Sie entbunden?«

»Ihre Mutter war eine Hebamme, und Flo hatte sich genug von ihr abgeschaut, um sich behelfen zu können.«

Aber nicht genug, um dein Kind zu retten, dachte Maggie. Die letzten fehlenden Teile von Elsas Geschichte nahmen langsam Gestalt an, auch wenn Maggie jetzt fast lieber auf das Wissen verzichtet hätte. Elsa hatte versucht davonzulaufen, und es war zu spät gewesen, um ärztliche Hilfe zu holen. Welche Komplikationen es auch bei der Geburt gegeben hatte, sie hatten Flos beschränkte Kenntnisse überfordert.

»Ich war nicht die Einzige, die von Schuldgefühlen gequält wurde«, fuhr Elsie fort, als hätte sie Maggies Gedanken gelesen. »Das war wahrscheinlich einer der Gründe, weshalb Tante Flo den Kontakt zu mir aufrechterhielt, nachdem ich nach Liverpool zurückgekehrt war. Sie wollte sichergehen, dass ich mit meinem Leben weitermachte und nach vorn schaute.«

»Und das haben Sie getan«, sagte Maggie.

»Ja, aber ich frage mich trotzdem …«

Das Gespräch geriet ins Stocken, und Maggie spürte, dass Elsie den Bezug zur Gegenwart verlor. Das war jetzt nicht der richtige Zeitpunkt, sie den Kummer von damals neu durchleben zu lassen, nicht, solange die Erinnerungen an den Verlust ihres Kindes so vorherrschend waren. Sie versuchte, ihre Aufmerksamkeit auf das Hier und Jetzt zu lenken.

»An diesem Wochenende kann ich schon einmal Mutter auf Probe sein«, erzählte sie. »Jenny und ihr Mann machen eine kleine Bootstour, und ich kümmere mich von Freitagmorgen bis Sonntagabend um Lily. Sie ist jetzt fast zehn Monate alt und krabbelt überall hin, steckt überall ihre Finger hinein. Ich werde beide Hände voll zu tun haben, aber ich kann's kaum erwarten. Sie erinnern sich doch an Jenny, oder?«

»Hm«, machte Elsie, hörte aber nicht richtig zu. Maggie nahm das Geräusch ihres über das Holz gleitenden Eherings wahr, offenbar betastete sie die Bank. Als sie wieder etwas sagte, hatte ihre Stimme diesen unverkennbar mädchenhaften Klang.

Elsa blickte über den See, der so hell in der Sonne glänzte, dass es ihr in den Augen weh tat. »Was würde ich nicht darum geben, sie noch einmal in den Armen zu halten«, sagte sie.

»Ich weiß, und es tut mir so furchtbar leid«, sagte die Frau, die rechts neben ihr saß.

Statt sich ihr zuzuwenden, strich Elsa über den leeren Platz links von ihr. Ihre Fingernägel gruben sich in das Holz, als könnte sie so die unter den Lackschichten eingeschlossenen Erinnerungen hervorholen. Erinnerungen waren alles, was sie noch hatte. Ihr Koffer war gepackt, und es wurde Zeit, nach Hause zu fahren …

»Elsa?«

Sie hob ruckartig den Kopf. Die Sonne blendete sie, und die aufsteigenden Tränen machten ihren Blick verschwommen, aber sie wusste sofort, dass Tante Flo vor ihr stand. Die alte Frau, kaum mehr als eine vage Silhouette, setzte sich auf den freien Platz.

»Ich fühle mich so leer«, sagte Elsa.

»Das geht vorbei.«

»Wirklich? Werden diese Arme je etwas anderes spüren als Leere?« Sie hob die Arme, wie um ihr Kind zu wiegen, und ließ sie dann wieder in den Schoß fallen. »Werde ich je aufhören, dieses kleine Gesicht mit den schönen Augen und den perfekt geschwungenen Lippen vor mir zu sehen? Werde ich je vergessen, wie sich diese winzigen Finger und Zehen angefühlt haben?«

»Es geht vorbei.«

Elsa schüttelte den Kopf. »Nie.«

Flo wollte sie mit Ausblicken auf eine helle, glückliche Zukunft trösten, doch es nützte nichts. Egal, wie viele Kinder sie noch bekam, keines würde ihr Tess ersetzen. »Ich habe einen Fehler begangen, und jetzt muss ich den Rest meines Lebens dafür büßen.«

Schuldbewusste Tränen liefen über Flos Gesicht. Sie hatte ihren Anteil an diesem Unglück.

»Mach dir keine Vorwürfe«, sagte Elsa. »Du hast alles getan, was du konntest, das weiß ich.«

Doch Tante Flos Gewissen ließ sich nicht beruhigen, damals nicht und nie mehr. Ihre Silhouette schimmerte noch einmal auf, ehe sie vom warmen Sommerwind davongeblasen wurde. Als sie ganz verschwunden war, begann Elsa laut zu weinen. Sie hielt sich den Mund zu, und für einen segensreichen Moment herrschte Stille, doch dann hallte das Schreien ihres neugeborenen Kindes durch ihren Kopf. Es war ein Geräusch, das sie bis ans Ende ihres Lebens verfolgen würde.

Die Szene neben ihr auf der Bank war erschütternd. Maggie hörte zwar nur Elsas Teil des Zwiegesprächs mit einem imaginären Gegenüber, doch das genügte schon. Es war ein Fehler, Elsie in den Park gebracht zu haben. Ihr Zustand verschlechterte sich zusehends, es war töricht gewesen zu glauben, dass ihre gemeinsame geliebte Bank kostbare, Trost spendende Erinnerungen wecken würde. Elsies zersplittertes Bewusstsein war offenbar versessen darauf, sie leiden zu lassen, und hatte sie in die traurigste Zeit ihres Lebens zurückversetzt, als sie alles verloren hatte, was ihr lieb und teuer war.

Als Elsa wieder verstummte, ließ Maggie sie in dem barmherzigen Niemandsland zwischen Gegenwart und Vergangenheit verweilen. Sie wartete geduldig auf Teds Rückkehr, doch es war seine Frau, die sich zuerst zurückmeldete.

»Ich habe gerade an Tess gedacht«, sagte Elsie. »Wussten Sie, dass mir nicht eine einzige Minute mit ihr allein vergönnt war?«

»Ich kann mir nicht vorstellen, wie das gewesen sein muss«, sagte Maggie schaudernd und betete, dass ihr eigenes Kind gesund zur Welt kommen würde.

»Sie hat geweint und geweint, und ich konnte sie nicht beruhigen.«

Die Bemerkung verwirrte Maggie kurz, aber es wäre nicht das erste Mal, dass Elsies Gedächtnis die Ereignisse vermischte. Ihre Erinnerungen überlagerten sich wie die Farbschichten der Bank, an denen der Zahn der Zeit genagt hatte, und hier und da schimmerte eine andere durch die Risse hindurch. Das galt für ihre Erinnerung an die Schwäne und – trotz der größeren Bedeutung – anscheinend auch für die Erinnerungen an die Geburten ihrer drei Kinder.

»Sie waren eine gute Mutter. Nancy und Yvonne sind der lebende Beweis«, tröstete sie.

»Ach herrje, die Mädchen!«, rief Elsie und rappelte sich auf die Beine. »Ich muss sie von der Schule abholen.«

»Harvey!«, rief Maggie so plötzlich, dass der Hund, der immer noch unter der Bank lag, aufschreckte und sich den Kopf stieß.

»Nicht so hastig«, rief Ted. Er war noch ein Stück weit weg und eilte mit einer vollen Einkaufstüte, die gegen seine Beine schlug, den Hang hinunter. Ganz außer Atem kam er bei ihnen an.

»Kenne ich Sie?«, fragte Elsie schroff.

»Das will ich hoffen. Wir schlafen jede Nacht im selben Bett.«

»Was für eine Unverschämtheit«, sagte Elsie zu Maggie. »Postboten sind ja so frech heutzutage.«

Es war nicht das erste Mal, dass Maggie miterlebte, wie Elsie ihren Mann herabsetzte, und Ted bemerkte ihren bestürzten Gesichtsausdruck. »Ist schon gut«, sagte er. »Ich war mal Briefträger. So haben wir uns kennengelernt.«

Da Maggie sich bisher nur mit dem dunkelsten Kapitel in Elsies Leben beschäftigt hatte, fand sie es erfrischend zu hören, wie das nächste begonnen hatte. »Oh, das müssen Sie mir erzählen.«

Ted ließ sich nicht lange bitten, und während sie gemächlich zusammen den Park verließen, berichtete er von ihrer Anfangszeit als Liebespaar. Er war Elsa zum ersten Mal kurz nach ihrer Rückkehr aus Sedgefield begegnet, als er bei ihren Eltern die Post austrug. Sie hatte ihm gleich gefallen. Ted war stolz auf seine achtundfünfzigjährige Ehe, wenn auch offenbar ein bisschen erstaunt darüber, dass seine Frau es so lange mit ihm ausgehalten hatte. Beim Erzählen wandte er sich gelegentlich Bestätigung suchend an Elsie, doch deren Reaktionen blieben unverbindlich, und bald koppelte sie sich ganz von ihrer Umgebung ab. Maggie hoffte nur, dass sie dort, wohin ihre Gedanken sie führten, ein ähnliches Glück fand wie das, auf das Ted sich gerade besann, und nicht bloß diesen unaussprechlichen Kummer.

Elsa verließ still den Park. Sie würde jetzt nach Hause fahren, aber bald nach Sedgefield zurückkommen. Sie hatte wieder neuen Lebensmut gefunden, weil Tante Flo ihr einen Grund dazu gegeben hatte. Sie hatte ihr versprochen, dass sie ihr Kind noch einmal sehen dürfe. Nur einmal, wohlgemerkt, um sich richtig von Tess zu verabschieden und sich davon zu überzeugen, dass Anne ihr die Liebe und Fürsorge angedeihen ließ, die sie brauchte. Einmal würde genügen, das glaubte Elsa fest.

ACHTZEHNTES KAPITEL

Lily schlief tief und fest, während die Erwachsenen um sie herumgluckten wie eine Schar Hühner.

»Jedes Päckchen ist mit einem Schild versehen«, erklärte Jenny. Sie kannte Maggie seit fast zwanzig Jahren, und diese Zeit war nicht ganz mit müßigem Klatsch und sehnsuchtsvollen Phantasien vertan worden. Schon als Teenager hatte sie sich für Braille interessiert, und Maggie war gern bereit gewesen, ihr Wissen mit ihr zu teilen. In der Schule hatten sie sich damit geheime Botschaften zugeschickt, aber mittlerweile gab es praktischere Anwendungszwecke. Jenny hatte sich vor ein paar Tagen Maggies Braille-Schilderstanzer ausgeborgt, es in ihrem Eifer jedoch etwas übertrieben.

»Du hast ja sogar die Windeln mit einem Schildchen versehen!«, stellte Maggie lachend fest. »Ich glaube, die hätte ich auch so erkannt.«

»Doppelt genäht hält besser.« Jenny klang ein bisschen beleidigt, aber es war auch ein Lächeln herauszuhören.

»Sie hat sogar Sachen beschriftet, die wir gar nicht mitgebracht haben«, lästerte Mark. »Jenny, es ist Viertel vor neun. Wir haben gesagt, wir wären um neun beim Boot.«

»Ihr werdet bestimmt viel Spaß haben«, sagte James zu ihm, als sie sich beeilten hinauszukommen und die beiden Frauen, umgeben von Baby-Zubehör, im Wohnzimmer zurückließen.

»Keine Sorge, wir passen gut auf sie auf«, sagte Maggie, als sie merkte, dass die Freundin keine Anstalten machte, Mark zu folgen. »Okay, zugegeben, ich benutze Lily als Versuchskaninchen, um meinen neuen Kinderwagen auszuprobieren, aber ich garantiere dir, dass Harvey und ich jetzt bestens ausgebildet sind, und wenn du zurückkommst, wird sie erwarten, dass du ihren Buggy nur noch rückwärts ziehst.« Eine Schule für Blindenhunde hatte das Training angeboten, und der Kinderwagen war ein Modell, das speziell von den Ausbildern empfohlen wurde. Der Kauf gehörte zu den ersten konkreten Vorbereitungen auf die Ankunft des Babys, und die Vorfreude darauf, bald ihr eigenes Kind damit ausfahren zu können, war noch neu für Maggie, wenn auch hochwillkommen.

»Schimpf nicht mit mir, wenn Lily überall draufsabbert.«

»Ach was, ich werde dafür sorgen, dass Baby Carter sich revanchiert, wenn sie sich um ihre Spielsachen zanken.«

Jenny hatte sich immer noch nicht vom Fleck gerührt.

»Ich werde dich nicht enttäuschen«, versprach Maggie. »Und James ist ja auch noch da.«

»Maggie, ich würde dir mein Leben anvertrauen und vertraue dir ohne Zögern mein Kind an. Du wirst dich um sie kümmern, ob mit James oder ohne.«

»Dann geh.«

Jenny umarmte sie zum Abschied und hockte sich dann vor die Babywippe. »Es ist nur so, dass ich sie trotz all meinem Gejammer über schlaflose Nächte vermissen werde.«

»Ja, aber vergiss dabei nicht, dich zu entspannen und eine schöne Zeit zu haben. Du hast ein wichtiges Bewerbungsgespräch vor dir und brauchst die Zeit, um Stress abzubauen.«

»Wozu, ich werde mich an Stress gewöhnen müssen, falls ich die Beförderung wirklich kriege«, erwiderte Jenny kleinlaut.

»Es ist eine neue Herausforderung für dich, und das wird dir gefallen.«

»Jenny, können wir jetzt los?«, rief Mark.

Ein lauter Schmatz war zu hören, als Jenny ihre schlafende Tochter auf die Wange küsste. »Sei ein braves Mädchen und mach Tante Mags keinen Ärger, ja?«, flüsterte sie.

»Äh, Maggie?« James war zurück im Wohnzimmer. »Würde es dir etwas ausmachen, wenn ich kurz mitfahre, um ihnen ein bisschen unter die Arme zu greifen? Nur bis sie startklar sind.«

»Und wie genau willst du ihnen unter die Arme greifen?« Maggie lächelte trotz des Magenflatterns, das sich auf einmal einstellte. Jetzt war es so weit, sie würde allein für Lily verantwortlich sein. All die Selbstzweifel, die sie zu Beginn ihrer Schwangerschaft geplagt hatten, kehrten mit Macht zurück. Sie flehte James im Stillen an zu bleiben, weil sie ihn nicht darum bitten wollte.

»Jack wird ihnen eine Einführung geben, aber falls er vorzeitig wegmuss, kann ich ihnen helfen, bis sie den Dreh raushaben.«

»Du hast erst einen einzigen Bootsurlaub gemacht, und das als Teenager. Das macht dich kaum zum Experten.«

»Ich werde ganz schnell wieder zum Seebären«, beharrte er.

»Na gut, aber denk daran, dass es nicht dein Ausflug ist, und fahr nicht aus Versehen mit«, erwiderte Maggie.

Sie stand immer noch mitten im Wohnzimmer, als die Haustür zufiel. Friede stellte sich in Form von leisen Seufzern ein, die das schlafende Kind von sich gab. Maggie nahm es mit dem neu geschaffenen Hindernisparcours auf und arbeitete rasch und methodisch, um Lilys sämtliche Sachen unterzubringen, da die Kleine jeden Moment aufwachen konnte. Harvey dagegen blieb, wo er war, statt ihr von Zimmer zu Zimmer zu folgen. Sein Babytraining zahlte sich bereits aus, und er hatte noch kein einziges Mal versucht, Lily übers Gesicht zu lecken oder eine von ihren Spielsachen anzunagen, sondern saß aufmerksam da und bewachte sie. Das Vertrauen, das Jenny in Maggie setzte, erstreckte sich auch auf ihren treuen Begleiter, und das zu Recht.

»Was macht sie, Harvey?«, flüsterte Maggie, nachdem sie alles parat hatte. Lilys nächste Saftportion stand zusammen mit ihrem Mittagessen im Kühlschrank. Ein Babylöffel samt Schüsselchen waren auf dem Küchentresen bereitgestellt worden. Sie hatte sogar eine Wickelecke auf dem Esszimmerboden eingerichtet, mit griffbereiten sauberen Windeln und frischen Sachen, falls schnelles Umziehen nötig wurde. Jetzt gab es nichts mehr zu tun, als darauf zu warten, dass Lily aufwachte.

Harvey leckte ihre Hand, aber als sie ihn streicheln wollte, hatte er den Kopf schon wieder in Lilys Richtung gedreht. Maggie setzte sich aufs Sofa und ließ sich von den regelmäßigen Atemzügen des Babys einlullen. Ihre Nervosität hatte sich gelegt. Sie war für alles gerüstet, sagte sie sich.

Das Läuten des Telefons zerriss die Stille und ließ sie aufschrecken. Maggie stützte sich mit einer Hand auf dem Sofa ab, um sich hochzuhieven, während sie sich mit der anderen den Bauch hielt. Ihr Kind protestierte gegen die Störung und trat sie kräftig. Lily schloss sich an und begann, sich in den Wachzustand zu zappeln.

Maggie eilte aus dem Wohnzimmer und zog die Tür halb hinter sich zu, ehe sie das Telefon in der Diele abnahm. »Hallo?«, meldete sie sich leise.

»Hallo, Maggie, hier ist Mel. Ich störe dich doch hoffentlich nicht?«

Maggie runzelte die Stirn. »Nein, was gibt's denn?«

»Bevor ich es dir sage, sollst du wissen, dass es keinen Grund zur Besorgnis gibt.«

Jetzt war Maggie erst recht besorgt. »Stimmt etwas mit dem Baby nicht?«

»Nein, nein, nichts dergleichen. Ist James bei dir?«

»Nein«, sagte Maggie tonlos. »Bitte, Mel, du machst mir Angst.«

Ihre Hebamme ließ sich Zeit und setzte ihr in aller Ruhe auseinander, was vorgefallen war. Maggie besaß noch die Geistesgegenwart, ein paar sachliche Fragen zu stellen, doch nachdem sie alles wusste, was es zu wissen gab, hörte sie Mels fortgesetzten Beteuerungen nicht mehr zu, sondern überließ sich ihrem Zorn und der Stimme in ihrem Kopf, die ständig wiederholte, dass das nicht wahr sein durfte. Es durfte einfach nicht wahr sein. Sie hörte Lily nebenan aufwachen und wurde an die einfachen Freuden des Mutterseins erinnert, die jetzt wieder in unerreichbare Ferne gerückt zu sein schienen. Ihre Empörung wurde von kalter Furcht abgelöst, und als sie das Gespräch beendete, war Lily nicht mehr die Einzige, die weinte.

Lily saß in ihrer Babywippe und strampelte mit den Beinen, während sie ihren Saft trank. Sie war alt genug, um das Fläschchen selbst zu halten, ließ es aber immer wieder absichtlich auf den Boden fallen, damit ihre neue Babysitterin es ächzend aufhob. Während Lily sich gut amüsierte, musste Maggie sich sehr zusammenreißen, um mitzuspielen.

Sie ging zum Fenster und befühlte ihre Uhr. Es war fast zehn, und sie lauschte auf das Geräusch eines vorfahrenden Wagens. Erst als es an der Tür klopfte, begriff sie, dass Kathy das kurze Stück vom Salon her zu Fuß gegangen war.

»Entschuldige, Maggie, ich habe mich so schnell losgeeist, wie ich konnte.«

Der Anruf, den sie vor einer halben Stunde bekommen hatte, hatte sie alarmiert. Maggie hatte kaum sprechen können, allerdings mehr vor Wut als vor Tränen.

»Also, was genau ist passiert?«, fragte Kathy, nachdem sie sich ins Wohnzimmer gesetzt hatten, wo Lily geräuschvoll darauf wartete, dass jemand ihr Fläschchen aufhob.

Maggy schluckte, doch der Kloß in ihrem Hals wollte nicht verschwinden. »Mel hatte ein Gespräch mit jemandem vom Sozialamt«, begann sie, musste aber erst einmal tief Luft holen, um sich zu beruhigen, ehe sie wiedergeben konnte, was ihre Hebamme ihr erzählt hatte: Eine Mitarbeiterin der Abteilung für Kinderschutz hatte sich bei ihr gemeldet und nach Maggie erkundigt. Mel hatte ihr versichert, dass Maggie alle Unterstützung bekam, die sie brauchte, und es absolut keinen Anlass zu Bedenken gab, und die Sozialarbeiterin war mit der Antwort zufrieden gewesen. Mel hatte gehofft, dass die Angelegenheit damit aus der Welt war und Maggie nichts davon zu erfahren brauchte, aber an diesem Morgen hatte sie die Kopie eines Schreibens erhalten, mit dem die Behördenmitarbeiterin bekräftigte, dass der Fall nunmehr abgeschlossen sei. Das Original war an Maggie unterwegs.

Wäre es nur das gewesen, hätte Maggie den Vorfall vielleicht noch gelassen hinnehmen können, aber wenn der Kinderschutz sich einschaltete, wusste sie, dann musste jemand ihn auf sie aufmerksam gemacht haben, der glaubte, dass Gefahr für ihr Kind bestand. Und genau das hatte sie schließlich aus Mel herausgebracht.

Der Anfrage der Behörde war ein Anruf von einer wohlmeinenden Mitbürgerin vorausgegangen, der sehr daran gelegen war, ihre Befürchtungen kundzutun, zu denen unter anderem gehörte, dass das Kind mit Behinderungen geboren werden oder an Lernschwierigkeiten leiden könnte, weil es von einem behinderten Elternteil aufgezogen wurde. Die Bedenken kamen Maggie bekannt vor, und sie zweifelte nicht daran, dass die Person, die sie stellte, ihr ebenfalls bekannt war.

»Ich kann es nicht fassen, dass ich mich so leicht habe täuschen lassen«, sagte sie aufgebracht. »Ich dachte, wir hätten ein neues Kapitel aufgeschlagen. Judith hat mich heute Morgen sogar noch angerufen, um mir viel Glück zu wünschen! Warum hat sie das getan, Kathy? Wie kann sie nur so gemein sein?«

»Vielleicht war sie es ja nicht«, sagte Kathy.

»Da hast du's! Ich merke sofort, wenn du es nicht ehrlich meinst. Warum konnte ich sie nicht genauso leicht durchschauen?«

»Hast du James schon angerufen?«

Maggie schüttelte den Kopf. »Er spielt bestimmt noch auf dem Boot herum, und ich will nicht, dass Jenny es erfährt und sich Sorgen macht. O Gott, was ist, wenn sie Probleme bekommt, weil sie mir Lily überlassen hat?«

Kathy nahm ihre zitternden Hände. »Maggie, jetzt denk doch mal nach«, sagte sie. »Kein vernünftiger Mensch zweifelt an deinen Fähigkeiten, und schon gar nicht das Sozialamt. Die Leute dort hatten im Laufe der Jahre reichlich Kontakt mit dir, oder? Und zwar, um dich zu unterstützen, nicht, um dir Steine in den Weg zu legen. Sie sind halt verpflichtet, jedem Hinweis nachzugehen, und der Fall ist ja auch schnell ad acta gelegt worden. Du hast dich so darauf gefreut, Lily bei dir zu haben, lass dir das jetzt bitte nicht davon verderben. Es gibt keinen Grund, deine Pläne zu ändern. Genieß dein Wochenende, lass Jenny ihres genießen, und alles andere kann warten.«

Lily warf wieder die Flasche herunter. Sie war leer, und Maggie hob sie ohne nachzudenken auf und stellte sie auf ein Tischchen in der Nähe. Von demselben Tisch nahm sie die Schmusepuppe der Kleinen und ließ sie vor der Wippe baumeln. Lily packte sie mit ihren pummeligen kleinen Händen und drückte sie zufrieden glucksend an sich. »Ich kann nicht auf sie aufpassen«, flüsterte Maggie.

»Du bist ein Naturtalent, Maggie. Du musst nur an dich glauben.«

Maggie versuchte, sich zusammenzureißen, aber ihr Frust war einfach zu groß. »Ich kann nicht mehr, Kathy. Ich habe es satt. Wozu soll ich mich ständig selbst aufbauen, wenn andere schon Schlange stehen, um mir eins draufzugeben?« Sie glaubte, das Quietschen des Parktors in der Ferne zu hören. Während sie einst sofort an ihre Bank gedacht hätte, sah sie jetzt nur das trübe Wasser des Sees.

Kathy las ihre Gedanken. »Mach mir keine Angst, Maggie.«

»Nein, ich stelle schon nichts Dummes an. Es ist nur … Ich dachte einfach, dass Judith mich endlich akzeptiert hätte. Ich wünschte, es wäre mir egal, aber das ist es nicht. O Gott, Kathy, was wird James sagen?«

»Zu seiner Mutter? Eine ganze Menge, möchte ich meinen – und mir soll sie bloß unter die Augen kommen. Willst du, dass ich bleibe, bis er wieder zu Hause ist?«

»Nein, ich will lieber allein mit ihm sprechen«, sagte Maggie. »Ich möchte nur, dass du dich um Lily kümmerst.«

»Nein.«

Maggie konnte ihren Schock nicht verhehlen. »Bitte, Kathy, du musst sie für mich nehmen. Heute Morgen noch konnte ich es kaum erwarten, auf sie aufzupassen, aber jetzt versetzt mich der Gedanke in Angst und Schrecken. Was ist, wenn etwas passiert? Das Risiko kann ich nicht eingehen. Ich will nicht in der Kartei für bedenkliche Fälle landen oder wie auch immer das heißt, bevor ich überhaupt entbunden habe.«

»Das wird nicht passieren.«

»Bitte, Kathy«, sagte Maggie und zitterte jetzt am ganzen Körper. »Muss ich dich erst anflehen?« Aus Angst, dass die Freundin sich standhaft weigern könnte, fügte sie hinzu: »Das mache ich ohne Weiteres, ich flehe dich an!«

Ein lauter Seufzer antwortete ihr. »Ich fasse es nicht, was Judith mit dir macht. So froh ich darüber bin, dich und James verkuppelt zu haben, bekomme ich doch langsam das Gefühl, mich dafür entschuldigen zu müssen, dass ich dir seine Mutter zugemutet habe.« Kathy dachte einen Augenblick nach und sagte dann: »Ich schätze, der Salon kann für den Rest des Tages ohne mich auskommen. Dann hast du Gelegenheit, alles mit James zu besprechen. Aber ich habe an diesem Wochenende viel zu viel zu tun, um mich die ganze Zeit um Lily zu kümmern. Wenn du also nicht bereit bist, aufzustehen und dich zu wehren, wirst du Jennys und Marks Ausflug abblasen müssen – ihre wahrscheinlich einzige Gelegenheit zu einem Wochenende zu zweit für sehr lange Zeit. Und wer weiß, wie sich das auf ihre Ehe auswirken wird?«

Erleichtert, dass ihr das unmittelbare Problem von Lilys Betreuung erst einmal abgenommen war, musste Maggie über Kathys dreisten Erpressungsversuch beinahe lachen. »Das war jetzt ein bisschen unfair. Und wieso hast du eigentlich so viel zu tun? Ich weiß, dass du am Wochenende nicht im Salon arbeitest.«

»Ach, nichts weiter, ich muss nur ein Haus kaufen und zwei andere ausräumen.«

»Deine Mum ist jetzt mit dem Umzug einverstanden?«

»Sie schiebt die Entscheidung auf die lange Bank, aber seit

ich sie zur Haubesichtigung mitgenommen und ihr die Einliegerwohnung gezeigt habe, legt sie ein bisschen mehr Interesse an den Tag. Ich muss morgen hin und die Berge von Papierkram durchsehen, die sie und Dad im Laufe der Jahre angesammelt haben. Das meiste davon hat mit der Immobilienfirma zu tun, sodass ich wahrscheinlich sowieso alles mit nach Hause nehmen werde. So viel zum Ausmisten bei mir.«

»Aber bis dahin könntest du dich immer noch um Lily kümmern«, sagte Maggie verzweifelt.

»Ich nehme sie heute und nicht länger, basta. Sprich mit James und gib mir Bescheid, wann ihr sie abholt. Spätestens heute Abend«, erwiderte Kathy unnachgiebig.

»Aber …«

»Ich sage dir nur, wie es ist. O je, ich glaube, hier muss jemand die Windel gewechselt bekommen! Dann kannst du mir gleich mal zeigen, wie es geht.«

»Du kennst wirklich keine Gnade, oder?«, sagte Maggie.

»Tut mir leid.«

Maggie erhob sich stöhnend, um Lily zu versorgen. »Nicht du brauchst dich zu entschuldigen, Kathy, wir wissen beide, wer es sollte.«

Maggie wusste nicht, wohin mit sich, und stand noch lange an der Haustür, nachdem Kathy fort war. Das Haus fühlte sich leer an, aber es war nicht Lilys Weggang, der ein klaffendes Loch in ihr Leben gerissen hatte; das hatte schon eine gewisse menschliche Abrissbirne erledigt.

Von ihren ganzen Vorbereitungen vom Morgen war nichts mehr vorhanden. Was Kathy nicht mitgenommen hatte, war in einen Schrank gestapelt worden, und wer auch immer Lilys Betreuung übernehmen würde, konnte es später abholen. Kathy hoffte immer noch darauf, dass sie ihre Meinung änderte, aber im Gegensatz zu ihr hatte sie keine Kraft zur Hoffnung mehr.

Sie wollte nicht wieder ins Wohnzimmer, in die Küche oder das Esszimmer zurück, wo der Geruch von Lilys Babylotion nach Kamille und Calendula sie nur noch mehr deprimieren würde. Am Ende floh sie hinauf ins Schlafzimmer, wo sie sich den Zeh am Bettpfosten anstieß und vor Schmerz aufschrie. Erschöpft ließ sie sich aufs Bett fallen und zog die Tagesdecke um sich herum. Harvey sprang zu ihr hinauf und stupste mit seiner feuchten Nase nach ihrem Gesicht, das in einem Kissen vergraben war. Als sie nicht reagierte, legte er sich still neben sie.

Maggie bemerkte den Hund kaum, bemerkte auch den pochenden Schmerz in ihrem Zeh nicht, während sie sich noch tiefer in die Decke kuschelte. Sie hatte den Quilt mit ihrer Mutter zusammen genäht, als eine Art Mitgift, bevor sie mit James in das neue Haus gezogen war. Er war aus vielen quadratischen Stoffstücken von fünfzehn Zentimetern Seitenlänge gemacht, mit verschiedenen Mustern und aus verschiedenen Materialien, damit er schön dick und fest wurde, aber vor allem war er mit Liebe gemacht. Er gab ihr Geborgenheit, sodass sie, erschöpft von dem Sturm an Gedanken und Gefühlen, der auf sie eindrang, bald in einen unruhigen Schlaf fiel.

Im Traum fuhr sie auf dem Fahrrad ihrer Freundin durch den Park. Sie hörte die Räder surren und wie ihre Mum hinter ihr herrannte. Joan rief ihr Ratschläge zu und hin und wieder Warnungen an Fußgänger, die es wagten, ihrer Tochter in den Weg zu kommen. »Du kannst es ganz allein!«, schrie sie. Maggie war überglücklich, doch dann geriet sie vom Weg ab, und das Knirschen von Kies wurde von unheilvoller Stille abgelöst. Das Fahrrad holperte über den unebenen Rasen, und sie griff angstvoll mit einer Hand hinter sich und berührte den Arm ihrer Mutter – die das Rad die ganze Zeit gestützt hatte. Vor Empörung schrie sie auf, doch als sie fiel, hörte sie eine Tür zuknallen und erwachte ruckartig. James war zu Hause.

Sie hörte ihn seine Stiefel in der Diele abwerfen und dann in die Küche schlurfen. Er hatte vermutlich gesehen, dass der Kinderwagen fehlte, und nahm an, dass sie es nicht mehr hatte abwarten können und Lily draußen spazieren fuhr. Harvey ergriff schließlich die Initiative, und der Plumps, als er vom Bett sprang, war laut genug, um bis nach unten zu dringen.

»Maggie? Bist du da?«

Ihr war furchtbar übel. Es mochte nur eine Illusion gewesen sein, aber sie war so glücklich gewesen in den letzten Wochen, sie hatte wieder zu einer Familie gehört. Eine Welle der Verzweiflung schlug über ihr zusammen, und sie fühlte sich einsamer denn je. Sie wollte sich zu einem Ball zusammenrollen, aber ihr Bauch hinderte sie daran, die Knie an die Brust zu ziehen.

James kam leise ins Schlafzimmer und hielt stolpernd inne. »Wo ist Lily?«

Maggie rieb sich übers Gesicht. Sie holte tief Atem und hielt ihn so lange an, wie es ging, aber die Zeit für Ausflüchte war vorbei. »Kathy hat sie für heute genommen.«

»Herrgott, Maggie, was ist los? Ist was mit dem Kind?«, fragte James, als er zu ihr hineilte und sie in die Arme nahm.

»Mit dem Kind ist alles in Ordnung und mit mir auch«, sagte sie. »Ich hatte einen Anruf von Mel, aber bevor ich dir sage, worum es ging, musst du mir versprechen, dich nicht aufzuregen.«

»Was ist passiert?«, wollte James wissen.

Sie fing an, ihm den Nacken zu massieren, aber die Muskeln dort waren hart wie Drahtseile. »Das Sozialamt hat sich für meinen Fall interessiert.« Sie unterbrach sich, damit sie beide den Gedanken, dass sie zu einem »Fall« geworden war, verarbeiten konnten. »Jemand hat dort angerufen und seine Bedenken mitgeteilt, und die wurden an die Abteilung für Kinderschutz weitergeleitet.«

»Jemand?«

»Eine besorgte Mitbürgerin. Ich weiß nicht, wer, und wir werden es wohl auch nie erfahren, aber Mel hat mir versichert, dass es sich nur um eine formlose Überprüfung handelte. Sie denkt nicht, dass da noch etwas nachkommt.«

»Eine besorgte Mitbürgerin«, murmelte James.

Maggie sagte nichts und wollte ihn seine eigenen Schlüsse ziehen lassen. Das war zwar mehr, als Judith verdiente, aber wenn James das Vertrauen zu seiner Mutter verlor, dann allein wegen Judiths Verhalten.

»Und weswegen war diese Mitbürgerin so besorgt?«

»Sie fürchtet wohl, dass ich mich nicht ausreichend um unser Kind kümmern kann.«

»Tut sie das?«

»Ja.«

»Aha. Und was genau hat sie zu dieser Befürchtung gebracht?«

Maggie zuckte die Achseln. »Ich weiß es nicht.«

James nickte grimmig. »Eins verstehe ich immer noch nicht: Warum hat Kathy Lily übernommen?«

»Auch wenn Mel die Sozialarbeiterin davon überzeugt hat, dass ich die Verantwortung für ein Kind übernehmen kann – was ist, wenn an diesem Wochenende irgendetwas mit Lily passiert, sei es auch nur eine Kleinigkeit?«, sagte Maggie panisch. »Man würde mir nie wieder ein Baby anvertrauen, und das kann ich nicht riskieren. Ich weiß, das ist dumm, aber ich werde einfach diese Horrorvision nicht los, dass jemand vom Sozialamt bei der Geburt dabei ist, um mir unser Kind wegzunehmen.«

»Das ist wirklich dumm, Maggie, aber vor allem bin ich es, der all die Jahre ein Idiot gewesen ist«, sagte James und stand auf. Sie spürte, dass er kurz davor war, vor Wut zu explodieren.

»Bitte, James, komm her und lass uns erstmal darüber reden.«

Er küsste sie auf den Kopf, die Sanftheit seiner Lippen ein krasser Gegensatz zu seinem harten Ton. »Wir reden gleich darüber, aber zuerst muss ich mal kurz telefonieren.«

Er stürmte aus dem Zimmer und donnerte die Treppe hinunter. Maggie trennte sich von ihrem Quilt und rannte ihm hinterher, Harvey im Gefolge.

»Warte!«, rief sie und packte ihn am Arm, als er nach dem Telefon im Wohnzimmer griff.

»Das werde ich ihr nie verzeihen.«

»Es gibt bestimmt eine Erklärung dafür, ganz bestimmt«, sagte Maggie. Sie wollte stark sein, brach aber ohne Vorwarnung in Tränen aus. Lilys süße Babygerüche hingen noch in der Luft.

»Ich muss das tun. Bitte, Maggie.« James schob sie sachte in den Flur hinaus und ging zurück ins Wohnzimmer. Maggie lehnte ihren Kopf an die Tür, die er hinter sich zugemacht hatte.

»Was zum Teufel hast du getan?«, brüllte er und ließ Judith kaum Zeit für eine Antwort. »Ich weiß, dass du mit dem Sozialamt gesprochen hast. Was um alles in der Welt hast du dir dabei gedacht?«

Maggie hoffte fest, dass Judith es bestreiten würde. Sie wollte nicht glauben, dass die letzten Wochen eine einzige Lüge gewesen waren. Sie wollte nicht glauben, dass Judith die Annäherung zwischen ihnen ausgenutzt hatte, um ihr zu schaden. Doch James' nächste Antwort beseitigte alle Zweifel.

»Ich pfeif auf deine guten Absichten! Vielleicht hast du es nicht böse gemeint, aber die Folgen sind unabsehbar. Nein, Mum, das ist mir egal, ich will nichts davon hören. Ich habe viel zu lange zugelassen, dass du dich in mein Leben einmischst, und jetzt ist Schluss. Aus und vorbei. Ich will dich nicht mehr sehen, ich will dich nicht in der Nähe meiner Familie haben. Bleib mir vom Leib, bleib Maggie vom Leib. Bleib uns einfach vom Leib, Mum.«

Ein leises Piepen sagte ihr, dass James das Gespräch beendet hatte. Maggie stellte sich vor, wie er dort stand, traurig und verloren. Sie wollte zu ihm gehen, aber das Wissen um Judiths Verrat war wie ein Schlag in die Magengrube. James hörte sie sicher nicht in die Knie gehen, aber er hörte Harveys alarmierendes Bellen, und schon waren sie beide an ihrer Seite. Statt sie aufzuheben, ließ James sich zu ihr auf den Boden nieder, und sie klammerte sich an ihn.

»Ich sehne mich so sehr nach meiner Mum …«, flüsterte sie und musste über ihre Schwäche lächeln.

»Ich weiß.«

»Eine Zeit lang dachte ich, dass deine Mutter vielleicht …«

»Ich weiß, Maggie, aber sie hat ausgespielt, sie ist niemandes Mutter mehr.«

»Bringst du das wirklich übers Herz?«

Sie hörte, wie er sich das Gesicht rieb, und seine Stimme klang gedämpft, als er antwortete. »Ich kann nicht leugnen, dass es mich fertigmacht. Meine Mutter war so lange ein Fixpunkt in meinem Leben. Sie hat mir immer das Gefühl gegeben, dass mir nichts passieren kann.«

»Ja, das tun Mütter.«

James richtete sich auf und sagte entschlossen: »Aber das ist vorbei. Sollen wir uns ewig Sorgen machen, was sie als Nächstes aushecken könnte, um uns auseinanderzubringen?«

»Nein, das nicht, aber …« Maggie wusste nicht, was sie denken sollte. Was sie wollte, war unmöglich. Sie wünschte, Mel hätte nie angerufen, oder vielmehr, Judith hätte nie beim Sozialamt angerufen. Sie wollte wieder hoffnungsvoll in die Zukunft blicken, eine Zukunft, in der Judith ihr eine mütterlich helfende Hand reichte, wenn es nötig war. »Ich schaffe das nicht allein.«

»Du bist nicht allein.«

»Okay, ich will nicht, dass wir beide das allein schaffen müssen. Ich habe Angst, James. Ich habe Angst, dass du deine Entscheidung eines Tages bereust oder sie mir gar verübelst.«

»Ich habe auch Angst, aber wenn ich irgendetwas bereue, dann dass ich nicht schon früher aufgewacht bin. Ich habe versprochen, für dich da zu sein, und das werde ich halten.« James legte eine Hand an ihre nasse Wange und zog sie an sich. »Keine Tränen mehr«, sagte er. »Und als Erstes werden wir jetzt uns selbst und allen anderen beweisen, dass wir das können. Wir holen Lily ab.«

»Aber …«

James brachte sie mit einem Kuss zum Schweigen. Als sie immer noch Einwände erheben wollte, küsste er sie wieder.

»Kein Aber. Du warst heute Morgen vollkommen in der Lage, auf sie aufzupassen, und daran hat sich nichts geändert. Ich werde dich weiter küssen, Maggie Carter, bis ich bekomme, was ich will.«

Maggie wurde von Liebe zu ihm überwältigt, und wenn das auch nicht ganz die Enttäuschung vertrieb, so doch genug von ihren Ängsten, um einzuwilligen. »Aber nicht sofort«, bat sie. »Ich möchte, dass du mich noch ein bisschen länger hältst.« Als er sich wieder zu einem Kuss über sie beugte, kam sie ihm leidenschaftlich entgegen. Sie hielten sich umschlungen und spürten dabei ihr ungeborenes Kind, das sicher zwischen ihnen eingeschmiegt lag. Maggie wusste, dass sie damit aufhören musste, nach einer neuen Mutterfigur in ihrem Leben zu suchen. Keine vorgetäuschte Unabhängigkeit mehr, sie stand auf eigenen Füßen. Mit James an ihrer Seite konnte sie ihrem Kind alles geben, was es brauchte, und das musste nun auch ihr genügen.

NEUNZEHNTES KAPITEL

Als Maggie in den Salon kam, war die warme Luft von einem Blumenduft erfüllt, der die weniger angenehmen Gerüche nach Haarspray und angesengten Haaren verdrängte. Aus dem Rascheln von Zellophanpapier schloss sie, dass jemand mit einem Strauß am Empfangstresen stand.

Sie dachte als Erstes an Judith, doch als ein freudiges Zucken durch Harvey lief und er aufgeregt mit dem Schwanz wedelte, entspannte sie sich wieder. »Die riechen gut«, sagte sie.

»Sie sind für dich«, antwortete Jenny.

Am Abend zuvor war eine unbeschadete Lily ihren Eltern übergeben worden, und obwohl Maggie heute erst einmal ausgeschlafen hatte, war sie immer noch erschöpft. Lily hatte ihre Eltern vermisst und ihren Protest mit viel Geschrei kundgetan, vorzugsweise nachts. Sie wollte sich weder von Maggie noch James beruhigen lassen, sodass schließlich Hilfe von anderer Seite herbeigeholt werden musste. Harveys Charme hatte bei Lily genauso gewirkt wie bei Liam und Sam, und sogar Maggie hatte zugeben müssen, dass sie drei ein gutes Team bildeten.

»Danke, aber das wäre wirklich nicht nötig gewesen. Es war uns eine Freude, Lily bei uns zu haben.« Maggie nahm die Blumen und vergrub ihre Nase darin. Sie nahm das Zartrosa von englischen Rosen wahr, das Orangerot von Geranien und dazu Tupfen von Lavendelblau und Grasgrün. Der

Strauß war von jemandem zusammengestellt worden, der es verstand, ihre Welt mit Farbe zu erfüllen.

»Ich habe trotzdem ein Hühnchen mit dir zu rupfen«, sagte Jenny. »Warum hast du mir nichts von Mels Anruf erzählt?«

Der Regenbogen verblasste, als Maggie den Kopf hob. »Ich wollte dich nicht beunruhigen.«

»Muss ich mir Sorgen machen?«

Maggie zuckte die Achseln. »Der Brief vom Sozialamt ist heute Morgen gekommen, und nein, kein Grund zur Sorge. Wie immer gibt es jede Menge Hilfsangebote, aber zum Glück keine Vorbehalte. Der einzige Schaden, der zurückbleibt, betrifft James' Verhältnis zu seiner Mutter.«

»Wie verkraftet er es?«, fragte Kathy, die gerade rechtzeitig aus dem Kundenbereich zum Empfang zurückgekehrt war, um zu hören, worum es ging.

»Schlecht«, antwortete Maggie offen. James' ursprünglicher Zorn hatte eine ganze Flut von Emotionen nach sich gezogen, zuletzt vor allem Schuldgefühle. Er schämte sich, weil er das ablehnende Verhalten seiner Mutter gegenüber Maggie so lange hingenommen hatte. Er hatte es schon immer gern anderen überlassen, Judith in die Schranken zu weisen, aber nun war er entschlossen, seiner Frau zu zeigen, dass er sich verändert hatte. »Er geht nicht ran, wenn Judith anruft, und ich fürchte, er wird ihr so schnell nicht verzeihen.«

»Recht so. Ich hoffe, er bricht den Kontakt ganz ab«, schnaubte Jenny. »Es ist nicht zu fassen, dass sie zuerst Friede, Freude, Eierkuchen heuchelt und dir dann so in den Rücken fällt. Was hat diese Frau nur gegen dich? Dachte sie wirklich, du würdest Lily vernachlässigen oder was? Dachte sie …«

»Ich habe mit Judith gesprochen«, unterbrach Kathy.

Etwas in ihrem Tonfall bewirkte, dass Jenny mit ihrem Gepolter aufhörte, aber es war Maggie, die fragte: »Und?«

»Ich wollte ihr die Meinung sagen, aber, um mit Judiths eigenen Worten zu sprechen, sie brauchte nicht erst von mir zu hören, was für eine widerwärtige Person sie ist.«

»Tja, wo sie recht hat, hat sie recht«, murmelte Jenny.

»Es war völlig daneben, was sie getan hat, und das weiß sie. Aber …« Kathys Pause kündigte den nächsten Knalleffekt an. »Sie meinte, dass sie diesen Anruf beim Sozialamt schon vor Monaten gemacht hat, kurz nachdem du ihr eröffnet hattest, dass du schwanger bist, also bevor sie mit dir bei der Vorsorgeuntersuchung war. Lange vor meinem Geburtstag.«

In dem Schweigen, das darauf folgte, empfand Maggie vor allem Erleichterung. Auch wenn diese Nachricht Judith nicht völlig freisprach, bestand immerhin Hoffnung, dass die Frau, die ihr endlich ihr Herz geöffnet hatte, noch vorhanden war. »Aber selbst wenn ich ihr verzeihe, weiß ich nicht, ob James dazu bereit ist.«

»James wird sich nach dir richten«, behauptete Kathy.

»Da wäre ich nicht so sicher. Es wird für ihn nicht zählen, *wann* sie angerufen hat, das Schlimme ist, dass sie es überhaupt getan hat. Ich glaube nicht, dass er über diese Hinterhältigkeit so schnell hinwegkommt. Irgendwann vielleicht schon, aber das wird Zeit brauchen. Zum Glück fahren wir in zwei Wochen weg, sodass alle erstmal ein bisschen Abstand kriegen können, und wenn wir zurückkommen, spreche ich mit ihm darüber.«

»Du willst sie wirklich ungeschoren davonkommen lassen?«, rief Jenny ungläubig.

»Das ist letztlich nicht meine Entscheidung.«

»Ach, als hättest du keinen Einfluss darauf«, sagte Kathy vorwurfsvoll.

»Nein, habe ich auch nicht. Er war noch nie so entschlossen, sich vor mich zu stellen, Kathy. Er wird sie nicht in meine Nähe lassen, da bin ich mir sicher.«

»Na gut, dann versuche ich ihr klarzumachen, dass sie euch Zeit geben und sich gedulden muss«, sagte Kathy, die merkte, dass sie nicht weiter drängen durfte. »Aber apropos Mütter, ich habe noch eine andere Neuigkeit. Wir haben ein Angebot für das Haus abgegeben, das uns gefallen hat, und den Zuschlag bekommen!«

Das wurde mit einer Runde Applaus quittiert, was die Stimmung merklich aufheiterte.

»Wir könnten schon in sechs Wochen einziehen«, fuhr Kathy fort, klang jedoch nicht mehr ganz so begeistert. »Wenn ich bedenke, worauf ich mich da eingelassen habe … Nicht nur habe ich jetzt noch mehr Papierkram am Hals nach dem Aussortieren bei Mum, sondern überhaupt viel mehr Arbeit, und ich weiß ohnehin schon nicht mehr ein noch aus.«

Maggies Mundwinkel zuckten. Da steckte eine vernehmbare Absicht hinter Kathys Klagen.

»Geht's dabei um die Immobilienverwaltung?«, fragte Jenny unschuldig.

»Ja«, seufzte Kathy. »Na ja, irgendwie werde ich das schon in den Griff kriegen.«

»Aber du hast doch schon so viel um die Ohren. Du kriegst noch einen Burnout, wenn du nicht aufpasst, und dann muss deine Mutter sich um *dich* kümmern«, sagte Jenny.

Maggie war nicht in der Stimmung, sich noch länger anzuhören, wie die beiden um den heißen Brei herumredeten. »Meine Güte, jetzt reicht's! Kathy braucht tatkräftige Unterstützung, und Mark braucht ab nächsten Monat einen Job.

Kathy braucht jemanden, der sich im Immobiliengeschäft auskennt, und Mark ist Immobilienfachmann. Muss ich noch mehr sagen?«

»Aber Mark wollte doch so gern diese Ausbildung zum Schreiner machen, und ich könnte ihm keinen Vollzeitjob anbieten«, sagte Kathy.

»Kann er nicht beides machen?«, fragte Maggie.

»Warum eigentlich nicht?«, sagte Jenny zu. »Ehrlich gesagt, Kath, ich glaube, er würde dir um den Hals fallen, selbst wenn es nur stundenweise ist.«

»Das wäre also geklärt«, sagte Maggie. »Wenn ihr mich jetzt entschuldigen würdet, ich habe noch zu tun, und du kommst zu spät zur Bank, wenn du dich nicht beeilst, Jenny.«

Als Maggie sich mit Harvey und dem Arm voll Blumen in ihr Behandlungszimmer zurückzog, pieksten sie die Dornen ebenso wie ihr Gewissen. Das traurige Bild von Elsa, die am See saß und um ihr verlorenes Kind weinte, ließ sie nicht los, und sie dachte obendrein an den Kummer, den ihre Schwiegermutter jetzt durchmachte. Auch Judiths Arme waren leer, aber das musste nicht so sein, es bestand immer noch Hoffnung.

Sie merkte, wie ihr Entschluss, sich nicht einzumischen, ins Wanken geriet, und rief sich zur Ordnung. James und seine Mutter sollten Frieden miteinander schließen, wenn sie selbst dazu bereit waren. Sie mussten die Grenzen zwischen sich neu abstecken, damit für alle ein besseres Miteinander möglich wurde, und das mussten sie allein und von sich aus tun. Maggie begann zu denken, dass es ihr gar nicht schnell genug gehen konnte bis zum Urlaub, damit sie nicht mehr in Versuchung geriet.

Doch dann machte sie sich bewusst, dass ihr Wunsch eine Geringschätzung kostbarer Lebenszeit bedeutete, dass die

Zeit auch manchmal gegen einen arbeitete. Ihre Gedanken kehrten zu Mrs Milton zurück, deren Zustand sich so schnell verschlechterte, dass nicht einmal ihr treu sorgender Ehemann sie noch davon abhalten konnte, im Ungewissen zu verschwinden.

ZWANZIGSTES KAPITEL

Elsie rührte in ihrem Tee und hatte bisher noch kein Wort gesagt. Die Aufgabe beschäftigte sie nun schon seit einer Viertelstunde.

»Ich glaube, du hast jetzt genug umgerührt«, sagte Ted. Er beugte sich vor, um ihre Hand festzuhalten. »Willst du nicht mal einen Schluck trinken, bevor er kalt wird?«

»Ist da schon Zucker drin?«, fragte Elsie.

»Ja, Schatz.«

Als Elsie pflichtschuldig trank, sagte Maggie zu Ted: »Sind Sie sicher, dass Sie nicht mal ein Weilchen rausgehen wollen, wenigstens um kurz frische Luft zu schnappen? Ich kann dann mindestens zwei Wochen lang nicht mehr kommen.«

James war schon losgefahren, um Sam und Liam abzuholen, die bei ihnen in Sedgefield übernachten würden, bevor es am Samstag früh nach Frankreich ging. Sosehr Maggie sich auf den Urlaub freute, tat es ihr doch leid, die Miltons allein zu lassen. Das war ihr dritter Besuch in dieser Woche, und bisher hatte Elsie sie kein einziges Mal erkannt. Die zunehmende Belastung war Ted deutlich anzumerken.

»Ich möchte nicht weggehen, wenn sie in diesem Zustand ist«, sagte er. »Aber keine Sorge, die Gemeindeschwester hat gesagt, dass sie am Wochenende vorbeischaut, und Yvonne kommt nächste Woche auch für ein paar Tage herunter. Ich werde nicht allein sein.«

»Und dann ist da immer noch Alice«, fügte Maggie hinzu, ebenso zu ihrem Trost wie zu seinem.

»Ja, sicher.« Er klang keineswegs sicher.

»Ich habe sie zufällig getroffen. Sie weiß, dass ich wegfahre, und hat versprochen, öfter vorbeizukommen.«

»Elsie, Schatz, du nickst ja ein«, sagte Ted unvermittelt. »Pass auf, du verschüttest sonst noch den Tee. Komm her, er ist sowieso kalt.« Er nahm die Tasse und stellte sie auf dem Couchtisch ab. »Wollen wir ins Bett gehen?«

Elsie schnappte nach Luft. »Wenn mein Vater das hört, schlägt er dich grün und blau!«

Maggie bekam immer nur einen Bruchteil von Teds täglichen Kämpfen mit, aber dieser kleine Wortwechsel zeigte ihr wieder, wie schmerzlich es sein musste, einen geliebten Menschen nach und nach zu verlieren.

»Soll ich Sie ins Bett bringen, Elsie?«, erbot sie sich.

Elsie antwortete nicht, doch als Maggie aufstand und den Arm ausstreckte, nahm sie ihn und zog sich wackelig auf die Beine. Mit ein bisschen gutem Zureden schafften sie es hinaus in den Flur und zum Schlafzimmer. Ted folgte ihnen in sicherem Abstand.

»Ist Ihnen warm genug?«, fragte Maggie, während sie eine Decke über Elsie breitete. Der allgegenwärtige Fliederduft konnte nicht darüber hinwegtäuschen, dass das Bettzeug nicht mehr frisch war, und sie nahm keine Spur von den ätherischen Ölen wahr, die sie Elsie zur Linderung ihrer Beschwerden gegeben hatte.

»Lass mich nicht allein«, flüsterte Elsie, und Maggie spürte, dass sie zur Tür blickte.

Ted schlurfte schwerfällig durch den Flur zur Haustür, um sie zu verriegeln. Er wollte es nicht riskieren, dass seine Frau unbemerkt hinausschlüpfte.

»Schlafen Sie jetzt«, beschwichtigte Maggie, doch als sie gehen wollte, hielt Elsie sie am Arm fest.

»Maggie?«

»Ja, ich bin's«, flüsterte sie. »Sie wollten gerade ein Schläfchen machen.«

»Ach so, gut.«

Maggie war versucht, zu bleiben und den flüchtigen Kontakt zu ihrer alten Freundin zu nutzen, aber Elsie klang müde. Als sie erneut Anstalten machte zu gehen, wurde Elsies Griff noch fester.

»Wo ist Ted?«

»Ganz in der Nähe.«

Elsie verstummte, und Maggie vermutete, dass sie am Eindösen war. »Er ist ein guter Mann«, sagte sie dann jedoch und hörte sich eher wehmütig als müde an. »Habe ich Ihnen mal erzählt, wie wir uns kennengelernt haben? Er war Postbote, ein bisschen ein Leichtfuß, aber er hat mich zum Lachen gebracht, als ich glaubte, nie wieder lachen zu können. Er war es, der mich als Erster Elsie genannt hat, und es war ein Neuanfang für mich. Ich habe in diese zwinkernden Augen geblickt und wusste es einfach.«

»Was wussten Sie?«, fragte Maggie lächelnd und malte sich Elsas Happy End aus beziehungsweise das, was einem glücklichen Ausgang für sie am nächsten kam.

»Ach, Sie wissen schon«, sagte Elsie mädchenhaft verschämt.

»Er liebt Sie sehr.«

»Zu sehr. Er hat das alles nicht verdient«, sagte Elsie. »Ich weiß, was ich ihm zumute, Maggie. Manchmal höre ich mich selbst, wie ich ihn anschreie, und nicht nur das. Manchmal denke ich, dass er mir etwas antun will, und im nächsten Moment sehe ich meinen Ted vor mir, der sagt, dass alles in

Ordnung ist. Aber es ist nichts in Ordnung, kein bisschen. Es wäre besser für uns beide, wenn ich mich vor einen Bus werfen würde.«

»Oder in den See?«, hakte Maggie nach. »Aber das machen Sie nicht, denn das würde ihm das Herz brechen, das wissen Sie, nicht wahr?«

»Es ist trotzdem nicht gerecht. Er sollte sich nicht um mich kümmern müssen als wäre ich ein Baby. Ich sollte wirklich in so ein Heim gehen.«

»Er will sich aber selbst um Sie kümmern«, sagte Maggie.

»Genau das ist das Problem …«

Als Maggie ins Wohnzimmer zurückkehrte, gingen Elsies Worte ihr nach. Sie hatte nicht damit gerechnet, dass die Freundin sich so schnell in ihr Schicksal ergeben würde, jetzt noch nicht, wenn überhaupt. Allzu bald würde Elsie für keinen Trost mehr erreichbar sein, und damit auch Elsa. Ihr jüngeres Selbst würde für immer auf der Bank am See sitzen, in seinem Kummer gefangen, und Maggie fühlte sich machtlos. Alles deutete daraufhin, dass das gemeinsame Leben der Miltons in Auflösung begriffen war. Ted schaffte das alles kaum noch, und es war nicht nur das Haus, mit dem es nicht zum Besten stand.

»Habe ich Sie vorhin humpeln gehört?«, fragte sie Ted. Sie hatte bei ihrer Ankunft bemerkt, dass er mühsamer ging als sonst, aber erst sein schmerzhaftes Schnaufen beim Verriegeln der Tür, als er sie außer Hörweite glaubte, hatte sie auf den Verdacht gebracht, dass er eine Verletzung verheimlichte.

»Ach, das ist nichts weiter. Ich bin im Bad ausgerutscht, aber in ein, zwei Tagen ist das wie weggeblasen.«

»Sollten Sie nicht zum Arzt gehen?«

»Es geht mir gut, Maggie.«

Sie hörte die Abwehr in seiner Stimme und fragte ihn nicht weiter aus, zumindest nicht über seine eigene Gesundheit. »Ich hätte nie gedacht, dass es so schnell mit ihr bergab geht«, bemerkte sie. »Die Medikamente scheinen nicht zu wirken.«

»Ich bin nicht mal sicher, ob sie sie regelmäßig nimmt. Neulich habe ich sie erwischt, wie sie die Tablette ausspuckte, als sie dachte, ich merke es nicht. Sie denkt, ich will sie vergiften.«

»Umso mehr Grund, alle Hilfe anzunehmen, die Sie kriegen können. Hat Alice gesagt, wann sie wieder vorbeikommen will?« Maggie hatte Teds ausweichendes Verhalten von vorhin nicht vergessen.

Ted rieb sich übers Gesicht. Die Bartstoppeln an seinem Kinn scheuerten an seinen schwieligen Händen. »Ich wollte es in Elsies Gegenwart nicht erwähnen, aber Alice hat schlechte Neuigkeiten. Sie kam gestern vorbei, um es mir zu sagen.« Er seufzte schwer. »Bei einer Röntgenuntersuchung ist ein Schatten auf ihrer Lunge festgestellt worden. Man hat sie sofort zu weiteren Untersuchungen in die Klinik bestellt, und nächste Woche hat sie einen Termin bei einem Onkologen.«

Maggies Mund wurde ganz trocken, als sie die Nachricht zu verarbeiten versuchte. »Ich habe ihr immer wieder gesagt, sie soll zum Arzt gehen.«

»Ich weiß, und sie lässt Ihnen ihren Dank ausrichten. Sie wollte es Ihnen selbst sagen, aber sie konnte sich nicht dazu überwinden, in den Salon zu gehen. Sie meint, wozu soll sie sich die Haare machen lassen, wenn sie damit rechnen muss, sie sowieso bei einer Chemo zu verlieren.«

»Wo Leben ist, ist Hoffnung.« Maggie wusste, wie abgedroschen das klang, aber ihr fiel nichts Besseres ein.

»Tatsächlich?« Teds Stimme schien auf einmal von weit weg zu kommen. »Was ist mit meiner Elsie? Körperlich ist sie noch ziemlich gut beieinander für ihr Alter, aber was nützt ihr das? Was kann *sie* heilen?«

Maggie wollte zu ihm gehen und ihn in die Arme nehmen, aber sie wusste, dass er nicht bemitleidet werden wollte. Harvey dagegen hatte keine solchen Hemmungen, er trabte hinüber und knurrte zufrieden, als Ted ihm kräftig den Rücken zu reiben begann.

»Es ist nicht fair, ich weiß«, sagte sie. »Ich wünschte, ich würde jetzt nicht wegfahren und Sie hier allein lassen.«

Ted räusperte sich. »Danke, Maggie, aber ich habe Ihre Freundlichkeit wirklich nicht verdient.«

»Natürlich haben Sie das, und ich verspreche, dass ich wieder nach Ihnen sehe, sobald ich zurück bin.«

»Nein, Sie verstehen mich nicht.« Ein halb erstickter Atemzug war zu hören, als müsse er seine Gefühle zügeln. »Wollen Sie wissen, was ich gedacht habe, als Alice hier war? Als sie versucht hat, ihre Krankheit herunterzuspielen, um mich nicht mit ihrem Kummer zu belasten?« Seine Stimmte bebte vor Wut und Selbstekel. »Ich habe an mich gedacht, so war es! Statt Alice zu trösten, habe ich mich gefragt, wer mir jetzt den Rücken gegen Yvonne stärken wird, wenn sie nächste Woche kommt. Das ist unverzeihlich, Maggie, und dann nutze ich auch noch eine schwangere Frau aus und missgönne ihr ihren Urlaub. Ich kann Ihnen gar nicht sagen, wie sehr ich mich schäme. Ich bin ein egoistischer, selbstsüchtiger, übellauniger alter Mistkerl!«

»Jetzt hören Sie mir mal zu, Ted. Sie sind alles andere als selbstsüchtig. Sie denken nicht an sich, sondern an Elsie. Wir müssen dafür sorgen, dass Sie gesund bleiben, damit Sie für Ihre Frau da sein können.«

»Aber ich bin ja nicht für sie da, oder? Sie weiß meistens nicht einmal, wer ich bin. Sie sieht nicht ihren Ehemann, sondern irgendeinen Unhold, der in ihr Haus eingedrungen ist.«

»Ach, Ted, sie liebt Sie nach wie vor. Das hat sie mir eben erst gesagt«, beteuerte Maggie, ohne zu erwähnen, was Elsie noch gesagt hatte. Würde Ted hören wollen, dass seine Frau in einem klaren Moment den Wunsch geäußert hatte, ihn von seinen Pflichten zu entbinden und sich der Pflege anderer anzuvertrauen? Hatte Elsie schon einmal mit ihm darüber gesprochen?

Er schüttelte den Kopf. »Freddie ist es, den sie vergöttert. Ich hatte nie richtig begriffen, wie wichtig er für sie war.«

»Ted, Freddies Liebe ist niemals auf die Probe gestellt worden. Wir werden nie erfahren, ob er sie so treu und hingebungsvoll geliebt hätte wie Sie.«

Ted seufzte. »Na ja, sie hat nicht nur vergessen, wer ich bin, manchmal vergisst sie sogar, wer sie selbst ist. Neulich abends hat sie mir erzählt, sie hätte ein heißes Rendezvous mit David Niven.« Ted lachte, aber Maggie konnte nicht mit einstimmen.

Während sie noch nach Trostworten suchte, fuhr er fort. »Und manchmal denkt sie, dass das Baby überlebt hat.«

Die Bemerkung kam wie aus dem Nichts und traf Maggie mitten ins Herz. »Tess? Aber Sie sagten doch, Sie hätten die Patientenakte gesehen.«

»Ja, und dort steht schwarz auf weiß, dass das Kind eine Totgeburt war. Wie gesagt, man kann sich nicht allzu sehr auf das verlassen, was sie so redet.«

Doch Maggie war hellhörig geworden. Ted hatte Übung darin, über Elsies Geheimnisse zu schweigen, weshalb diese Bemerkung sehr untypisch war. Er musste sie aus einem bestimmten Grund gemacht haben. »Und wenn Elsie doch wegen Tess nach Sedgefield zurückgekommen ist?«

»Jetzt fangen Sie gleich wieder damit an, sie aufspüren zu wollen.«

»Deswegen haben Sie das doch gesagt, oder?«, fragte Maggie herausfordernd. »Sie glauben selbst, dass Tess überlebt hat, nicht wahr?«

»Ach, Maggie! Sie spricht die ganze Zeit von ihr, nicht nur von dem Baby, sondern auch davon, was wohl für eine Frau aus ihr geworden ist. All die Fragen, die sie sich in den vergangenen sechzig Jahren immer wieder gestellt haben muss, stellt sie nun mir, als wüsste ich die Antworten darauf.«

»Warum versuchen wir dann nicht, die Antworten zu finden?«

Elsies Leben bis zu Elsa zurückzuverfolgen, würde nicht leicht sein, aber wenn es nur den kleinsten Hoffnungsschimmer gab, dass das Kind nicht für alle Zeit verloren war, war Maggie bereit, es zu wagen. Ted hatte ihr nicht widersprochen, woraus sie schloss, dass er es ebenfalls wollte.

»Haben Sie sich jemals mit Elsie zusammengesetzt und über ihren Aufenthalt in Sedgefield damals gesprochen? So richtig?«, fragte sie ihn.

»Ich wusste, dass Mrs Jackson nicht ihre richtige Tante war, aber sie hat sich immer nur sehr unbestimmt darüber geäußert, woher sie sich kannten. Und natürlich wusste ich ein bisschen was über Freddie, aber was den Rest angeht, so hat sie den für sich behalten, und das musste ich respektieren.«

»Aber?«

Sie wartete geduldig darauf, dass er fortfuhr, aber ihm schien mehr daran gelegen zu sein, Harveys Rücken zu massieren. Ein Seufzen, das eher ein Schluchzen war, entfuhr ihm, wurde aber sogleich unterdrückt. »Ich sehe sie in ihrem Sessel sitzen und sich die Seele aus dem Leib weinen, ein Kissen an sich gedrückt, das sie nicht loslassen will. Sie hört das Baby schreien, und das bricht nicht nur ihr das Herz, sondern auch mir.«

Harveys Brummen wurde lauter, als Ted seine Finger immer tiefer in sein Fell grub. Maggie merkte, dass aus dem anfänglichen Wohlbehagen langsam Unbehagen wurde, ihr treuer Hund den armen Ted aber nicht im Stich lassen wollte. Um beiden zu helfen, setzte sie sich zu Ted aufs Sofa, legte ihre Hand sanft auf seine und erlöste Harvey aus seiner Bedrängnis.

»Ich mache mir Sorgen um Sie, Ted, und Elsie auch. Ich sage es nicht gern, aber vielleicht sollten Sie doch eine Kurzzeitpflege in Erwägung ziehen, damit Sie Ihren Akku wieder aufladen können.«

»Sie klingen schon wie Yvonne. Ich will nichts davon hören! Wenn Elsie erst einmal in einem Heim ist, wird Yvonne es mir verdammt schwer machen, sie wieder nach Hause zu holen. Ich kenne doch meine Tochter.«

»Schwer, aber nicht unmöglich, wenn Sie erst einmal wieder bei Kräften sind. Sie können nicht so weitermachen, Ted«, sagte Maggie ernst. »Aus dem Grab heraus dürfte es selbst Ihnen schwerfallen, sich um Elsie zu kümmern.«

Ted lachte hohl. Er hatte ihre Hand genommen und hielt sie mit beiden Händen. »Sie nehmen kein Blatt vor den Mund, was?«

»Und falls Sie moralische Unterstützung brauchen, wenn Yvonne hier ist, stehe ich zur Verfügung. Das kostet Sie nur einen Anruf, auch wenn es ein Ferngespräch ist«, bot sie ihm an. »Was ist eigentlich mit Nancy? Würde sie sich auf Ihre Seite stellen? Kommt sie demnächst mal nach Hause?«

Ted drückte ihre Hand etwas fester. »Nancy? Nein, ich denke nicht, dass sie herüberkommt, bevor eine Beerdigung ins Haus steht. Sie ruft auch nicht mehr oft an, seit es Elsie die meiste Zeit nicht gut genug geht, um zu telefonieren. Ich glaube, sie spricht ab und zu mit Yvonne oder schreibt ihr E-Mails, aber das ist es so ziemlich.«

»Dann hatte Elsie ja Glück, Blumen an ihrem Geburtstag zu bekommen.« Kaum war die Bemerkung heraus, ging Maggie ein Licht auf. »Nancy hat sie gar nicht geschickt, stimmt's?«

»Nein«, sagte Ted. »Ich habe sie gekauft.«

Maggie dachte an Elsas verzweifelten Kampf um ihre Erstgeborene. »Unvorstellbar, dass jemand sich nicht glücklich schätzt, Elsie zur Mutter zu haben.«

»Vielleicht hätte ich nicht zulassen sollen, dass sie die beiden so verwöhnt. Verstehen Sie mich nicht falsch, ich bin stolz auf meine Töchter. Wir haben sie zu selbstbewussten Menschen erzogen und ihnen immer gesagt, dass sie sich keine Gedanken um uns zu machen brauchen. Ich wollte ihnen im Alter nicht zur Last fallen, und Elsie sah das genauso, aber … wenn es den Ausschlag gibt, ob wir Elsie zu Hause behalten können oder sie in ein Heim geben müssen …« Teds Stimme versagte, und jetzt konnte er die Tränen nicht mehr zurückhalten.

Maggie zog ihre Hand weg, damit sie ihm den Arm um die Schultern legen konnte. Aufgrund seines Stimmumfangs und des wenigen Körperkontakts, den sie bisher gehabt hatten, hatte sie sich ein Bild von ihm gemacht und ihn sich mindestens so groß wie James vorgestellt. Seine Hände waren tatsächlich sehr kräftig und seine Finger lang und schlank, aber als sie ihn an sich zog, war sie überrascht, wie zerbrechlich er sich anfühlte.

»Ich werde Ihnen beiden helfen, so viel ich kann«, versprach sie.

»Ich ertrage den Gedanken nicht, dass sie in so ein Heim soll, ich ertrage das einfach nicht.«

»Dann wollen wir alles dafür tun, sie bei uns zu behalten. Alzheimer ist eine heimtückische Krankheit, aber wenn wir ihr einen guten Grund gäben, dagegen anzukämpfen? Wollen Sie mir helfen, Tess zu finden?«

»Langsam bin ich so weit, dass ich alles versuche«, sagte er.

Maggie wusste, dass ihre Argumentation Schwachstellen hatte. Auch das Auffinden einer verloren geglaubten Tochter würde keine Wunderheilung bewirken, aber sie wollte Elsie noch nicht aufgeben und Ted genauso wenig. Ihre Nerven begannen zu flattern, als sie daran dachte, den Frankreichurlaub abzusagen. Die Zeit drängte, und Elsie brauchte und verdiente ihre Hilfe jetzt sofort. Das Flattern erreichte Sturmesstärke, als ihr klar wurde, wie ernsthaft sie den Gedanken in Erwägung zog.

»Bitte sag, dass das ein Witz ist!« James stand in der Küche und hätte sich beinahe an seinem Kaffee verschluckt, als Maggie mit ihrer Überlegung herausrückte. Sam und Liam spielten draußen im Garten mit Harvey Fußball und ahnten nichts davon, dass ihre Urlaubsreise gerade infrage gestellt worden war.

Maggies grimmig entschlossene Miene hätte James schon sagen müssen, dass keine Pointe zu erwarten war, aber um jede Ungewissheit zu vermeiden, schüttelte sie den Kopf und hielt dann die Luft an.

James rang nach einer Antwort. Seine halb geformten Worte kamen als kleine Schnalzlaute heraus, die sie zum Lachen gebracht hätten, wäre es nicht um etwas so Ernstes gegangen.

»Nein, Maggie«, sagte er dann, als er die Sprache wiedergefunden hatte.

Die Antwort kam nicht unerwartet, und sie konnte sie ihm kaum verübeln, aber den Urlaub ganz abzusagen, war nur ihre Ausgangsposition. Sie arbeitete auf einen Kompromiss hin.

»Könnten wir es nicht um ein paar Tage verschieben?«

»Nein!«

Unbeirrt hielt Maggie dagegen. »James, wenn du gesehen hättest, wie schlecht es Ted körperlich und seelisch geht … Er ist schon einmal gestürzt, und wenn er Elsie nicht mehr pflegen kann, dann ist das das Ende ihres gemeinsamen Lebens von fast sechzig Jahren.«

»Das mag jetzt hart klingen, Maggie, aber vielleicht wäre das sogar das Beste. Ich bin sicher, Elsie würde bei klarem Verstand dasselbe sagen.«

Maggie fasste sich nicht schnell genug, und James bemerkte, wie ein Schatten über ihr Gesicht huschte.

»Elsie will es selbst, stimmt's?« Er klang jetzt weniger verärgert, weil er merkte, dass er am Gewinnen war.

»Aber nur, weil sie weiß, dass Ted Hilfe braucht, und deshalb will ich hierbleiben.«

»Du kannst doch nur bis zu einem gewissen Grad helfen, Maggie. Und in zwei Monaten hast du selbst alle Hände voll zu tun.«

»Ja, in zwei Monaten«, betonte sie. »Im Moment aber sind meine Hände ziemlich leer.« Sie wedelte frustriert mit ihnen herum, und es war ihr egal, wie albern das wirkte. »Ted glaubt, dass das Baby überlebt hat, und wir haben den Verdacht, dass die Unterlagen gefälscht wurden. Wenn Tess adoptiert wurde und wir sie finden können, dann besteht Hoffnung, dass Elsie zur Ruhe kommt – oder zumindest nicht mehr ständig um das Trauma ihres Lebens herumkreisen muss.«

»Sie hat Alzheimer, Maggie«, sagte James freundlich. »Du wirst ihr nie Ruhe schenken können.«

»Es wird helfen. Es muss einfach.«

James stellte seinen Kaffee ab und sagte nichts, bis er nahe genug bei ihr war, um ihre Arme festhalten zu können, falls sie wieder damit herumzufuchteln begann.

»Ich weiß, wie viel dir daran liegt, ihr zu helfen, aber mal im Ernst, Maggie, du klammerst dich da an einen Strohhalm. Du musst jetzt in erster Linie an dich selbst denken – oder zumindest an unser Kind. Wenn Ted gestürzt ist, besteht dann nicht das Risiko, dass du dir auch wehtust?« James konnte offenbar immer besser ihre Miene deuten. »Was ist genau mit ihm passiert?«

Sie lehnte ihre Stirn an seine Brust und lauschte seinem Herzschlag. Er war viel ruhiger als sie. »Er wollte es mir zuerst nicht sagen, aber ich habe es irgendwann aus ihm herausgebracht.«

»Und?«

»Elsie war im Bad und hatte den Wasserhahn nicht abgedreht. Als er das Wasser überlaufen hörte, rannte er hinein und erschreckte sie. Sie hat ihn angegriffen, und sie sind beide auf dem Boden gelandet.«

»Das hätte dir auch passieren können!«

»Ich weiß.« Sie ahnte, was als Nächstes kommen würde.

»Du willst das nicht hören, das ist mir klar, aber ... vielleicht solltest du dich dort etwas weniger engagieren.«

»Das kann ich nicht«, sagte sie, »also verlang es nicht von mir. Ich gebe zu, dass es keine gute Idee war, den Urlaub absagen zu wollen, aber ich kann die beiden nicht sich selbst überlassen. Sie haben doch kaum noch jemanden. Sie haben kaum noch sich selbst.«

Zwei starke, ein wenig schwielige Hände legten sich um ihr Gesicht, und zwei Daumen wischten ihre Tränen weg. »Also schön. Solange du gut auf dich aufpasst und andere Leute auch ihren Teil tun lässt. Ich verstehe nicht, warum die Tochter nicht ein paar Tage früher von Schottland herunterkommen kann, wenn es für Ted so schwer ist. Und was ist mit der anderen Tochter in Amerika? Klar, es ist weit weg, aber die Lage wird immer ernster.«

»Hör bloß damit auf«, knurrte Maggie. »Nancy hat sich schön von ihren Eltern verwöhnen lassen, aber jetzt, da sie eigene Kinder hat, kennt sie sie nicht mehr. Wie die Frau sich noch selbst ins Gesicht sehen kann, ist mir ein Rätsel.«

Eine verlegene Pause entstand, weil sie beide an James' Eltern dachten. Judith war zum letzten Mal zwischen ihnen erwähnt worden, als Maggie ihm von ihrem Gespräch mit Kathy erzählen wollte, doch James hatte sich geweigert zuzuhören. Zu dem Zeitpunkt war sie noch bereit gewesen abzuwarten, bis er seine Mutter genug vermisste und Judith begriff, wie sehr sie ihn verletzt hatte. Doch jetzt schrie das Thema geradezu danach, angesprochen zu werden.

»Deine Mum hat wahrscheinlich auch was Besseres verdient.«

»Nein, Maggie.« Er klang unbeugsam. »Mum hat mich nicht verwöhnt, sie hat mich erdrückt, und ich erkenne erst jetzt so richtig, wie sehr sie mein Leben beherrscht hat. Ich will nichts mehr mit ihr zu tun haben, solange sie auch nur die kleinste Gefahr für uns darstellt.«

James zog sie fest an sich. Sein Herz schlug jetzt ein wenig schneller, doch sie konnte nicht dazu schweigen.

»Was sie getan hat, ist unentschuldbar, aber nicht unverzeihlich«, sagte sie leise. »Als sie bei der Sozialbehörde angerufen hat, kannte sie mich noch kaum und war voller Vorurteile.«

»Ich weiß, wann sie angerufen hat, Maggie, aber das macht es keinen Deut besser.«

»Doch«, widersprach sie und hob ihren Kopf zugleich mit ihrer Stimme. »Sie hat aus Unwissenheit, nicht aus Boshaftigkeit gehandelt, und sie hat seitdem ein paar herbe Lektionen gelernt. Ich sage ja nicht, dass du dich sofort mit ihr versöhnen sollst, aber es ist nicht gut, so einen Groll mit sich herumzutragen. Es ist deine Entscheidung – nur könntest du ihr nicht wenigstens andeuten, dass du zu Friedensgesprächen bereit bist, wenn wir aus dem Urlaub zurückkommen?«

»Richtig, es *ist* meine Entscheidung.« James war ein Stück zurückgetreten und legte nun seine Hand auf ihren vorstehenden Bauch. »Und meine Entscheidung lautet, dass ich dieses neue Leben von nichts und niemandem bedrohen lassen werde.« Wie zur Antwort boxte in diesem Moment eine kleine Hand oder auch ein Fuß gegen ihre fest gespannte Bauchdecke.

»Ich weiß, aber wäre es nicht gut, wenn …«

Draußen im Garten wurden Liam und Sam auf einmal laut, und es brach ein Zwist darum aus, ob ein Tor zählte oder nicht. James wandte sich halb von ihr ab. »Wäre es nicht gut, wenn wir unseren Urlaub nicht mit einem Streit anfingen? Ich muss jetzt raus und bei den Jungs Frieden stiften.«

»Bitte, James!« Nicht nur die Stimmen der Jungen wurden lauter. Maggie wollte sich nicht unterkriegen lassen.

James war schon an der Gartentür, drehte sich aber noch einmal zu ihr um. »Vergiss es, Maggie. Weder jetzt noch nach unserer Rückkehr«, knurrte er. »Ich kann ihr das nicht verzeihen. Merkst du nicht, was hier vor sich geht? Sie schafft es immer noch, ihren verdammten Keil zwischen uns zu treiben. Willst du, dass sie am Ende gewinnt?«

»Vielleicht wollte sie uns am Anfang auseinanderbringen, aber …« Maggie beendete den Satz nicht. Sie hatte Harveys Hecheln und den Geruch nach frischer Erde und zertretenem Gras zu spät bemerkt.

»Dad?« Das war Sams bedrückte Stimme.

»Lasst ihr euch scheiden, du und Maggie?«, kam es von Liam.

James fuhr herum, jedoch nicht schnell genug, um seinen jüngsten Sohn festzuhalten, der genauso schnell aus der Küche verschwand, wie er hereingekommen war. Liam dagegen blieb wie angewurzelt stehen.

»Nein, mein Junge, natürlich nicht, davon ist keine Rede. Erwachsene dürfen sich auch mal streiten, genauso wie du und Sam. Das heißt nicht, dass ich Maggie nicht mehr liebhabe. Ich liebe sie sehr«, sagte er und drehte sich dabei kurz zu ihr um. »Jetzt sehe ich besser mal nach Sam.«

James' Schritte entfernten sich, sogleich gefolgt von Harveys, sodass Maggie mit Liam allein zurückblieb. »Es ist alles in Ordnung«, versicherte sie ihm.

»Dad redet nicht mehr mit Oma Judith, stimmt's?«

Maggie ging behutsam auf ihn zu, wobei sie die Ohren spitzte, ob er vor ihr zurückwich, was er nicht tat. Als sie nahe genug heran war, um seinen noch schnellen Atem zu spüren, streckte sie die Hand aus und fand seine Schulter. Dann tastete sie sich zu seinem Gesicht vor und streichelte ihm über die Wange. »Dein Vater ist zurzeit böse auf sie. Sie hat etwas gemacht, das sie inzwischen selbst ziemlich dumm findet. Wahrscheinlich ist es ganz gut, dass sie sich jetzt mal eine Zeit lang aus dem Weg gehen. Ich hätte wissen sollen, dass dein Dad noch zu wütend ist.«

»Was hat sie denn gemacht?«

Maggie zögerte. Sie machte nicht gern Ausflüchte, zumal ihre eigenen Eltern immer sehr offen zu ihr gewesen waren, aber sie wollte auch nichts sagen, das Liams und Sams Verhältnis zu ihrer Großmutter trüben könnte. »Weißt du, Liam, ich glaube, Oma Judith ist gerade schon traurig genug, und wenn ich es dir jetzt sage, fühlt sie sich vielleicht noch schlechter.«

Sie hatte ihre Hand weggezogen, und nun kam Liam auf sie zu und umarmte sie. Früher hätte er seinen Kopf an ihre Brust gedrückt, doch jetzt legte er ihn auf ihren Bauch. Sie beugte sich herunter und küsste ihn auf die Haare.

»Wenn ihr euch doch scheiden lasst, kommt das Baby dann etwa zu uns?«

Maggie musste lachen, und Liam hob den Kopf.

»Ich verspreche dir hoch und heilig, dass wir uns nicht scheiden lassen«, sagte sie. »Das Baby bleibt also hier bei mir und deinem Dad.«

»Aber woher weißt du das so sicher?«

»Hör mal zu, Liam. Dein Vater ist ein wunderbarer Mann, der versucht, alle glücklich zu machen, aber dabei ist er selbst ein bisschen zu kurz gekommen.« Maggie hörte ihren Mann zurückkehren, was sie jedoch nicht davon abhielt zu sagen, was gesagt werden musste. »Es ist gut, dass er aufgehört hat, die Gefühle von anderen wichtiger zu nehmen als seine eigenen. Ich will dir nichts vormachen, das wird für mich ein ziemlicher Lernprozess, aber das macht nichts, Hauptsache, er ist dann glücklicher.«

»Für mich ist es auch ein ziemlicher Lernprozess«, stöhnte James und verlagerte sein Gewicht, woran Maggie erkannte, dass er Sam auf den Schultern trug. »Wir müssen eben gegenseitig auf unsere Bedürfnisse Rücksicht nehmen, dann sind wir beide glücklich. Es tut mir leid, Maggie, aber ich bleibe dabei.«

Maggie nickte und fand sich damit ab, dass sie fürs Erste nichts weiter tun konnte. Sie würde ihre Pläne zusammen mit ihrem Sonnenhut und ihren Sandalen einpacken und darauf hoffen müssen, dass es bei ihrer Rückkehr noch etwas zu retten gab.

EINUNDZWANZIGSTES KAPITEL

Elsa schlug die Augen auf, aber ihr starrte nur Finsternis entgegen. Sie wusste nicht, wo sie war, und ihr Herz begann zu rasen, als sie die Schemen, die langsam aus dem Dunkel hervortraten, nicht zuordnen konnte. Sie kniff die Augen wieder zusammen und verließ sich auf ihre anderen Sinne. Tastend strich sie mit feuchten Händen über die Baumwollbettwäsche, bis sich ihre Finger um die Kanten eines Einzelbetts schlossen. Sie hatte bisher nur zu einer bestimmten Zeit in ihrem Leben allein geschlafen, und der schwache Fliederduft passte dazu. Elsas Lippen zitterten, sie wollte nicht mehr bei Tante Flo sein, sie wollte nach Hause zu ihrer Mum. Sie wollte wieder in dem Doppelbett schlafen, das sie sich mit ihrer jüngeren Schwester teilte, auch wenn die ein berechnendes kleines Luder war, das jedes Mal bestochen werden musste, wenn sie sich mitten in der Nacht hinausschleichen wollte, um Freddie zu treffen. Die Erinnerung daran gab ihr einen Stich.

»Oh, Freddie«, murmelte sie und schlang die Arme um sich in dem Wissen, dass sie seine liebende Umarmung nie wieder spüren würde. Dabei wurde sie sich ihres schlaffen Körpers bewusst, kaum mehr als ein leeres Gefäß jetzt. Noch nie hatte sie sich so beraubt gefühlt.

»Es tut mir leid, es tut mir so furchtbar leid, Tess«, sagte sie. »Warum habe ich dich nur fortgegeben? Wie kannst du mir je verzeihen?«

Sie lauschte angestrengt auf eine Antwort, die nie kommen würde. Die Erinnerung an ihre aufgegebene Erstgeborene würde sie für den Rest ihres Lebens quälen, und wie um diese Befürchtung zu untermauern, schnitt ein langgezogenes, erbarmungswürdiges Geheul durch die Stille der Nacht, das ihr das Blut gefrieren ließ. Es klang, als käme es aus einem Zimmer nebenan, doch Elsa sah einen Geist aus der Zukunft darin. Ihren Geist, ihre Zukunft. Sie konnte das Geräusch nicht ertragen und hielt sich die Ohren zu, hörte die Schreie aber immer noch – die jetzt aus ihrer eigenen Brust aufstiegen. Kurz darauf wurde das Zimmer von Licht durchflutet, und sie verstummte vor Schreck.

»Keine Angst, Sie sind hier in Sicherheit, Elsie«, sagte eine fremde Frau.

In dem grellen Licht, das ihr in die tränenverschleierten Augen stach, konnte sie die Frau nicht richtig sehen. »Wer sind Sie? Wo ist Tante Flo?«, fragte sie keuchend.

»Nicht weit weg«, sagte die Frau sanft und hockte sich zu ihr auf die Bettkante. »Wir wollen aber doch nicht, dass Sie sich so aufregen. Meinen Sie, Sie könnten jetzt Ihre Medizin nehmen? Dann schlafen Sie besser.«

Elsa verkroch sich unter die Bettdecke. »Nein, gehen Sie weg!«, schrie sie. »Lassen Sie mich mit meinem Elend allein!«

Das stürmische englische Wetter, das Maggie am Flughafen Manchester empfing, war eine erfrischende Abwechslung nach der drückenden Hitze in Südfrankreich, aber nicht der einzige Grund, weshalb sie froh war, wieder heimatlichen Boten zu betreten. Sie hatte sich die ganze Zeit tapfer zurückgehalten, wenn auch nur mit Mühe. James und sie hatten es vermieden, die Miltons oder seine Eltern während ihres Aufenthalts in dem Landhaus zu erwähnen, wohingegen seine Söhne keine solchen Hemmungen kannten. Vor allem Liam hatte es ein diebisches Vergnügen bereitet, Oma Judith bei jeder Gelegenheit ins Spiel zu bringen. Zum Glück hatte seine Frechheit seinen Vater mehr amüsiert als geärgert, sodass sie einen schönen, wenn auch etwas anstrengenden Urlaub miteinander verbracht hatten.

Nach dem Aussteigen war Maggie vorübergehend von James und den Jungen getrennt worden. Ein Mitglied der Kabinenbesatzung hatte sich freundlicherweise erboten, sie – oder genauer gesagt, Harvey – durch das Gewühl in der Ankunftshalle zu einem Notausgang und ins Freie zu geleiten, damit der Hund sich erleichtern konnte. Obwohl Harvey das Reisen mit dem Flugzeug nicht gewöhnt war und es nicht mochte, hatte er sich tadellos benommen und die Aufmerksamkeit, die ihm von Bordpersonal und Mitpassagieren zuteilwurde, weidlich genossen.

Sobald sie eine geeignete Stelle fanden, gab Maggie ihm die Erlaubnis, sein Geschäft zu verrichten, was er prompt tat. Sie bestand darauf, das Ergebnis wegzuräumen, gab aber nach, als die hundebegeisterte Stewardess das übernehmen wollte und vorschlug, mit Harvey eine kurze Runde zu drehen, um ihm Bewegung zu verschaffen. Immerhin verschaffte ihr das die Zeit zu tun, was sie so lange wie möglich hinausgeschoben hatte. Sie hatte zwei Wochen lang nicht zu Hause angerufen und zuvor allen Freunden Bescheid gesagt, dass sie keine schlechten Nachrichten hören wolle, während sie zu weit weg war, um etwas unternehmen zu können. Ted war die einzige Ausnahme, doch auch er hatte sich nicht gemeldet, und sie hoffte nur, dass das ein gutes Zeichen war.

Bei Jenny ging frustrierenderweise niemand dran, und sie beendete den Anruf mit einem bangen Gefühl. Dann versuchte sie es bei Kathy. Am Samstagnachmittag war immer viel zu tun im Salon, sodass sie froh war, als ihre Freundin gleich abnahm.

»Hallo, Maggie, schon wieder zu Hause?« Das unaufhörliche helle Summen der Haartrockner im Hintergrund hatte irgendwie etwas Beruhigendes.

»Wir sind noch am Flughafen, aber es dauert nicht mehr lange.«

»Wie war der Urlaub?«

»Sehr schön, danke. Das Wetter war wunderbar, wenn auch manchmal ein bisschen zu heiß für mich, aber James und die Jungs waren begeistert. Sie sind schwimmen gegangen und haben die Gegend erkundet, während ich auf der Terrasse herumgefaulenzt habe.«

»So soll es sein. Genieß es, solange es noch geht. Dann gab es also keine Probleme mit dem Haus?«

»Nein, alles bestens – und euch erwartet eine kleine Überraschung, wenn ihr wieder hinfahrt. Ich habe dafür gesorgt, dass James sich nützlich macht, und Sam und Liam haben auch geholfen.«

»Also, ich hatte nicht verlangt, dass ihr euch die Unterkunft verdient«, sagte Kathy, bevor sie neugierig fragte: »Und was hat er gemacht?«

»Freu dich nicht zu früh, keine großen Sachen. Nur hier und da einen Zaun repariert und die Wand im vorderen Schlafzimmer neu verputzt.«

»Keine großen Sachen? Maggie, Joe hätte noch Jahre gebraucht, um sich endlich diese Wand vorzunehmen.«

»Das war das Mindeste, was wir tun konnten. Was James tun konnte, sollte ich sagen, ich habe kaum einen Finger gerührt. Mein Umfang hat sich in der Zeit verdoppelt, glaube ich, und bevor du etwas sagst – es liegt nicht daran, dass ich mich ständig mit französischen Delikatessen vollgestopft habe«, berichtete Maggie lächelnd, konnte dann aber mit dem eigentlichen Grund ihres Anrufs nicht mehr hinterm Berg halten. »Jetzt aber genug von mir, was habe ich verpasst? Weißt du, wie es Mrs Milton geht?«

»Es geht ihr gut.«

Eine Gänsehaut bestätigte Maggies dunkle Vorahnung. »Es ist etwas passiert, stimmt's?«

»Es tut mir leid, Maggie, man hat sie in ein Pflegeheim gebracht. Aber es ist ein sehr gutes, nach allem, was man hört.«

Kathy konnte sich noch so sehr bemühen, positiv zu klingen, Maggie wurde furchtbar schwer ums Herz. »Dann hat Yvonne also ihren Willen durchgesetzt?«

»Es ist das Beste, das sagen alle, sogar Elsie selbst.«

»Ted nicht, wette ich.«

»Ach, er wird sich schon damit anfreunden. Hör mal, wir können später weiterreden, wenn du wieder in Sedgefield bist«, sagte Kathy, als die Ladenglocke im Hintergrund eine neue Kundin ankündigte. »Es tut mir leid, ich muss jetzt Schluss machen. Ruf mich später an, ja?«

»Ja, ich muss auch Schluss machen«, antwortete Maggie düster. Sie hatte das Geräusch von Hundekrallen auf Asphalt gehört. »Aber ich melde mich wieder, sobald ich zu Hause bin.«

Sie wurde durch das Ankunftsgate geleitet und wieder mit James vereint, der zu sehr damit beschäftigt war, den zappeligen Sam nicht zu verlieren, um ihren Gesichtsausdruck zu bemerken.

»Mark hat gesagt, er schreibt mir eine SMS, wenn er da ist, aber bislang war nichts«, sagte er nur.

»Hallo, mein Sohn«, ertönte plötzlich Kens Stimme hinter ihnen, und dann hatte er Maggie auch schon in den Arm genommen und drückte sie kurz. »Oho, du hast aber zugelegt.«

Maggie merkte, wie sie rot wurde, was aber nicht an der Bemerkung über ihren Umfang lag, Liam und Sam hatten da schon viel Uncharmanteres geäußert. Sie fragte sich, wo Judith war, und nach James' Ton zu urteilen, ging es ihm genauso. »Was machst du denn hier, Dad?«

»Ich habe Mark gesagt, dass es mir nichts ausmacht, euch abzuholen.«

Maggie schoss eine ganze Reihe von Fragen durch den Kopf, zum Beispiel, wie Ken es geschafft hatte, sich mit Mark abzusprechen, obwohl sie sich kaum kannten. Offenbar war sie nicht die Einzige, die es zur Aussöhnung drängte.

»Keine Angst, ich bin allein«, sagte Ken in das verlegene Schweigen hinein. »Ich darf euch doch sehen, oder?«

»Aber natürlich, Dad«, sagte James. Er klang traurig, worüber Maggie froh war.

Es folgte ein lautes Hallo von den Jungen, und dann redeten plötzlich alle durcheinander. Liam und Sam wollten ihrem Opa unbedingt alles über ihren Urlaub erzählen, und dass Maggie ihnen ein bisschen Welpenschule beigebracht hatte. Maggie dagegen zog es immer stärker nach Hause. »Macht es euch etwas aus, im Auto weiterzuerzählen? Der Flug hat mich ziemlich erschöpft.«

Das lieferte ihr zugleich einen guten Vorwand, um sich auf der Heimfahrt kaum an der Unterhaltung zu beteiligen, und niemand erhob Einwände, als sie zu Hause den Wunsch äußerte, sich gleich zu einem Schläfchen hinzulegen. Schlaf war jedoch das Letzte, was sie im Sinn hatte, und als sie hörte, wie James sich unten von seinem Vater verabschiedete und die Haustür schloss, hatte sie auch ihr Gespräch mit Kathy beendet. Sie blieb, wo sie war, mit Harvey neben sich auf dem Quilt. Sie wusste nicht, was sie sonst tun sollte.

James kam so leise er konnte nach oben geschlichen, was

bei einem Mann mit so riesigen Füßen kein bisschen leise war. Er quetschte sich mühsam neben sie aufs Bett, da Harvey auf der anderen Seite nicht daran dachte, Platz zu machen, nicht einmal für sein Herrchen. So balancierte er wackelig auf der Bettkante, was Maggie trotz allem zum Lächeln brachte.

»Entschuldige, ich dachte, du schläfst«, flüsterte er.

»Dann wäre ich jetzt trotzdem wach«, sagte sie und versuchte Harvey dazu zu bringen, ein Stück zu rücken.

James streichelte mit einem Finger über ihre Wange und fand eine Tränenspur, die sich vom Augenwinkel bis hinters Ohr zog. »Was ist los?«

»Elsie ist in ein Pflegeheim gebracht worden. Sie lässt mir ausrichten, dass ich mir keine Sorgen machen soll.«

James legte seinen Kopf neben sie aufs Kissen, sodass seine Nase ihr Gesicht berührte und sein Atem beim Sprechen ihre Tränen trocknete. »Dann mach dir auch keine, Maggie. Sie will das Beste für Ted, und du hast gewusst, dass es darauf hinauslaufen könnte.«

Er wollte sie beruhigen, bewirkte aber genau das Gegenteil. »Natürlich habe ich das gewusst! Deshalb wollte ich ja nicht nach Frankreich fahren«, blaffte sie ihn an.

James erwiderte nichts darauf, und sie bereute ihre Heftigkeit sogleich. »Okay, im Grunde war mir klar, dass Ted es nicht mehr allein schafft. Aber ich hatte irgendwie gehofft, dass Yvonne vielleicht für eine Weile bei ihnen einzieht, damit Elsie noch ein bisschen länger zu Hause bleiben kann und wir Zeit haben, mehr über Tess herauszufinden.«

»Yvonne wohnt in Schottland, oder?« Die Frage war zugleich Erwiderung.

Maggie seufzte und versuchte, ihre Wut loszulassen. »Ja, und nach allem, was Kathy sagt, ist sie nicht das Monster, für das ich sie gehalten habe. Ted hat Yvonne die ganze Zeit in dem Glauben gelassen, dass alles in Ordnung ist, und sie fiel wohl aus allen Wolken, als sie sah, wie sehr Elsies Zustand sich verschlechtert hat. Außerdem erwartet ihre Tochter demnächst auch ein Kind, sodass sie sich jetzt zwischen den beiden aufteilen muss. Da braucht sie wirklich nicht noch jemanden wie mich, der den Stab über sie bricht. Sie hat anscheinend ohnehin schon ein furchtbar schlechtes Gewissen – aber Ted auch, weil er zugelassen hat, dass sie das Heft in die Hand nimmt.«

»Er würde sich so oder so wie ein Versager vorkommen.« James schmiegte seinen Kopf in ihre Halsbeuge. Für einen Baum von einem Mann machte er gerade einen unglaublich verletzlichen Eindruck. »Es ist seine Verantwortung, für seine Frau zu sorgen. Das war es immer und wird es immer sein.« Als er ihren Hals küsste, erschauerte sie am ganzen Körper.

Von unten war Geschrei zu hören – die Jungen verlangten nach Aufmerksamkeit. Harvey sprang vom Bett und warf durch das Nachfedern der Matratze James beinahe mit herunter. Maggie konnte ihn gerade noch festhalten.

»Ich gehe mal besser runter«, sagte er und küsste sie noch einmal. »Mach dir nicht so viele Gedanken. Wenigstens wird Mrs Milton jetzt nicht mehr allein durch den Park irren.«

Als Maggie wieder allein war, wickelte sie sich in den Quilt ihrer Mutter und ließ ihre Gedanken zu der alten Parkbank wandern. Wieder hatte sich eine Lücke in ihrem Leben aufgetan. Sie hatte eine liebe Freundin verloren und konnte nur erahnen, wie sehr Ted den Verlust seiner Frau betrauern musste, die ihn in mehr als einer Hinsicht verlassen hatte.

ZWEIUNDZWANZIGSTES KAPITEL

Elsa wand sich in Weinkrämpfen. Sie konnte die Qual nicht länger ertragen und widerstand dem Drang zu atmen – sie würde in ihren eigenen Tränen ertrinken.

In dem vergeblichen Versuch, die schreckliche Leere zu füllen, drückte sie das Kissen fest an sich und grub ihre Fingernägel in die Oberarme, um Halt zu finden. Der Schmerz war ihr willkommen, sie hatte es nicht besser verdient. Doch die Natur war stärker, sie holte Luft und atmete keuchend den Geruch nach frischer Wäsche ein. Da ihre Nase verstopft war, schmeckte sie ihn mehr, als dass sie ihn roch, klinisch und steril. Jede Spur von der Existenz ihres Kindes war getilgt worden.

Eine Erinnerung blitzte vor ihrem inneren Auge auf, und sie verlor sich darin. Unwillkürlich lockerte sie ihren Griff und begann, das Kissen zu wiegen. Sie war wieder in ihrem Zimmer in Flo Jacksons Haus. Die Handtücher, die für die Geburt über die Matratze gebreitet worden waren, lagen zusammengeknüllt in der Zimmerecke, und die Ausdünstungen von den Strapazen hingen noch in der Luft. Sie hatte Glück gehabt, dass sie noch rechtzeitig ins Haus gebracht worden war, denn kurz darauf hatte der Pressdrang sie überwältigt, und Tess war innerhalb von wenigen Minuten zur Welt gekommen.

Mit der Ankunft des Babys waren auch weniger erwünschte Gäste erschienen. Anne und der Doktor, von Tante Flo herbeigerufen, sobald diese Elsas Fehlen bemerkt hatte, waren wie Schreckgespenster an ihrem Bett aufgetaucht, als sie noch dabei war, sich von den Geburtswehen zu erholen. Als Tante Flo die Nabelschnur durchtrennte, hatte Elsa die Arme nach ihrer Tochter ausgestreckt, doch auch Anne wollte schon nach ihr greifen.

»Sie hat das Recht, ihr Kind wenigstens einmal in den Armen zu halten! Wag es ja nicht, ihr das zu versagen«, hatte Flo ihre Nichte angefaucht.

»Du weißt, dass du dich von ihr trennen musst, oder?«, hatte Anne zu Elsa gesagt. »Du weißt, dass es das Beste für sie ist.«

Elsa hatte sie ignoriert. Sie konnte die Augen nicht von dem Kind abwenden, als Flo es in warmem Wasser badete und mit einem Tuch abrieb, ehe sie es in ein Laken wickelte. Dann wurde Tess ihr in die Arme gelegt. Ihre winzigen Händchen befreiten sich aus dem Wickeltuch, ihre langen rosigen Finger klammerten sich um den Stoff, und sie schrie.

Während sie ihr Kind wiegte, spürte Elsa, wie die Milch in ihre Brüste schoss, eine Reaktion ihres Körpers, die alles widerlegte, was man ihr über ihre Befähigung zur Mutter gesagt hatte. Doch als sie darum bat, Tess stillen zu dürfen, schüttelte Flo nur den Kopf, die es nicht verhindern konnte, dass ihr eine einzelne Träne aus dem Augenwinkel rann. Elsa streichelte das Gesicht ihrer Tochter, um sie zu beruhigen, und die Kleine nahm instinktiv ihren Finger und saugte hungrig daran. Mit verschwommenem Blick sah sie ihr in die tiefblauen Augen und bat sie stumm um Verzeihung.

Auf Annes Drängen hin schrieb ihr Mann den Arztbericht und stellte den Geburtsverlauf anders dar, während Elsa sich an den lebenden Beweis von Freddies Liebe klammerte. Sie wollte die Frau hassen, die ihren Platz in Tess' Leben einnehmen würde, aber tief innerlich wusste sie, dass es das Richtige war und sie niemandem einen Vorwurf machen konnte außer sich selbst. Anne war kein schlechter Mensch und würde eine gute Mutter sein, aber als es so weit war, konnte sie ihr Kind nicht loslassen. Ihre Tränen fielen auf sein Gesichtchen, während sie in einem verzweifelten Tauziehen mit Flo um es rang.

»Bitte, Flo, ich kann das nicht. Ich mache alles, was du verlangst, aber nimm sie mir nicht weg«, flehte Elsa. »Bitte, zwing mich nicht!«

»Du liebst deine Tochter, das weiß ich«, sagte Tante Flo sanft, schob dabei aber entschieden ihre Arme unter das Kind. »Du liebst sie genug, um sie gehen zu lassen.«

»Ich kann es nicht … Ich kann es nicht …«, wiederholte Elsa schluchzend. Doch sie liebte Tess tatsächlich genug, und mit einem Kraftakt, den sie sich selbst nicht zugetraut hätte, beugte sie sich über ihre Tochter und küsste sie zum Abschied auf die Stirn. Die flaumig weiche Haut des Neugeborenen war feucht, und Elsa schmeckte das Salz ihrer eigenen Tränen und roch diesen besonderen Duft, der ganz und gar Tess war und es immer bleiben würde. »Ich werde dich nie vergessen«, flüsterte sie. »Niemals.« Dann ließ sie los, damit Flo sie nehmen konnte, und es war, als würde ihr das Herz aus dem Leib gerissen.

Die Erinnerung daran machte Elsa schaudern. Noch jetzt hörte sie sich selbst und das Baby wie aus einem Mund heulen. Sie vergrub ihren Kopf im Kissen und atmete tief ein, um einen Hauch vom Duft ihrer Tochter oder wenigstens des fliederparfümierten Wassers zu erschnuppern, in dem Flo Jackson sie gebadet hatte.

»Du beschreibst mir jede Einzelheit, ja? Ich will wissen, wie das Heim aussieht und ob es gut in Schuss ist. Ich will wissen, wie viel Pflegepersonal es gibt, wie sie angezogen sind und wie sauber es dort ist. Und vergiss nicht die Bewohner, ob sie gut versorgt wirken, ob sie glücklich wirken«, wies Maggie Jenny an.

»Ich beschreibe dir alles«, versprach die Freundin.

»Und sei ehrlich.«

»Maggie, also wirklich …« Jenny hatte fünfzehn Jahre Erfahrung damit, Maggie die Augen zu ersetzen, und verlor allmählich die Geduld. »Ich habe dich noch nie hinters Licht führen können und gedenke nicht, jetzt damit anzufangen.«

»Entschuldige.« Maggie lehnte sich gegen die Kopfstütze zurück. Sie war Jenny dankbar, dass sie ihren kostbaren Sonntagnachmittag opferte, um mit ihr zu dem Pflegeheim zu fahren. James hatte sich zwar auch dazu bereit erklärt, aber er musste zuerst die Jungen zurück nach Hause bringen, und sie wollte keinen Tag länger warten.

»Wie war der Urlaub?«

»Schön, sehr schön. Wie läuft's bei Mark?«

»*So* schön?«, sagte Jenny mit mehr als einem Anflug von Sarkasmus.

»Tut mir leid, Jen. Ich verspreche, dir alles über Frankreich zu erzählen, sobald ich mir ein Bild gemacht habe und beruhigt bin. Jetzt zurück zu dir und Mark.«

Jenny hatte nichts dagegen, denn es gab genug andere Neuigkeiten. »Ich habe die Stelle bekommen.«

»Nein!«, rief Maggie. »Wirklich?«

Jenny besaß die Großzügigkeit, über das Erstaunen ihrer Freundin zu lachen. »Ja, so reagieren die meisten Leute. Ich kann es selbst noch nicht richtig glauben. Aber ich fange erst im Oktober an, sodass Mark noch genug Zeit bleibt, um sich mit seiner neuen Aufgabe – oder seinen neuen Aufgaben, sollte ich besser sagen – vertraut zu machen.«

»Arbeitet er schon für Kathy?«

»Ja, er war die ganze letzte Woche bei ihr im Salon. Du weißt, dass dein Behandlungszimmer jetzt sein Büro ist, oder?«

Maggie nickte. Sie hatte noch vor dem Urlaub alles weggepackt, damit Kathy den Raum in ein zeitweiliges Büro umwandeln konnte. »Immerhin hat sie es noch nicht vermietet, sodass ich mir die Möglichkeit zurückzukommen noch ein bisschen länger offenhalten kann.«

»Soll ich es wagen zu fragen, ob du etwas von Judith gehört hast?«

»James hat sich mit seinem Vater zu einer Partie Golf verabredet, weiter will er noch nicht gehen. Aber hatten wir nicht gerade über Mark gesprochen? Hat er sich schon durch all den Papierkram gearbeitet, den Kathy von ihrer Mutter mitgenommen hat?«

Jenny kam langsam der Verdacht, dass Maggies beharrliches Interesse nicht unbedingt Marks Wohlergehen galt. »Worauf willst du hinaus?«

Maggie holte tief Luft, bevor sie erklärte, was für eine wenig aussichtsreiche und höchstwahrscheinlich undankbare Aufgabe sie sich vorgenommen hatte. »Ich will mehr über die Geschichte von Kathys Haus in Erfahrung bringen. Flo Jackson hat dort bis zu den späten Sechzigerjahren gelebt, und Kathys Vater hat es etwa zehn Jahre später gekauft, so viel weiß ich. Wenn Mrs Jacksons Nichte sie beerbt hat, dann muss es Unterlagen geben, die zu ihr hinführen.«

»Und warum willst du die Nichte aufspüren?«

»Ich will Elsas Baby finden«, sagte Maggie, als wäre das so einfach.

»Ich dachte, das Baby sei tot geboren worden?«

»So steht es in den Akten, aber Ted und ich glauben, dass es lebte.«

»Also, ich weiß ja nicht, wie das in den Fünfzigern war, Maggie, aber ich bin mir ziemlich sicher, dass falsche Angaben in einem Patientenbericht auch damals schon ungesetzlich waren.«

»Ungesetzlich, aber nicht unplausibel, Jen. Es war die Frau des Arztes, Flos Nichte, die dieses Kind so verzweifelt wollte. Vielleicht ging es ihm ja genauso.«

»Muss es wohl, wenn er so etwas riskiert hat.«

Sie fuhren langsamer und bogen scharf nach rechts ab. Die Reifen rollten nicht mehr über Asphalt, sondern knirschten auf Kies.

»Kannst du Mark meinen Besuch ankündigen?«

Jenny lenkte den Wagen in eine Parklücke und stellte den Motor ab. »Ich sag's ihm. Aber selbst wenn du recht hast, wird es nicht einfach sein, eine illegale Adoption aufzudecken. Und wieso willst du dir überhaupt all die Mühe machen? Elsie ist vielleicht nie wieder klar genug, um zu verstehen, was du da tust.«

»Ich weiß, Jen, aber fang jetzt bitte nicht an, es mir auszureden. Ich muss es wenigstens versuchen.«

»Dann helfe ich dir, so gut ich kann.« Jenny nahm ihre Hand und drückte sie. »Und jetzt will ich dir beschreiben, was ich sehe.«

»Haus Sonnentage« machte seinem Namen alle Ehre. Eine helle, zitronenfarbene Sonne strahlte vom veilchenblauen Himmel auf die stattliche viktorianische Villa herab, die mit den Jahren stetig erweitert worden war. Die Schatten hoher Buchen und Ahornbäume, die vereinzelt in der parkartigen

Gartenanlage mit ihrem üppig grünen Rasen standen, flirrten hier und da über die weißverputzten Mauern. Eine lange, gewundene Auffahrt führte zum Haupteingang und endete bei einem barock anmutenden Springbrunnen, der Regenbogen in die schon langsam kühle Septemberluft sprühte.

»Sieht es gut gepflegt aus?«, fragte Maggie. Sie schnupperte und nahm als Erstes den grünen Geruch frisch gemähten Grases wahr.

»Ein paar Rostflecken hier und da, aber nichts, was auf Verwahrlosung hindeuten würde«, urteilte Jenny vorsichtig, worüber Maggie froh war. Sie würden sich beide keine vorschnelle Meinung bilden.

Als sie die Auffahrt überquerten und sich dem Eingang näherten, bildete das Brunnengeplätscher eine harmonische Begleitung zu dem verträumten Vogelgesang, der an- und abschwellend aus dem Schatten der wispernden Baumwipfel herüberklang. Wieder schnupperte Maggie die Luft. Das Wasser roch ein ganz kleines bisschen abgestanden.

Der Kies auf dem Weg war so tief, dass man nur mühsam vorankam und Maggie sich auf Jennys Arm stützen musste. Sie war froh, Harvey nicht mitgenommen zu haben, dem das auch nicht gefallen hätte.

»Ich kann mir nicht vorstellen, dass das für die Bewohner angenehm zu gehen ist«, bemerkte Jenny.

»Vielleicht soll es sie daran hindern zu türmen …«

Genau in diesem Moment hörten sie einen markerschütternden Schrei aus dem Innern des Hauses. Er kam von zu weit weg, als dass man hätte unterscheiden können, ob es sich um einen Mann oder eine Frau handelte, aber der klagende Ton ging Maggie durch Mark und Bein. Sie läuteten, und als ihnen wenig später aufgemacht wurde, waren die Schreie erstickt worden.

»Guten Tag, ich hatte angerufen. Ich bin Maggie Carter, wir möchten Elsie Milton besuchen«, sagte Maggie.

»Ja, natürlich. Ich bin Carol, die Heimleiterin«, sagte die Frau und bat sie in einen kleinen Vorraum. »Würden Sie sich bitte hier eintragen?«

Während Jenny sie in das Besucherbuch eintrug, versuchte Maggie, so viele Informationen wie möglich über diesen Ort zu gewinnen. Sie hatte ihre Vorurteile, doch der Geruch war nicht annähernd so schlimm wie erwartet, wenn auch nicht unbedingt angenehm. Extrastarkes Raumspray brannte sich in ihre Nasenschleimhaut, und es war nicht festzustellen, ob damit schlechte Gerüche überdeckt werden sollten oder man sich etwas übereifrig um einen guten ersten Eindruck bemühte.

»Sie haben Ihren Hund also doch nicht mitgebracht?«, fragte Carol und klang ein wenig enttäuscht. Maggie hatte sie darauf vorbereitet, dass sie ihren Blindenhund mitbringen würde, es sich dann aber an diesem Morgen anders überlegt.

»Er hatte viel Aufregung in den letzten zwei Wochen, und ich dachte, dass er mal ein bisschen Zeit für sich selbst braucht.«

»Wie schade.«

Maggie legte den Kopf schräg und konzentrierte sich auf die Stimme der Heimleiterin. »Stimmt etwas nicht?«

Carol räusperte sich. »Ich fürchte, Mrs Milton geht es im Moment nicht sehr gut. Kein Grund zur Sorge, aber sie ist heute Morgen ein bisschen unruhig. Das kommt hin und wieder vor, und natürlich dauert es immer eine Weile, bis unsere Bewohner sich an ihre neue Umgebung gewöhnt haben. Sie möchte unbedingt hinaus in den Garten, weshalb Rachel, eine unserer Schwestern, gerade versucht, sie oben in ihrem Zimmer fertig zu machen. Vielleicht möchten Sie hier im Besucherraum warten oder später wiederkommen, wenn sie etwas ruhiger geworden ist.«

»Nein, bringen Sie mich zu ihr, ich kann vielleicht helfen«, sagte Maggie und bereute es nun sehr, Harvey zu Hause gelassen zu haben.

Ehe Carol etwas darauf sagen konnte, hallte ein neuer Schrei, viel klarer jetzt, durchs Haus. Es war Elsies Stimme, aber in der Tonlage einer verzweifelten jungen Frau.

Maggie packte Jenny am Arm. »Führ mich sofort zu ihr«, sagte sie.

»Es tut mir leid, aber das können wir nicht gestatten … Gefahr für die Gesundheit, Sicherheitsgründe …«, begann Carol.

»Oh, an Ihrer Stelle würde ich mich nicht mit ihr anlegen«, warnte Jenny, wenn auch in entwaffnend liebenswürdigem Ton. »Wenn Maggie sich etwas in den Kopf gesetzt hat, ist sie nicht aufzuhalten.«

Das Geheul wurde immer lauter, je weiter sie die Treppe hinaufkamen. Maggie war so fixiert darauf, zu Mrs Milton zu gelangen, dass sie nicht einmal den Schmerz bemerkte, als sie sich den Knöchel an dem Treppenlift oben stieß.

Rachel bemühte sich gerade, die alte Dame daran zu hindern, halb angezogen aus dem Zimmer zu laufen. »Wir haben es fast geschafft, Elsie«, sagte sie keuchend. »Lassen Sie doch bitte kurz das Kissen los, damit ich Ihnen das Kleid überziehen kann.«

Obwohl das Zimmer eigentlich ganz geräumig war, bekam man Platzangst, wenn mehrere Personen sich darin aufhielten. Elsies Panik war fast mit Händen zu greifen und würde sich in einem Raum voll fremder Menschen nicht legen. »Wenn ich es mal versuchen dürfte?«, bat Maggie, bemüht diplomatisch. »Es wäre gut, wenn Sie ihr alle ein bisschen mehr Freiraum geben könnten.«

Rachel kam der Aufforderung nur zu gern nach. Die Pflegerin entsprach dem grobschlächtigen Feldwebel aus Maggies schlimmsten Phantasien kein bisschen und war vermutlich nicht viel größer als sie selbst. »Sie glaubt, dass man ihr ihr Kind gestohlen hat«, flüsterte sie im Vorübergehen. »Ich habe noch nie jemanden so außer sich gesehen, es ist herzzerreißend.«

Das aufrichtige Mitgefühl in ihrer Stimme tröstete Maggie ein wenig und sagte ihr, dass Elsie hier gut behandelt wurde, aber es blieb keine Zeit, sich zu entspannen. Elsa hatte sich weinend in die hinterste Ecke des Zimmers zurückgezogen.

»Wir könnten ihr ein Beruhigungsmittel geben, wenn Sie sie dazu überreden können, es zu nehmen«, schlug Carol vor.

»Lassen Sie mich zuerst mit ihr sprechen.«

Maggie nahm sich einen Moment Zeit, um ihre Umgebung zu sondieren. Ein Fenster stand offen, durch das frische Luft und warmes Sonnenlicht hereinströmten. Der feine Grasduft von draußen fügte dem sterilen Desinfektionsmittelgeruch ein wenig Farbe hinzu, kam jedoch nicht gegen die stressbedingten Schweißausdünstungen aller Versammelten an.

Maggie ging vorsichtig über unerforschtes Gelände auf Elsas Schluchzen zu, bekam aber trotzdem einen weiteren Stoß ab, der einen dicken blauen Fleck wert war, diesmal am Schienbein. Sie tastete sich am Bett auf der einen Seite und einem Kleiderschrank auf der anderen bis zu dem Fenster gegenüber der Tür vor. Schließlich berührten ihre Finger eine sich im Wind blähende Gardine. Das Vogelgezwitscher war durch das untröstliche Weinen hindurch gerade noch zu hören.

Maggie schloss aus der Schallrichtung des Geräuschs, dass die alte Dame auf dem Boden hockte, und hielt sich an einem Frisiertisch fest, um sich etwas schwerfällig zu ihr hinunterzulassen. Als sie die andere Hand nach ihr ausstreckte, berührte sie ein zittriges Knie. Elsa zuckte zurück.

»Elsa, ich bin es, Maggie. Sagen Sie mir, was Ihnen fehlt.«

»Ich will mein Kind zurück!«, wimmerte Mrs Milton. »Sie haben es mir weggenommen, aber ich will es wiederhaben. O Gott, ich will sie wiederhaben!«

Sie hörte nicht auf zu weinen, und Maggie war drauf und dran miteinzustimmen.

»Ich weiß, Elsa, ich weiß. Sie sind eine gute Mum und hätten sich gut um sie gekümmert.«

»Dann helfen Sie mir! Bitte! Ich halte es nicht mehr aus.«

»Ich schwöre Ihnen, dass ich alles tun werde, um sie zu finden«, sagte Maggie mit einer Inbrunst, die ihr selber nicht geheuer war.

Sie hörte eine gemurmelte Antwort und dann ein Schniefen und Hicksen, was ihr Hoffnung machte, dass Elsas Tränen langsam versiegten.

»Ich muss in den Park!«, sagte Elsa. »Ich muss mich mit Tante Flo treffen, sonst sehe ich Tess nie wieder.«

»Es gibt einen kleinen Rosengarten hier draußen«, flüsterte Carol von der Türschwelle aus. »Sie sitzt manchmal gern auf der Bank dort, vielleicht sollten wir sie dorthin bringen.«

»Ich muss in den Park!«, beharrte Elsa.

»Gut, dann wollen wir Sie mal anziehen«, sagte Maggie, nun eher bestimmt als tröstend, und fühlte sich gemustert.

»Sie haben einen Hund. Sie heißen Molly, nicht wahr?«

»Maggie. Wir haben ein paarmal im Victoria Park zusammengesessen, aber leider habe ich Harvey heute nicht bei mir.«

»Sie wissen, wie man zum Park kommt? Bringen Sie mich dorthin?«

Mit einigen Verrenkungen half Maggie ihr auf die Beine, was noch dadurch erschwert wurde, dass Elsa das verflixte Kissen nicht loslassen wollte. »Darf ich das kurz für Sie halten?«

Elsa packte das Kissen noch fester, drückte die Nase hinein und seufzte schwer. »Ich weiß, das ist sie nicht«, sagte sie wie zur Erklärung, »aber ich kann sie nicht einmal mehr riechen. Sie hatte so einen süßen, warmen Babygeruch, ein bisschen nach Flieder von dem Wasser, in dem Mrs Jackson sie gebadet hatte. Der Geruch ist nicht mehr da. Jetzt habe ich alles verloren.«

Erst jetzt merkte Maggie, dass Elsie ihr Parfüm nicht trug. Ihr fehlte das Eine, das ihr seit über einem halben Jahrhundert über ihren Kummer hinweghalf.

»Ich weiß noch, wie ich sie im Arm gehalten habe, ganz feucht und verschrumpelt. Es war, wie im Auge eines Sturms zu sein. Die Geburtsschmerzen waren vorbei, und sie gehörte mir. Nur für diesen Moment, nur für ein paar kostbare Minuten, aber die werde ich nie vergessen, und ich werde auch nie ihren Duft vergessen. Ich habe Tess losgelassen, doch diese Erinnerung werde ich niemals loslassen.«

Obwohl Maggie gar nicht mehr versuchte, ihr das Kissen abzunehmen, gab Elsa es ihr nun freiwillig. »Das ist sie nicht«, wiederholte sie.

Mit Jennys Hilfe begann Maggie, Mrs Milton anzukleiden, die sich schnaufend und ächzend, aber fügsam, auf dem Bett niederließ, damit Jenny ihr die Schuhe anziehen konnte. Zum krönenden Abschluss gab es einen Spritzer Fliederparfüm, wonach sie abrupt in Schweigen verfiel.

»Sie müssen immer an das Parfüm denken«, sagte Maggie

zu Carol. »Sorgen Sie dafür, dass alle vom Pflegepersonal das wissen.«

Ein erschrockener Aufschrei ertönte. »Der Park, ich muss in den Park!«

Diesmal brauchte man Mrs Milton nicht aufzuhalten, und es war Jenny, die ihr aus dem Zimmer und hinaus ins Freie half, während Maggie und Carol ihnen folgten.

Der Rosengarten war ein einziges Farbenmeer. Licht und Schatten wechselten sich darin ab, und die warme Luft roch nach zarten Blüten und kräftigem, erdigem Mulch. Das war eine deutliche Verbesserung gegenüber den Raumsprays, und Maggie setzte sich erleichtert neben Mrs Milton auf die schmale Bank. Sie legte ihre Hände auf das sonnenbeschienene Holz der flachen Latten, und ihre Finger sehnten sich unwillkürlich nach den alten, abgerundeten Streben mit den blätternden Schichten der Vergangenheit.

Auch Elsie bemerkte den Unterschied. »Wir sind am falschen Ort«, sagte sie. Sie klang erschöpft und heiser, ihre Kehle wund vom vielen Weinen.

»Es ist nicht der Victoria Park«, pflichtete Maggie ihr bei. »Und dieser Rasen ist kein See.«

»Sind Sie okay, Elsie?«

Elsie lachte leise. »Nein. Ich bin am falschen Ort. Warum sage ich das dauernd?«

»Sie leben seit Kurzem in einem Pflegeheim.«

Elsie nahm ihre Hand. »Ich weiß, und das ist auch gut so. Was ich meine, ist, warum habe ich das Gefühl, dass ich woanders sein sollte? Ich wollte wieder in den Park, nicht wahr?«

»Sie sagten, Sie müssten sich mit Flo treffen, sonst würden Sie Tess nie wiedersehen.«

Elsie lehnte sich auf der modernen, unbequemen Bank zurück und hielt dabei ihre Hand fest. »Ja, natürlich«, sagte sie, an die Ereignisse denkend, die sie gerade von Neuem durchlebt hatte. »Ich habe meine Tochter nur wenige Minuten nach ihrer Geburt fortgegeben, und in den Tagen danach war ich vollkommen abgestumpft und gefühllos. Nur so konnte ich das Ganze überleben, aber ich glaube, Tante Flo machte mein Verhalten Angst. Als ich abreiste, sagte ich ihr nicht einmal auf Wiedersehen, ich packte einfach meine Taschen und ging. Aber ich musste noch ein letztes Mal im Park Halt machen, und dort fand Tante Flo mich dann. Nachdem sie so lange auf mich eingeredet hatte, dass ein schneller Abschied das Beste sei, flehte sie mich nun an, wiederzukommen und sie zu besuchen. Am Ende stimmte sie mich um, indem sie mir versprach, Tess hinter Annes Rücken zu mir zu bringen, damit ich mich richtig von ihr verabschieden konnte.«

»Das Kind war keine Totgeburt, stimmt's?«, fragte Maggie, um sich endgültig zu vergewissern.

»Nein.«

Maggie fehlten für einen Moment die Worte. Das Bild von Elsas Zeit in Sedgefield war nun fast vollständig. »Und haben Sie sie dann noch einmal wiedergesehen?«, fragte sie.

»Wir hatten alles verabredet. Tante Flo würde sich mit dem Baby hinausschleichen, wenn Anne das nächste Mal zu Besuch kam, und ich würde im Park auf sie warten. Oh, was habe ich gewartet, gewartet und gewartet«, sagte Elsie. »Ich warte immer noch.«

»Noch mehr Kummer?«

Elsie schwieg lange. »Dunkle Zeiten«, sagte sie dann, wollte aber offenbar nicht mehr erzählen.

»Und es war Anne, die Tess adoptierte?«

»Ja, sie hat mein wunderschönes Baby weggebracht, während ihr Mann seine Lügen niederschrieb. Wir haben wohl alle geglaubt, der gute Doktor könnte die Geschichte umschreiben, aber ich wusste damals schon, dass ich nie vergessen würde, wie es wirklich war, selbst mit meinem benebelten Verstand.«

»Wie hieß Anne mit Nachnamen, Elsie?«

Elsie drückte ihre Hand, als könnte sie den Namen auf diese Weise ihrem Gedächtnis abpressen. »Anne und Dr …« Ein resigniertes Stöhnen, das gleich darauf in einen erfreuten Ausruf umschlug. »Hammond! So hieß er, Dr Hammond. Warum fragen Sie?«

»Ich möchte Tess für Sie finden oder zumindest herausfinden, was aus ihr geworden ist. Wären Sie damit einverstanden?«

Elsie dachte eine Weile nach, bevor sie antwortete. »Ich habe mich immer gefragt, ob sie glücklich ist, und vor allem, ob sie geliebt wird. Ich hätte sie nie hergegeben, wenn ich gedacht hätte, dass Anne sich nicht gut um sie kümmern würde, aber man steckt schließlich nicht in einem Menschen drin, oder? Also, ja, ich bin einverstanden, ich würde es gern wissen.« Sie seufzte bedrückt. »Aber ich bin nicht mehr oft ich selbst in letzter Zeit, nicht wahr? Bis zum Nachmittagstee habe ich unser Gespräch wahrscheinlich schon wieder vergessen – was nützt es also, wenn Sie etwas über Tess herausfinden?«

Jenny hatte das Gleiche gesagt. Elsa hatte ihr Leben gelebt und ihre Verluste erlitten, und es gab nichts, was Maggie in der Gegenwart tun konnte, um ihren Schmerz zu lindern, auch nicht, wenn er Elsie heimsuchte.

»Aber obwohl ich mich oft verliere«, fuhr Elsie fort, »würde ich meinen Weg sicher leichter zurückfinden, wenn ich einen zwingenden Grund dafür hätte. Wenn Sie mir sagen könnten, dass mein Kind ein gutes Leben gehabt hat und ich die richtige Entscheidung getroffen habe, dann würde ich ins Heute zurückfinden. Für Tess. Wahrscheinlich müssten Sie es mir eine Stunde später wieder sagen, aber ich würde nie überdrüssig werden, es zu hören. Ich würde gern Gewissheit haben.«

»Falls ich es herausfinde, Elsie, werde ich nie überdrüssig, es Ihnen zu sagen, das kann ich Ihnen jetzt schon versprechen.«

DREIUNDZWANZIGSTES KAPITEL

Im Salon ging es so laut und lebhaft zu wie immer, das unablässige Geplauder im Wettstreit mit dem Kreischen der Föhns, aber Maggie merkte, dass sie nicht mehr dazugehörte. Sie war heute nur eine Besucherin, und noch dazu eine ohne Termin.

»Wer von euch ist denn hier auf Autopilot, du oder Harvey?«, fragte Kathy, als sie merkte, dass der Hund sein Frauchen auf das Behandlungszimmer zuführte.

Maggie brachte Harvey widerstrebend zum Stehen und rieb sich gedankenverloren den Bauch. »Ich habe vier Tage lang brav zu Hause Däumchen gedreht, aber langsam fange ich an, die Wände hochzugehen.«

»Tu bloß nicht so, als hättest du die ganze Zeit zu Hause herumgesessen. Ich habe vorhin zufällig Ted getroffen und weiß, dass du Elsie beinahe genauso oft besuchst wie er.«

»Nein, das stimmt nicht«, widersprach Maggie. »Er ist mindestens zweimal am Tag da.«

»Das war kein Vorwurf, Maggie.«

»Entschuldige, ich dachte wohl gerade, James vor mir zu haben. Er findet nämlich wirklich, dass ich das Haus nicht verlassen sollte. Ich war nur zweimal, okay, dreimal dort, aber jemand muss doch schließlich nach ihr sehen. Yvonne hat es ja nicht lange ausgehalten, oder?«

Kathy seufzte. »Es war nicht leicht für sie. Als sie Elsie am Tag vor ihrem Umzug ins Heim hier in den Salon gebracht hat, um sie ein bisschen verwöhnen zu lassen, war sie fix und fertig. Es war, als würde sie schon um ihre Mutter trauern. Ich musste dabei an James denken, und dass er es vielleicht eines Tages bereut, seine Mum aus seinem Leben gestrichen zu haben.«

Maggie lächelte über die gezielte Überleitung zu einer anderen Familienkrise.

»Ich weiß, dass sie dein Mitgefühl nicht verdient«, fuhr Kathy fort, »aber die vergangenen Wochen waren die Hölle für Judith. Sie hat Angst, aus dem Haus zu gehen, um ja nicht den heiß ersehnten Anruf von James zu verpassen.«

»Es mag dich überraschen, aber sie hat durchaus mein Mitgefühl. James ist es, der sich nicht erweichen lassen will. So unbeugsam habe ich ihn noch nie erlebt, aber ich kriege ihn schon noch rum, versprochen.«

»Danke.«

»Wenn du mir danken willst, könntest du mir vielleicht bei einer anderen Sache helfen, die mir am Herzen liegt …«

»Okay, ich gebe nach. Der Raum dort gehört dir, wann immer du bereit bist zurückzukommen. Ich gehe sogar so weit, ihn dir mietfrei zu überlassen, wenn es dazu beiträgt, dass sich deine Arbeit rechnet.«

Maggie lachte überrascht. »Wie kommst du denn plötzlich darauf? Kathy, das kann ich nicht annehmen.«

»Ich führe diesen Salon, weil ich gern hier arbeite, nicht, weil ich auf das Einkommen angewiesen bin«, erklärte Kathy. »Ich denke dabei nur an mich selbst – ich vermisse dich nämlich. Du und James, ihr gehört für mich zur Familie, und ich möchte euch behilflich sein. Außerdem erwarte ich eine Menge von James als Gegenleistung.«

Kathy hatte bereits mit James über einen Instandhaltungsvertrag für die vermieteten Häuser gesprochen, die neuerdings zu ihren Verantwortlichkeiten gehörten, und wenn er ihr ein gutes Angebot machte, würde das sein eigenes Geschäft auf eine sicherere Grundlage stellen. »Trotzdem, das ist zu großzügig.«

»Der Raum ist da, wenn du ihn brauchst«, wiederholte Kathy fest, und Maggie hütete sich, ihr weiter zu widersprechen.

»Danke«, sagte sie überwältigt, aber die Zukunft würde noch warten müssen. »Wäre es unverschämt, wenn ich dich um noch einen Gefallen bitten würde?«

»Mark wühlt sich gerade durch Berge von Unterlagen, falls du das meinst«, sagte Kathy. »Ich habe schon von deinem aberwitzigen Vorhaben, Elsies lang vermisste Tochter zu finden, gehört.«

»Du hältst mich für verrückt, was?«

»Hast du mal darüber nachgedacht, was passieren könnte, wenn du sie wirklich findest?«

»Ich weiß, dass ich die Zeit nicht zurückdrehen kann, aber Elsa ist immer noch eine ruhelose, unglückliche Seele. Zuerst hat Freddies Tod sie tief getroffen, und dann hat man ihr auch noch Tess weggenommen. Selbst wenn sie sich nicht ganz mit allem aussöhnen kann, würde es sich schon für den einen kurzen Moment lohnen, in dem sie Gewissheit hätte, was aus ihrem Kind geworden ist.«

»Ich dachte eher an Tess. Hast du dir überlegt, was das für sie bedeuten würde?«

»Ehrlich gesagt verdränge ich das. Es ist fraglich, ob sie jemals nach ihrer leiblichen Mutter gesucht hat oder ob sie überhaupt weiß, dass sie adoptiert wurde – schließlich wurde es ja nicht amtlich dokumentiert. Wie soll ich ihr so etwas eröffnen und ihr dann noch erklären, dass Elsie Alzheimer hat und kaum noch ihren Mann erkennt, geschweige denn ein Kind, von dem sie sich vor sechzig Jahren getrennt hat?«

»Unvorstellbar«, sagte Kathy kopfschüttelnd. »Wir können nur hoffen, dass sie die Wahrheit wissen möchte, und ich schätze, selbst ein flüchtiger Eindruck von dem Menschen, der Elsie einmal war, ist besser als nichts.«

»Genau! Ich an ihrer Stelle würde es jedenfalls wissen wollen«, sagte Maggie. »Aber zuerst müssen wir sie einmal finden.«

Weite Baumwollärmel flatterten, als Kathy sich mit erhobenen Händen ergab. »Okay, du hast mich überzeugt. Ich werde Mark sogar dabei helfen, die Papiere zu sichten. Komm mit.«

»Guten Tag, wie kann ich Ihnen helfen, gnädige Frau?«, sagte Mark, als Maggie nach höflichem Anklopfen in ihr ehemaliges Behandlungszimmer trat. »Lassen Sie mich raten ... Sie leiden unter Schlafstörungen, weil Sie zu viel in der Vergangenheit herumstochern, um heimtückische Komplotts aufzudecken. Hmm. Ich habe hier bestimmt irgendwo ein Fläschchen mit übelriechendem Zeug, das Sie von Ihren Beschwerden kuriert.«

»Mit dem übelriechenden Zeug verdiene ich meinen Lebensunterhalt«, knurrte Maggie, auf den Stapel Umzugskisten deutend, in dem sich die Überreste ihrer geliebten Praxis befanden.

»Ach, dann ist es wohl ein unersättlicher Appetit, der Ihnen zu schaffen macht. Kein Wunder, dass sich Ihr Umfang verdoppelt hat, seit ich Sie das letzte Mal gesehen habe.«

Maggie baute sich vor ihm auf. »Willst du mal herkommen und mir das ins Gesicht sagen?«

»Aber ja«, antwortete Mark, ging um den Schreibtisch herum, der den Platz ihres Behandlungstischs eingenommen hatte, und umarmte sie.

»Wir sind hier, um dir dabei zu helfen, die schwer fassbare Flo Jackson aufzuspüren«, erklärte Kathy. »Maggie hat es eilig, denn es bleibt nicht mehr viel Zeit.«

Mark zog zwei Stühle für sie heran, bevor er sich wieder hinsetzte. »Ihr kommt genau im richtigen Moment« sagte er und raschelte mit Papieren. »Das hier habe ich gerade entdeckt. Das eine ist die Kopie eines Schreibens vom Notar deines Vaters, Kath. Es stammt aus dem Jahr 1978 und enthält die Kündigung eines zehnjährigen Mietvertrags für dein Haus.«

»Das war das Jahr, in dem wir eingezogen sind«, bestätigte Kathy. »Zuvor war es ein Schwesternheim, aber ich wusste nicht, dass es meinem Vater da schon gehörte.«

»Ein zehnjähriger Mietvertrag?«, fragte Maggie nach. Das Quietschen des Stuhls, als sie sich vorbeugte, war ihr schmerzlich vertraut. »Das bedeutet, dass er es Ende der Sechzigerjahre gekauft haben muss, also um die Zeit, als Flo Jackson starb, weshalb es gut sein kann, dass ihre Nichte die Verkäuferin war. Mark, wir suchen nach irgendeinem Hinweis auf diese Anne oder ihren Mann, Dr Hammond.«

Das Geräusch eines Kartons, der über den Tisch gezogen wurde, war zu hören, und Kathy fing an, in muffig riechenden Unterlagen zu kramen, während sie weitersprachen.

»Und was hast du noch gefunden?«, wollte Maggie von Mark wissen.

»Nichts über ein Ehepaar Hammond, fürchte ich«, sagte er, mit der schlechten Nachricht beginnend, »aber das hier ist ein fast identisches Schreiben, mit dem dem Inhaber eines Schuhgeschäfts gekündigt wird, ›vormals Flos Frucht- und Gemüseladen‹.«

»Kathys Dad gehörte auch Mrs Jacksons Laden?«, fragte Maggie, ehe Kathy dazu kam. Das Blättern neben ihr hatte aufgehört.

»Ja.«

Mehr sagte Mark nicht, aber das war auch nicht nötig. Maggie hatte bereits die richtige Schlussfolgerung gezogen. »Alice hat mir erzählt, dass der Salon früher mal ein Schuhgeschäft war …«

»Und davor eine Gemüsehandlung«, ergänzte Mark.

»Ist mir egal, wie wir es anstellen, aber wir müssen den Verkaufsvertrag auftreiben!«

»Hast du etwas gefunden, Kathy?«, fragte Mark die eine von ihnen, die nicht aufgeregt auf die Entdeckung reagierte.

»Hm? Nein. Nein, nichts«, sagte Kathy zerstreut.

»Kathy, was ist los?«, bohrte Maggie.

Der Stuhl ihrer Freundin quietschte laut, als sie von dem Karton abrückte. »Ach, kümmert euch nicht um mich«, sagte sie. »Es ist wahrscheinlich nur all der Kram hier, den mein Dad angehäuft hat. Er ist vor acht Jahren gestorben, aber wenn ich seine Handschrift wieder sehe, kommt es mir vor wie gestern.«

»Er muss ein toller Vater gewesen sein, dass er dir all diesen Besitz hinterlassen hat«, sagte Mark.

Kathy antwortete lange nicht darauf, und Maggie merkte, dass sie die auf dem Tisch verstreuten Unterlagen anstarrte. »Wenn ihr nichts dagegen habt, mache ich für heute Schluss«, sagte sie plötzlich, und noch ehe jemand Einspruch erheben konnte, war sie schon aufgestanden und an der Tür. »Dort draußen herrscht bestimmt schon das reinste Chaos.« Sie hörte sich umso entschiedener an, je weiter sie sich vom Archiv ihres Vaters entfernte. »Meine Mädchen sind sowieso schon ganz aufgescheucht, seit Mark in der Nähe ist.«

Mark räusperte sich. »Nicht nötig, das Jenny gegenüber zu erwähnen«, murmelte er, als Kathy gegangen war. »Um ehrlich zu sein, jagen die Girls mir eine Heidenangst ein.«

»Dein Geheimnis ist bei mir sicher. Okay, zurück an die Arbeit.«

Eine Stunde später war die Pforte zur Vergangenheit, die Maggie aufgestoßen zu haben glaubte, schon wieder dabei, sich zu schließen. Mark hatte nichts Neues gefunden.

»Könnte es nicht sein, dass bei Kathys Mutter noch mehr Kartons sind, Mark?«, sagte sie. »Wir sollten sie fragen, einen Versuch wäre es wert.«

»Nein, tut mir leid, ich habe alles katalogisiert, mehr gibt es nicht.«

Maggie sank enttäuscht in sich zusammen. Der Raum, den sie so gut zu kennen glaubte, war in mehr als einer Hinsicht seiner Identität beraubt worden. Sie brauchte nicht sehen zu können, um zu wissen, dass all ihre Fläschchen und Tiegel mit den explodierenden Farben beim Drehen eines Deckels durch zahllose braune Kartons mit altem, vergilbtem Papier ersetzt worden waren. Doch es war nicht das heutige Erscheinungsbild des Zimmers, das sie ins Grübeln brachte, sondern eine frühere Version, wohlbekannt der jungen Frau, die ihr immer einen Schritt voraus war, so weit voraus sogar, dass sie drohte, ganz außer Sicht zu geraten.

Maggie hatte die Augen geschlossen und regte sich nicht, als James zurück ins Schlafzimmer kam. Er stellte eine Tasse Tee auf ihren Nachttisch und beugte sich über sie, um sie zu küssen.

»Mir machst du nichts vor. Ich weiß, dass du wach bist«, sagte er, »aber ruh dich ruhig noch ein bisschen aus. Du brauchst nicht aufzustehen, Harvey hat schon Futter und Wasser bekommen.«

»Ich versuch's.«

»Was würde ich nicht dafür geben, noch ein bisschen im

Bett bleiben zu können.« James stöhnte, als er sich aufrichtete und Abstand zwischen sich und die Versuchung brachte. »Dein ständiges Rumgewälze hat mich nämlich auch wachgehalten. Ich brauche wohl nicht zu fragen, was dich so umtreibt, aber solltest du dir nicht langsam eingestehen, dass die Suche nach Tess höchstwahrscheinlich zum Scheitern verurteilt ist?

»Genau das raubt mir ja den Schlaf«, erwiderte Maggie, während sie sich auf einen Ellbogen stützte. Ihr Babybauch behielt seine Lage unverändert bei. »Jenny ist dabei, Onlineverzeichnisse von Hausärzten in Manchester zu durchforsten, aber das ist nicht mehr als ein Strohhalm, an den wir uns da klammern. Alles wäre so viel einfacher, wenn die Adoption legal gewesen wäre. Dann gäbe es offizielle Stellen und Amtswege, über die man gehen könnte.«

»Letztendlich hat es vielleicht sein Gutes, dass ihr sie nicht ausfindig machen könnt – für Tess, meine ich. Was soll die arme Frau denn denken, wenn ihr plötzlich eine völlig Fremde erzählt, dass ihre angeblichen Eltern sie damals illegal adoptiert haben?«

Maggie merkte, wie der derzeitige Dauerknoten in ihrem Magen sich noch fester schnürte. »Danke, die Ermutigung habe ich jetzt noch gebraucht.«

»Ich will dich nicht entmutigen, Maggie. Ich mache mir nur Sorgen um dich, und damit du's weißt, Kathy übrigens auch.«

»Kathy versteht, wie wichtig diese Sache ist, und sie gibt mir recht. Wir müssen Tess finden und ihr zumindest die Möglichkeit verschaffen, ihre Mutter kennenzulernen.«

»Mir gibt sie aber auch recht. Du hast getan, was du konntest, und jetzt ist es Zeit loszulassen. Aber das kannst du nicht, oder? Du bist von dieser Familie geradezu besessen. Genügt es nicht, dass du Elsie jeden zweiten Tag besuchst? Musst du auch noch in jedem wachen Moment an sie denken?«

Maggie zog ihre Augen zu Schlitzen zusammen. »Du solltest froh sein, dass ich durch Elsie abgelenkt bin, sonst könnte ich nämlich anfangen, Strategien zu entwerfen, wie ich eine gewisse andere Mutter wieder mit ihrem Kind zusammenbringe.«

Ein entnervter Seufzer antwortete ihr, doch die Drohung wirkte. »Ist es denn ein Verbrechen, sich um dich zu sorgen?«, sagte James nur und ging zur Tür. »Ich muss jetzt zur Arbeit.«

»Du kannst nicht ewig Ausflüchte machen«, rief sie ihm hinterher, bevor er sich ganz verdrückte.

»Willst du uns wirklich unbedingt noch mehr Stress machen?«

»Der Stress ist doch sowieso schon da. Nach dem heutigen Morgen zu urteilen, bist du zurzeit nicht gerade der geduldige, hilfsbereite James, den ich kenne und liebe.«

»Ich bin die Geduld selbst, das ist es ja gerade. Ich habe dir gesagt, was ich von deiner Suche nach Tess halte, aber ich sage dir nicht, was du tun sollst – obwohl ich, ehrlich gesagt, schwer versucht bin. Und damit du's weißt, ich mache keine Ausflüchte wegen Mum, ich habe nur einen langen Atem.«

Das war das erste Anzeichen dafür, dass seine starre Haltung aufzuweichen begann, wozu zweifellos auch die ständige Bearbeitung durch Kathy beigetragen hatte, wenn sie sich sahen, um ihren Geschäftsvertrag auszuhandeln. »Schon gut, ich sage dir auch nicht, was du tun sollst. Und jetzt geh, du hältst mich von meinem Schönheitsschlaf ab.« Doch trotz all der Salben und Tinkturen, über die sie verfügte, fand Maggie keinen Schlaf. Sie drückte ihren Kopf ins Kissen und atmete den Duft nach Lavendel und Kamille ein, mit dem sie ihre Bettwäsche immer beträufelte – ein Kniff, den schon ihre Mutter angewandt hatte. Die wieder aufkeimende Sehnsucht brachte ein unentrinnbares Gefühl von Einsamkeit mit sich, und dann gab es nur noch einen Menschen, an den sie sich wenden konnte.

»Ist es noch zu früh?«, fragte Maggie, als abgenommen wurde.

»Es ist nie zu früh, um von dir zu hören, Liebes. Ist mit dem Baby alles in Ordnung?«

»Ja, alles gut, Dad«, sagte sie und rieb sich dabei in streichelnden Kreisen den Bauch. »Mir war nur gerade danach, mit dir zu sprechen. Wie geht es dir?«

»Oh, hier ist alles bestens. Wir stehen auf und frühstücken, dann geht Jim eine Partie Golf spielen, ich helfe Dot im Haushalt, wir essen zu Mittag, machen eine kleine Siesta, essen zu Abend, hinterher zwingt Dot uns, englische Serien anzuschauen. Manchmal spielen wir noch eine Runde Karten, dann gibt's einen Schlummertrunk und ab ins Bett. Abenteuer ohne Ende.«

Stan mochte spotten, aber Maggie wusste, dass er sein neues Dasein genoss, zumindest, soweit er sich das ohne seine langjährige Gefährtin gestattete. Er würde nie zugeben, dass er wieder Freude am Leben hatte, weshalb sie sozusagen zwischen den Zeilen lesen musste. »Du Ärmster, das klingt schrecklich«, sagte sie.

»Wie ist das Wetter bei euch? Hier sieht es immer noch kein bisschen nach Abkühlung aus.«

»Ach, es gießt wie gewöhnlich.«

»Grässliches englisches Wetter«, murmelte er und gähnte.

»Hör auf, du steckst mich an«, sagte Maggie, musste aber schon das Gähnen unterdrücken.

»Du klingst auch ziemlich müde. Ist wirklich alles okay?«, fragte Stan.

Maggie lehnte sich zurück und dehnte ihren Rücken. Sie merkte, wie ihr Vater am anderen Ende ebenfalls seine Haltung veränderte, und stellte ihn sich draußen auf der Veranda vor, mit seinem Strohhut und einer Tasse Tee. Sie hatte das Klappern einer Tasse auf dem Unterteller gehört, Dots geflüsterten Rat, den Tee nicht kalt werden zu lassen, und ein gelegentliches genüssliches Schlürfen. Das Bild weckte Heimweh in ihr, nicht nach einer Villa in Spanien, sondern nach dem Reihenhaus in Sedgefield, in dem sie aufgewachsen war.

»Ich schlafe nicht besonders gut in letzter Zeit«, sagte sie, ohne ihm den wahren Grund dafür zu nennen. Seine Reaktion auf ihre hoffnungslose Suche würde genauso ausfallen wie die der anderen, und sie wollte keine weitere Dosis Realitätssinn. »Es fällt mir inzwischen schwer, eine bequeme Lage zu finden. Ich bin das reinste Walross.«

»Ich hingegen könnte im Stehen schlafen. Ah, das erinnert mich an etwas, ich hatte letzte Nacht einen Traum.« Er trank noch einen Schluck Tee. »Deine Mum kam darin vor.«

»Träumst du oft von ihr?«

Stan räusperte sich. »Nein, das ist es ja gerade. Das war das erste Mal. Du warst auch dabei, ihr zwei habt miteinander gelacht.«

Maggie lächelte. »Was haben wir noch gemacht?«

»Ihr wart im Park, unten beim See.«

Sie lauschte, als könnte sie das Echo ihres Lachens immer noch hören. Was sie stattdessen hörte, war ein fernes Quaken. »Beim Entenfüttern?«

»Nein, dazu warst du schon zu alt, ihr habt auf der Bank gesessen und geredet.«

Maggie steckte die Hand in ihre Jackentasche und holte

eine Brotkruste aus einem Plastikbeutel. Geübt zielte sie, sodass die Rinde leise platschend auf dem Wasser landete. »Ich werde nie zu alt sein, um die Enten zu füttern«, sagte sie.

»Du bist doch nicht etwa gerade dort?« Eine heranrudernde Entenfamilie hatte sie verraten. »Hast du nicht gesagt, dass es gießt?«

Maggie blinzelte in die milde Septembersonne. »Schon mal was von einem Schirm gehört?«, sagte sie, weil sie nicht zugeben wollte, dass sie gelogen hatte, um ihren Vater über sein Heimweh hinwegzutrösten.

Stan lachte. »Nein, schon lange nicht mehr. Aber es hat wohl keinen Zweck, dir Vernunft zu predigen. Du bist genauso dickköpfig wie deine Mutter.«

Maggies freie Hand hatte auf ihrem Bauch geruht, doch jetzt strich sie damit über die Bank, deren Geschichte sie lesen konnte, als stünde sie dort in Braille geschrieben. Es gab ein paar tiefe Kerben, wo jemand stümperhaft seine Initialen eingeschnitzt hatte, und dann die Stellen mit den abblätternden Lackschichten, jede in einer anderen Farbe. Die oberste war schokoladenbraun, hatte man ihr erzählt, aber sie konnte sich noch erinnern, dass die Bank einmal dunkelgrün gestrichen war, passend zu dem Moos am Fuß der Baumstämme, damals, als sie Farben noch als solche und nicht nur über Gerüche wahrgenommen hatte. Sie grub ihre Fingernägel in die Scharten, wie um ein Stück Vergangenheit festzuhalten.

»Weißt du noch, wie Mum deinen Schuppen mal mit einem Vorhängeschloss abgesperrt hat?«

»Keine Ahnung, was sie sich davon versprochen hat. Ich konnte ja schlecht fertig renovieren, wenn meine ganzen Werkzeuge da drin lagen.«

»Trotzdem hat sie dich dazu gebracht, die Küche in Rekordzeit zu tapezieren und zu streichen.«

»Ja, sie hat letztlich immer ihren Willen durchgesetzt«, sagte Stan leise.

»Ich hoffe, dass ich wenigstens halb so viel Willensstärke aufbringen kann wie sie«, gestand Maggie. »Die werde ich nämlich brauchen.«

»Du wirst das prima hinkriegen«, sagte Stan, der natürlich davon ausging, dass seine Tochter sich ganz auf die bevorstehende Mutterschaft konzentrierte, statt sich mit den Problemen anderer Leute zu befassen. »Dot organisiert schon alles für die Reise, wir kommen, sobald das Kind da ist.«

»Ich kann es kaum erwarten, euch zu sehen«, sagte Maggie.

Nachdem sie ihr Gespräch beendet hatten, blieb sie noch eine Weile sitzen. Sie blendete die Gegenwart aus, indem sie sämtliche Sinneswahrnehmungen ausschaltete, und wartete. Es war genug Platz auf der Bank, dass zu beiden Seiten von ihr noch jemand sitzen konnte, und es dauerte nicht lange, bis sich Gesellschaft einstellte. Links von ihr wartete Elsa schweigend auf die eine Gelegenheit, ihr Kind noch einmal zu sehen. Rechts von ihr saß ihre Mum, die aufmunternd ihren Arm drückte. »Lass den Kopf nicht hängen, Maggie«, sagte sie. »Verschwende keine Zeit damit, dich wegen etwas zu grämen, das nicht machbar ist, sondern mach einfach das, was geht.«

VIERUNDZWANZIGSTES KAPITEL

Das Herbstlaub raschelte im Wind, als Maggie durch den Victoria Park ging. Sie machte kurz auf der Anhöhe über dem See Halt, gab seiner Sogwirkung aber nicht nach.

»Heute nicht, Harvey«, sagte sie mit nur leisem Bedauern.

Die Schultern hochgezogen, stemmte sie sich gegen den schneidenden Wind, während sie auf das Haupttor und die High Street zuhielten, wo sie erneut stehen blieben. Rechts ging es zum Salon, aber Maggie wandte sich nach links.

Harvey kannte die Strecke zu Teds und Elsies Haus noch gut, obwohl sie schon seit einem Monat nicht mehr dort gewesen waren. Zuletzt vor ihrem Urlaub, bevor Elsie sich selbst auf die Reise gemacht hatte. Maggie fragte sich bang, wie es in dem Bungalow wohl inzwischen aussah. Ted verbrachte fast seine gesamte Zeit im Pflegeheim und dachte nicht an seine eigenen Bedürfnisse, weshalb wenig Hoffnung bestand, dass er mit dem Haushalt hinterherkam.

Sie hatte versprochen, um zwei dort zu sein, sodass Ted nach seinem Besuch bei Elsie noch genug Zeit für den Heimweg blieb. Es war zwei Minuten vor zwei, als sie eine schwere Einkaufstüte absetzte und an die Tür klopfte. Sie hatte ein herzhaftes Mittagessen für sie beide mitgebracht und dazu eine Auswahl an Fertiggerichten, damit Ted für den Rest der Woche wenigstens eine anständige Mahlzeit pro Tag bekam. Kurz hatte sie überlegt, auch ein paar Reinigungsmittel zu kaufen, aber das wäre zu viel zu tragen gewesen.

»Hallo, ihr beiden«, sagte Ted fröhlich beim Aufmachen. »Kommt schnell herein aus der Kälte.«

Kaum waren sie im Haus, trabte Harvey schon wie selbstverständlich durch den Flur. Seine Klauen klackten auf dem Holzfußboden, bis der weiche Teppichboden im Wohnzimmer das Geräusch verschluckte.

Während sie ihren Mantel aufknöpfte und ein paar Nettigkeiten mit Ted austauschte, suchte Maggie bereits nach irgendwelchen Anzeichen für die befürchtete Verwahrlosung, doch sie nahm nur den unverwechselbaren Fliederduft wahr. Es berührte sie tief, dass Ted das Parfüm seiner Frau versprühte, um sich nicht so einsam zu fühlen.

»Ich stelle das mal eben in die Küche«, sagte Ted und hob mit komisch-übertriebenem Ächzen die Tüte an. »Sie finden doch allein ins Wohnzimmer, oder?«

»Aber ja.« Maggies Lächeln geriet zögerlich – sie würde sich nicht von seiner aufgesetzten Munterkeit hinters Licht führen lassen. Erst als sie ins Wohnzimmer kam und Harvey energisch mit dem Schwanz wedeln hörte, begriff sie, dass Teds gute Laune nicht gespielt war.

»Hallo«, empfing sie eine vertraute Stimme.

Sprachlos tastete sie sich rasch durch das Zimmer voran. Elsie stand auf, als sie bei ihr war, und ergriff ihre ausgestreckte Hand. Sie umarmten sich glücklich.

»Na, wie gefällt Ihnen meine Überraschung?«, fragte Ted von der Tür her.

»Ist das ein abgesprochener Besuch oder hat sich schon ein Suchtrupp auf Ihre Fersen gesetzt?«, scherzte Maggie, die es nicht zu hoffen wagte, dass es sich um mehr als eine Ausnahme handelte.

»Abgesprochen ist es, aber kein Besuch. Ich habe Elsie heute Morgen abgeholt und trotz einer langen Debatte mit

Carol wird meine Frau nicht ins ›Haus Sonnentage‹ zurückkehren. Jedenfalls nicht, solange ich es verhindern kann. Stimmt's, Liebling?«

»Er lässt nicht mit sich reden«, bestätigte Elsie.

Maggie strahlte, dass ihr die Backen wehtaten. Elsie war zurück, in mehr als einem Sinn.

»Machen Sie es sich bequem, ich setze derweil den Teekessel auf«, sagte Ted.

Maggie hielt ihn mit erhobener Hand zurück. »O nein, Sie gehen nirgendwohin, bis Sie mir erklärt haben, wie es dazu gekommen ist.«

Ted ließ sich nicht lange bitten. Er setzte sich in den Sessel, während Maggie neben Elsie auf dem Sofa Platz nahm und ihre Hand drückte, als müsse sie sich davon überzeugen, dass sie wirklich da war.

»Ich hatte lediglich zugestimmt, dass Elsie für eine kurze Erholungspause dorthin geht, aber wie ich schon geahnt hatte, fing Yvonne gleich an, langfristige Vereinbarungen mit der Heimleitung zu treffen. Es hat eine Weile gedauert, bis ich wieder ganz auf dem Damm war, aber es ist immer noch meine Entscheidung, und ich will kein Wort mehr zu dem Thema hören. Sie bleibt bei mir.«

»Yvonne hat bestimmt nur das Beste gewollt, für Sie beide.«

»Ich brauche mir nicht von anderen diktieren zu lassen, was das Beste für mich ist«, sagte Ted.

Maggie verstand ihn gut, schließlich hatte sie selbst oft genug unter den wohlmeinenden Übergriffen anderer zu leiden gehabt, aber es war nicht nur seine Meinung, die zählte. »Elsie hielt es auch für das Beste.«

»Allerdings«, bekräftigte Elsie und erinnerte die beiden daran, dass sie auch noch im Zimmer war.

Ted seufzte. »Ich weiß, Schatz, und ich würde an deiner Stelle wahrscheinlich genauso denken. Niemand will anderen zur Last fallen, aber ich lasse dir in diesem Fall keine Wahl. Du wirst dich ausnahmsweise einmal nicht durchsetzen.«

Elsie schnalzte missbilligend mit der Zunge, widersprach aber nicht weiter.

»Sie gehörte dort einfach nicht hin«, sagte Ted zu Maggie. »Verstehen Sie mich nicht falsch, man hat sie gewiss gut versorgt, aber … Ich weiß nicht, es war, als fänden sie es in Ordnung, dass Elsie sich selbst vergisst. Niemand hat sich darum geschert, ob sie wieder zurückkommt oder einfach immer mehr verloren geht.«

Maggie verkniff es sich, ihn darauf hinzuweisen, dass Elsies Krankheit weiter fortschreiten und sie letztendlich nicht mehr zurückkommen würde. Das wusste er schließlich selbst. »Also haben Sie sie nach Hause geholt.«

»Ja.«

»Ich verstehe, dass Sie so lange wie möglich zusammenbleiben wollen, aber …«

»Kein Aber, Maggie«, sagte Ted entschieden. »Ich bin ihr Mann, und ich habe die Pflicht, für sie zu sorgen. Es wird schwer werden, sicher, aber darum geht es doch in der Ehe, in guten wie in schlechten Zeiten. Ich überlasse sie nicht der Obhut von Fremden, selbst wenn sie mich auch für einen Fremden hält. Denn *ich* weiß, wer sie ist, sie ist meine Frau, und ihre Krankheit kann mir meine Erinnerungen nicht nehmen.«

Maggie drückte Elsies Hand während Teds Rede, doch statt auf diesen Erguss von Liebe und Loyalität einzugehen, schwieg die alte Dame, und ihre Hand erschlaffte. »Und wie sehen Sie das, Elsie?«, fragte Maggie. »Sind Sie froh, wieder zu Hause zu sein?«

»Oh, gut, können wir bald nach Hause?«

Maggie sah Ted mit hochgezogener Augenbraue an, doch er ließ sich nicht beirren. »Hier geht es ihr besser«, beharrte er.

»Ich glaube, ich hätte jetzt doch gern eine Tasse Tee«, sagte Maggie. Ihr Strahlen war verblasst, und sie musste sich zusammennehmen, um nicht bedenklich die Stirn zu runzeln.

Die beiden Frauen saßen eine Weile schweigend beieinander, während Ted sich in der Küche zu schaffen machte. Maggie zögerte, etwas zu sagen, um nicht bestätigt zu bekommen, dass Elsie nur vorübergehend präsent gewesen war. Auch wollte sie sich die heimliche Hoffnung nicht eingestehen, dass Elsa wieder zum Vorschein kommen würde, um sie auf die Spur von Tess zu setzen, eine Spur, die inzwischen merklich erkaltet war. »Harvey hat Sie vermisst«, sagte sie schließlich.

Der Hund hatte die ganze Zeit still vor ihnen gesessen, und nun wurde seine Geduld endlich mit einem Ohrenkraulen von Elsie belohnt. Schnaubend legte er seinen Kopf in ihren Schoß. »Er sollte wieder zu Mr Woodhouse zurück, der vermisst ihn bestimmt schon.«

»Harvey wirkt gerade ganz zufrieden, wo er ist«, versicherte Maggie ihr.

»Tee ist fertig«, verkündete Ted beim Hereinkommen.

»Ich habe gerade gesagt, dass Mr Woodhouse doch bestimmt seinen Blindenhund zurückhaben will. Meinst du, er kommt auch ohne ihn zurecht, Ted?«

»Er braucht ihn im Moment nicht«, sagte Ted, während er das Tablett auf dem Couchtisch abstellte.

»Sie schaffen das doch auch wirklich, oder?«, fragte Maggie leise, als Ted ihr eine Tasse reichte. »Haben Sie schon dafür gesorgt, dass die Haushaltshilfe wieder kommt?«

»Mache ich noch«, antwortete er. »Sobald alles in geregelten Bahnen verläuft.«

»Was ist mit der Gemeindeschwester?«

»Wie gesagt, alles zu seiner Zeit.«

Maggie wollte sich nicht damit zufriedengeben und dachte schon daran, selbst beim Sozialamt anzurufen, als ihr die Parallelen zu ihrer eigenen Situation bewusst wurden.

»Wir kannten auch mal eine Frau, die blind war«, fuhr Elsie fort. »Wie hieß sie noch gleich, Ted?«

»Das ist Maggie.«

»Ach ja, Maggie, genau. Sie war erstaunlich. Es gab fast nichts, was sie nicht konnte, meistens vergaß man sogar, dass sie blind war. Sie war schwanger, als ich sie zuletzt sah. Haben wir mal erfahren, was sie bekommen hat?«

»Sie hat ihr Kind noch nicht, Schatz. Es dauert noch ein paar Wochen«, erklärte Ted ihr.

»Oh, wie aufregend! Wer ist ihr Arzt? Sag ihr, dass sie nicht zu Dr Sowieso gehen soll ... Dr Hammond.«

»Dr Hammond hat sich schon vor Jahren zur Ruhe gesetzt«, erwiderte Ted sanft.

Maggies Tasse landete laut klappernd auf dem Unterteller. »Sie kannten Dr Hammond?«

»Er war viele Jahre lang unser Hausarzt«, antwortete Ted. »In Liverpool.«

»Aber so hieß doch Annes Mann, der Arzt, nach dem wir die ganze Zeit suchen, damit er uns zu dem Kind führt!«, rief Maggie.

»Tut mir leid, Maggie, aber das kann nicht sein.«

»Den Namen hat Elsie mir selbst genannt, ich forsche die ganze Zeit nach den Hammonds.« Sie weigerte sich, auf das zu hören, was ihr Verstand ihr sagte, bis Ted sie mit der Nase darauf stieß.

»Es ist natürlich möglich, dass es zwei Ärzte mit demselben Namen gab, aber höchstwahrscheinlich hat sie die beiden schlicht und einfach verwechselt.«

Maggie wandte sich an Elsie, wenn auch mit schlechtem Gewissen, weil sie erneut die lang vergrabenen Erinnerungen hervorzerrte. »Elsie, erinnern Sie sich an Anne?«

»Nein«, sagte Elsie in einem Ton, der das Gegenteil besagte.

»Nicht heute, Maggie«, warnte Ted.

»Aber ich habe ihr versprochen, Tess zu finden! Wie soll ich das schaffen, wenn ich mich auf nichts von dem, was sie mir erzählt, verlassen kann? Was ist, wenn sie auch das Jahr verwechselt hat oder …«

»Maggie, ich weiß ganz genau, dass sie 1953 hier war. Das Jahr, in dem sie nach Liverpool zurückkam, werde ich wohl kaum vergessen, denn es war das Jahr, in dem ich mich in sie verliebte.«

»Aber ohne einen Namen kann ich Tess nicht finden«, entgegnete sie verzweifelt.

»Dann ist es vielleicht besser, mit der Suche aufzuhören.«

Maggie fühlte sich ganz benommen von der Wucht, mit der ihre amateurhaften Ermittlungen gerade gegen eine unüberwindliche Mauer geprallt waren. Ted tröstete sie so gut er konnte und versprach, Elsie noch einmal zu fragen, wenn sie wieder klar war, aber Maggie erkannte entmutigt, dass sie nun wohl akzeptieren musste, was alle ihr ständig sagten. Es war Zeit, Elsa aufzugeben.

FÜNFUNDZWANZIGSTES KAPITEL

Belastet dich irgendetwas im Moment?«, fragte Mel über das Zischen der entweichenden Luft aus der Blutdruckmanschette hinweg.

Maggie schüttelte den Kopf. »Nein, alles in Ordnung.«

»Deinem Blutdruck nach aber nicht. Da du inzwischen aufgehört hast zu arbeiten, gehe ich davon aus, dass du genug Zeit hattest, um dich auszuruhen?«

»Ja«, sagte Maggie und nahm den Arm aus der Manschette, die sie der Lüge überführen konnte.

»Du machst dir doch keine Sorgen mehr wegen dem Brief vom Sozialamt, oder?«

»Nein, natürlich nicht.«

»Hm«, brummte Mel, während sie sich etwas notierte. »Ich habe mit der Hebamme gesprochen, die bei dir die Nachsorge übernehmen wird, nachdem meine Arbeit getan ist. Wir dachten, es wäre gut, jetzt schon zusammenzuarbeiten, damit die Übergabe möglichst reibungslos verläuft, deshalb würde ich gern bald einen Hausbesuch vereinbaren. Das dürfte ja kein Problem sein, oder, da du ja die ganze Zeit zu Hause bist und die Füße hochlegst?«

Maggie lächelte Mel gewinnend an. »Nein, überhaupt nicht.«

Scheinbar zufrieden mit ihren Antworten, half die Hebamme ihr auf die Untersuchungsliege, doch als sie ihren Bauch abzutasten begann, ging das Verhör weiter.

»Und, fühlst du dich jetzt bereit, Mutter zu werden?«

»Ja, absolut«, antwortete Maggie, ehrlich diesmal. Mutter bei Lily und den Jungen zu spielen hatte zusammen mit dem Babypflegekurs, den Mel für sie arrangiert hatte, ihr Selbstvertrauen deutlich gestärkt.

»Das ist auch gut so, denn dieses Baby macht sich bereit, auf die Welt zu kommen. Sein Kopf liegt schon tief.«

»Wirklich? Heißt das, es könnte früher kommen?« Leichte Panik mischte sich unter Maggies Freude, als sie merkte, wie schnell die Zeit verging und wie viel es noch zu tun gab. Die Vorbereitungen für das Kind waren zwar gut vorangeschritten, aber das war auch das Einzige. Die Suche nach Tess steckte in einer Sackgasse, und bei James kam sie auch nicht weiter. Sich mit seinem Vater zum Golf zu treffen, war bislang die größte Annäherung an seine Eltern, die er sich abgerungen hatte.

Mel lachte. »Alles entwickelt sich nach Plan, was deinen Geburtstermin angeht, der …«

»Mittwoch in drei Wochen ist«, kam ihr Maggie zuvor.

»Drei Wochen, sehr gut, nur dein Blutdruck gefällt mir nicht so recht. Ich möchte, dass du am Donnerstag wiederkommst, dann messen wir noch einmal.«

»Muss ich mir Sorgen machen?«

»Nein, Maggie, genau das ist der springende Punkt. Du sollst dir überhaupt keine Sorgen machen, um nichts«, sagte Mel. »Bleib die nächsten paar Tage zu Hause, halte Bettruhe, wenn's geht, und vermeide Stress.«

Maggie beschloss, sie nicht darauf hinzuweisen, dass das ein Widerspruch in sich war – zu Hause zu bleiben und nichts zu tun würde ihren Stresslevel nur in die Höhe treiben. So war es nur folgerichtig, dass sie nach dem Untersuchungstermin nicht direkt nach Hause ging, sondern sich auf ihrer Lieblingsbank wiederfand, wo sie überlegte, wie es weitergehen sollte.

Auch wenn sie sich noch so sehr vornahm, es leichter zu nehmen, fielen ihr doch ständig Gegenargumente ein. Es war noch Zeit, etwas zu bewirken, sie wusste nur einfach nicht, wie, und je länger sie darüber nachgrübelte, desto unruhiger wurde sie. Mel wäre nicht begeistert.

Sie stellte sich zwei andere Mütter neben sich vor, die sie daran gemahnten, dass ihr ungeborenes Kind an erster Stelle stand. Sie hätten Himmel und Hölle für ihre Kinder in Bewegung gesetzt, und von ihr wurde nur verlangt, sich zu schonen, damit ihr Baby gesund zur Welt kam. Wie schwer konnte das schon sein?

Eine Woche später zeigte Maggies Blutdruck noch keine Anzeichen von Besserung, und obwohl er nicht gefährlich hoch war, konnte er sich leicht dahin entwickeln. Mel war enttäuscht, wenn auch nicht so sehr wie Maggie, die sich wirklich bemüht hatte, zu Hause zu bleiben, und sogar ihre Besuche bei Ted und Elsie eingeschränkt hatte. Doch das genügte offenbar nicht, und Mel hatte ihr unmissverständlich klargemacht, dass man ihr, wenn sie sich partout keine Ruhe gönnen wollte, für die letzten Schwangerschaftswochen Bettruhe im Krankenhaus verordnen würde.

Maggie verdoppelte ihre Bemühungen, aber während sie ihren Körper zur Entspannung zwingen konnte, funktionierte das mit ihrem Geist einfach nicht. Sie brauchte dringend eine Ablenkung, und die kam in Gestalt von Jenny, die anrief, um Bescheid zu sagen, dass sie heute früher Mittagspause machen und kurz vorbeischauen werde. So erregt wie sie klang, stresste ihre Beförderung sie jetzt schon, obwohl sie die Stelle erst vor ein paar Tagen angetreten hatte. Maggie unterbrach nur zu gern die todlangweilige Aufgabe, ihr restliches Inventar aufzunehmen, das in James' Werkstatt untergebracht worden war, und erwartete Jenny an der Tür.

»Ich kann nicht lange bleiben«, entschuldigte sich Jenny, »aber ich musste vorbeikommen und es dir sagen. Natürlich hätte ich damit warten können, aber du kennst mich ja. Jedenfalls musst du mir versprechen, dass du nicht gleich losrennst und irgendetwas tust, was du hinterher bereust, bevor wir einen Schlachtplan entworfen haben. Es müsste allerdings morgen sein, weil Mark später in der Abendschule ist. Sein Tischlerkurs macht ihm übrigens großen Spaß – ihm war wohl gar nicht klar, wie sehr er es bedauert hat, seine Lehre nicht abgeschlossen zu haben –, aber keine Angst, ich werde dir nicht mehr damit in den Ohren liegen, dass James ihn einstellen soll. Das College vermittelt ihm ein Praktikum.«

Jenny kam vom Hölzchen aufs Stöckchen, und als sie endlich einmal Luft holte, nutzte Maggie ihre Chance. »Gut, das ist eine tolle Neuigkeit, Jen, aber etwas sagt mir, dass du nicht deswegen so aus dem Häuschen bist. Möchtest du den ganzen Tag vor der Tür stehen bleiben, oder sollen wir lieber reingehen?«

Jenny rauschte an ihr vorbei, packte sie dann im letzten Moment am Arm und zog sie mit sich. Maggie kam kaum dazu, die Haustür zu schließen. »Na, jetzt bin ich aber gespannt«, sagte sie lachend.

Im Wohnzimmer wartete Jenny, bis Maggie sich gesetzt hatte, ehe sie einen Fußhocker heranzog, um ihr beim Reden ins Gesicht sehen zu können. »Du musst mir schwören, schön ruhig zu bleiben, wenn ich dir jetzt sage, dass ich Flo Jacksons Nichte gefunden habe.«

Die Neuigkeit ließ Maggie am ganzen Körper erbeben. »O Gott, zu spät! Erzähl mir alles!«

Jenny räusperte sich, ein untrügliches Zeichen dafür, dass sie eine Geschichte auf Lager hatte. »Wir haben einige Zeit mit der Suche nach einem Dr Hammond verschwendet, wie du weißt, aber das war nicht meine einzige Ermittlungsrichtung«, begann sie. »Ich bin davon ausgegangen, dass es noch andere Unterlagen bezüglich Liegenschaften geben muss, die ehemals einer Florence Jackson gehörten. Meine Nachforschungen haben mich zum Nachlassgericht geführt, wo ich einen Antrag auf Einsicht in besagte Unterlagen betreffend Mrs Jacksons Nachlass gestellt habe.«

Maggie legte Jenny eine Hand auf Knie. »Wenn du nicht gleich aufhörst, Kriminalkommissarin zu spielen und mir sagst, was du weißt, garantiere ich für nichts mehr«, sagte sie mit Nachdruck.

»Ich habe eine Antwort vom Nachlassgericht erhalten.«

Maggies Herz schlug schneller. »Du hast eine Abschrift von Flos Testament?«

»Ja«, sagte Jenny und klang plötzlich ganz bescheiden.

»In dem Anne erwähnt wird?«

»Ja.«

»Und wer ist sie? *Wo* ist sie?«

»Ich weiß nicht, ob ich dir das sagen soll.«

Maggie fuhr fast aus der Haut. »Zwing mich nicht, es aus dir herauszuprügeln, Jen!« Falls ihre Freundin beabsichtigte, sie auf hundertachtzig zu bringen, hätte sie es nicht besser anstellen können.

»In dem Testament wird auch Elsa erwähnt.«

»Sie hat ihr etwas hinterlassen?«

»Nicht direkt. Flo hat alles Anne Walters vermacht, aber es gab ein paar Bedingungen und einen Verweis auf Elsa und deren Tochter.«

»Anne *Walters*?«, sagte Maggie. Im selben Moment, als ihr

der Name über die Lippen kam, wusste sie auch schon, woher sie ihn kannte. Sie schlug sich die Hand vor den Mund, aber es war zu spät, ein sechzig Jahre altes Geheimnis war heraus, und, steigender Blutdruck oder nicht, es überlief sie kalt.

Kaum war Jenny gegangen, machte Maggie zwei Anrufe, einen an ihren Mann, um ihm zu sagen, dass sie kurz mit Harvey im Park Gassi gehen würde, und einen an Ted, dem sie ihre wahren Absichten erklärte. Beide mussten erst überzeugt werden, aber sie ließ keinen Widerspruch zu.

Als sie durch den Victoria Park ging, versuchte sie, sich auf ihre Atmung zu konzentrieren, um sich zu beruhigen. Die Sonne brach durch die dicken Wolken am Himmel, und sie hob ihr grüßend das Gesicht entgegen. Die Luft um sie herum erwärmte sich allmählich und verstärkte den feuchten Erdgeruch, in den sich kaum noch Blütenduft mischte. Der Herbst schritt voran.

Maggie ließ Harveys Geschirr los und hielt nur locker seine Leine, als sie sich an ihrer gewohnten Stelle am See niederließen. Unwillkürlich fuhren ihre Hände die Konturen der Bank nach. Die Astknoten in den Latten waren unter den Farbschichten verborgen, aber trotzdem auszumachen.

»Tagchen, Maggie.«

Es war eine Frauenstimme, kaum mehr als ein atemloses Krächzen, das Maggie nicht einordnen konnte. Als die Frau näher kam, war ihr Geruch vage vertraut, aber irgendetwas fehlte. Erst als sie ihr eine Hand unters Kinn legte und es liebevoll drückte, begriff Maggie, dass es die Abwesenheit von Zigarettenrauch war, die sie verwirrt hatte.

»Wie geht es dir, Alice? Ich denke oft an dich.«

»Danke, Liebes, es geht mir ganz gut.« Sie klang lebhaft,

aber ihr mühsames Schnaufen sprach eine andere Sprache. »Ich bin so oft in diesem Krankenhaus, dass ich denen schon gesagt habe, sie sollen mir einen Privatparkplatz zur Verfügung stellen.«

»Bekommst du immer noch Chemo?« Maggie hatte Alice zwar seit ihrer Krebsdiagnose nicht gesehen, war aber von Jenny und Ted auf dem Laufenden gehalten worden. Trotz ihrer schweren Erkrankung schaute Alice immer noch gelegentlich bei den Miltons vorbei.

»Ich mache gerade eine Pause.«

»Ich hoffe, das bedeutet, dass du dich ausruhst und die Füße hochlegst.«

Ein heiseres Glucksen antwortete ihr. »Dazu habe ich noch genug Zeit, wenn ich im Grab liege. So, wie du aussiehst, bist du es wohl, die die Füße hochlegen sollte.«

Maggie streckte stöhnend ihren Rücken. »Ich stehe eigentlich unter Hausarrest, aber ich darf ab und zu an die frische Luft, wenn auch nur Harvey zuliebe.«

»Dann ist es also Harvey, der dich die ganze Zeit zu Elsie und Ted rüberzieht?«

»Ich war letzte Woche nur einmal dort. Mir ist klar, dass ich ein bisschen kürzertreten muss, und zur Abwechslung habe ich mich heute mal hier mit ihnen verabredet. Sie müssten gleich da sein.«

»Eher, als du denkst«, krächzte Alice, doch Maggie hatte schon das Schlurfen von Elsies Absätzen auf dem Weg erkannt.

»Wie geht es ihr heute?«, fragte Alice Ted.

»Sie ist sehr still.«

»Und dir?«

»Ich bekomme jede Menge Hilfe, sodass ihr zwei aufhören könnt, Theater zu machen«, sagte Ted. »Eure Freundin

Kathy war neulich da und hat das mit der Haushaltshilfe geregelt. Sie wollte nicht gehen, bis der ganze Papierkram erledigt war.«

»Typisch Kathy«, sagte Alice.

Maggie lächelte erleichtert. »Da bin ich froh.«

Das Gespräch versiegte für einen Moment, und sie wandten sich alle der einen unter ihnen zu, die noch nichts gesagt hatte.

»Hallo, Elsie, Liebes«, krächzte Alice etwas lauter. »Ich muss jetzt einkaufen gehen, aber ich komme morgen mal wieder bei euch vorbei. Ruh doch ein bisschen deine Beine aus und setz dich hier neben Maggie.«

Als Elsie sich setzte, hoffte Maggie, dass die Bank ihre Wirkung tun und sie darauf einstimmen würde, sich an ihre lang vermisste Tochter zu erinnern.

»Keine Haare unter diesem Kopftuch«, bemerkte Elsie.

»Spart mir ein Vermögen an Shampoo, das kann ich euch sagen«, flapste Alice.

Es wurde eher wohlwollend gelächelt als gelacht, und dann verabschiedete Alice sich. Maggie wollte aufstehen, um sie zu umarmen, erhielt aber den strikten Befehl sitzen zu bleiben, und gehorchte widerspruchslos. Im Gegensatz zu einer Umarmung gab ihr ein Schultertätscheln zum Abschied keinen Hinweis darauf, wie sehr die Krebstherapie Alice körperlich mitgenommen hatte. Manchmal hatte es seine Vorteile, blind zu sein.

»Ich muss Ihnen etwas sagen, Elsie«, begann sie, als Alice gegangen war.

»Soll ich lieber gehen?«, fragte Ted.

»Nein, bleiben Sie bitte. Ich möchte, dass noch jemand hört, was ich zu sagen habe, auch wenn nur Elsie mir die Antworten geben kann, nach denen ich suche. Wenn sie dazu nicht in der Lage ist, Ted, weiß ich nicht, was ich machen soll.«

Es gab ein kleines Getümmel am Seeufer, wo ein halbes Dutzend Enten nach Aufmerksamkeit verlangte. Ein paar schlugen im Wasser mit den Flügeln, während andere mit ihren Schwimmfüßen über den Anleger patschten und lärmend darauf warteten, gefüttert zu werden. Doch es waren nicht die Enten, sondern der See selbst, der Maggies Phantasie beflügelte. Die Geheimnisse der Vergangenheit waren dabei, an die Oberfläche zu steigen, und sie machte sich bereit, Elsas Hand zu nehmen und sie mit ihnen aus seinen schlammigen Tiefen zu ziehen.

»Wo sind die Schwäne hin?«

Mit schräg geneigtem Kopf beurteilte Maggie Elsies Stimme, die weder die dunklere Färbung der alten Frau hatte noch den hellen jugendlichen Ton, der Elsas Wiederkehr ankündigte.

»Vielleicht haben sie ihre Nester woanders gebaut«, mutmaßte Maggie. »Das kommt vor.«

»War es bei mir auch so?«

»Ja, ich glaube schon.«

»Aber ich bin zurückgekommen.«

»Aus einem bestimmten Grund, Elsie.«

»Um die Enten zu füttern?«

Maggie musste schlucken. »Nein, Elsie, Sie sind wegen Tess zurückgekommmen.«

Ted, der merkte, wohin sie das Gespräch lenkte, setzte sich neben seine Frau. Elsie verspannte sich und rückte näher an Maggie heran, sagte aber nichts.

Wie Jenny konnte auch Maggie ihr Wissen nicht länger für sich behalten, doch sie würde Elsie schonend darauf vorbereiten müssen und dann gegen alle Wahrscheinlichkeit hoffen, dass sie ihr folgen konnte. »Als Sie zweiundzwanzig waren, haben Sie sich verliebt«, begann sie. »Sie haben Ihr Herz Freddie geschenkt, und als Sie ihn verloren, wollten Sie das Eine behalten, das Ihnen von ihm geblieben war, das Kind, mit dem Sie schwanger waren. Doch Sie haben es weggegeben in dem Glauben, dass es bei Anne Walters und ihrem Mann ein besseres Leben haben würde. Erinnern Sie sich, Elsie?«

Nichts deutete darauf hin, dass Elsie ihr zuhörte, aber Maggie fuhr trotzdem fort.

»Später haben Sie einen wunderbaren Mann geheiratet und noch zwei Töchter bekommen, Nancy und Yvonne. Sie haben ein glückliches, erfülltes Leben gelebt, aber Tess nie vergessen, und mit den Jahren, als Sie älter wurden, sind Ihnen Zweifel gekommen, ob Sie damals die richtige Entscheidung getroffen haben.«

Schatten tanzten über Maggies Gesicht, als die Sonne immer wieder hinter den schnell ziehenden Wolken verschwand, und der frische Herbstwind sog die Feuchtigkeit von ihren Lippen. Mund und Kehle fühlten sich trocken an, und sie musste schlucken. »Sie haben vor Kurzem zu mir gesagt, dass Sie sich zurückkämpfen würden, wenn ich herausbekomme, was aus Tess geworden ist«, sagte sie. »Elsie, ich glaube, ich habe Ihre Tochter gefunden.«

Sie hatte sich um zwölf Uhr mittags mit Tante Flo im Park verabredet. Es war ein strahlend schöner Sommertag, und Elsa genoss die warmen Sonnenstrahlen, während sie wartete … und wartete und wartete. Bereits nach einer halben Stunde schlug ihre Vorfreude in Bangigkeit um. Nach einer Stunde drückte die wachsende Furcht mehr auf ihren Magen, als das Kind, das sie getragen hatte, es je getan hatte. Nach zwei Stunden rollte die erste Träne über ihre Wange. Als vier Stunden verstrichen waren und Tante Flo immer noch nicht erschienen war, hörte Elsa auf, über den Rand der Böschung hinweg nach ihrem Kind Ausschau zu halten. Sie starrte hinaus auf den See und überhörte die höflichen Grüße von Passanten. Schließlich begann sie, hemmungslos zu weinen, und glaubte, nie wieder aufhören zu können, doch irgendwann verlor sie sich in ihrem Kummer und fiel in einen unruhigen Trancezustand.

Alles, was sie wollte, war, Tess noch einmal in den Armen zu halten, damit sie sie um Verzeihung bitten und ihr sagen konnte, dass sie sie immer lieben würde. Sie würde nie mehr dieselbe sein, sich nie mehr vollständig fühlen, das wusste sie, aber vielleicht konnte sie dann einen Seelenfrieden finden, der ihr half weiterzuleben. Sie dachte an den hartnäckigen Postboten, der so versessen darauf war, sie zum Lächeln zu bringen. Vielleicht könnte sie eines Tages wieder glücklich sein. Aber wie sollte sie ohne einen richtigen Abschied, ohne eine Form von Absolution weitermachen? Der See glitzerte in der Sonne.

Fünf Stunden waren vergangen, doch die Zeit hatte jede Bedeutung für sie verloren, denn Elsa beabsichtigte nicht, den Park zu verlassen. Unvermittelt stand sie auf und ging los, mit raschen Schritten, als käme sie zu spät zu einer Verabredung. Sie hielt nicht bei dem Bootsanleger an und auch nicht, als der Kontakt mit dem kalten Wasser ihr den Atem raubte. Sie zwang sich weiterzugehen, obwohl sie ständig auf dem schlüpfrigen Grund ausrutschte, und als sie fiel, versagte sie sich einen letzten Atemzug, bevor sie unterging. Ruhig wartete sie darauf, dass ihre brennende Lunge den Kampf um Luft aufgab, und schlug erst wild um sich, als starke Arme sie packten und aus dem Wasser zogen. Sie wehrte sich nach Kräften, wurde aber schließlich von dem Spaziergänger zur Bank zurückgeschleppt. Man verständigte Tante Flo, die bald darauf kam, mit leeren Händen und wortreichen Entschuldigungen. Elsa hörte noch andere Stimmen um sich herum, hörte weitere Versprechen, die gebrochen werden würden, aber sie achtete nicht darauf. Ihr Geist hatte sie an einen Ort geführt, an dem niemand sie erreichen konnte.

Mit hämmerndem Herzen lauschte Maggie auf das leiseste Anzeichen dafür, dass Elsie verstand, was sie gesagt hatte. Immer noch nichts.

»Elsie, ich bräuchte jetzt wirklich eine Antwort von Ihnen«, flehte sie. »Ich habe Ihr Geheimnis bisher bewahrt, aber ich weiß nicht, wie es weitergehen soll. Sie müssen mir sagen, was ich tun soll.«

Zuerst wurde das lastende Schweigen nur von den missmutigen Enten unterbrochen, doch dann meldete sich eine andere Stimme zu Wort.

»Sie haben sie gefunden?«

Den Tränen nahe, wandte Maggie sich an Ted. »Warum antwortet sie mir denn nicht? Sie hat mir versprochen, dass sie einen Weg zurück finden würde.«

»Sie hat immer noch ihre guten Tage«, sagte er. »Heute ist leider keiner davon.«

Maggie setzte gerade zu einer Erwiderung an, als Elsie aufstand. Sie wollte sie am Arm festhalten, aber die alte Dame war schneller, als ihre steifen Gelenke es eigentlich erlaubten. Mit langen Schritten lief sie auf den See zu, doch Ted war wie immer da, um sie zu retten.

»Ist schon gut, Elsie, Liebling. Ich bin bei dir.«

Elsies hohe Klagelaute, als sie gegen ihren Mann ankämpfte, waren kaum zu ertragen, und Maggie konnte nichts tun, um zu helfen. Ihr Traum, Mutter und Tochter wieder miteinander zu vereinen, verwandelte sich in genau den Albtraum, vor dem alle sie gewarnt hatten.

Langsam, aber sicher gelang es Ted, seine Frau zu beruhigen, die sich nach wie vor weigerte, ein Wort zu sagen. »Ich bringe sie besser nach Hause«, verkündete er.

Maggie nahm ihren Mut zusammen und stellte die Frage, auf die sie eigentlich keine Antwort wollte. »Ich habe Tess zu spät gefunden, nicht wahr?«

»Wo Leben ist …«

Maggie schüttelte den Kopf. »Ich weiß einfach nicht, was ich tun soll. Tess ist jetzt keine gesichtslose Fremde mehr, und ich hatte gehofft, von Elsie die Erlaubnis zu bekommen, an sie heranzutreten. Ich kann die Entscheidung nicht allein treffen.«

»Dann fragen Sie ihre andere Mutter. Fragen Sie Anne.«

Erst als James sich zu ihr aufs Bett legte, merkte Maggie, dass sie eingeschlafen war. Er küsste ihren Nacken, und seine Lippen fühlten sich warm an auf ihrer kalten Haut. Die Patchworkdecke war nicht mehr dick genug, um sie vor der abendlichen Kälte zu schützen.

»Wie spät ist es?«, fragte sie.

James hatte sich von hinten an sie geschmiegt und streichelte ihren Bauch. »Kurz nach sechs.«

Maggie stöhnte, als sie vollständig erwachte und ihr einfiel, was sie getan hatte. »Ich sollte aufstehen.«

»Nein«, widersprach James und zog sie an sich. »Schön zu sehen, dass du endlich mal auf Mels Rat hörst. Ich hoffe, du hast dich mit Harvey im Park nicht zu sehr verausgabt?«

»Wir waren nicht lange draußen.«

»Keine kleinen Umwege für eine Stippvisite bei den Miltons?«

In der Frage zumindest hatte sie ein reines Gewissen. »Brauchte ich gar nicht, ich habe sie am See getroffen.«

»Wie war sie heute?«

Maggie spielte mit der weichen Satineinfassung des Quilts. »Nicht die Elsie, die ich kenne und liebe.«

Ohne Vorwarnung ging plötzlich ein ziehender Schmerz durch ihren Unterleib. James merkte, wie sie sich kurz zusammenkrümmte. »Ist alles in Ordnung?«

Maggie brauchte einen Moment, um wieder zu Atem zu kommen. »Ja, es ist nur eine Braxton-Hicks-Kontraktion, eine von diesen Vorwehen, von denen Mel gesprochen hat, die meinen Körper auf den Ernstfall vorbereiten.«

»Bist du sicher?« James stützte sich auf einen Ellbogen ab und beugte sich über sie. Sie spürte sein Herz in seinem Brustkorb schlagen.

»Ja, ich hatte neulich schon eine.«

James legte sich wieder hin, und sie warteten zusammen auf die nächste Kontraktion. Als keine kam, entspannten sie sich ein bisschen.

»Ich werde mich jetzt schonen, versprochen«, sagte Maggie.

»Soll das heißen, dass du es bisher nicht getan hast?« Als Maggie nicht antwortete, fügte James hinzu: »Ich glaube, ich muss meine Arbeitszeiten reduzieren und öfter zu Hause bleiben.«

»Dazu ist es noch zu früh, vielleicht ab nächster Woche«, sagte sie. Sie wollte nicht, dass er mitbekam, was sie im Schilde führte, zumindest jetzt noch nicht.

Ihr Nacken prickelte unter dem warmen Hauch seines kehligen Lachens. »Ich hätte wissen müssen, dass du dir nicht die Flügel stutzen lässt. Dafür kann ich mich wohl bei deiner Mum bedanken.«

Maggie kuschelte sich in den Quilt. »Ich vermisse sie so sehr«, sagte sie.

»Sie war eine großartige Frau.«

»Ja, das war sie. Es muss schwierig für sie gewesen sein, mich einerseits behüten und andererseits meine eigenen Erfahrungen machen lassen zu wollen. Das richtige Gleichgewicht zu finden. Aber wahrscheinlich fällt es jeder Mutter schwer loszulassen.«

»Schließt du zufällig auch meine Mutter in diese Beobachtung mit ein?«

Maggie hatte eigentlich an Elsa gedacht. »Kann sein.«

»Der Unterschied ist, dass deine Mutter dir Flügel verliehen hat, während meine mir eine Routenkarte in die Hand gedrückt hat.«

»Deine Mum bevormundet gern, weil sie das Beste für dich will. Sie kennt eben nur einen Weg, und auf dem sollst du bleiben, um sicher und glücklich durchs Leben zu kommen.«

»Ich weiß.«

»Aber ich denke, sie hat inzwischen begriffen, dass dein Glück mich mit einschließt.«

James legte seinen Kopf an ihren, als könnte ihr Optimismus durch Osmose auf ihn übergehen. »Das heißt aber nicht automatisch, dass du auch mit *ihr* glücklich wirst. Ich kann ihr despotisches Wesen ertragen, ich bin schließlich daran gewöhnt, aber deinetwegen habe ich nach wie vor Bedenken. Ich weiß nicht, ob du mit ihr auf Dauer klarkommst, trotz aller guten Vorsätze.«

»Es wäre schade, es nicht zu versuchen.«

»Reicht es, wenn ich dir verspreche, nach der Geburt darüber nachzudenken?«, fragte er vorsichtig. »Aber erst, wenn sich alles ein bisschen eingespielt hat und wir unseren Alltag wieder im Griff haben.«

Maggie biss sich auf die Lippen. Sie sollte eigentlich froh sein über diesen Durchbruch, doch Judith würde schon viel früher wieder auf den Plan treten, als James ahnte.

SECHSUNDZWANZIGSTES KAPITEL

Als Maggie die Haustür öffnete, wirbelte frische Luft herein und brachte den Geruch von feuchtem Gras und verrottendem Laub mit sich. Sie unterdrückte den Impuls, an ihrer Besucherin vorbeizustürmen und in den Park zu flüchten.

»Komm herein«, sagte sie.

»Danke, Maggie. Vielen Dank.« Judith klang immer noch so nervös wie am Tag zuvor, als Maggie sie angerufen hatte. Ihre Überzeugungen, was das Wohlergehen ihrer Familie betraf, waren in ihren Grundfesten erschüttert worden, und die furchterregende Matriarchin war auf ein menschlicheres Maß zusammengeschrumpft. Natürlich beruhte Maggies Annahme nur auf einem einzigen Anruf und dieser kurzen Begrüßung an der Tür. Erst mit der Zeit würde sich zeigen, ob ihre Schwiegermutter tatsächlich bereit war, ihren Sohn sein eigenes Leben führen zu lassen.

»Du bist ja richtig aufgeblüht«, sagte Judith. »Es ist schön, dich zu sehen.«

»Es tut mir nur leid, dass dein Sohn nicht da ist, um dich zu begrüßen.«

»Es ist trotzdem schön, dich zu sehen.«

Maggie ging in die Küche voraus, und während sie den Tee aufgoss, machte Judith viel Aufhebens um Harvey, was den Hund mindestens genauso verdutzte wie sein Frauchen. Die Unterhaltung verlief zuerst ein wenig gestelzt, und sie hielten sich an unverfängliche Themen wie das wiederaufgelebte Interesse ihrer Männer an Golf. Maggie musste Judith immer noch erklären, weshalb sie sie gebeten hatte, sie zu einem Besuch bei Anne Walters zu begleiten.

Keiner von beiden war danach, es sich bequem zu machen, also blieben sie in der Küche, aber Maggie stellte ihren Becher bald wieder weg. Sie war viel zu aufgeregt für einen Tee und fragte sich nicht zum ersten Mal an diesem Tag, ob sie das Richtige tat. Die Hebamme hatte ihr dringend geraten, Stress zu vermeiden, und jetzt war sie drauf und dran, sich in das Auge eines Sturms zu begeben. Doch ihr blieb keine andere Wahl – sie musste handeln, und zwar jetzt. Mit jedem Tag, der verstrich, wurde ein bisschen mehr von Elsies Leben ausgelöscht, aber die Zeit arbeitete noch aus einem anderen Grund gegen sie.

»Was ist los?«, fragte Judith, als Maggie eine Grimasse zog.

»Nur ein Stechen«, sagte sie, die Vorwehe leicht abtuend. Sie hatte auch in der Nacht ein paar gehabt. »Möchtest du das Kinderzimmer sehen?«

Judith hatte das Zimmer zuletzt im Rohzustand gesehen und zeigte sich verblüfft über die Verwandlung. Alles war bereit für den jüngsten Zuwachs der Familie Carter, der in knapp zwei Wochen kommen sollte, und statt des Geruchs von frischer Farbe und Putzmittel empfing sie Jasminduft mit einer Spur von Lavendel und Rosen. Die Farbgebung entsprach den Aromen: Cremefarbene Wände bildeten einen ruhigen Hintergrund für die fröhlichen rosa-blauen Blumenwiesen auf Vorhängen und Kissen, eine Verlockung für die Hummeln an dem Mobile über dem Babybett.

»James hat das Bett selbst gezimmert«, erklärte Maggie und konnte der Versuchung nicht widerstehen, über die Schnitzerei am Kopfbrett zu streichen und einer Reihe von springenden Hasen zu folgen. Es steckte viel Liebe in dieser Arbeit.

»Wunderschön. Und diese Babydecke auch, wo hast du die her, Maggie?«

»Ich habe sie selbst gesteppt«, antwortete sie stolz. »Sie ist nicht ganz so gut wie die, die meine Mutter früher gemacht hat, und Jenny hat mir ein bisschen geholfen, aber ich glaube, Mum wäre zufrieden.«

»Euer Kleines hat Glück, so begabte Eltern zu bekommen.«

Maggie fragte sich, wo diese freundliche Frau sich in den vergangenen zwei Jahren versteckt hatte. Ihr herzliches Lächeln schien Judith Mut zu machen, offener zu sprechen. »Als wir gestern telefoniert haben, hast du gesagt, was geschehen ist, ist geschehen, und wir sollen es hinter uns lassen, aber ich habe immer noch das Bedürfnis, mein Verhalten zu erklären.«

»Ehrlich, Judith, das brauchst du nicht. Ich weiß, dass dein Anruf beim Sozialamt lange vor unserer Aussprache bei Kathy stattgefunden hat. Das spielt keine Rolle mehr.«

»Für James aber schon, und ich könnte ihm keinen Vorwurf daraus machen, wenn er mir nie verzeihen würde«, sagte Judith leise, als hätte sie Angst, es laut auszusprechen. Sie schluckte schwer, bevor sie hinzufügte: »Ich habe meinen Sohn hintergangen, Maggie. Ich habe euch beide hintergangen, und es tut mir ganz furchtbar leid.«

Sie klang so niedergeschlagen, dass es Maggie das Herz zusammenzog. »Also, wenn du meine Vergebung brauchst, dann hast du sie.«

»Und James?«, fragte Judith kleinlaut.

»Du bist seine Mutter. Er liebt dich, und er wird dir verzeihen … früher oder später.«

»Aber er war so furchtbar wütend an dem Tag, als er mich anrief. So habe ich ihn noch nie erlebt. Das hat mir richtig Angst gemacht, Maggie.«

»Ich glaube, es hat ihm selbst Angst gemacht.«

»Er liebt dich sehr, das ist es. Du kommst bei ihm an erster Stelle, und das begreife ich jetzt mehr denn je. Würde es dich beleidigen, wenn ich dir sagen würde, dass ich die Blinde von uns beiden gewesen bin?«

»Nein, aber ich möchte hinzufügen, dass uns beiden in den letzten Monaten die Augen geöffnet wurden. James ist nicht mehr der Jasager, der er einmal war.«

Judiths Stimme wurde fester, als sie Hoffnung schöpfte. »Meinst du wirklich, er wird wieder mit mir reden?«

»Ja, bestimmt.«

Judith atmete so laut auf, dass es beinahe als Lachen herauskam. »Ich verspreche dir, dass ich mich nie mehr einmischen werde, wenn wir das überstehen. Und du hast meine Erlaubnis, mich nicht allzu sanft darauf hinzuweisen, falls ich doch mal wieder über die Stränge schlage.«

»Wird mir ein Vergnügen sein«, erwiderte Maggie verschmitzt.

Judiths Umarmung kam unerwartet und freute sie, doch die Erleichterung hielt nur so lange an, bis ihre Schwiegermutter sie losließ. Es wurde Zeit zu gehen.

»Du hast Mrs Walters doch nicht gesagt, dass ich mitkomme, oder?«

»Nein, kein Wort davon«, antwortete Judith. »Aber ich verstehe immer noch nicht, warum du mich gebeten hast, dich zu ihr zu bringen. Nicht, dass ich mich beklagen will«, fügte sie schnell hinzu.

»Du meinst, warum habe ich nicht Kathy gefragt, ob sie mich zu ihrer Mutter mitnimmt?«

»Nun, ich schätze, sie steckt bis über beide Ohren in den Umzugsvorbereitungen«, beantwortete Judith ihre eigene Frage.

»Und sie weiß auch nichts davon?«

»Nein, ich habe alles so gemacht, wie du gesagt hast«, beteuerte Judith. »Verrätst du mir jetzt, worum es geht?«

Maggie holte tief Luft, um sich für das Kommende zu wappnen. »Lass uns erst mal losfahren«, sagte sie, weil sie Judith so wenig wie möglich Zeit geben wollte, es ihr auszureden.

»Ich weiß nicht, was ich davon halten soll«, sagte Judith kopfschüttelnd.

Maggie hatte die meiste Zeit geredet, während Judith fuhr. Sie hatte ihr nicht nur erklärt, was sie über Elsas Leben herausgefunden hatte, sondern auch, warum die Erzählungen einer alten Frau, die langsam den Bezug zur Realität verlor, so überzeugend waren. Was sie nicht erwähnte, war, was sich nach der Geburt des Kindes zugetragen hatte. Deswegen müsse sie mit Anne Walters sprechen, sagte sie nur.

»Ich will ehrlich zu dir sein, Maggie«, fuhr Judith fort. »Mir ist nicht ganz wohl dabei, dass ich Anne nicht reinen Wein eingeschenkt habe. Du denkst, sie hat etwas zu verbergen, stimmt's?«

Maggie zuckte zur Antwort nur die Achseln und versuchte, die beiden Bilder von Mrs Walters in ihrem Kopf zur Deckung zu bringen. Das eine zeigte eine durchtriebene, herzlose Frau, die Akten gefälscht und ein neugeborenes Baby den Armen seiner jungen Mutter entrissen hatte, das andere dagegen Kathys Mutter, die kluge fast Neunzigjährige, die sie schon immer von fern bewundert hatte.

»Anne mag recht betagt sein, aber sie ist keineswegs gebrechlich«, warnte Judith. »Mit ihr sollte man sich nicht anlegen.«

Die Bemerkung machte Maggie nicht gerade Mut, und ihre Knie fühlten sich weich an, als sie sich mit ein bisschen Hilfe aus dem Auto hievte.

»Bist du sicher, dass du das tun willst?«, fragte Judith.

»Jetzt gibt es kein Zurück mehr.«

Nachdem sie das schmiedeeiserne Tor hinter sich geschlossen hatten, gingen sie zu Fuß die überraschend lange Auffahrt zu Anne Walters' Bungalow hinauf. Im Vergleich dazu lag Ted und Elsies Haustür praktisch am Bürgersteig. Maggie streifte rechts eine hohe Hecke und entdeckte durch ein wenig Abtasten mit ihrem Blindenstock eine säuberliche Steineinfassung darunter. Unter anderen Umständen hätte sie Judith gebeten, ihr das Haus und das Grundstück zu beschreiben, aber das hier war kein reiner Nettigkeitsbesuch. Also gestattete sie sich den Luxus, sich mit Hilfe ihrer Einbildungskraft einen eigenen Eindruck zu verschaffen. Sie hatte mit Sicherheit ein elegantes Haus vor sich, geräumig und gut gepflegt. Anne Walters verstand es, ihre Schäfchen ins Trockene zu bringen. Sie hatte die Profite aus dem Unglück anderer ausgesprochen gut investiert.

Judith läutete, wonach es endlos lange dauerte, bis die Tür geöffnet wurde.

»Meine Liebe, du bist pünktlich auf die Minute. Ich habe schon den Kessel aufgesetzt. Oh, wen hast du da mitgebracht, Judith?«

»Das ist meine Schwiegertochter, Maggie.«

Maggie spürte sich von einem wachsamen Augenpaar gemustert. »Ah, hallo. Sie sind mit meiner Kathy befreundet, nicht wahr?«

»Ja, das stimmt.«

»Wie schön, Sie endlich einmal kennenzulernen.«

Bestürzt registrierte Maggie die Unaufrichtigkeit in Annes Stimme, doch dann machte sie sich klar, mit wem sie es zu tun hatte. Kathy musste Elsie ihrer Mutter gegenüber mal erwähnt haben, und Anne war scharfsinnig genug, um einen bestimmten Grund hinter Maggies unerwartetem Besuch zu vermuten. Maggie erwartete halb, dass die Nichte der Gemüsehändlerin ihnen die Tür vor der Nase zuschlug, was sie zwar nicht tat, doch sie hielt sie ihnen auch nicht einladend auf.

»Dürfen wir hereinkommen?«, fragte Judith, als niemand sich rührte.

»Ja, wie unhöflich von mir – bitte.«

Die Diele war luftig, und der Hall ihrer Schritte auf dem Holzfußboden bestärkte Maggie in der Annahme, dass der Bungalow großzügig geschnitten war. Neben dem einladenden Duft von Selbstgebackenem nahm sie den Geruch von frischer Farbe wahr. Kathy hatte bereits angefangen, das Haus für die Vermietung herzurichten, aber Maggie neigte zu der Vermutung, dass Anne auf einer tadellosen Wohnumgebung bestand und regelmäßig renovieren ließ.

»Ich dachte, hier würden sich inzwischen schon die Umzugskisten türmen«, bemerkte Judith.

»Oh, ich ziehe noch nicht um. Kathy muss sich erst einmal selbst in dem neuen Haus einrichten, und anscheinend sitzt der Schwamm in der Einliegerwohnung und muss noch beseitigt werden.«

Das war Maggie neu, und sie runzelte gerade skeptisch die Stirn, als Anne sich an sie wandte. »Ich kann es gar nicht glauben, dass wir uns bisher noch nie begegnet sind. Aber ich habe schon viel von Ihnen gehört.« Ihre Stimme klang weich und hell, nur eine kleine Andeutung von Brüchigkeit verriet ihr Alter. Ihre langsamen, aber leichten Schritte, als sie ihnen ins Wohnzimmer vorausging, sagten Maggie, dass sie klein und schlank war, und die Klangrichtung, wenn sie sprach, deutete daraufhin, dass sie gebeugt ging. Maggies Sinne führten ihr eine harmlose alte Frau vor Augen, doch ihr Gefühl sagte etwas anderes.

»Ja, wirklich erstaunlich, aber ich glaube, Sie kommen nicht so gern nach Sedgefield, oder?« Das war ein erster Schuss vor den Bug.

Annes Antwort fiel kurz und bündig aus. »Nein.«

»Setzt ihr beiden euch doch schon mal, ich mache solange den Tee«, erbot sich Judith. »Ich weiß ja, wo alles ist.«

Maggie ließ sich auf der Kante eines breiten Sessels nieder. Als ein Krampf durch ihren Bauch ging, klammerte sie sich an die weiche Jacquard-Polsterung, achtete jedoch nicht weiter darauf. Sie überlegte, wo sie mit ihrem Verhör beginnen sollte, verlor dann aber die Nerven und hörte sich sagen: »Das ist ein schönes Haus. Ich kann mir vorstellen, dass es eine große Umstellung für Sie sein wird, woandershin zu ziehen.«

»Aber auch eine Veränderung zum Guten«, erwiderte Anne. »Ich habe viel zu lange allein gelebt, und es wird schön sein, wieder meine Familie um mich zu haben. Sie ist mir sehr wichtig, heute mehr denn je.«

Maggie machte einen tiefen Atemzug und stieß ihre nächsten Worte quasi hervor. »Sie wissen, warum ich hier bin, oder?«

»Ich würde es vorziehen, wenn Sie es mir sagen.«

Maggie räusperte sich. »Es steht mir natürlich nicht zu, in Ihre Privatsphäre einzudringen und Erklärungen zu verlangen, aber ich habe mich in den letzten Monaten mit einer Frau angefreundet, die in den Fünfzigerjahren mit Ihnen bekannt war. Elsie oder Elsa, wie sie damals hieß, ist Anfang des Jahres nach Sedgefield zurückgezogen. Ich glaube, weil sie sich nach einer Art Erlösung von alldem sehnte, was ihr vor vielen Jahren hier passiert ist, als sie bei Ihrer Tante, Flo Jackson, wohnte.«

»Sehnte sich, nicht sehnt?«, fragte Anne, sofort den Finger auf den Schwachpunkt in Maggies Darstellung legend.

»Sie hat Alzheimer, und wir verlieren mit jedem Tag ein bisschen mehr von ihr, aber es gibt immer noch Phasen, in denen sie sich an alles erinnert. Auch Phasen, in denen sie glaubt, wieder im Jahr 1953 zu sein.«

Porzellanklappern kündigte Judiths Rückkehr an. »Tee ist fertig«, sagte sie. »Ich kann ihn einfach hier abstellen, Anne, wenn du lieber mit Maggie allein sprechen möchtest.«

»Nein, bitte bleib. Du gehörst ja praktisch zur Familie. Also, wo waren wir stehen geblieben?«, sagte Anne, während Judith den Tee einschenkte. »Ach ja, Elsa. Sie war schon ein wildes Ding, flatterhaft, hätten wir zu meiner Zeit gesagt.«

»Sie war eine junge, übermütige Frau, die einen einzigen Fehltritt beging«, protestierte Maggie.

Polster knarrten, als Anne nach einer bequemeren Haltung in ihrem Sessel suchte. »Das sollte nicht abwertend klingen«, sagte sie, »aber es war wirklich eine andere Zeit damals. Achtbare Mädchen gingen nicht zu den Tanzveranstaltungen bei den Soldaten in Burtonwood, und schon gar nicht bekamen sie uneheliche Kinder. Elsa muss Anfang zwanzig gewesen sein, als wir uns begegneten, aber sie wirkte immer noch sehr wie ein Backfisch. Alles in allem war es schwer, sie nicht zu mögen.«

Maggie hörte einen Anflug von echter Zuneigung in Annes Stimme und musste unwillkürlich lächeln. »Sie hat sich viel über die Arbeit im Gemüseladen beklagt.«

Anne gestattete sich ebenfalls ein Lächeln. »Ja, sie schob gern ihre Schwangerschaft vor, um sich vor der Arbeit zu drücken, aber meine Tante ließ sich nichts vormachen.«

»Jetzt weiß ich, von wem du das hast«, murmelte Judith, während sie Anne eine Tasse reichte.

»Warum haben Sie ihr geholfen?«, wollte Maggie wissen.

»Mein Mann war der Hausarzt ihrer Schwester. Ich war damals seine Sprechstundenhilfe und kannte Celia schon recht gut, als sie Elsa wegen der vermuteten Schwangerschaft in die Praxis schleppte.«

»Gordon war mal Arzt?«, rief Judith erstaunt. »Das wusste ich ja gar nicht.«

»Ja, das war für mich auch eine Überraschung«, bemerkte Maggie. Sie wollte gerade fragen, was zu dem eklatanten Berufswechsel geführt hatte, doch Anne lag offensichtlich daran, mit ihrer Geschichte fortzufahren.

»Die beiden Schwestern waren streng katholisch erzogen worden, und im Gegensatz zu Elsa hielt Celia sich an die Regeln. Sie heiratete jung und hatte schon eine ganze Brut. Ich denke, sie hätte Elsas Kind als ihr eigenes aufgezogen, wenn sie zu der Zeit nicht selbst schwanger gewesen wäre. Die beiden taten mir leid, und ich erzählte ihnen von der Pension meiner Tante. Tante Flo erklärte sich bereit, Elsa bei sich aufzunehmen, bis sie das Kind zur Welt gebracht hatte, unter der Bedingung, dass sie sich Kost und Logis verdiente.«

»Damit war für Elsa gesorgt, aber Sie hatten auch Pläne für das Baby, oder?«

»Hier ist dein Tee, Maggie«, sagte Judith.

Maggie wärmte sich ihre Hände an der Tasse und umklammerte sie fester, als ein neues Ziehen im Bauch ihr die Luft nahm. Das war schon die dritte Vorwehe an diesem Vormittag oder gar die vierte? Sie durfte sich jetzt nicht davon ablenken lassen.

Anne schnaubte abfällig. »Elsa hätte sich nicht um ein Baby kümmern können! Sie konnte ja kaum auf sich selbst aufpassen.«

»Nur wenige Jahre später hat sie das aber ganz gut geschafft«, wandte Maggie ein.

»Nach allem, was ich höre, hat sie geheiratet und ein glückliches Leben geführt, was mich freut, aber als sie in Sedgefield wohnte, war sie ganz auf sich allein gestellt.«

Maggie lag schon eine Erwiderung auf der Zunge, doch Anne nahm ihr den Wind aus den Segeln. »Ich nehme an, Sie hat Ihnen von Freddie erzählt«, sagte sie spitz. »Dem gut aussehenden Cowboy, der sie auf seinem wilden Hengst entführen würde, damit sie selig bis ans Ende ihrer Tage zusammenleben konnten?«

Maggie zuckte die Achseln. »Vielleicht war das wirklich nur eine romantische Träumerei, aber fest steht, dass ein Albtraum für sie daraus wurde. Elsa verlor Freddie auf tragische Weise und hatte es nicht verdient, auch Tess zu verlieren.«

»Tess? Ach ja, so nannte sie das Kind. Es war wirklich zu traurig.«

»Was ist mit ihm passiert?«, fragte Judith.

Maggie wartete gespannt darauf, wie Anne sich entscheiden würde, ob sie die Wahrheit sagen oder auf einer sechzig Jahre alten Lüge beharren würde.

»Es wurde leider tot geboren.«

»Nicht Elsies Erinnerung zufolge«, widersprach Maggie.

»Und wie zuverlässig, sagten Sie, ist diese Erinnerung? Wenn Sie sich die Mühe machen wollen, den ärztlichen Bericht einzusehen, erfahren Sie dort alles, was Sie wissen müssen.«

»Es war Ihr Mann, der damals den Geburtsverlauf dokumentiert hat.«

»Ich weiß nicht, was Sie da unterstellen wollen, aber ich rate Ihnen sehr, den Namen meines verstorbenen Mannes nicht in den Schmutz zu ziehen.« Alle Liebenswürdigkeit war aus Annes Stimme gewichen. Sie verlor langsam die Geduld, aber Maggie ebenfalls.

»Indem ich behaupte, dass er Geburtsscheine gefälscht hat, meinen Sie?«, fragte Maggie rundheraus. »Wie kam es dazu, dass er seinen Arztberuf aufgab?«

Annes Atmung war flach geworden, und sie schluckte, ehe sie antwortete: »Ich möchte nicht unhöflich erscheinen, aber ich denke nicht, dass ich zu dem Thema noch etwas zu sagen habe.«

Maggie verfluchte sich dafür, sie gegen sich aufgebracht zu haben. Obwohl sie beweisen konnte, dass Anne Walters log, wäre es ihr lieber gewesen, wenn sie die Wahrheit freiwillig preisgegeben hätte. Dafür standen die Chancen jetzt schlecht.

»Das muss wirklich schrecklich für dich gewesen sein.«

»Wie bitte?«, fragte Anne, genauso verwundert über Judiths Kommentar wie Maggie.

»Ich dachte nur gerade, dass du ja etwa zum gleichen Zeitpunkt mit Kathy schwanger gewesen sein musst, als Elsa ihr Baby verlor. Das war alles 1953, sagt ihr?«

Maggie konnte Judiths Gesichtsausdruck nicht deuten, wohl aber ihre Stimme. Das war keineswegs eine harmlose Bemerkung.

»Ja, dabei dachte ich eigentlich immer, Kathy sei später geboren. Bis vor Kurzem …«, sagte Maggie, hielt sich aber gerade noch davon ab zu erwähnen, wie sie auf Kathys Geburtsdatum gestoßen war. Flo Jacksons Testament war das letzte fehlende Stück in dem Puzzle, und sie würde bald genug darauf zu sprechen kommen – Anne ließ ihr keine andere Wahl. »Ich bin davon ausgegangen, dass ihr gleich alt seid, weil ihr zusammen zur Schule gegangen seid, aber das stimmt nicht, oder? Ich kann es nicht fassen, dass sie uns im Sommer ihren Sechzigsten mit Panini und einem Glas Wein hat feiern lassen!«

Judith lachte. »Nein, das war nicht gerade ein würdiger runder Geburtstag. Kathy hätte es zwar gern, dass man sie für die jüngere von uns beiden hält, aber sie war zwei Jahre über mir in der Schule.«

»Elsie hat nie erwähnt, dass Sie schwanger waren«, wandte Maggie sich wieder direkt an Anne. »Im Gegenteil, sie dachte eher, dass Sie keine Kinder bekommen konnten.«

»Ach, das ist so lange her, dass sogar ich Mühe habe, mich deutlich an alles zu erinnern«, sagte Anne, Schwäche vortäuschend. »Es tut mir leid, aber all diese Fragen haben mich erschöpft. Ich kann Ihnen die Antworten nicht geben, die Sie wollen, Maggie. Die Geschichte lässt sich nicht umschreiben.«

»Nein, leider nicht, aber ich würde Elsa einen schlechten Dienst erweisen, wenn ich nicht zu Ende brächte, was ich begonnen habe, indem ich hierher kam.« Sie ließ sich von Judith ihre halb geleerte Tasse abnehmen und kramte in ihrer Handtasche. Ihre Hände zitterten, aber sie fand die Seite, die Jenny mit ihrer Brailleschreibmaschine abgetippt hatte. »Das ist lediglich ein Auszug aus dem Testament Ihrer Tante, aber ich denke, er besagt alles. Soll ich ihn vorlesen?«

»Kann ich Sie davon abhalten?«, erwiderte Anne bitter.

Als Maggie gerade anfangen wollte, fühlte sie den inzwischen schon vertrauten ziehenden Schmerz im Bauch. Diesmal betastete sie ihre Uhr. Es konnte keine Rede mehr von einem Krampf sein, sie musste jetzt die Abstände zwischen den Wehen messen. Ihr Kind schien entschlossen, genauso ein Teil von Elsas Geschichte zu werden wie Tess, und das kam ihr irgendwie passend vor. Sie wartete einen Moment, und als sie wieder in der Lage war zu sprechen, sagte sie: »Hier kommt zunächst ein Abschnitt, in dem das Vermögen aufgelistet wird, aber ich denke, das darunter ist der wichtige Teil. Dort heißt es: ›Das oben angeführte Anwesen soll treuhänderisch in den Besitz meiner Nichte Anne Walters übergehen. Es darf zu ihren Lebzeiten nicht verkauft werden, da ich es vollständig ihrer Tochter, Katherine Margaret Walters, vermache. Elsa Milton, geborene O'Brien, hinterlasse ich nur meine tief empfundene Bitte um Verzeihung. Ihr ist Unrecht geschehen, und ich bekenne, dass ich meinen Anteil daran hatte. Ich kann nur hoffen, dass sie irgendwann die Tür zur Vergangenheit entdeckt, die ich für sie offen gelassen habe, und mein letzter Wunsch ist es, dass sie eines Tages wieder mit ihrer Tochter vereint wird.‹«

Als sie geendet hatte, erschauerte Maggie und stellte sich vor, wie diese Tür aufgestoßen wurde. »Ich würde sagen, Flos letzte Worte sprechen Bände, meinen Sie nicht? Sie wollte, dass Kathy das Haus bekommt, damit ihre leibliche Mutter sie eines Tages dort finden kann. Und es sieht so aus, als wäre das endlich eingetreten«, sagte sie abschließend.

»Haben Sie es Kathy gesagt?« Annes Stimme klang auf einmal merkwürdig weit weg.

Maggies Euphorie wurde von ihrem schlechten Gewissen gedämpft. »Nein. Die einzige Verbindung, von der sie weiß, ist, dass Elsa die Frau kannte, der einmal ihr Haus und der Salon gehörten. Sie denkt, ihr Vater hat beides aus Flo Jacksons Nachlass erworben.«

»Nein, das tut sie nicht«, sagte Anne gepresst. »Sie hat die Übertragungsurkunden gefunden und wollte wissen, warum wir diese Häuser geerbt haben. Meine Tochter hat darauf gewartet, dass ich ihr die Verwandtschaftsverhältnisse erklärte, aber das konnte ich nicht. Ich wollte das Geheimnis mit ins Grab nehmen.«

»Aber wenn Kathy sich ausgerechnet hat, dass du Flo Jacksons Nichte bist, dann weiß sie Bescheid«, sagte Judith.

Eine Pause folgte darauf, und Maggie stellte sich vor, dass Anne grimmig nickte.

»Sie weiß es, aber sie wartet immer noch darauf, dass Sie es ihr selbst sagen, nicht wahr?«, fragte sie.

»Ich hätte es ihr schon vor langer Zeit sagen sollen«, bekannte Anne. Ihr Widerstand war gebrochen, und sie klang plötzlich alt und schwach. »Aber ich wollte ihr nicht wehtun. Ich wollte meine Tochter immer nur beschützen, Sie ahnen ja nicht, wie sehr.«

»Niemand würde je anzweifeln, dass du Kathy liebst«, sagte Judith, und ihre Stimme war wie Balsam auf Annes aufgewühltes Gemüt. »Du bist ihr immer eine gute Mutter gewesen.«

»Ich bin nicht die böse Kindsräuberin, für die Sie mich halten«, sagte Anne zu der schweigenden Maggie. »Obwohl ich zugebe, dass ich neidisch war, als Elsa und ihre Schwester mich um Hilfe baten. Ich fand es so ungerecht, dass manche Mädchen einfach im Nu schwanger wurden, während ich jahrelang mit Fehlschlägen zu kämpfen hatte. Und ja, Judith, es ist schrecklich mitanzusehen, wenn ein Kind tot geboren wird, es ist geradezu erschütternd. Aber ihr müsst mir glauben, erst als Elsa davon sprach, das Baby adoptieren zu lassen, wurde mir klar, was für ein Geschenk des Himmels das war. Als Elsa später Zweifel kamen, hatte ich schon begonnen, das Kind als mein eigenes anzusehen. Ich hätte alles Erdenkliche getan, um es vor Schaden zu bewahren.«

Maggie spannte sich für die nächste Kontraktion an, was sie aber nicht daran hinderte nachzufragen: »Sie dachten wirklich, Elsa würde ihrem eigenen Kind schaden?«

»Nicht Elsa.«

»Wer dann?«

»Denken Sie schlecht von mir, wenn Sie wollen, aber es gibt da ein paar Dinge, die Elsa besser nie erfährt, die in der Vergangenheit begraben bleiben sollten.« Es lag keine Kraft mehr in Annes Worten, und sie würde sich nicht widersetzen, wenn Maggie beharrlich blieb.

Ein Keuchen entrang sich ihr, als die nächste Wehe einsetzte, und sie konnte es nur überspielen, indem sie einfach das Erste sagte, was ihr in den Kopf kam. »Lassen Sie mich das beurteilen.«

Anne schwieg, aber Maggie und Judith waren bereit zu warten. Als Annes Erklärung kam, wurden sie von dem aufflammenden Zorn darin überrascht. »Haben Sie sich jemals Gedanken darüber gemacht, wie bequem es doch war, dass Freddie ausgerechnet zu dem Zeitpunkt umkam? Nein, natürlich nicht, warum sollten Sie auch. Sie sind seinem Charme genauso erlegen wie Elsa. Aber Freddie ist nicht gestorben! Er hat sich selbst von der Bildfläche entfernt und bis zum Ende den Helden gespielt.«

Maggie blieb der Mund offen stehen. »Woher wollen Sie das wissen?«

»Als Elsa an Freddie schrieb, um ihm mitzuteilen, dass sie schwanger war, erzählte sie ihm auch von mir und wie gern ich das Kind adoptieren wollte. Das war der reinste Glücksfall für ihn, er sah in mir nicht nur die Lösung für all seine Probleme, sondern auch eine mögliche Einkommensquelle. Während er Elsa mit Versprechungen einlullte, war er eifrig damit beschäftigt, über Celia Geld von mir zu erpressen.

Er drohte damit, nach England zurückzukommen und Elsa und das Baby mit sich zu nehmen und ins Unglück zu stürzen, es sei denn, wir retteten sie und erkauften sein ewiges Schweigen.«

»Also haben sie einer schwangeren Frau zugemutet zu glauben, ihr Verlobter sei bei einem Unfall ums Leben gekommen?«, fragte Maggie fassungslos.

Annes Antwort klang gedämpft, sie hatte offenbar eine Hand vors Gesicht gelegt, während sie sich für ihre Missetaten rechtfertigte. »Ich weiß, was wir ihr zugemutet haben. Ich werde jedes Mal daran erinnert, wenn ich meine Tochter ansehe und dasselbe Funkensprühen in ihren Augen erkenne wie bei ihrer Mutter, bevor wir es ausgelöscht haben. Elsa wurde übel mitgespielt, aber wir haben das getan, was wir für das kleinere Übel hielten. In ihren Augen ein Held zu bleiben, war mehr, als Freddie verdiente, aber Celia kannte ihre Schwester, und ich musste ihr recht geben. Sie würde sich weigern, etwas Schlechtes in ihm zu sehen, und musste durch einen Schock zur Vernunft gebracht werden.«

»Also war Freddie der wahre Übeltäter in dieser Geschichte …«, schloss Judith.

Maggie schüttelte den Kopf, wie um die Bilder von Elsa zu vertreiben, die auf der Bank um ihren strahlenden Helden trauerte. Noch nie hatte sie eine solche Abscheu vor einem anderen Menschen empfunden.

»Und er ist immer ein Schreckgespenst in meinem Leben geblieben«, fuhr Anne fort. »Wir hatten vorgehabt, eine gerichtliche Verfügung zu erwirken, um das Kind offiziell zu adoptieren, aber ich hatte entsetzliche Angst, dass Freddie wieder auftauchen und uns weiter unter Druck setzen könnte, bevor alles unter Dach und Fach war. Ich selbst habe Gordon überredet, den ärztlichen Bericht über die Geburt zu fälschen, aber dadurch wurden wir natürlich noch erpressbarer. Da haben Sie den Grund, Maggie, aus dem mein Mann seinen Arztberuf aufgab. Uns blieb nichts anderes übrig, als ganz von vorn anzufangen.«

»Und deshalb haben Sie auch den Kontakt zu Flo Jackson abgebrochen«, mutmaßte Maggie.

»Ich wollte das nicht, ich war die einzige Verwandte, die sie noch hatte, aber sie ließ mir keine andere Wahl, als ich sie dabei ertappte, wie sie das Baby heimlich zu Elsa bringen wollte.«

»Sie haben Flo daran gehindert, sich mit Elsa zu treffen?«, fragte Maggie und fand die Vorstellung fast genauso schmerzlich wie ihre nächste Kontraktion.

»Ich war zu Besuch bei meiner Tante, und sie bot mir an, das Baby im Park spazieren zu fahren, damit ich ein paar Einkäufe machen konnte. Wir wollten uns gerade auf der High Street trennen, als eine Bekannte vorbeikam und erwähnte, sie hätte Elsa unten beim See sitzen sehen. Nicht einmal Tante Flo konnte sich da noch herausreden«, erklärte Anne. »Kathy war damals erst einen Monat alt, und trotz Flos Beteuerungen wollte ich einfach das Risiko nicht eingehen, sie zu verlieren.«

»Dieses Schicksal blieb Elsa vorbehalten.«

Bei aller Bitterkeit dieser Bemerkung meinte Maggie es nicht böse. Sie hatte die leidvolle Geschichte nun aus Annes Sicht gehört und konnte sie beim besten Willen nicht mehr als Ungeheuer betrachten. Sie war eine hochbetagte Frau, die damals von den Umständen und dem unstillbaren Wunsch nach einem Kind getrieben worden war. Maggie hatte miterlebt, wie Jenny eine ähnlich schwere Zeit durchmachte, und daher war es ihr unmöglich, Anne zu verurteilen.

»Ich weiß, dass es so aussieht, als wäre ich die Gewinnerin

bei dem Ganzen«, sagte Anne, »aber ich glaube, alles in allem hat Elsa auch davon profitiert, so grausam es zunächst erscheinen mag. Ich habe immer noch die erpresserischen Briefe, die Freddie an Celia geschickt hat, zusammen mit dem gefälschten Schreiben, angeblich von seinem befehlshabenden Offizier, mit dem Elsa von dem Unfall benachrichtigt wurde. Ich habe die Briefe aufgehoben, um mich immer wieder daran zu erinnern, dass wir das Richtige getan haben, vor allem für Kathy. Sie hätte nicht mehr geliebt werden können.«

Maggie konnte nichts darauf sagen. Sie verzog das Gesicht zu einer schmerzhaften Grimasse und grub ihre Finger tiefer in die Armlehnen des Sessels.

»Was willst du jetzt tun?«, fragte Judith Anne.

Anne seufzte schwer. »Ich muss mit meiner Tochter sprechen. Ich hoffe nur, dass sie mir verzeihen kann.«

»Kathy war bereit, Ihr Schweigen in der Sache hinzunehmen – wenn das kein Beweis dafür ist, wie sehr sie Sie liebt und bewundert, dann weiß ich auch nicht«, sagte Maggie gepresst.

»Werden Sie es Elsa sagen?«, flüsterte Anne.

»Ich hatte gehofft, sie mit ihrer Tochter zusammenbringen zu können, aber jetzt wird mir klar, dass ich auch auf die Gefühle anderer Rücksicht nehmen muss. Es fällt mir schwer, mich damit abzufinden, aber vielleicht wird es genügen müssen, Elsie zu versichern, dass ihre Tochter glücklich ist und geliebt wird.«

Es gab nun nichts mehr zu sagen, und niemand erhob Einwände, als Maggie meinte, dass es Zeit sei zu gehen. Anne hatte ihre Seele entblößt, doch es zeugte von der Stärke ihres Charakters, dass sie bis zuletzt ihre Würde bewahrte. Sie war höflich genug, ihre Anklägerin an der Tür auf die Wange zu küssen, und hinterließ eine feuchte Tränenspur auf Maggies Gesicht.

Ein letztes Geheimnis musste noch gelüftet werden, doch das hatte rein gar nichts mit der Vergangenheit und dafür jede Menge mit der Zukunft zu tun. Maggies Wehen waren regelmäßiger und stärker geworden, und als sie zum Auto kamen und die nächste einsetzte, keuchte sie zum ersten Mal rückhaltlos auf vor Schmerz.

»Mein Gott, was ist los? Ist es das Baby?« Judith war sofort an ihrer Seite und rieb ihr den Rücken.

»Würdest du in Panik geraten, wenn ich dir sagen würde, dass meine Wehen in Abständen von fünf Minuten kommen?«

»Ich würde den Krankenwagen rufen.« Judith klang erstaunlich ruhig und pragmatisch.

»Nein, es geht schon. Meinst du, du findest den Weg zum Krankenhaus?«

»Sam und Liam wurden auch dort geboren, selbstverständlich finde ich dorthin, aber …«

»Nicht reden, fahren, bitte.«

Als Judith losfuhr, suchte Maggie nach ihrem Handy, das nicht in ihrer Tasche war. Dann fiel es ihr ein – sie hatte es absichtlich zu Hause gelassen, um eine, wenn auch schwache, Ausrede zu haben, weshalb sie James nicht Bescheid gesagt hatte, wohin sie ging. »Hast du dein Handy dabei?«

»Ist in meiner Handtasche.« Judith griff ächzend mit einer Hand hinter ihren Sitz und tastete dort herum. »Hier, es steckt in der Seitentasche.«

Maggie versuchte, Ruhe zu bewahren, als sie merkte, dass sie mit Judiths Handy nicht vertraut war. Ihre Finger fanden zwar das Tastenfeld, aber ohne eine Sprachsteuerung und ihre Kontakteliste nützte ihr das nichts. »Mir fällt James' Nummer nicht mehr ein, mein Gehirn ist zu Mus geworden.«

Judith lachte. »Gewöhn dich dran. Mein Gehirn war noch Jahre nach James' Geburt Mus. Ist es vielleicht immer noch, weil ich seine Nummer nämlich auch nicht auswendig weiß. Gib mal her«, sagte sie gelassen. Der Wagen machte einen Schlenker an den Straßenrand, und Judith zog die Handbremse. »Notfall hin oder her, ich werde nicht beim Fahren telefonieren.«

»Gut zu wissen, dass du so eine gewissenhafte Fahrerin bist«, sagte Maggie zähneknirschend und wollte gerade hinzufügen, dass Judith in Kürze mit ihrem Enkelkind an Bord herumfahren könne, doch die nächste Wehe schnitt ihr das Wort ab.

»Es klingelt«, sagte Judith. Sie reichte ihr das Telefon zurück, und das Blinkergeräusch, das darauf folgte, hatte für einen Moment denselben Rhythmus wie der Klingelton. Es ging weiter.

Der Anruf wurde auf die Mailbox geleitet. Maggie legte auf. »Geht niemand ran«, sagte sie japsend, als die Wehe allmählich nachließ.

»Er hat wahrscheinlich auf die Anrufanzeige geguckt und meinen Namen gesehen. Versuch's noch einmal. Die Taste links unten ist die Wahlwiederholung.«

Maggie drückte sie, doch der Anruf wurde wieder umgeleitet. Beim dritten Versuch sprang sofort die Mailbox an. »Er ignoriert den Anruf absichtlich!«, rief sie. »Dieser dickköpfige, nichtsnutzige Idiot!«

Der Wagen hielt wieder am Rand. »Wir versuchen es über jemand anderen, der den dickköpfigen, nichtsnutzigen Idioten erreichen kann.«

»Wie wär's mit Ken?«

»Er ist heute Vormittag auf einer Baustelle und außerdem ein kleiner Technikfeind, er hat nicht mal ein Handy. Was ist mit Kathy?« Judith hörte sich immer noch ruhig an, wenn auch ein bisschen angestrengter.

»Nein.« Maggie fand, dass sie für einen Tag genug Chaos in Kathys Leben gestiftet hatte.

»Aber das ist ein Notfall«, insistierte Judith. Sie rief selbst an. »Es ist besetzt. Versuchen wir's bei Jenny?«

Eine neue Kontraktion spannte Maggies Bauch straff, und der Schmerz konnte nun wirklich nicht mehr als ein Ziehen bezeichnet werden. »Ihre Nummer kriege ich auch gerade nicht zusammen. Hast du sie?«, keuchte sie.

»Tut mir leid.«

»Ted! Die Festnetznummer der Miltons weiß ich, und sie sind bestimmt zu Hause.«

Maggie nannte die Nummer, und Judith tippte sie ein. Als es an ihrem Ohr klingelte, wurde Maggie in den Sitz gedrückt, denn Judith gab jetzt richtig Gas.

»Hallo Ted, hier ist Maggie. Ja, mir geht's gut«, sagte sie. »Das heißt, eigentlich nicht so richtig, die Wehen haben eingesetzt, und ich bin auf dem Weg in die Klinik, aber ich kann James nicht erreichen. Er arbeitet gerade in der Grundschule von Sedgefield, er hat dort einen Auftrag.« Die Schule lag nahe genug, dass Ted zu Fuß hinübergehen konnte, aber ihr wurde erst jetzt bewusst, dass sie nicht von ihm verlangen durfte, Elsie allein zu lassen. »Könnten Sie vielleicht in der Schule anrufen, oder ist jemand in der Nähe, den Sie hinschicken können?«

Ausnahmsweise war das Glück auf ihrer Seite. Die Haushaltshilfe hielt sich gerade bei den Miltons auf, und Ted war ohnehin auf dem Weg nach draußen gewesen. Er beruhigte sie väterlich: Sie solle sich keine Sorgen machen, er werde sofort rübermarschieren und James' Dickkopf gegen die Wand knallen, die er da gerade hochzog, bevor er ihn zu ihr schickte. Ted war der Retter in der Not.

SIEBENUNDZWANZIGSTES KAPITEL

»Lass mich nicht allein!«

Maggie packte Judith am Arm, als diese vorschlug, kurz hinauszugehen und dabei zu helfen, ihren eigensinnigen Sohn aufzutreiben. Die Hebamme, die bei ihnen im Entbindungsraum war, hatte Maggie noch nie gesehen, und deren matronenhafte Art lag ihr nicht besonders. Natürlich hatte sie damit rechnen müssen, dass Mel gerade keinen Dienst hatte, wenn es so weit war, aber es traf sie trotzdem wie ein Schlag. All ihre Pläne für die Geburt waren plötzlich null und nichtig – und nicht einmal in ihren kühnsten Träumen hatte sie an Judith als mögliche Geburtshelferin gedacht.

»Ich bleibe ja nicht lange weg.«

»Nein, bitte geh nicht, Judith. Ich habe solche Angst.« Im Rahmen ihres Geburtsvorbereitungskurses hatte sie zwar auch eine Führung durch die Geburtenstation bekommen, aber ohne Mels handfeste, zuversichtliche Gegenwart wirkte alles auf einmal einschüchternd und kalt. Und es gab noch andere Befürchtungen. »Es ist zu früh, das Kind dürfte noch gar nicht kommen!«

»Du bist in guten Händen. Keine Sorge.«

Maggie konnte nichts darauf erwidern, da die nächste Wehe sie schüttelte, die stärkste bisher. Sie lag ausgestreckt auf einem Klinikbett, und das Perthidin, das man ihr gab, zeigte wenig oder gar keine Wirkung. Sie atmete das Gas und den Sauerstoff ein und biss auf das Mundstück, um einen

Schmerzensschrei zu unterdrücken. Eine schwere Welle der Benommenheit erfasste sie, doch nicht einmal das genügte, um den Schmerz völlig auszuschalten. Endlich ließ die Kontraktion nach, und ein paar tiefe, reinigende Atemzüge vertrieben die Benebelung.

»Lass mich nicht allein«, wiederholte sie.

»Okay, dann bleibe ich.«

»Es wird noch eine Zeitlang dauern, Maggie, und wenn es Ihnen nichts ausmacht, lasse ich Sie vorerst mit Ihrer Schwiegermutter allein«, sagte die Hebamme und schob ihr etwas in die Hand. »Das ist der Alarmknopf. Drücken Sie ihn, wenn es irgendein Problem gibt oder Sie Fragen haben.«

Sobald die Hebamme draußen war, sagte Maggie: »Versuch doch, von hier drinnen anzurufen, jetzt kann es uns ja niemand verbieten.«

Judith holte ihr Handy heraus. »Keine Nachrichten und keine verpassten Anrufe.«

»Probier es noch mal bei James.«

»Es klingelt.«

Maggie lächelte zittrig. »Ja, ich weiß«, sagte sie, als sie den unverkennbaren Klingelton von James' Handy draußen im Gang widerhallen hörte. Sie spitzte die Ohren und bekam mit, wie er sich bei jemandem dafür entschuldigte, dass er sein Telefon benutzte, vermutlich bei der wichtigtuerischen Hebamme.

Die Tür flog auf. »Es tut mir leid«, sagte James atemlos. »Wie zum Teufel konnte das passieren?«

Maggie streckte die Hand nach seinem warmen, starken Arm aus, ihre Erleichterung war fast genauso greifbar, und sie strich über seine Schulter, seinen muskulösen Hals und sein ausgeprägtes Kinn. Sie atmete flach, denn sie spürte die nächste Wehe kommen, und ihr Magen verkrampfte sich schon aus Furcht davor. Sie hatte immer noch nichts gesagt, überließ ihren Fingern das Reden. Dann zog sie langsam die Hand von seinem Gesicht weg und empfand die Distanz zwischen ihren Fingerspitzen und seiner Haut, zehn Zentimeter, fünfzehn, zwanzig. Die sterile Krankenhausluft füllte den Raum zwischen ihnen, doch plötzlich landete ihre Hand wieder auf seiner Wange, mit beinahe der gleichen Gewalt wie die Wehe, die von ihr Besitz ergriff.

»Au! Wofür war das denn?«

Ihre Antwort kam als Stöhnen heraus, gedämpft von dem Mundstück des Schlauchs. In ihrer Schmerzensqual hatte sie vergessen, dass sie das Gasgemisch aus dem Schlauch einsaugen und durch den Mund wieder ausatmen musste. »Ich puste dauernd, statt zu saugen, verdammt«, schrie sie.

James besaß die Frechheit zu lachen, und sogar Judith erlaubte sich ein Glucksen. Maggie schlug erneut mit dem freien Arm nach ihrem Mann, doch James wich ihr aus, sodass sie ihn nur noch am T-Shirt erwischte.

»Langsam bekomme ich das Gefühl, dass du mich nicht hier haben willst«, sagte er, immer noch lachend.

Maggie nahm einen letzten langen Zug aus dem Schlauch, während der Schmerz langsam nachließ. Immer noch halb berauscht zog sie James zu sich heran und gewann allmählich die Sprache, wenn auch nicht ihre Selbstbeherrschung zurück. »Du blöder Idiot! Ich hab dich gebraucht, und du hast einfach meine Anrufe ignoriert. Nicht zu fassen, dass ich erst Ted losschicken musste, weil ein gewisser dämlicher Dickschädel nicht bereit war, mit seiner Mutter zu sprechen! Judith hat was Dummes gemacht, aber sie weiß das inzwischen, und sie war heute ganz großartig. Sie hat mir während eines ziemlich aufreibenden Vormittags beigestanden, und wenn das ein Vorgeschmack auf die Loyalität ist, zu der sie fähig ist, dann will ich sie in meiner Familie haben! Hast du etwa ein Problem damit?«

»Nein, nein, das würde ich nicht wagen«, sagte James. »Es tut mir wirklich leid.«

»Entschuldige dich nicht bei mir, sondern bei deiner Mutter!«, knurrte Maggie mit zusammengebissenen Zähnen.

Die Tür ging wieder auf. »Ich weiß nicht, wie es um deinen Blutdruck steht, aber meiner ist durch die Decke!«

Mel war da, doch es blieb keine Zeit zum Jubeln, denn Maggie musste sich für die nächste Kontraktion wappnen. »Ich glaube, ich will pressen«, stöhnte sie.

»Dann tu, was dein Körper dir sagt.«

»Aber es ist zu früh!«

»Die Vitalparameter des Babys sind sehr stabil, und dein Blutdruck ist niedriger als seit Wochen. Die Ärztin hat dir doch bestimmt schon gesagt, dass es euch beiden gut geht, oder?«

Maggie konnte nur nicken, während sie dem Pressdrang nachgab.

»Dann ist es Zeit.«

Maggie atmete tief ein. Die Luft schmeckte feucht und metallisch, und die Gerüche, die auf sie einströmten, waren sowohl fremd als auch vertraut, als wäre das Neugeborene an ihrer Brust immer noch Teil ihres Körpers. Sie zitterte noch ein wenig vor Erschöpfung, doch die Schmerzen waren bereits bei den ersten Schreien des Babys von einem puren Glücksgefühl abgelöst worden. Sie wiegte den Kleinen in den Armen und tastete ihn zärtlich ab, all die feuchten Runzeln und gekrümmten Fingerchen und Zehen. »Er ist wunderschön.«

James schniefte. »Ja.«

Maggie sah zu ihm auf, und er küsste sie auf die Lippen und dann den Kopf seines Sohns.

»Noch ein Junge! Jetzt bin ich die Henne im Korb, was?«, sagte sie.

»Wir können das nächste Mal ein Mädchen versuchen.«

Maggie lachte leise. »Lass mich erstmal Luft holen.«

Sie schmuste mit Aiden so lange sie konnte, was überhaupt nicht lang war, aber sie protestierte nicht, als Mel ihn ihr abnahm. Sie wusste, dass sie ihn wiederbekommen würde.

Die letzten Tage hatte sie nur noch das Adrenalin bei der Stange gehalten, und jetzt, da sie loslassen konnte, schlug die Müdigkeit mit Macht zu. Aber sie würde ihr nicht nachgeben, bis sie die Gewissheit hatte, dass mit ihrem Kind alles in Ordnung war.

»Sechseinhalb Pfund und eine Lunge, die euch mindestens die nächsten zwei Jahre wachhalten wird«, verkündete Mel. »Die Ärztin kommt gleich, um ihn zu untersuchen, aber wenn ihr meine Meinung hören wollt, dann habt ihr hier einen wirklich strammen kleinen Kerl.«

»Ganz der Vater«, murmelte Maggie mit einem benommenen Lächeln.

Erst, als sie am Eindösen war, dachte sie wieder an Judith. Ihre Schwiegermutter war die ganze Zeit dabei gewesen, und Maggie wollte sie gern aus ihrer Zurückhaltung hervorlocken, aber sie war zu müde, um noch länger gegen den Schlaf anzukämpfen. Etwas später aber, als sie aus ihrem Schlummer erwachte, war sie froh, auch Judiths Stimme aus dem Geflüster um sie herum herauszuhören.

»Ich war in Panik«, sagte Judith gerade. »Ich dachte, du würdest dein Leben wegwerfen und es sei meine Schuld, weil ich es dir ausgeredet hatte, nach Portsmouth zu ziehen.«

»Mein Leben wegwerfen, also ehrlich. Maggie hat mir erst

wieder einen Grund zum Leben gegeben. Mit ihr fühle ich mich so ausgeglichen und lebendig wie noch nie.«

»Du hast Glück, sie zu haben, das sehe ich jetzt ein.«

»Und ich sehe es auch so, Mum«, sagte James. »Ich habe erst vor Kurzem begriffen, wie sehr unsere Ehe auf der Kippe stand und dass das ganz allein meine Schuld war. Ich habe den Mund gehalten, weil ich dachte, dass du mit der Zeit von allein merken würdest, wie sehr ich Maggie liebe, und dass Taten mehr sagen als Worte, aber du hast einfach nicht zugehört. Wir sind beide schuld daran, dass Maggie sich so isoliert gefühlt hat. Ich habe das Problem ignoriert, und ich habe ihren Kummer ignoriert. Ich hätte für sie stark sein müssen, aber ich hatte nicht einmal den Mut, dir die Stirn zu bieten und dir zu sagen, wie es in mir aussieht.«

»Und jetzt?«

»Es gibt nichts, was ich für meine Frau oder meine Kinder nicht opfern würde.«

»Mich eingeschlossen?«, fragte Judith so leise, dass es kaum noch ein Flüstern war.

»Es tut mir leid, Mum, aber ich kann keinen Kontakt mit dir haben, solange es meine Ehe auch nur im Ansatz belastet. Ihr seid euch zu ähnlich, Maggie und du. Ihr wollt beide immer euren Kopf durchsetzen und habt so eure Methoden dafür.«

»Durch Manipulation, meinst du?«, sagte Maggie dazwischen. Sie setzte sich auf, rieb sich den Schlaf aus den Augen und lauschte dann auf Lebensgeräusche im Zimmer. Gleich links von ihr hörte sie Aiden sachte atmen, und als sie den Arm ausstreckte, berührte sie die harte Kunststoffoberfläche eines Krankenhausbettchens. »Ist alles okay mit ihm?«

Ein Stuhl scharrte auf der anderen Seite, als James aufstand und zu ihr herüberkam. »Sie wollten ihn zuerst in den

Brutkasten legen, aber es geht ihm so gut, dass sie meinten, er kann bei uns bleiben. Wie fühlst du dich?«

Maggie lächelte selig. »Erstaunlich gut. Also, was war das mit meiner manipulativen Art?«

»Das hast du gesagt, nicht ich«, entgegnete James. »Willst du mich wieder ohrfeigen?«

Die schuldige Hand fuhr diesmal an Maggies Mund statt an James' Wange. »O Gott, das hatte ich ganz vergessen. Es tut mir leid, James.«

»Ich verzeihe dir, wenn du mir verzeihst, dass ich nicht ans Handy gegangen bin.«

»Einverstanden – aber die Jury berät noch darüber, ob du ein Idiot bist oder nicht.«

James ließ sich nicht aus der Ruhe bringen. »Mel hat gesagt, dass sie dich bald auf die Station verlegen müssen. Obwohl Aiden früher gekommen ist, entwickelt sich alles wie es soll, und sie meinte, du könntest in ein, zwei Tagen nach Hause, wenn er die Brust gut nimmt und du es dir zutraust.«

»Zutrauen, was heißt das schon«, seufzte Maggie. »Es ist einfach eine ungeheure Verantwortung, und ich glaube nicht, dass ich das allein schaffe. Ich brauche alle Unterstützung, die ich kriegen kann.« Sie biss sich verzagt auf die Unterlippe.

»Ich bin nicht blöd«, sagte James. »Auf die Mitleidstour falle ich nicht rein.«

»Ich weiß nicht, was du meinst«, entgegnete sie schnippisch.

James seufzte. »Okay, gut, ich gebe nach. Aber ich warne euch alle beide: Wenn ihr euch nicht tadellos benehmt, bekommt ihr es mit mir zu tun.«

»Danke, Schatz«, sagte Maggie, und ihr Gesicht fühlte sich doch tatsächlich ganz warm an, als sie sich in ihrem Erfolg sonnte. Dieses Problem hätte sie schon mal gelöst.

Wieder scharrte ein Stuhl über den Fußboden, und vorsichtige Schritte näherten sich. »Ich verspreche, dass ich die verlorene Zeit aufholen und alles wiedergutmachen werde. Du brauchst dir keine Gedanken zu machen, James. Wir sind jetzt schon ein gutes Team, nicht wahr, Maggie?«

In diesem Moment fiel ein Schatten über Maggies Gedanken. »Habt ihr schon allen Bescheid gesagt?«

»Ich habe mit deinem Vater gesprochen, und Dot versucht gerade, den Flug umzubuchen. Allen anderen habe ich eine SMS geschickt«, berichtete James.

»Irgendwelche Antworten?«

»Jede Menge. Jenny schreibt, sie hat einen Purzelbaum geschlagen und kommt später vorbei.«

Maggie grinste. »Hast du es Ted gesagt?«

»Natürlich. Er und Elsie lassen dich lieb grüßen.«

»Hat er mir verziehen, dass ich ihn auf die Suche nach dir geschickt habe?«

»Er meinte, so viel Aufregung hätte er schon seit Jahren nicht mehr gehabt.«

»Und Harvey?«, fragte sie mit einem schiefen Lächeln und war auf einmal den Tränen nahe.

»Ich dachte, wir bringen es ihm gemeinsam bei.«

Ein wichtiger Name war noch nicht genannt worden. »Hast du etwas von Kathy gehört?«, fragte sie Judith.

»James hat ihr gesimst, und ich habe versucht anzurufen, aber keine Antwort.«

Maggie wandte sich an James. »Auch keine Antwort auf die SMS?«

»Noch nicht.«

Wieder zu Judith: »Hast du es ihm erzählt?«

»Nein, ich dachte, das willst du lieber selbst machen.«

»Ja, ich schätze, das ist meine Sache.« Maggie biss sich wieder auf die Lippe, doch diesmal war ihre Nervosität nicht gespielt. »Ich habe etwas getan, das Kathys Welt auf den Kopf gestellt hat, und die Frage ist, von wem sie sich jetzt mehr verraten fühlt, von mir oder von ihrer Mutter.«

ACHTUNDZWANZIGSTES KAPITEL

Maggie hatte das Krankenhaus zwei Tage nach der Geburt verlassen, und ihre Heimkehr war sehr emotional ausgefallen. Ihre erste Handlung hatte darin bestanden, ihren Sohn dem zweitwichtigsten Mitglied des Haushalts vorzustellen. Harvey, außer sich vor Freude über die Rückkehr seines Frauchens, hörte sofort auf, um sie herumzuspringen, als die Babywippe vor ihn hingestellt wurde. Sein Schwanz wischte über den Boden, während er sich über Aiden beugte, ihn sanft mit der Nase anstupste und ihn beschnupperte. Allerdings war er der Einzige, der die Fassung bewahrte, denn selbst James hatte Mühe, die Tränen zurückzuhalten, und das ohne außer Kontrolle geratene Hormone zur Entschuldigung.

Maggies Stimmungen schwankten von einem Extrem ins andere. Solange sie ihr Kind in den Armen hielt, mit ihm schlief oder es fütterte, war sie überglücklich, ohne es dagegen todunglücklich, und wenn es weinte, fand sie das unerträglich. Sein Schreien enthielt den Nachhall der Schreie eines anderen Babys zu einer anderen Zeit, und sie musste immer wieder daran denken, wie es wäre, es aus den Armen gerissen zu bekommen, es nicht beruhigen zu dürfen. Es tröstete sie auch nur wenig, als sie sich bewusst machte, dass das Baby, dessen Schreie sie verfolgten, Elsas kleines Mädchen, längst für sich selbst sprechen konnte.

Inzwischen war es Samstagvormittag, fünf Tage nachdem

sie die Büchse der Pandora geöffnet hatte. Es waren zahlreiche Besucher gekommen, um den Neuankömmling zu bewundern, aber Kathy war nicht unter ihnen gewesen, und Maggies schlechtes Gewissen hatte sie bislang davon abgehalten, den ersten Schritt zu tun. Judith kannte keine solchen Bedenken, ohne jedoch mit ihrer direkten Herangehensweise mehr zu erreichen.

»Hat Anne es ihr gesagt? Ich meine, hat sie ihr alles gesagt?«, fragte Maggie sie am Telefon.

Judith seufzte schwer in die Leitung. »Tut mir leid, Maggie, es war nichts aus ihr herauszukriegen. Kaum hatte ich unseren Besuch bei ihrer Mum angesprochen, konnte sie das Gespräch nicht schnell genug beenden. Anscheinend steckt sie noch mitten im Umzug, und es gab irgendein Problem, um das sie sich auf der Stelle kümmern musste.«

Maggie stand in der Küche. Ihre Kehle war ausgetrocknet, aber sie bekam den Orangensaft, den sie sich gerade eingeschenkt hatte, nicht herunter. Erschöpft lehnte sie ihren Kopf an die Kühlschranktür. »Diese Ungewissheit macht mich noch verrückt.«

»Maggie, dass Kathy mit keiner von uns beiden reden will, sagt doch genug. Sie *weiß* es.«

Eine feuchte Schnauze stieß gegen Maggies Bein, und sie kraulte folgsam Harveys Kopf. »Sie muss furchtbar wütend auf mich sein.«

Sie hörte beinahe, wie es in Judiths Kopf arbeitete, als sie nach einer abwiegelnden Antwort suchte. »Ja, wahrscheinlich«, sagte sie, »aber auf mich ist sie auch wütend, und sie kann nicht ewig auf uns beide böse sein. Keine Sorge, dass renkt sich schon wieder ein. Und jetzt sag, wie geht es meinem kleinen Engel?«

»Sehr gut, er ist absolut entzückend. James sitzt gerade mit ihm im Wohnzimmer, ich glaube, er hat ihn zum Einschlafen gebracht. Ich habe ihn vor einer halben Stunde gestillt, und dieser Spaß macht ganz schön Durst, muss ich sagen.«

»Dann hol dir was zu trinken, solange du dazu kommst.«

»Bin schon dabei«, sagte Maggie. Sie fühlte sich bemuttert und lächelte in sich hinein, als sie an ihrem Saft nippte. Danach lieferte sie eine ausführliche Beschreibung all der erstaunlichen Dinge, die Judiths jüngstes Enkelkind seit dem letzten Bericht vor sechzehn Stunden getan hatte. Harvey gab auf einmal ein Schnauben von sich und trottete aus der Küche.

»Ich glaube, da kommt Besuch«, sagte Maggie, und kurz darauf klopfte es auch schon an der Haustür. »Ich sollte besser hingehen, ehe Aiden aufwacht.«

Sie versuchte, sich keine Hoffnungen zu machen, als sie die Haustür öffnete – sie waren schon allzu oft enttäuscht worden, und ihre ahnungslosen Gäste konnten schließlich nichts dafür, dass sie nicht Kathy waren.

Die hereinströmende kalte Luft war von Fliederduft erfüllt. Sie setzte gerade zu einem Lächeln an, als ihr Zweifel kamen. Das waren frische Blumen.

»Glaub ja nicht, dass das ein Friedensangebot ist, bloß, weil ich dir Blumen mitbringe.«

Maggie nahm den Strauß an sich und atmete den herrlichen Duft ein. »Flieder, wie schön.«

»Ja, aber das Lächeln kannst du dir sparen, Maggie Carter. Ich bin immer noch sehr böse auf dich.« Kathys Tonfall war anzumerken, dass sie das nicht nur so dahinsagte.

»Wenn du mich anschreien willst, dann lieber nicht hier an der Tür. Komm rein.«

»Zuerst das Baby », sagte Kathy, während sie der Einladung Folge leistete. »Wo ist dein Prachtjunge?«

»Hier bin ich«, sagte James grinsend. Er stand an der Wohnzimmertür, ein leise schnarchendes Baby im Arm.

»O Gott, was bist du hübsch! Gar nicht wie dein Daddy«, gurrte Kathy. »Darf ich auch mal?«

Aiden wurde in Kathys Arme übergeben, und sie verschwand mit ihm im Wohnzimmer, um es sich bequem zu machen. James, der den Wortwechsel an der Haustür mitbekommen hatte, küsste Maggie ermutigend auf die Stirn. »Ich verdrück mich dann mal«, sagte er und nahm ihr die Blumen ab.

»Tee, zwei Stück Zucker«, rief Kathy ihm nach.

Aiden wimmerte ein bisschen im Schlaf, als Maggie sich gerade Kathy gegenüber aufs Sofa setzen wollte. »Ist alles in Ordnung mit ihm?«, fragte sie.

»Setz dich, es geht ihm ausgezeichnet. Stimmt's, mein Süßer?«, säuselte Kathy leise.

Sie brachte gut drei Minuten damit zu, das Baby wieder in den Tiefschlaf zu wiegen, und weitere drei mit beharrlichem Schweigen. Maggie fühlte sich äußerst unwohl in ihrer Gegenwart, was noch nie vorgekommen war und sie noch mehr bedrückte. Kathy war nicht nur eine gute Freundin, sie war auch immer ein großes Vorbild für sie gewesen, und sie hatte ihr Vertrauen missbraucht. »Also, bist du jetzt so weit, mich anzuschreien?«, stieß sie schließlich hervor.

»Du hast hinter meinem Rücken gehandelt, und dazu hattest du kein Recht.«

»Ich weiß.«

»Du hast nicht nur meine Familie mit Füßen getreten, Maggie, sondern auch mein ganzes Leben. Du hast mir meine Identität genommen, du hast sie quasi gespalten. Ich bin nicht die, für die ich mich gehalten habe, und, was noch schlimmer ist, meine Eltern sind nicht die, für die ich sie gehalten habe.«

Kathy bemühte sich, leise zu sprechen, was beinahe als Geknurre herauskam.

»Ich weiß, und wenn Aiden mich nicht schon nachts wachhalten würde, dann mein Gewissen. Aber ich konnte dich ja schlecht fragen, ob du es wissen willst oder nicht. Die einzige Möglichkeit war, deine Mutter zu fragen.«

»Welche?«

»Beide«, gestand Maggie. »Obwohl Elsie mir nicht die Antworten geben konnte, die ich brauchte.«

»Also hast du sie aus Mum herausgepresst«, stellte Kathy fest, bevor sie selbst ein Geständnis machte. »Aber ich wusste es schon, Maggie.«

»Ja, das habe ich inzwischen kapiert.«

»Ich habe Kopien von den Urkunden für das Haus und das Geschäft gefunden, während du mit Mark gesprochen hast. Ich wollte gerade etwas zu euch sagen, als ich dazwischen einen Brief von Flo Jacksons Testamentsvollstrecker entdeckte. Der erklärte zwar nicht alles, aber es genügte, um mich aus der Bahn zu werfen.«

»Das tut mir leid.«

»Ich weiß, und ob du's glaubst oder nicht, mir tut es auch leid«, bekannte Kathy. »Ich hätte dir vertrauen sollen, Maggie, aber ich hatte Angst. Teils wollte ich es wissen, teils nicht. Ich habe sogar einen halbherzigen Versuch gestartet, Mum danach zu fragen … Aber ich habe sechzig Jahre lang in dieser Haut gelebt und war nicht unbedingt auf der Suche nach einer neuen. Ich wollte, dass alles blieb, wie es war, und habe sogar bei James ein paar Andeutungen gemacht, damit er dich dazu bringt, deine verdammte Suche nach Tess aufzugeben – mir zuliebe.« Kathy unterbrach sich, um Atem zu holen. »Außerdem hattest du dir natürlich den schlechtestmöglichen Zeitpunkt ausgesucht. Ich steckte nicht nur mitten in einem Hausumzug, sondern plante obendrein, mit meiner Mutter zusammenzuziehen.«

Maggies Gewissen wappnete sich gegen den nächsten Schlag. »Du hast die Probleme mit der Einliegerwohnung erfunden, um deine Mum davon abzuhalten einzuziehen, stimmt's?«, sagte sie, als ihr einfiel, dass Anne etwas von Hausschwamm erwähnt hatte. »Bitte sag nicht, dass nichts daraus wird.«

»Wie soll das jetzt noch gehen?«

»Oh, Kathy, das tut mir so furchtbar leid.«

Kathy rutschte unbehaglich auf dem Sofa herum und sprach mit gesenktem Kopf. »Ich will nicht sagen, dass es nie dazu kommen wird. Sie ist immer noch die Frau, die mich aufgezogen hat, immer noch meine Mutter, aber im Moment bin ich noch wütender auf sie als auf dich.« Ein tiefer Seufzer war zu hören, der nah am Weinen klang, aber genau wie ihre Adoptivmutter kämpfte Kathy dagegen an. »Schsch, ist ja gut«, sagte sie zu dem schlafenden Baby, das den Trost viel weniger brauchte als sie.

»Bist du okay?« fragte Maggie leise.

»Ich war bei Ted und Elsie, nachdem ich es herausgefunden hatte«, sagte Kathy, als wäre das eine Antwort.

»Ted hat erzählt, dass du die Haushaltshilfe für sie organisiert hast.«

Ein neuer Seufzer, als presste das Gewicht des ungewollten Wissens die Luft aus Kathys Lunge. »Elsie war nicht da, wohl aber Elsa. Sie hat sich an ein Kissen geklammert und uns angefleht, ihr das Baby nicht wegzunehmen. Was hat man ihr nur angetan Maggie? Es hat ihr das Herz gebrochen, und jetzt bricht es mir meins …«

»Hat deine Mum dir erklärt, warum sie damals so gehandelt haben?«

»Ja, und vielleicht werde ich dein neu entdecktes Detektivtalent brauchen, um meinen sogenannten Vater ausfindig zu machen. Ich schwöre dir, wenn ich dem Kerl begegne, wird er nichts zu lachen haben.«

»Es tut mir so leid, Kathy.«

»Ja, das hast du schon mehrmals gesagt, aber keine Sorge, ich werde dir schon verzeihen. Muss ich ja.«

Zum ersten Mal seit Kathys Ankunft entspannte Maggie sich ein bisschen. »Und warum?«

»Weil es in mir drunter und drüber geht und ich meine Freunde jetzt mehr brauche denn je. Was geschehen ist, ist geschehen. Es ist eher die Frage, wie es jetzt weitergehen soll, die mir selbst die eine oder andere schlaflose Nacht beschert. Du hast also versucht, es Elsie zu sagen? Heißt das, Ted weiß Bescheid?«

»Nicht über alles. Nur, dass ich Tess gefunden habe. Ich wollte nicht noch mehr Durcheinander anrichten als ohnehin schon«, sagte Maggie. »Aber …«

»Lass mich raten, du findest, ich sollte es tun.«

Ein entschuldigender Blick begleitete Maggies Nicken.

»Wir wissen beide, wie krank Elsie inzwischen ist. Das wird nicht das filmreife Happy End, das du dir vielleicht ausgemalt hast.«

»Ich weiß, trotzdem ist sie zeitweilig immer noch ganz klar. Ich werde helfen, so viel ich kann, aber wenn du es tun willst, dann tu es bald.«

Kathy räusperte sich; die Gefahr zu weinen war fürs Erste gebannt. »Kein Druck, also«, sagte sie, und Maggie war froh, dass sie es wenigstens nicht strikt ablehnte.

»Vergiss außerdem nicht, dass es nicht nur um dich und Elsie geht. Du hast jetzt auch zwei Schwestern, von denen du bisher nichts wusstest«, gab Maggie zu bedenken. Ihr war klar, dass sie sich auf dünnem Eis bewegte, aber sie konnte sich nicht davon abhalten, die positiven Seiten zu betonen.

»Das ist das Einzige, auf das ich mich freue – oder, besser gesagt, vor dem ich mich am wenigsten fürchte. Ich habe Yvonne ja schon kennengelernt und mich gut mit ihr verstanden, deshalb hoffe ich, dass wir uns alle mit der Zeit an den Gedanken gewöhnen.«

»Ich bin sicher, dass sie von ihrer älteren Schwester begeistert sein werden.«

»›Ältere‹ wäre jetzt nicht nötig gewesen.«

»Entschuldige.«

»Hör auf, dich so klein zu machen, das steht dir nicht. Es hätte mich nicht gewundert, wenn du mir ins Gesicht gesagt hättest, dass ich mich glücklich schätzen soll, zwei Mütter zu haben.«

»So etwas würde ich nie sagen«, entgegnete Maggie, aber gedacht hatte sie es. Ihre erste Spazierfahrt mit Aiden hatte sie zum Friedhof geführt, wo sie ihn ihrer Mutter vorgestellt hatte. Sie war zusammen mit ihrem Vater hingegangen, der schon zwei Tage nach der Geburt in England eingetroffen war, und sie hatten sich bei den Händen gehalten und geweint und auch ein bisschen gelacht.

Auf einmal klopfte es zaghaft an der Tür. »Ist es schon sicher hereinzukommen?«, fragte James.

»Ja, ich habe genug von dem ernsten Gerede und könnte jetzt ein schönes Tässchen vertragen«, antwortete Kathy. »Vorläufig interessiert mich nur noch eine Mutter, und das ist die frischgebackene. Ich hoffe, du passt gut auf sie auf.«

»Als hätte sie das nötig«, sagte James.

Ein Lächeln breitete sich über Maggies Gesicht, als James sie über den grünen Klee lobte. Sie wurde von einer wohligen Wärme durchflutete, die das beste Heilmittel gegen den

Stress war, dem sie sich in den letzten Wochen ausgesetzt hatte. Nicht einmal die Geburt ihres Sohns hatte sie richtig genießen können, doch das holte sie jetzt nach. Freudentränen liefen ihr über die Wangen, während James und Kathy zu sehr ins Gespräch vertieft waren, um es zu bemerken. Nur Harvey, der das Baby bewacht hatte, winselte mitfühlend, und Maggie hörte ihn ein paar Schritte auf sie zumachen, doch er hielt inne, als auch Aiden ein leises Wimmern von sich gab.

»Kann ich ihn halten?«, bat sie und unterbrach James mitten im Satz.

»Wer bin ich, mich zwischen eine Mutter und ihr Kind zu stellen?«, sagte Kathy, als sie ihr den immer noch fest schlafenden Aiden in die Arme legte. Dann streichelte sie ihr übers Gesicht und wischte eine Träne weg. »Bring mich nicht auch noch zum Weinen.«

»Das ist wirklich das Letzte, was ich will«, sagte Maggie und versetzte sich in Gedanken noch einmal sechzig Jahre zurück. Sie konnte immer noch das Schreien des Babys hören, doch jetzt verfolgte es sie nicht mehr.

NEUNUNDZWANZIGSTES KAPITEL

Handlotion?«

»Das hilft«, versprach Maggie.

Kathy seufzte abgrundtief. »Ist vermutlich voller ätherischer Öle, die bewirken sollen, dass ich mich entspanne.«

Während Maggie darauf wartete, dass ihre Freundin die Flasche öffnete, lauschte sie auf das Rascheln des Laubs, das über den Erdboden auf ein nasses Grab zugeweht wurde. »Versuch's mal.«

Kathy schraubte den Deckel ab, und Maggie sah praktisch, wie sie die Stirn runzelte.

»Flieder? Hätte ich mir denken können.«

»Ich habe versucht, den ursprünglichen Duft hinzubekommen, den Elsie mit Tess verbindet. Das hier ist näher dran als ihr Parfüm und könnte genügen, damit sie dich mit ihr in Zusammenhang bringt.«

»Hört sich für mich eher nach Wunschdenken an.«

»Ist das nicht all unser Denken? Ich weiß nur, dass Elsie sich auf ihr Parfüm verlässt, um dir nahe zu sein. Sie hat dich nie aufgegeben«, sagte Maggie und streckte die Hand unbewusst nach ihrem eigenen Baby aus. Aidens Kinderwagen stand an der Seite der Bank, geschützt vor dem windigen Novemberwetter.

»Aber sie weiß doch mittlerweile kaum noch, wer sie ist. Wie soll sie mich da als das Kind wiedererkennen, das ihr vor so vielen Jahren weggenommen wurde?«

Maggie dachte nicht daran, sich so leicht geschlagen zu geben. »Ich habe mit Ted telefoniert, bevor wir losgegangen sind. Er meinte, sie ist in keiner so schlechten Verfassung heute, und hier zu sein wird auch helfen.«

»Deine Bank muss schon Wunderkräfte haben, damit das funktioniert.«

Kathy hatte eine großzügige Menge Lotion in ihre Handfläche gegossen. Sie atmete tief den Blütenduft ein und hielt den Atem an. Maggie ebenfalls.

»Und?«

»Hm, ich würde gern sagen, es wirkt, beinahe könnte ich es glauben, aber … nein. Nur Wunschdenken.« Kathy begann, die Lotion zu verreiben. »Nicht zu fassen, wie meine Hände zittern.«

Maggie berührte ihren Arm. »Komm, lass mich das machen.«

Ein Windstoß nahm den Duft auf und wirbelte ihn um sie herum. Mit Hilfe von Maggies Massage wurde Kathy etwas ruhiger, während sie weiter warteten. Harvey, der neben dem Kinderwagen gesessen hatte, entdeckte Ted und Elsie als Erster und drückte sich schwanzwedelnd an Maggie.

»Sieh mal, wer da ist«, sagte Ted. »Du erinnerst dich doch an Maggie und Kathy, oder?«

»Ja, natürlich, wie schön, Sie zu sehen. Und wen haben wir hier?«, sagte Elsie zu dem Hund, der ihr gutmütig die Hand leckte.

»Das ist Harvey«, sagte Maggie. »Sie und er sind alte Freunde.«

»Ja«, sagte Elsie, offenkundig nur aus Höflichkeit.

Maggie stieß Kathy an, damit sie ein Stück rückte. »Setzen Sie sich doch zwischen uns, wir halten Sie schön warm.«

»Ach, das ist nett. Meine Füße bringen mich um.«

Während Elsie sich setzte, sprach Maggie ein stummes Gebet. Das musste einfach klappen.

»Ich geh mir mal die Beine vertreten«, sagte Ted. »Ruf einfach, wenn etwas ist, Elsie. Ich gehe nicht weit.«

Maggie lauschte angestrengt darauf, dass Kathy etwas sagte, hörte aber nur Teds sich entfernende Schritte und das leise Rascheln des letzten Laubs an den Bäumen. Sie räusperte sich vielsagend, doch Kathy reagierte nicht auf den Wink. Es schien ihr die Sprache verschlagen zu haben.

»Sie sind oft als junge Frau hierhergekommen«, ergriff sie schließlich selbst das Wort. »Aber das ist lange her, nicht wahr?« Sie ging sachte vor, denn es geschah inzwischen häufig, dass Mrs Milton sich weder in der Vergangenheit noch in der Gegenwart aufhielt. Sie war zwischen die Zeiten gefallen, und wenn Maggie versuchte, sie in die Gegenwart zu holen, konnte es ebenso gut passieren, dass sie sie in die Vergangenheit zurückstieß. »Sie haben mir von Ihrem Aufenthalt bei Mrs Jackson erzählt.«

Elsie rutschte unruhig auf ihrem Platz herum. »Wenn ich mir diese Hände ansehe, muss es allerdings lange her sein. Dreißig Jahre vielleicht?«, schätzte sie. »Ich glaube, die Füße taten mir auch damals schon höllisch weh.« Sie lachte leise.

»Ja, Sie haben in einem Obst- und Gemüseladen gearbeitet, das war anstrengend. Und Sie waren schwanger zu der Zeit.«

»Das habe ich Ihnen erzählt?«, rief Elsie erstaunt. »Ich hätte nicht gedacht, dass ich je mit jemandem darüber sprechen würde.«

»Sie haben mir von Freddie und dem Baby erzählt, Elsie. Von Ihrer Tess.«

Elsie nickte ernst. »Ich habe sie beide verloren.«

Maggie griff nach Elsies Hand. »Ich weiß«, sagte sie, und

ihr Mitgefühl war von Bitterkeit durchsetzt. Dieser Freddie hatte Elsies Trauer wahrlich nicht verdient. Während sie noch gegen den Drang ankämpfte, etwas zu sagen, erstarrte die alte Dame plötzlich. Sie nahm Maggies Hand und hob sie an ihre Nase.

»Diesen Geruch kenne ich!«

Maggie wollte ihre Hand wegziehen, doch Elsies Griff war unnachgiebig. »Er ist ein bisschen anders als Ihr Parfüm, nicht wahr?«, sagte sie. »Dieser Duft ist aus echtem Flieder gewonnen. Tess wurde nach ihrer Geburt in etwas Ähnlichem gebadet, erinnern Sie sich?«

»Wie könnte ich das vergessen? Ich weiß, dass ich mich damit abfinden muss, das Meiste zu vergessen, aber nicht das, o Gott, bitte nicht das.«

»Und wenn ich Ihnen sagen würde, dass Sie sich gar nicht erinnern müssen? Wenn Tess hier wäre, hier bei Ihnen?« Elsies harter Griff um ihre Hand erschlaffte, und Maggie spürte, wie sie ihr entglitt. »Elsie«, sagte sie, und ihr Herz lieferte den dramatischen Trommelwirbel dazu, »ich habe Ihre Tochter gefunden.«

»Ja, sie ist in Schottland«, sagte Mrs Milton. »Oder war es Amerika? Blödsinn, das ist die andere, Nancy. Yvonne ist nach Schottland gezogen, genau.« Mit einem Seufzer ließ sie Maggies Hand ganz los. »Ich muss jetzt wirklich gehen, sonst komme ich zu spät zur Arbeit.«

Maggie hörte, wie Aiden sich neben ihr im Kinderwagen regte. Das war der passende Moment, sich aus dem Gespräch zurückzuziehen. Sie beugte sich vor. »Kathy?«

»Es ist Sonntag, Elsie. Keine Arbeit heute, also haben wir genug Zeit, hier zu sitzen und uns zu unterhalten«, sagte Kathy. Obwohl die Zeit gegen sie arbeitete, zögerte sie und rang mit den Worten, die sie sich schon seit Tagen immer wieder zurechtlegte. »Anne Walters und ihr Mann Gordon haben Ihr Kind als ihr eigenes angenommen.«

»Anne Walters? Den Namen habe ich seit Jahren nicht mehr gehört. Sie war plötzlich wie vom Erdboden verschluckt.«

»Ja, ich weiß. Sie wollte nicht, dass jemand erfuhr, was sie und ihr Mann getan hatten. Aber was Sie auch über sie denken, Sie sollen wissen, dass sie eine gute Mutter war. Sie hat Tess behütet und ihr eine glückliche Kindheit geschenkt.« Mit einem Kloß im Hals fügte Kathy hinzu: »Ihr Baby hätte nicht mehr geliebt werden können.«

»Nein!«, schrie Elsie und schreckte vor Kathy zurück. »Niemand hätte sie mehr geliebt als ich. Sie war *meine* Tochter. Ich hätte sie genauso behütet, wenn man mich gelassen hätte.«

Elsie drückte sich an Maggie, am ganzen Körper zitternd, und nicht nur sie reagierte unwillig. Aiden war jetzt vier Wochen alt, und Maggie konnte inzwischen seine verschiedenen Arten zu weinen unterscheiden. Er hatte keinen Hunger, sondern fühlte sich unwohl und musste entweder gewindelt werden oder ein Bäuerchen machen. Als sie aufstand, rückte Elsie sofort auf den frei gewordenen Platz, aber wenigstens blieb sie sitzen.

Maggie hob Aiden aus dem Wagen und nahm ihn auf den Arm. Er versuchte, den Kopf von ihrer Schulter zu heben, als sie ihm leicht auf den Rücken klopfte, und rülpste ein paarmal hintereinander diskret. »Sehr schön, jetzt ist's besser, oder?«

Sie wiegte ihn hin und her, während die beiden Frauen auf der Bank sich wie versteinert anschwiegen, dann hielt sie es nicht mehr aus. »Elsie, darf ich Sie mit Ihrer Tochter bekanntmachen?«

Ein freudiges Nachluftschnappen war zu hören, und Maggie begriff ihren Fehler zu spät.

Die Kälte war ihr in die Knochen gekrochen, und Elsa konnte nicht aufhören zu frösteln. Prüfend strich sie über ihren Wollmantel und rechnete damit, dass er tropfnass war, doch er fühlte sich vollkommen trocken an. Sie hatte keine Ahnung, wie viel Zeit vergangen war, seit man sie aus dem See gezogen hatte. Lange genug offenbar, dass ihre Kleider getrocknet waren, aber nicht lange genug für ihr blutendes Herz, um zu heilen. Sie erinnerte sich, dass Tante Flo irgendwann aufgetaucht war, aber sie war allein gekommen, ohne ihr Kind. Doch sie würde weiter warten, bis in alle Ewigkeit, falls nötig, und auf ein Wunder harren. Und dann geschah es.

Elsa traute ihren Augen nicht, als die Frau mit Tess auf dem Arm vor ihr erschien. Ihr Baby war in eine weiße Decke gewickelt, und sie sah seine winzigen Händchen, die nach dem Gesicht der Frau patschten, kleine Finger, die in die Luft griffen.

»Darf ich sie halten?«, fragte Elsa, zittrig vor Aufregung.

Die Frau stutzte, und eine Schrecksekunde lang glaubte Elsa, dass sie sich von ihr abwenden würde.

»Bitte!«, flehte sie.

Als das Bündel aus zappelnden Ärmchen und Beinchen in ihre ausgestreckten Arme gelegt wurde, war ihre Freude überwältigend, kaum auszuhalten, doch sie zwang sich zur Ruhe. Sie wollte, dass dieser Augenblick vollkommen war, und ignorierte nach Kräften die andere Frau neben sich, die näher an sie heranrückte und sie einengte.

»Ist schon gut«, sagte die Frau und zupfte die Decke um das Baby zurecht. »Ich sorge nur dafür, dass ihr es beide bequem habt.«

Elsa sah sie an. Irgendetwas an ihrem Gesicht erinnerte sie an Celia, sie hatte die gleichen Augen, und sie erwiderte ihr Lächeln zögerlich.

Derweil trat die Frau vor ihr einen Schritt zurück, sodass ihr ein Fluchtweg offenstand, aber Elsa blieb, wo sie war. Ihre Arme waren voll, und das Herz ging ihr über. Sie wollte nicht weinen, damit sie sich die Züge ihrer Tochter bis in jede Einzelheit einprägen konnte, doch ihr Blick verschwamm bereits. Mit zitternden Fingern streichelte sie ihr Gesicht. »Du ahnst nicht, wie lange ich von diesem Moment geträumt habe«, flüsterte sie heiser.

Elsa dachte an das letzte Mal, als sie ihr Kind gehalten hatte, und die Wucht dieser Erinnerung raubte ihr den Atem. Sie würde es nicht überleben, es noch einmal zu verlieren.

»Keine Sorge«, sagte die Frau neben ihr. »Ihr seid beide in Sicherheit.«

Elsa atmete tief den lieblichen Fliederduft ein und konnte es immer noch nicht glauben. »Darf ich sie jetzt behalten?«, fragte sie bebend.

Die Frau schüttelte den Kopf, wobei ihr plötzlich eine einzelne Träne über die Wange lief. Sie machte den Eindruck, als wolle sie noch etwas sagen, aber die Worte blieben aus, und Elsa wandte sich wieder dem Baby zu. Das Sprechen fiel auch ihr schwer, aber sie wusste, was sie zu sagen hatte, sie hatte es oft genug geprobt.

»O mein geliebtes kleines Mädchen, ich hätte dich nie gehen lassen sollen. Es tut mir leid. Es tut mir so schrecklich leid …«

Sie musste sich unterbrechen, um Luft zu holen und ihre Gefühle unter Kontrolle zu bringen. Das war ihre einzige Chance, und sie musste alles richtig machen. Sie beugte sich vor und küsste Tess sanft auf die Stirn, atmete ihren Duft ein.

»Ich habe nie aufgehört, dich zu lieben oder an dich zu denken, keine Sekunde lang. Kein Tag vergeht, an dem ich es nicht bereue, dich fortgegeben zu haben. Ich hätte einen Weg finden müssen, dich zu behalten, ich hätte entschiedener kämpfen müssen. Du hättest Grund, mich zu hassen, denn ich hasse mich selbst. Aber ich war ganz allein auf mich gestellt, verstehst du. Nachdem ich Freddie verloren hatte, gab es niemanden mehr. Celia konnte mir nicht helfen, und meine Eltern hätten mich verstoßen. Trotzdem …« Die Kleine streckte eine Hand nach ihr aus, wie um sie zu trösten, doch Elsa war untröstlich. »Ich war ein dummes Mädchen, das weiß ich heute – dein Dad war mein Verderben, Tess, aber ich war auch ein williges Opfer. Wir haben Pläne geschmiedet, wie wir mit seinem Motorrad die Welt bereisen wollten, aber dann ging er nach Deutschland, und ich dachte, er würde mich vergessen. Ich konnte es kaum glauben, als er schrieb, er würde zurückkommen und mich heiraten.«

»Aber er ist nicht zu Ihnen zurückgekommen, oder?«

Elsa löste ihren Blick kurz von dem Baby, um die Fremde neben sich böse anzustarren. »Sie sagen das, als wäre es seine Entscheidung gewesen.«

Tess fing an zu strampeln, als wüsste sie, dass ihr Vater sie nie halten würde, und Elsa wiegte sie in den Armen und erzählte mit singender Stimme weiter, um sie wieder zum Einschlafen zu bringen.

»Ich habe mal im Scherz gesagt, dass dein Dad sich mehr für sein Motorrad interessiert als für mich, und am Ende hat das Motorrad gewonnen. Nachdem er gestorben war, konnte ich den Gedanken, dich zu verlieren, nicht mehr ertragen, aber ich habe zu lange gewartet, Tess. Die Wehen hatten schon eingesetzt, als ich versuchte wegzulaufen, weiß der Himmel, was ich mir dabei gedacht hatte. Wie gesagt, ich war ein dummes Mädchen, und ich verlor völlig die Nerven. Am liebsten hätte ich dich für immer in mir drin behalten, aber du kamst strampelnd und schreiend auf die Welt. Ich glaube, du wusstest, was ich tun würde, und hast mich angeschrien, endlich Rückgrat zu zeigen. Ich hätte auf dich hören sollen statt auf Anne und Tante Flo. Es tut mir leid, Tess. Ich habe dich enttäuscht.«

Das Baby war wieder eingeschlummert, aber Elsa hatte noch ein Letztes zu sagen, und das würde zugleich das Schwerste sein.

»Ich möchte, dass du glücklich wirst, und vor allem möchte ich, dass du geliebt wirst. Anne hat ein gutes Herz und wird dich wie ihr eigenes Kind aufziehen«, flüsterte sie und weinte nun rückhaltlos. »Aber ich werde nie sicher sein. Ich werde nie wissen, ob ich das Richtige getan habe.«

Die Frau legte einen Arm um Elsas Schulter und den anderen um das Baby. »Du hast das Richtige getan, Elsa. Tess war glücklich und wurde geliebt. Sehr sogar.«

Mit einem Aufschrei versuchte Elsa, sich zu befreien. »Gehen Sie weg von mir! Gehen Sie weg! Ich bin noch nicht so weit, sie loszulassen. Ich bin noch nicht so weit!«

Erschrocken wich die Frau zurück, und für einen Moment wichen auch die Schatten, die Elsa und ihr Baby bedrängt hatten. Sie sah der Kleinen ins Gesicht, deren geschlossene Augen über eine Traumlandschaft zuckten. Träumte sie von den kostbaren Minuten in den Armen ihrer Mutter am Tag ihrer Geburt? Elsa träumte davon, immer und immer wieder.

Die Schatten kehrten zurück, als die zweite Frau sich wieder näherte. Alles, was Elsa je gewollt hatte, war ein einziger ungestörter Moment mit Tess allein, nur sie beide. War das zu viel verlangt?

»Ich kann nicht … Ich kann das nicht …«, stammelte sie und drückte das Kind an sich. »Ich kann das nicht noch einmal. Bitte, ich flehe Sie an.«

Die Frau beugte sich zu ihr herunter und stützte ihre Hände auf die Bank, pferchte sie regelrecht ein. Jeden Augenblick würde ihre Tochter ihr wieder genommen werden, und sie würde sie nie wieder in den Armen halten. Sie reckte den Hals, um an der Frau vorbeizublicken, suchte verzweifelt nach einem Ausweg. Zuerst wurde sie von der weiten Wasserfläche angezogen, doch dann blitzte etwas Weißes davor auf, und ihr Herz setzte einen Schlag aus. Die Schwäne waren wieder da! Wenn sie hierher zurückfinden konnten, dann Freddie vielleicht auch. Und wenn er gar nicht gestorben wäre? Wenn das alles nur ein furchtbarer Irrtum gewesen wäre? Doch der weiße Fleck verschwand, und sie sah nur noch die einsame Gestalt eines alten Mannes am Seeufer. Er drehte sich zu ihr um, und Elsa bemerkte das weiße Blitzen erneut. Es war ein Stofftaschentuch, das im Wind flatterte – es gab keine Schwäne, und, wie sie jetzt wusste, auch keine Hoffnung. Sie spürte, wie es sie zu dem nassen Abgrund hinzog, doch ihr Blick blieb auf das flatternde weiße Segel gerichtet.

Elsa beobachtete, wie der Mann sich die Augen wischte. Er sah zu ihr hin und hielt ihren Blick fest. All die Jahrzehnte, die seit der Geburt ihres ersten Kindes vergangen waren, zogen an ihr vorbei, und die Erinnerungen stellten sich flutartig wieder ein.

Als Maggie sich vor Elsie hingehockt hatte, war es ihr vor allem um Aiden gegangen, und erst nachdem sie sich davon überzeugt hatte, dass Elsie nicht mit ihm davonlaufen würde, wandte sie sich wieder dem eigentlichen Problem zu. Wie um alles in der Welt sollte sie das hier zu einem guten Ende bringen?

»Elsa?«

»Wo bin ich?«

Maggie war inzwischen Expertin darin, Elsies Stimme zu deuten, und merkte, dass ihr Bewusstsein sie nicht mehr in der Vergangenheit festhielt, doch die Erleichterung war nur von kurzer Dauer.

»Ich glaube, ich halte das nicht mehr aus«, sagte Kathy. »Ted kommt gerade rüber, um zu helfen. Es tut mir leid Maggie, ich kann nicht länger bleiben.«

Die Qual in ihrer Stimme bedrückte Maggie. Sie hatte nur Chaos gestiftet und Kathy in einen Gefühlsstrudel hineingezogen, in dem sie nicht mehr wusste, wer sie war, und – bittere Ironie des Schicksals – auch ihre leibliche Mutter es nicht wusste. Das Treffen war schmerzlicher verlaufen, als irgendwer hatte vorhersehen können, und Kathy würde es bestimmt nicht wiederholen wollen. Das hier war Elsas einzige Chance, mit ihrem Kind vereint zu werden.

»Bitte bleib, Kathy. Ich glaube, wir sind nahe dran«, flehte Maggie.

Kathy antwortete nicht darauf, aber Maggie hörte, wie sie sich wieder zurücklehnte, ein Zeichen, dass sie bereit war, zumindest noch ein kleines bisschen durchzuhalten. Maggie grub ihre Fingernägel tief in die Lackierung der Bank. »Elsie, Sie sind im Victoria Park in Sedgefield.«

»Die Schwäne sind fort«, sagte Elsie und schniefte geistesabwesend ihre Tränen hoch.

»Es hat hier nie welche gegeben. Ihr Gedächtnis spielt Ihnen öfters einen Streich.«

»Das können Sie laut sagen«, erwiderte Elsie leise lachend. »Wo kommt denn dieses Baby her?«

»Das ist mein Sohn Aiden.«

»Ach ja. Sie sind die blinde, schwangere junge Frau, nicht wahr?«

»Ja, ich bin Maggie, und ich bin immer noch blind, aber nicht mehr schwanger«, sagte sie lächelnd.

»Ein hübscher kleiner Kerl.«

»Ja, nicht wahr? Aber wenn Sie nichts dagegen haben, würde ich gern ein bisschen Zeit mit Ihnen allein verbringen. Wäre es Ihnen recht, wenn Ted ihn ein Stück spazieren fährt?« Sie hörte Ted herannahen. »Kathy, könntest du Aiden in seinen Wagen legen und Ted zeigen, was er beachten muss?«

Kathy stand auf und legte ihr eine Hand auf die Schulter. »Keine Panik, ich komme wieder«, sagte sie mit grimmiger Entschlossenheit.

Elsie übergab ihr das Baby widerstandslos und nahm nur noch einmal kurz sein Händchen. »Süße Träume, kleiner Schatz«, sagte sie leise.

Während Ted und Kathy sich eifrig mit ihrem Kind beschäftigten, blieb Maggie vor Elsie hocken. Sie wollte der Anker sein, der sie in der Gegenwart festhielt, zumindest für die nächsten Minuten.

»Er ist ein hübscher kleiner Kerl«, wiederholte Elsie.

»Sie und ich sind gute Freundinnen, nicht wahr?«

»Ja, ich glaube schon«, sagte die alte Dame ein wenig unsicher.

»Also, ich weiß, dass wir es sind, und Sie haben mir alles über Ihre Zeit hier in Sedgefield erzählt.« Sie wiederholte sich ebenfalls, war aber entschlossener denn je, durch den Nebel zu dringen, der um Elsies Gedanken waberte. Sie hielt kurz inne, damit die betagte Freundin verarbeiten konnte, was sie ihr sagte. »Sie haben mir Ihre Geheimnisse erzählt.«

Elsie räusperte sich. »Ja.«

Maggie gab sich damit nicht zufrieden. »Elsie, es geht Ihnen nicht gut. Sie vergessen vieles und sind oft verwirrt, aber manchmal ist Ihnen bewusst, wie krank Sie sind.«

Elsie bestätigte auch das, aber wieder ohne innere Überzeugung.

»Sie haben mir etwas versprochen, Elsie. Sie haben gesagt, Sie würden sich bemühen zurückzukommen, wenn ich Tess für Sie finde, aber bis jetzt haben Sie mich im Stich gelassen«, sagte sie, jedes Wort betonend. »Erinnern Sie sich, was Sie mir versprochen haben? Haben Sie mir etwas vorgemacht, als Sie sagten, Sie würden sich für Tess zurückkämpfen? Liegt Ihnen nichts mehr an ihr?« Maggies Stimme versagte und sie schrie beinahe auf vor Schmerz, als sie ihre Fingernägel in dem Bemühen um eine Verbindung zu Elsie noch tiefer in das Holz grub.

»Ja.«

»Ja, Sie haben mir etwas vorgemacht, oder ja, Sie erinnern sich?«

Maggie hatte das Gefühl, gleich zu explodieren. Sie hörte, wie der Kinderwagen fortgeschoben wurde, und das Klacken von Harveys Klauen. Ihr eigenes Kind war in sicheren Händen, während Elsas nun hinter ihr stand und die Luft anhielt.

»Natürlich liegt mir etwas an ihr! Ich werde nie aufhören, Tess zu vermissen, nicht bis zu meinem letzten Atemzug.«

»Es sei denn, wir finden sie«, sagte Maggie.

Elsie erstarrte, doch sie klang so furchtsam, als rechnete sie damit, in tausend Stücke zu zerspringen. »Sie haben Tess gefunden?«

Maggie erschauerte und spürte ein elektrisierendes Prickeln entlang ihrer Wirbelsäule. »Ja, Elsie, ich habe sie gefunden. Wir haben das Jahr 2013, und Sie sind zweiundachtzig Jahre alt. Ihr Kind ist lange erwachsen.«

»Dann ist sie ja praktisch eine alte Frau«, sagte Elsie mit einem Lachen, in das ihre Tochter kurz darauf miteinstimmte.

Maggie hatte sich vor Aufregung so verkrampft, dass das Aufstehen ein schmerzhafter Prozess war, doch kaum auf den Beinen, streckte sie Elsie die Hand hin. »Kommen Sie.«

»Sie werden mich wohl hochziehen müssen«, warnte Elsie.

Maggie hielt ihre Hand fest, und als sie alle drei standen, nahm sie auch Kathys Hand.

»Anne Walters hat sechzig Jahre lang die Mutterstelle bei Ihrem Kind vertreten, und das hat sie ausgezeichnet gemacht. Sie brauchen sich nicht mehr schuldig zu fühlen, denn Ihre Tochter ist sehr gut geraten und führt ein glückliches Leben umgeben von Menschen, die sie lieben. Sie können wirklich stolz auf sie sein.«

»Können wir zu ihr? Alles, was ich möchte, ist, ihr ein einziges Mal zu sagen, dass ich nie aufgehört habe, sie zu lieben. Ob das wohl möglich wäre?« Es lag Verzweiflung in Elsies Stimme, als würde sie sich schon darauf einstellen zu hören, dass ihr Wunsch so unerfüllbar blieb wie eh und je.

»Ich glaube, sie weiß das schon.«

Maggie vermisste ihre Sehfähigkeit eigentlich nur selten, jetzt aber schon zum zweiten Mal in diesem Monat – das erste Mal war bei der Geburt ihres Sohns gewesen. Sie konnte Elsies und Kathys Gesichter nicht sehen und musste sich mit dem Gefühl ihrer zitternden Hände zufriedengeben, als sie beide ineinanderlegte.

»Das ist Tess, Elsie.«

»Nein, Sie können nicht mein Baby sein«, keuchte Elsie

und zog ihre Hand weg, als hätte sie einen elektrischen Schlag bekommen.

Maggie ließ sich nicht beirren, denn sie wusste Elsies Stimme genau zu deuten. Die alte Dame lehnte ihre Tochter nicht ab, sondern war einfach nur vollkommen fassungslos. Kathy dagegen dachte das Schlimmste und fing an zu weinen.

»Oh, mein wunderschönes Mädchen«, flüsterte Elsie und griff wieder nach Kathys Hand. »Wein doch nicht.«

Maggie hätte den Moment gern ausgekostet, aber sie wusste, dass sie nur stören würde. »Ich lasse Sie jetzt mit Ihrer Tochter allein, Elsie.«

Im Fortgehen wurde sie von einer solchen Hochstimmung beflügelt, dass sie beinahe geradewegs in den See gelaufen wäre. Sie erahnte die weite Wasserfläche vor sich, doch die nagende Furcht vor ihrer trüben Tiefe war verschwunden. Elsa und sie waren jetzt in Sicherheit. Mit neuer Unbeschwertheit orientierte sie sich an dem Schluchzen auf der einen Seite und dem freundlichen Wellenplätschern auf der anderen. Ohne Blindenstock oder -hund musste sie sich auf ihre genaue Kenntnis des Parks verlassen, um sich weit genug zu entfernen und Elsie ihren langgehegten Wunsch, Tess für sich allein zu haben, zu erfüllen.

Das Geräusch rollender Räder, begleitet von regelmäßigem Klauenklicken, kam ihr entgegen. »Wie läuft es?«, fragte Ted.

»Besser, als ich zwischendurch dachte. Elsie weiß jetzt, wer Kathy ist, und dass sie Tess gefunden hat. Sie weiß es ganz bewusst, Ted.« Sie strahlte übers ganze Gesicht und bemerkte ihre Tränen der Rührung erst, als sie sich in ihren Mundwinkeln sammelten.

»Ihnen ist aber klar, dass sie alles wieder vergessen haben wird, sobald wir zum Parktor hinaus sind, oder?«

»Ja«, antwortete Maggie, ohne dass ihr Strahlen nachließ. »Aber selbst wenn die Krankheit ihr die Erinnerung daran nimmt, wird Kathy sich für sie beide erinnern.«

»Ihre Freundin ist eine beeindruckende Frau, nicht wahr?«

Maggie lachte. »Es hätte eigentlich auf der Hand liegen müssen, dass Elsie und sie verwandt sind. Trotzdem wird es für Kathy nicht leicht werden, all das zu verarbeiten, was in den letzten Wochen passiert ist.«

»Es ist schade, dass sie Elsie nicht kennenlernen konnte, als sie noch … Elsie war.«

»Nun, ich denke, da kommen Sie ins Spiel. Sie können ihr helfen, die Lücken zu schließen.«

»Ich werde tun, was ich kann, und der Rest der Familie wird bestimmt auch seinen Teil dazu beitragen, sobald er Bescheid weiß.«

Elsies andere Töchter mussten noch darüber in Kenntnis gesetzt werden, dass sie eine Halbschwester hatten, und erst mit der Zeit würde sich herausstellen, wie sie die Neuigkeit aufnahmen. Maggie hoffte, dass Kathy wenigstens ihre Schwestern näher kennenlernen konnte, wenn es ihr schon versagt blieb, ihre Mutter als gesunde Frau zu erleben.

»Habe ich richtig gehandelt?«, fragte sie.

Es wäre vermessen zu glauben, dass Elsie nun die Reue und Schuldgefühle abwerfen konnte, die sie sechzig Jahre lang mit sich herumgetragen hatte, dazu war sie inzwischen zu sehr in die Vergangenheit verstrickt. Maggie musste sich also bei anderen die Bestätigung dafür holen, dass sich das Ganze letztendlich gelohnt hatte.

»*Elsa* würde das bejahen«, sagte Ted.

»Ja, bestimmt.« Immer noch lächelnd sann Maggie darüber nach, ob einmal eine Zeit kommen würde, in der sie mit der Frau, die sich Elsa nannte, zusammensitzen und ihr erzählen könnte, was die Zukunft bringen würde. Doch dann wurde sie wieder ernst. »Meinen Sie, sie würde alles wissen wollen?«

»Alles?«

Maggie hatte die Hand nach dem Kinderwagen ausgestreckt, traf aber auf Teds Arm und hielt sich daran fest. »Freddie war nicht der Held, für den wir ihn alle gehalten haben, Ted.«

Er tätschelte ihre Hand. »Das hätte ich Ihnen wohl auch sagen können, Liebes, aber meine Elsie würde es nicht wahrhaben wollen, damals nicht und heute nicht.«

»Und wenn ich wüsste, dass er nicht bei einem Motorradunfall umgekommen ist? Dass er nie die Absicht hatte, Elsa zu heiraten? Dass er sie nur benutzt hat, um Geld von Anne zu erpressen?« Der Griff des alten Mannes um ihre Hand wurde fester, während sie ihm alles offenbarte. »Meinen Sie nicht, wir sollten zumindest versuchen, ihr zu sagen, was für ein Mensch er wirklich war?«, fragte sie.

Er drückte ihre Hand ein letztes Mal und ließ sie dann los. »Nein. Er ist und bleibt ihr Held.«

Empörung wallte in ihr auf. »Nein, Ted, Sie sind ihr Held! Sie haben diese Frau von ganzem Herzen geliebt. Sie haben ihr wieder Hoffnung gegeben und ein Leben, auf das sie stolz sein kann. Sie sind es, der für sie kämpft und für sie sorgt. Sie sind der Held, der sie aus dem Pflegeheim gerettet hat, Herrgott nochmal!« Der Ausbruch verbrannte allen Sauerstoff in ihrer Lunge, und als sie Luft holte, hatte Ted seine Antwort schon parat.

»Und ich bin es, der ihr ihre Träume lässt.«

Darauf konnte Maggie nur mit einem frustrierten Seufzer antworten.

»Jetzt fangen Sie bloß nicht an, Mitleid mit mir zu haben. Sie denkt nicht immer nur an Freddie, selbst wenn sie das glaubt.«

Maggie drehte sich fragend zu ihm um. »Wie meinen Sie das?«

»Elsies Held hat sie oft in den Park mitgenommen«, erklärte er. »Nicht in diesen, sondern in den Sefton Park in Liverpool. Sie war sehr in sich gekehrt nach ihrer Rückkehr aus Sedgefield und sprach kaum ein Wort. Der Vorteil war, dass sie nicht nein sagen konnte, als ihr Held darauf bestand, mit ihr spazieren zu gehen. Er saß dann mit ihr auf einer Parkbank und sagte ihr, dass sie nicht allein war. Er erzählte ihr von den Schwänen und dass sie, wenn sie ihren Partner gefunden hatten, sich ein Leben lang nicht von der Seite wichen. Er wiederholte es immer wieder, bis sie eines Tages begriff, dass sie sein Schwan war, und als er sie bat, ihn zu heiraten, sagte sie ja.«

»Und das waren Sie.«

Maggie konnte nicht anders, sie musste Ted um den Hals fallen. Vielleicht bildete sie sich das nur ein, aber irgendwie hatte er an Statur gewonnen, seit sie ihn zuletzt umarmt hatte.

Als sie eine Weile später alle gemeinsam aufbrachen, war der Herbstwind außer Puste geraten, und eine friedliche Stille hatte sich über den Park gelegt. Harvey ging mit Maggie voran, dicht gefolgt von Ted, der immer noch den Kinderwagen schob, während Kathy und Elsie die Nachhut bildeten. Kathy war dabei, ihrer Mutter einen Überblick über ihr Leben zu geben, angefangen von der frühen Kindheit bis hin zu der jüngsten Neuigkeit, dass sie bald wieder Großmutter werden würde. Zuerst hörte Elsie ihr gebannt zu und stellte hier und da Fragen, doch dann verstummte sie nach und nach. Als sie durch das Tor gingen, das den Park von der High Street trennte, bewahrheitete sich Teds Prophezeiung. Elsie verabschiedete sich von Kathy und Maggie wie von Fremden, doch Kathy ließ sich davon nicht entmutigen.

»Wir sehen uns bald wieder, du und ich«, sagte sie zu ihr. »Und dann werde ich dich daran erinnern, warum heute so ein denkwürdiger Tag war.«

EPILOG

Aiden saß in seinem Buggy und quietschte vor Freude, als er die Enten erspähte, die von der anderen Seite des Sees herbeigeschwommen kamen. Kaum zu glauben, dass er einmal so winzig und wehrlos gewesen war, auch wenn Maggie bewusst an diesen ersten kostbaren Erinnerungen festhielt. Sie wollte nie etwas als selbstverständlich hinnehmen, und doch bestand das Leben darauf, in beängstigendem Tempo voranzuschreiten.

Um ihre Nervosität zu bekämpfen, atmete sie tief durch und warf dann eine Handvoll Brotstückchen in die Luft. Inmitten des kakophonischen Gequakes nahm sie hier und da ein helles Piepen wahr – die ersten Küken waren schon geschlüpft.

Tief in ihre Gedanken versunken, zuckte sie zusammen, als das Handy klingelte. Es war James. Harvey stellte sich sogleich neben den Kinderwagen und hielt ein wachsames Auge auf Aiden, während sie telefonierte.

»Hast du nichts zu tun?«, fragte Maggie.

»Es ist fast Mittag. Ich darf ab und zu auch mal eine Pause machen.«

Maggie wusste nur allzu gut, welche Tageszeit es war, und von James darauf hingewiesen zu werden, machte sie nur noch aufgeregter. »Wie läuft es?«, fragte sie, um sich auf andere Gedanken bringen zu lassen.

»Es lief alles bestens, bis Kathy vorhin aufgetaucht ist. Ihr sind ein paar neue Ideen gekommen, und sie will einiges anders haben. Mal wieder.«

»Das wird aber doch nicht den Fertigstellungstermin verzögern, oder?«

»Das lasse ich nicht zu, zumal alle es kaum erwarten können einzuziehen.«

»Alle bis auf Anne möglicherweise.«

Das vergangene halbe Jahr war für Kathy, ihre beiden Mütter und die jeweiligen Familienangehörigen schwierig gewesen, und Maggie hatte immer noch ein schlechtes Gewissen deswegen. Sie hatte das Durcheinander angerichtet, wenn auch in guter Absicht, und nun blieb es Kathy überlassen, alles wieder in Ordnung zu bringen. Auf welche Weise sie das zu tun beabsichtigte, hatte alle verblüfft, einschließlich Maggie.

»Oh, Anne war heute Morgen auch da. Ich würde nicht so weit gehen zu behaupten, dass sie begeistert war, aber sie schien bereit zu sein, sich darauf einzulassen. Sie hatte ein paar eigene Vorschläge, und es gab ein paar Reibereien zwischen den beiden, aber Kathy weiß sie zu nehmen.«

»Ich bin nur froh, dass sie immer noch zusammenziehen wollen.« Wenn Maggie etwas bereute, dann dass Kathys Beziehung zu Anne unter dem Ganzen gelitten hatte. Was an Kathys Adoption und der damit einhergehenden Geheimniskrämerei auch gut oder schlecht gewesen sein mochte, es hatte nie in Zweifel gestanden, dass die enge Bindung zwischen den beiden es wert war, gerettet zu werden. Zum Glück hatte Kathy das nicht aus den Augen verloren.

»Trotzdem, ich möchte nicht in Kathys Haut stecken«, sagte James lachend. »Mit *einer* Mutter unter einem Dach zu wohnen ist ja schon schlimm genug, aber gleich zwei?«

James war nicht der Einzige, der sich fragte, ob das gut

gehen würde. Alles hatte damit angefangen, dass Kathy sich nicht in dem neuen Haus bei Nantwich einleben konnte, nachdem sie erfahren hatte, wie viel Familiengeschichte sie zurückließ. Die alte georgianische Villa in Sedgefield war und blieb ihr Zuhause, und sie wollte wieder dorthin zurück. Zudem wollte sie immer noch, dass ihre Mutter bei ihr einzog, und sie wollte nun auch Elsie helfen. Flo Jacksons ehemalige Pension war groß genug für sie alle, und nach ein paar baulichen Veränderungen und gründlicher Renovierung würde es keinen Grund mehr geben, weshalb sie nicht alle zusammen dort wohnen sollten, nicht einmal für Anne, die sich nun nicht mehr vor einer Rückkehr nach Sedgefield zu fürchten brauchte. So würde Kathy mehr Zeit mit ihrer leiblichen Mutter verbringen können, und alle mussten zustimmen, dass eine gewisse ausgleichende Gerechtigkeit damit verbunden war.

»Ich wünschte, Flo Jackson hätte das noch erleben können. Sie wollte, dass das Haus in der Familie bleibt, damit Mutter und Tochter sich finden können, aber selbst sie hätte bestimmt nicht damit gerechnet, dass sie einmal alle zusammen dort wohnen würden, einschließlich Anne.«

»Wenigstens braucht Kathy sich dann nicht mehr zu beklagen, dass das Haus so leer ist.«

Kathys Plan war letzten Endes nicht schwer zu verwirklichen gewesen. Anne hatte darauf bestanden, ihr Haus zu verkaufen, um Umbau und Sanierung zu finanzieren, und James wurde mit den Arbeiten beauftragt. Ted war mehr als angetan von der Idee, nicht zuletzt, weil Yvonne immer wieder davon anfing, dass ihre Eltern zu ihr nach Schottland hinaufziehen sollten. Was Joe, Kathys Mann, anging, so war er nicht übermäßig begeistert davon, es gleich mit zwei Schwiegermüttern zu tun zu bekommen, aber immerhin hatte er in

Ted einen Verbündeten gefunden und würde so nicht ganz auf verlorenem Posten kämpfen.

»Ich muss jetzt Schluss machen. Mark winkt mir gerade hektisch«, sagte James.

Mark hatte seine lange brach liegenden Tischlerfertigkeiten erstaunlich schnell zurückgewonnen, und aufgrund all der zusätzlichen Aufträge von Kathy war James ohne langes Überreden bereit gewesen, ihn einzustellen. Jetzt teilte Mark seine Zeit zwischen der Verwaltung von Kathys Immobilien und der Arbeit für James auf, und das Ganze griff so gut ineinander, dass die drei schon überlegt hatten, eine gemeinsame Firma zu gründen. Doch das war noch Zukunftsmusik.

»O nein, Kathy ist wieder da«, stöhnte James. »Stimmt, sie hatte angekündigt, Ted und Elsie heute Nachmittag zu einer kurzen Hausführung vorbeizubringen.«

»Dann mal los mit dir«, befahl Maggie. »Du bist nicht der Einzige, der zu tun hat.«

»Es wird schon gut gehen.«

»Ich weiß.« Sie klang nicht sehr überzeugt, selbst in ihren eigenen Ohren.

»Habe ich dir in letzter Zeit mal gesagt, dass …«

»Du mich liebst? Ja, ich glaube, das hast du mir heute Morgen erst gesagt.« Ein kleines Lächeln stahl sich auf ihre Lippen.

»Ah, aber habe ich dir gesagt …«

»Dass ich die beste Mutter der Welt bin? Ja, ich glaube, das hast du auch erwähnt.«

»Und habe ich dir gesagt, dass du die bemerkenswerteste Frau bist, die ich je getroffen habe, und dass ich mich darauf freue, den Rest meines Lebens mit dir zu verbringen?«

Das Lächeln breitete sich über ihr ganzes Gesicht aus. »Nein, ich glaube, das habe ich heute noch nicht gehört.«

»Du wirst das gut machen und unser kleiner Mann auch. Jetzt muss ich aber wirklich aufhören, sonst verdirbt dieses ganze Gesäusel den Jungs hier noch ihr Mittagessen.«

Nachdem Maggie aufgelegt hatte, kehrte sie den Enten den Rücken zu. Die Bank war nur ein paar Meter weit weg, aber sie hatte sich heute nicht auf ihren gewohnten Platz setzen können, womit auch ihre Pläne für ein Picknick durchkreuzt worden waren. Unschlüssig stand sie da. Sie hatte immer noch eine Stunde herumzubringen und überlegte kurz, nach Hause zu gehen und mit dem Einzugsgeschenk weiterzumachen, das sie für Kathy bastelte. Sie hatte sich noch ein Stück Holz von ihrem Haus besorgt, und James hatte es passend zu dem anderen, das Maggie ihr bereits geschenkt hatte, zurechtgeschnitzt. Statt »HEIM« hieß es jetzt »HERZ«, und sie würde vier Namen hinzufügen: Flo, Anne, Elsa und Tess.

Als Harvey auffordernd seine Schnauze in ihre Handfläche stupste, rührte sie sich immer noch nicht, und kurz darauf folgte Aiden dem Beispiel des Hundes und begann zu greinen. Sie bekamen beide langsam Hunger, aber sie konnte sich nicht überwinden, nach Hause zu gehen. Noch nicht.

»Die Enten sind hinter dir.«

Maggie war nicht sicher, ob Lorna Spaß machte oder nicht, aber sie hatte keine Lust, darauf einzugehen. »In welcher Farbe ist sie gestrichen worden?«, fragte sie.

»Die Bank? In so einer Art Weinrot.« In ihrer Antwort lag eine Frage – Maggies Interesse an Farben verwirrte Lorna offenbar.

Maggie roch die frische Lackierung, aber in ihrer Phantasie erblühten Düfte nach Bergamotte und Preiselbeeren.

»Kann ich was von dem Brot haben? Ich will Brot!« Josh zerrte schon an der Plastiktüte in Maggies Hand.

»Sag ›bitte‹«, tadelte Lorna ihren Sohn.

»Bitte«, plapperte Josh nach.

»Natürlich kannst du.«

Das Kind schnappte sich die Tüte, und schon die erste Handvoll Brotbrocken löste einen Aufruhr unter den Enten aus. Harvey fing an zu winseln.

»Geh nicht zu nah ans Wasser, Josh«, warnte Maggie. »Denk daran, was letztes Mal passiert ist.«

»Ach, er ist seitdem noch zigmal reingefallen. Ehrlich, dieser Junge kennt keine Gefahr.« Lorna machte ein paar Schritte vom Ufer weg, um nicht nassgespritzt zu werden, und zog Maggie am Arm mit sich.

Maggie stolperte fast. »Schon gut, Lorna, ich finde mich allein zurecht.« Betont ging sie ein Stück auf Abstand und legte die Hände um den Griff des Buggys. Sie hörte Wasserspritzer auf dem Wagen auftreffen, und obwohl es Aiden offenbar Spaß machte, bis auf die Haut durchnässt zu werden, schob sie ihn rasch aus der Gefahrenzone.

»Ich hab meinem Mann erzählt, wie du diesen Kinderwagen an der Straße entlang ziehst. So was habe ich noch nie gesehen. Ist das auch wirklich sicher?«

Maggie verkniff sich eine Antwort und nickte nur. Nach Hause zu gehen erschien ihr plötzlich als doch keine so schlechte Idee.

»Heute ist also der große Tag?«, plapperte Lorna ungehemmt weiter.

»Ja, ich freue mich schon drauf«, sagte Maggie und hoffte, dass Lorna entging, wie unaufrichtig das klang.

In Wahrheit freute sie sich nämlich keineswegs darauf, wieder zu arbeiten. Jenny sagte ihr immer wieder, dass sich das alles ganz schnell einspielen und ihr guttun würde, woraufhin Maggie sie gern daran erinnerte, wie sie einmal heulend aus dem Salon gelaufen war. Natürlich durfte sie selbst am Anfang auch ein bisschen wackelig auf den Beinen stehen, aber sie würde den Teufel tun, das Lorna anzuvertrauen.

»Wenigstens hast du deine Schwiegermutter, die dir hilft.«

Auf einmal fühlte sich Maggies Zuversicht viel weniger aufgesetzt an. »Ja, das ist wirklich ein Glück. Ich kann es kaum glauben, dass Judith sich angeboten hat – so viel dazu, sich langsam zur Ruhe zu setzen.«

»Außerdem kriegst du dann wieder den ganzen Klatsch mit, wenn du zurück im Salon bist«, sagte Lorna mit bedeutsam gesenkter Stimme. Leider konnte Maggie sie trotz Joshs Geschrei und Aidens Juchzen immer noch hören. »Stimmt es wirklich, dass Kathy adoptiert wurde?«

»Du hast es doch selbst von ihr gehört«, antwortete Maggie zurückhaltend. Kathy hatte sich dafür entschieden, dass alle über ihre Adoption Bescheid wissen sollten, wenn auch nicht in allen Einzelheiten. Sie hatte Annes Erlaubnis dazu eingeholt, und auch Ted hatte seinen Segen gegeben, da Elsie nur noch selten in der geistigen Verfassung war, sich eine eigene Meinung zu bilden.

»Es ist ja so tragisch, dass sie ihre Mutter erst jetzt kennengelernt hat«, bemerkte Lorna. »Sie hat Alzheimer, nach allem, was man hört.«

»Ja, aber wenigstens haben sie sich gefunden.«

»Und Kathy hat zwei Schwestern dazubekommen. Ich wette, die waren nicht besonders glücklich zu erfahren, was ihre Mum ihnen so alles verheimlicht hat.«

»Im Gegenteil, sie sind hocherfreut«, erwiderte Maggie. Kathy und Yvonne hatten sich an Weihnachten gesehen und auf Anhieb blendend verstanden. Kathy hatte sich sogar bei der schwer fassbaren Nancy gemeldet, und sie planten, alle drei zusammenzukommen, sobald Kathy wieder das alte Haus bezogen hatte. Nicht dass Maggie bereit gewesen wäre, dieses Wissen mit Lorna zu teilen, weshalb sie bewusst das Thema wechselte. »Kommst du bald mal wieder in den Salon?«

»O ja, längst überfällig, dass ich mir eine schöne Massage gönne.«

Maggie spitzte die Ohren, als das Geräusch im Wasser platschender Füße zu ihr drang. Harvey jaulte leise. »Ich glaube, Josh landet gleich wieder im See«, sagte sie, und dann passierte etwas Merkwürdiges. Ein Schatten wischte vor ihr hin und her, und sie spürte einen Luftzug mit einem schwachen Seifengeruch darin. »Hast du gerade mit der Hand vor meinem Gesicht herumgewedelt?«, fragte sie, ungläubig lachend.

»Entschuldige, Maggie, aber manchmal kann ich einfach nicht glauben, dass du wirklich blind bist.« Lorna trat verlegen von einem Fuß auf den anderen.

Maggie wollte gerade etwas erwidern, doch da war Lorna schon losgelaufen, um ihren Sohn zu retten. Sein aufgeregtes Kreischen war in erschrockenes Brüllen übergegangen, als er mal wieder Bekanntschaft mit dem Wasser machte. Es kam zu einem hastigen Abschied, und Lorna zog das heulende Kind davon, wonach sich friedliche Stille breitmachte. Maggie nahm den Kinderwagen, aber noch nicht Harveys Geschirr, denn den Weg zur Bank kannte sie.

Der Geruch nach frischer Farbe war penetrant, als sie davor stand und ihre Hand kurz über der Rückenlehne schweben ließ. Sie würde immer wieder Zweiflern begegnen, denn die wahre Stärke eines Menschen verbarg sich unter der Oberfläche, wie ihre Mutter sie gelehrt hatte. Mit einem Funkeln in den Augen drückte Maggie einen Finger in den noch klebrigen Anstrich. Diese Bank hatte über viele Jahrzehnte ihre Spuren im Leben von Menschen hinterlassen. Sie tat nichts weiter, als sich zu revanchieren.

Als Elsa über die Schwelle trat, hielt sie den Blick gesenkt. Der schwarz-weiß geflieste Boden war mit schmutzigen Fußabdrücken überzogen, und in den Ecken der Diele hatte sich Sägemehl angesammelt. Sie hatte Angst, den Kopf zu heben und ihre Befürchtungen bestätigt zu sehen. Das Haus machte einen leeren Eindruck, und wenn sie aufsah und Tante Flo ihr nicht mit offenen Armen entgegenkam, würde sie weinen, das wusste sie. Sie vermisste die alte Dame, die besser als alle anderen verstand, dass sie alles verloren hatte, nicht zuletzt sich selbst.

»Es sieht jetzt noch ein bisschen nach Baustelle aus, aber es wird sehr schön, wenn es fertig ist.«

Elsa fand endlich den Mut aufzublicken. Zögerlich erwiderte sie das Lächeln der Frau, deren Gesicht ihr irgendwie bekannt vorkam, ohne dass sie es richtig einordnen konnte. Panik stieg in ihr auf. Sie musste sich unbedingt erinnern, doch die Bilder entglitten ihr wie schlüpfrige Aale. In ihrer Furcht drehte sie sich um und wollte die Flucht ergreifen, aber ein Mann verstellte ihr den Weg. Sie sah ihn nicht an, als sie sich aus seinem Griff zu befreien versuchte.

»Elsie, es ist alles in Ordnung. Ich bin bei dir, Liebes.«

Aufblickend verlor sie sich in den Augen des Mannes, der sie vor vielen, vielen Jahren gerettet hatte. Ein einzelner Gedanke schnitt durch den Nebel in ihrem Kopf wie ein Schwan, der durchs Wasser glitt. Wohl wissend, dass dieser Gedanke sich schnell verflüchtigen würde, hielt sie ihn fest, als hinge ihr Leben davon ab. Sie verstand nicht recht, warum, aber zum ersten Mal seit langer Zeit überkam sie ein Gefühl der Erfüllung und des Glücks.

DANKSAGUNG

Ich schätze mich glücklich, ein paar enge und treue Freundinnen und Freunde zu haben, die mir über die schweren Zeiten hinweggeholfen haben und mich neuerdings auch öfter mal vom Computer weglocken. Eine davon ist Donna Hall, an deren sehbehinderten Sohn Dylan ich beim Schreiben dieses Buches oft gedacht habe. Ich weiß nicht, wie Donna es schafft, so vielen Menschen eine so gute Freundin zu sein, aber sie tut es mit selbstverständlicher Leichtigkeit … und einem gelegentlichen Glas Wein.

Über Donna und ihre Verbindung zur »Henshaws Society for Blind People« habe ich Dawn Hartgen kennengelernt, der ich dafür danken möchte, dass sie mir geholfen hat, ein besseres Verständnis für sehbehinderte Eltern zu entwickeln. Dieses Buch aus der Perspektive einer Blinden zu schreiben, war zugleich eine Herausforderung und eine Entdeckungsreise, da ich die Welt meiner Heldin Maggie ohne das übliche visuelle Gerüst darstellen musste. Ich hege höchsten Respekt und große Bewunderung für Mütter wie Dawn und hoffe, dass mein Roman ihnen gerecht wird.

Wie immer möchte ich meiner Familie danken, besonders meiner Tochter Jessica, die mir die Welt bedeutet, und meinem Sohn Nathan, der mein Leitstern ist. Daneben sollte ich Ted und Betty McCulloch erwähnen, die die besten Großeltern waren, die ich mir hätte wünschen können, und es ist durchaus kein Zufall, dass eine meiner Figuren »Ted« heißt.

Für ihre geduldige Hilfe, ihre Ratschläge, Ermutigung und Ausdauer möchte ich Kim Young und Martha Ashby von HarperCollins danken, die keine geringe Rolle dabei gespielt haben, jedes Quäntchen Emotion aus diesem Buch herauszuholen und oft auch aus mir. Außerdem danke ich meinem Agenten Luigi Bonomi, der mich unter seine Fittiche genommen hat und dessen Ratschläge und Kenntnisse unschätzbar für mich sind.

Zu guter Letzt danke ich Karen Sutton, Kath Woolley, Pauline Hewitt, Sue Jones, Pat Gibson, Nee Parker und Julie Parry für ihre Freundschaft und Loyalität seit mehr Jahren, als wir selbst uns eingestehen wollen.

INTERVIEW MIT AMANDA BROOKE

Mrs Brooke, was hat Sie zu diesem Roman inspiriert?

Die Idee geht tatsächlich auf eine Parkbank zurück! Als ich eines Morgens durch ein nahegelegenes Wäldchen joggte (was sportlicher klingt, als ich bin …), fiel mir eine versteckte Bank neben einem Ententeich auf. Ich stellte mir die Menschen vor, die darauf gesessen hatten, und was diese Bank alles für Geschichten erzählen könnte. Das hat mich an eine Bank im Liverpooler Sefton Park erinnert, auf der ich früher gern gesessen hatte. Einer meiner Lieblingsplätze, weshalb es kein Wunder ist, dass der Park auch schon in meinem zweiten Roman *Für immer und einen Tag* eine Rolle spielt. Ich dachte daran, wie ich mich – hochschwanger mit meinem ersten Kind – dort ausgeruht und darüber nachgegrübelt hatte, wie sich mein Leben verändern würde und wie ich das alles bewältigen sollte. Beim Weiterjoggen stellte ich mir vor, dass ein geisterhafter Abdruck von mir dort zurückgeblieben war …

Als ich schnaufend und keuchend zu Hause ankam, spukte mir die Bank immer noch im Kopf herum, aber nun malte ich mir aus, was passieren würde, wenn zwei Fremde dort säßen und miteinander ins Gespräch kämen. Wenn sie zwar ähnliche Probleme hätten und sich anfreunden würden, sie vom Alter her aber Welten trennten. Diese ganzen »Wenns« und »Würdes« entwickelten sich dann zum Grundgerüst der Geschichte, und zwei Jahre später war ein vollständiger Roman daraus geworden.

Maggie ist sehbehindert, und Elsie leidet an Alzheimer. Wie viel mussten Sie im Vorfeld zu diesen Themen recherchieren?

Was Maggie betrifft, so habe ich mich vor allem durch das Lesen von Autobiografien, über Websites und in Online-Foren informiert, aber ich habe auch eine Freundin mit einem blinden Sohn, die mir geholfen hat. Sie arbeitet ehrenamtlich für die Blindenorganisation »Henshaws Society for Blind People« und konnte mir den Kontakt zu einer sehbehinderten Mutter mit zwei Töchtern vermitteln. Ich habe mich mit dieser Mutter getroffen, die mich auf viele Einfälle für die Beschreibung von Maggies Alltag gebracht hat, zum Beispiel wo sie Unterstützung finden könnte, aber auch wo sie mit Einschränkungen zu kämpfen hätte.

Auch im Hinblick auf Elsie habe ich viel gelesen, war aber doch erstaunt, wie viele Leute in meinem Freundes- und Bekanntenkreis persönliche Erfahrungen mit Alzheimerkranken haben. Mit ihnen zu sprechen war mir eine große Hilfe. Daneben konnte ich ein paar eigene Erfahrungen für mein Schreiben nutzbar machen, aber dazu gleich mehr.

Beruhen Maggie und Elsie auf realen Personen?

Dieses Buch ist nicht ohne Grund meinen Großeltern gewidmet. Meine Großmutter litt an Altersdemenz, und ich habe viel an sie gedacht, als ich über Elsie schrieb. Ich würde nicht so weit gehen zu sagen, dass diese Figur auf Betty McCulloch beruht – meine Großmutter hatte gewiss nicht so eine bewegte Vergangenheit –, aber einige der ersten Anzeichen von Alzheimer im Buch fußen auf meinen Erinnerungen an ihre Erkrankung. Im Übrigen hat Elsies Mann Ted viel von meinem Großvater, der, kaum überraschend, ebenfalls Ted hieß. Eine meiner Tanten wohnte in Surrey, und immer wenn sie zu Besuch kam, fragte mein Großvater sie als Erstes, wann sie wieder nach Hause fahre – nicht, weil er sich nicht freute, sie zu sehen, sondern weil das einfach seine Art war. Meine Romanfigur hat ein paar von seinen Charakterzügen geerbt.

Maggie dagegen ist ein reines Fantasieprodukt, aber falls ich je einsam und verloren auf einer Parkbank sitzen sollte, hätte ich gern, dass jemand wie sie sich zu mir setzt.

Stellt Judiths Verhalten gegenüber Maggie eine Kritik an der Einstellung der Gesellschaft zu blinden Menschen dar?

Wo ich dich finde ist eine fiktive Geschichte, und es gibt eine ganz klare Trennlinie zwischen der Mehrzahl meiner Figuren, die Maggie als gleichwertig akzeptiert und nicht nur ihre Behinderung sieht, und den wenigen anderen. Gern würde ich glauben, dass ich mir ein großes Maß dichterischer Freiheit genommen und die Vorurteile, die Maggies Schwiegermutter Judith an den Tag legt, übertrieben habe. Aber nachdem ich mich mit einer Mutter mit eingeschränkter Sehfähigkeit unterhalten und etliche Berichte in Online-Foren gelesen habe, muss ich sagen, dass viel auf das Vorhandensein solcher Judiths im wirklichen Leben hindeutet. Meine Hoffnung ist einfach, dass auch deren Vorurteile mit Geduld und Ausdauer überwunden werden können, so wie es in meinem Roman geschieht.

Welchen Stellenwert hat die Aromatherapie im Roman?

Es war eine echte Herausforderung, Maggies Welt aus ihrer Sicht wiederzugeben, ohne sich auf visuelle Beschreibungen stützen zu können. Ich habe mich in jüngeren Jahren mal ein bisschen mit Aromatherapie beschäftigt, und das erschien mir als die perfekte Berufswahl für meine Heldin. Es war eine Entdeckungsreise für sich, aus Maggies Perspektive zu schreiben, und die Idee, wie sie mit Hilfe von Düften Farbe in ihre Welt bringen könnte, kam mir gleich zu Anfang. Es hat mir viel Spaß gemacht, Szenen mit lavendelblauem Himmel und zitronengelber Sonne zu erfinden, und ich hätte mir gern noch mehr dergleichen ausgedacht, musste mich aber beschränken, sonst wäre der Roman doppelt so lang geworden. Ich hoffe, bei den Lesern bleiben trotzdem ein paar anregende Eindrücke davon zurück, wie Maggie mit ihrer Vorstellungskraft Bilder durch Aromen erschafft.

Maggies Mutter hatte einen enormen Einfluss auf sie. Was haben Sie von Ihrer Mutter gelernt?

Meine Mutter hat mir vor allem Unabhängigkeit beigebracht, und als alleinerziehende Mutter habe ich stets auf diese Eigenschaft setzen müssen. Ich komme aus einer Familie von starken, praktisch veranlagten Frauen, die sich für nichts zu schade sind: vom Ausputzen von Regenrinnen übers Fliesenlegen bis hin zum Vorhängenähen. Meine Mutter bastelt und näht noch immer für ihr Leben gern. An dem Tag, als ich die letzten Korrekturfahnen für *Wo ich dich finde* an den Verlag zurückschickte, traf ich mich mit ihr zum Mittagessen, und sie zeigte mir einen Quilt, den sie gerade fertiggestellt hatte. Wenn Sie den Roman gelesen haben, wissen Sie, dass auch Maggie dieses Hobby rein zufällig mit ihrer Mutter teilt … Den Selbermachtick habe ich eindeutig von meiner Mum geerbt, obwohl ich nicht behaupten will, dass ich schon so gut Fliesen legen kann wie sie!

Darüber hinaus habe ich meiner Mutter meine Liebe zu Hunden zu verdanken, und nun habe ich mit Harvey zum ersten Mal einen Hund in eine Romanhandlung hineingebracht. Da ich Vollzeit arbeite, fehlt mir die Zeit, mich um einen eigenen Vierbeiner zu kümmern, aber in meiner Familie sind alle hundeverrückt, und meine Mutter hat sogar eine Zeit lang Deutsche Schäferhunde gezüchtet. Ich finde es wunderbar, stellvertretend durch Maggie einen Hund wie Harvey in meinem Leben zu haben.

Was sollen Ihre Leser aus diesem Roman mitnehmen?

Ich hoffe, dass meine Leserinnen und Leser Maggie genauso liebgewinnen wie ich und sie dafür schätzen, wie sie Elsie hilft. Wie schon gesagt, hätte ich gern eine Freundin wie sie neben mir auf einer Parkbank sitzen, wenn ich mich mal aussprechen möchte. Natürlich wird sich jeder beim Lesen eine eigene Meinung über Maggie bilden, aber ich würde mir wünschen, dass ihre Blindheit das Letzte ist, was einem später zu ihr einfällt, und dass sie nicht als Behinderte, sondern als außergewöhnlicher Mensch in Erinnerung bleibt.

Amanda Brooke

lebt mit ihrer Tochter in Liverpool, England. Der Ursprung ihrer Schriftstellerkarriere liegt in einer persönlichen Tragödie: Als bei ihrem kleinen Sohn Krebs diagnostiziert wurde und er schließlich mit nur drei Jahren starb, stand für Amanda Brooke fest, dass diese schmerzliche Erfahrung eine Quelle der Inspiration, nicht der Verzweiflung, sein sollte. So erzählt sie in ihren Romanen berührende, aufrichtige Geschichten von der Liebe, dem Leben und der Kraft der Hoffnung, die stärker ist als der Tod.